Elizabeth is Missing

伊莉莎白不見了

艾瑪·希莉 Emma Healey —— 著
朱浩一 —— 譯

來自全球作家與媒體的超級讚譽

這是一部絕對驚悚、保證懸疑、令人坐立難安的小說，我一口氣便把它讀完了。

——《金盞花大酒店》原著作者黛博拉．莫高奇

《伊莉莎白不見了》會翻攪你的胃、撼動你的心！這是一場透過最不可靠的敘事者，回溯七十年的犯罪調查。但直搗核心後，會發現真正的謎團來自於人類破碎的記憶。

——《房間》作者愛瑪．唐納修

嚴謹的結構加上一針見血的敘事……這是一個以友誼和失去編織而成的故事，你將徘徊於虛實交錯的困惑直至最後一頁。

——《最後的目擊者》作者金柏麗．馬克奎特

這部小說如同神話一般吸引人，是一本你無法放下的書。

——《睡眠之屋》作者強納森．柯

《深夜小狗神秘習題》和《別相信任何人》的綜合版。

——Ones to Watch 書店

撼動人心的初試啼聲之作……
作者希莉大膽的觀點和令人驚嘆的才華，
化為一場精采絕倫的演出，
全書維持著這樣的動能和悲傷的調性，直至最後。

——《華爾街日報》

在艾瑪．希莉的處女作中，
主人翁茉德．荷珊明白自己的生命正逐漸因為失智症而衰弱。
當「關於我是誰」的概念一點一滴流逝，一切是如此的悲傷和孤獨……
但即便到了最後，茉德仍不放棄讓自己被看見和被了解。

——《紐約時報書評》

既是一部懸疑小說，又是一場回憶的冥想，
更揭露了一個顯著的事實：有時候一場善舉會傷害它的接受者。
一切都太傑出了！

——《書評網站 Booklist》

《伊莉莎白不見了》宛如藥癮令人愛不釋卷……
既有懸疑小說扣人心弦的特質，
又刻劃了如夢魘般的心理疾病，最後超乎你想像的尖銳與黑暗。

——《英國觀察者日報》

一部引人注目的讀物：《伊莉莎白不見了》提供讀者深度的懸疑，
又適切刻劃了一個家庭如何面對疾病的過程。

——《紐約 Journal of Books》

這是一部非傳統的犯罪小說，引人入勝、並橫跨了文學範疇。
故事鮮明、動人並叫人難忘。

——《英國週日泰晤士報》

令人坐立難安，又關乎生命與愛：
一位女兒對於母親的愛、手足之情、友情，
以及我對於主角茉德的關愛。

——《英國獨立者日報》

茉德的記憶日復一日地流逝。
她該要如何說服任何一個人，她的好友真的不見了呢？
這是一部關於失去的動人小說。

——《美國寇克斯書評雜誌》

英國作家希莉根據她外祖母的經驗，
創造出這部處女作中獨特的敘事者……一個令人沉迷的故事。

——《美國出版家週刊》

希莉既能想像又抓得住重點，眞是一位傑出的寫手。
讓我們一起期盼未來幾年能再看見她的更多作品吧！

——《書評網站 BookPage》

序章

「茉德？是不是我講話太無聊，所以妳寧可杵在黑夜中，也不願進到屋子裡來？」

一名沐浴在溫暖光線下的女性，從凌亂不堪的飯廳內呼喚著我。我朝著她呼出濕冷如鬼魅般的氣息，卻一言不語。白雪四散而明亮，把光線反射至她的臉龐上。她的五官，因試圖在黑夜中看出端倪而皺縮成一團。雖然我知道，即便現在是大白天，她的眼前依舊會是霧濛一片。

「進來吧，」她說，「外頭凍死啦。我保證再也不提那些關於青蛙啦、蝸牛啦，或是琺瑯餐具的事情啦。」

「我沒有覺得無聊啦，」我說，太慢意識到她其實在跟我開玩笑，「我一會兒就進去了。我只是在找一樣東西。」其實我已經找到了，它就在我的手中，上頭還沾黏著泥土。這是一件容易被看漏的小東西。那是一個碎裂的舊粉餅盒盒蓋，它的銀光已褪，它那海軍藍的瓷漆已不再亮滑，上頭滿是刮痕，手感粗鈍。上頭發霉的鏡片，如同一扇鑲嵌於一個已消逝的世界的窗；如同一艘船底部的觀景窗，讓人能看見海裡的景貌。我的身軀則因它所喚起的回憶而蠕動著。

「妳弄丟了什麼東西？」女人踏著不穩而顫動的步伐走出露台。「需要我幫忙嗎？雖然我可能看不清它的樣貌，但如果它沒有藏得太隱密的話，我應該有辦法讓自己被這玩意兒給絆倒。」

我笑了，但我沒有因此就從草地上離開。積雪落在鞋印的骨痕上，讓它看起來就像個新近出土的小型恐龍化石。我把粉餅盒盒蓋抓在手中，我的皮膚因漸乾的泥土而變得緊縮。我已思念了這件小東西近七十年。而如今，這片因融雪而顯得泥濘、鬆軟的大地，總算把這塊古物吐還給我，而且是直接吐到我的雙手之中。但它是從哪兒來的呢？我找不到答案。在它成爲地神餐餚裡的那塊肉刺之前，它究竟在哪兒度過這漫漫的時光呢？

一聲古老的雜音如狐吠，在我大腦的邊境響起。「伊莉莎白？」我問，「妳有栽種過胡瓜嗎？」

1

「妳知道這附近有一個老婦人被搶的事情嗎？」卡菈說，她的黑色馬尾蛇般攀過她的肩頭。

「好吧，這件事實際上是發生在韋茅斯啦，但也有可能會發生在這裡啊！所以我說，如果要外出的話還是小心爲上。他們找到她的時候，她的臉有一半都被打凹了。」

最後那句話雖然壓低了聲音，但聽力向來都不是我的困擾。如果卡菈沒跟我說過這些事就好了。一段時間過去，我雖然已經淡忘了這些故事本身，但它們所帶給我的不安卻揮之不去。我顫抖著往窗外看去。我想不出去思考韋茅斯所在的方位。一隻鳥從空中飛過。

「我的雞蛋還夠用嗎？」

「非常夠，所以妳今天不需要出門。」

她拾起看護資料夾，同時朝我點頭，並與我保持四目相對，直到我也點了頭她才罷休。我覺得自己好像學童一樣。稍早前有個東西在我腦中盤旋，是一個故事，但此刻我已將它的脈絡遺忘。很久很久以前，它是這樣開頭的嗎？很久很久以前，在一個深邃、黝暗的樹林中，住著一名叫做茉德的老邁婦人。我想不出它的後續。可能類似她在等女兒來探望她，諸如此類。可惜我並不住在黝暗森林中的舒適小屋，也許我會喜歡過那種日子。而且我的孫女說不定會把食物裝在籃子裡提著來探望我呢！

一聲來源不明的撞擊自屋內傳出。我的雙眼掃視客廳，有一隻動物，一隻讓人穿搭的動物，正躺在沙發的扶手上。那是卡菈的所有物。她從沒有將牠掛起來過，也許是怕會遺忘在此吧，我猜。我無法抗拒地緊盯著牠，牠會動，毋庸置疑。牠會朝屋角急匆奔去，甚或將我吞食下肚後奪走我的住屋。如此一來凱蒂一定會注意到牠的大眼及大牙。

「看看這些數不清的水蜜桃罐頭！」卡菈的叫聲從廚房裡傳了出來。看護人員卡菈。他們自稱「看護」。「妳不能再買吃的了，」她又大聲地說了一次。我可以聽見那些罐頭在我那張富美家牌流理台上摩擦的聲音。「妳都要可以餵飽一支軍隊啦。」

足夠的食物。食物永遠也不會足夠。到頭來，大部分的罐頭都會消失得無影無蹤，就連我剛買回來的也不例外。我不知道究竟誰吃光了它們。我女兒也不知道。「不要再買罐頭了，媽。」她說，每次逮到機會就要檢查我的櫥櫃。我猜她一定把罐頭拿去餵給誰吃。在她回家以後，半數以上的東西都會消失，而她卻弄不懂我爲什麼又要再次出門採買食糧。反正啊，美好的事物在我的人生所剩無幾囉。

「美好的事物在我的人生所剩無幾囉，」我把座位裡的自己撐高，好讓我的聲音能夠傳得進廚房。亮晃晃的巧克力包裝紙扭成一團，被擠進了椅子的邊溝中；它們在靠墊旁吱嚓作響，我把它們統統揮到一旁。我的丈夫派屈克以前常告誡我少吃甜食。我在家的時候常吃個不停。我一心血來潮馬上就能吃上一顆檸檬夾心糖或一片焦糖餡餅解解饞，多麼快活啊！畢竟在話務中心幹活兒時，他們可不允許我們這麼做——沒有一個客人會想跟食物塞滿嘴的接線員講話。但他說這些甜點終會蛀光我的牙齒。我總疑心他其實更在乎我的體型。薄荷糖是我們最終的妥協方案，到現在我依然喜歡它們的味道。然而，現在已經沒有人會在我吃掉一整盒太妃糖時阻止我了。我甚至可以一早起床就這麼幹。現在是白天了，我知道，因爲太陽打在鳥屋上了。每天早上，太陽會在鳥屋的上方綻放光芒；而當太陽轉移到松樹的上方時，就表示時間已近傍晚。在太陽碰觸到松樹以前，我還有一整天的時間得想法子消磨呢。

卡菈來了。她屈著身走進了客廳，把我腳邊的包裝紙都拾了起來。「我都不知道原來妳人在這兒呢，親愛的。」我說。

「我準備好妳的中餐了。」啪的一聲，她脫下了塑膠手套。「放在冰箱裡面，我上頭還留了張字條。現在是九點四十分，試著別在十二點之前動口把它吃掉，好嗎？」

她講得好像每次只要她前腳一離開，我就會立刻血口大張，把所有的東西都呑個精光。「家裡的蛋還夠嗎？」我問她，因爲我忽然覺得好餓。

「非常夠。」卡菈這麼說，同時鬆手讓看護資料夾落回桌上。「我現在要離開囉。海倫晚一點就會來了，沒問題吧？拜。」

前門咔噠一聲關上後，我聽見卡菈回頭將門上鎖。把我鎖在屋子裡。透過窗戶，我看見她沙沙作響地穿越我家的小徑。在制服的外頭，她套上一件帽簷綴有皮草的大衣。披著狼皮的看護。

當我還是個小女孩的時候，我很享受一個人在家的美好時光。我可以把頭探進去食物櫃大快朵頤、穿上我最漂亮的衣服、用留聲機播放樂曲，還可以大剌剌地躺在地板上。但到了這年紀，我比較喜歡有人作伴。我走進廚房重新整理櫥櫃，同時確認一下卡菈到底留了什麼午餐給我，我發現裡頭的燈光還亮著，使那兒看起來就像個空蕩蕩的舞台布景。我有點希望誰能走進來這兒，我那手上提著大包小包的媽媽，或是炸魚薯條抱滿懷的爸爸，然後說句戲味十足的台詞，就像在港口戲院裡上演的那些舞台劇一樣。爸爸會說：「妳的姊姊離開了。」擊鼓聲或小號吹奏聲或某種樂器的演奏聲頓時響起，然後媽會說：「永不再歸來。」接著我們會爲了戲劇效果而凝視彼此。從冰箱裡，我端出了一個盤子，腦中思索著我的台詞會是什麼。盤子上頭貼了張字條：茉德的中餐，十二點以後才可以吃。我掀開保鮮膜。那是一份番茄起司三明治。

把餐點解決掉之後，我又蕩回了客廳。客廳裡非常安靜；就連時鐘都輕聲細語。當然，它還是能夠報時的，我看著它的指針在燃燒的爐火上方緩慢移動。我還有好多的時間得虛度。我不知不覺轉開了電視，螢幕上頭正在播映那種「沙發秀」。兩個坐在同一張沙發上的人，把他們的身子倚靠在坐在對頭沙發上的另一個人身上。他們相視微笑，同時甩動著他們的腦袋瓜子。到最後，那個缺乏夥伴的人開始落淚。我弄不清楚這個秀到底想要表達什麼。在那之後則是另外一個節目，電視上頭的人們挨家挨戶探訪，然後找出一些值得賣的東西，就是那種奇醜無比卻又價值連城的「寶物」。

若是早個幾年啊，我肯定被自己大白天就在看電視的行爲給嚇個半死！但除此之外，現在的我又還能夠做些什麼呢？我偶爾會閱讀，但卻再也讀不懂那些小說的情節，也記不住自己上次究竟讀到哪兒。我會烹調水煮蛋。我會吃水煮蛋。我還會看電視。電視開啓後，我等待：等待卡菈，等待海倫，等待伊莉莎白。

伊莉莎白是我僅存的朋友了；其他人要不成天窩在家裡，要不就進了墳墓。她是那些「挨家挨戶挖寶」節目的忠實觀眾，衷心盼望哪天她也能挖出一個稀世珍寶。她從慈善商店買進各種各樣醜不拉嘰的盤子跟花瓶時，絕不忘祈求上蒼賞賜給她一筆橫財。有時我也會加入戰局，但我買的常是些花稍的瓷器。這有點像在玩遊戲——比賽看看誰能在樂施會買到最醜的陶藝品。雖然這事聽起來很孩子氣，但我卻逐漸發現，唯有跟伊莉莎白待在一塊兒、跟她一同歡笑，我才會覺得自己活得像個人。

我覺得自己似乎忘記了跟伊莉莎白相關的某件事。說不定她希望我幫她帶個什麼東西過去。一只水煮蛋，或幾塊巧克力。她兒子對她施行嚴格的飲食管制。他可是個連花點小錢買把新的刮鬍刀都不肯的人哪。伊莉莎白說，他常把自己的皮膚刮到受傷。而她更擔心，哪天他若一不小心失手，搞不好會把自己的喉嚨劃開一個大洞。有時我還眞希望他早點這麼做。這個守財奴。要不是我經常帶些有的沒的食物去給她，她老早就瘦得皮包骨啦。我手邊有張紙條，上頭寫明要我別出門，但我不懂爲什麼。我不過就出一下門，去雜貨店買點東西，哪有什麼大不了的。

列好購物清單後，我穿上外套，找出我的帽子跟鑰匙，並確定我的鑰匙放進了右側口袋。走到大門口時，我又確認了一次。沿途的路面上，殘留著夜行的蝸牛被踩扁所留下的白色痕跡。雨夜的隔日，總會有數以百計的死傷聚集在這條大街上。但我好奇的是，這些痕跡是怎麼來的呢？究竟是蝸牛身上的哪一個器官，能夠將牠的殘跡轉換成乳白色的呢？

「別變得蒼白，親愛的蝸牛。」[1]我這麼說，同時大膽彎下腰，試圖看清楚些。我想不出這句話是從哪兒聽來的，但這句話很有可能就是被用來形容這種生物。等回到家以後，我一定要查清楚它的來源。我會盡力記得這件事。

雜貨店其實不遠，但當我好不容易抵達那兒時，就已經累垮了。出於某種不可解的原因，我一路上不停轉錯彎，使得我必須再費勁走回原先的街區。我感覺自己好似人在戰後：我總在入鎮之時迷路，因爲建物都被炸彈轟成了碎片，以至空間突然開闊了起來。而道路則是被磚牆、石牆或破敗的家具所阻堵。

凱洛雜貨鋪並不大，店裡塞滿各種我沒興趣的雜貨。我打心底希望他們能夠把占了好幾排位置的罐裝啤酒移走，然後在那些貨架上擺上一些實用的東西。但它們總是陳列在那兒，從我還是個孩子的時候就如此。他們只有在幾年前改了店招。現在，新的招牌上寫了大大的可口可樂，「凱洛雜貨舖」幾個字則被擠縮在其下，簡直像是事後想起才添筆加上的。進門時，我把店名唸出來給自己聽。之後，我站在一排貨架旁大聲地唸出我的購物清單。身旁的貨架上擺滿了商品紙盒，盒子上頭寫著「萊西可」及「格子穀」[2]，天曉得那是些什麼鬼東西。

「雞蛋。牛奶——問號——巧克力。」我把手上的紙片移到光線底下。店裡瀰漫著舒服的紙箱氣味，我宛如置身於家中的食品櫃裡頭。「雞蛋，牛奶，巧克力。雞蛋，牛奶，巧克力。」嘴

1 這個句子出自《愛麗絲夢遊仙境》的第十章〈龍蝦方塊舞〉，原句中的「**snail**」其實是指海螺而非蝸牛。

2 萊西可（**Ricicles**）及格子穀（**Shreddies**），兩者皆為英國常見的穀類早餐麥片。

中雖唸出了這些字，但我著實想不起它們的外型輪廓。它們會藏身在我眼前的這些紙盒中嗎？拖著腳步在店裡穿梭的同時，我繼續輕聲喃喃唸著清單上的字，但這些字開始失去了它們的原始含意，我猶如在唸經。紙上還寫了「胡瓜」，但我不覺得他們這裡會賣。

「荷珊太太，需要幫忙嗎？」

雷格從櫃檯裡頭探出身子，他的灰色開襟毛衣也隨之橫了出來。毛衣掃過塑膠盆裡的零售糖果，並在它們的身上留下了些許毛絨。當我在店裡走動時，他的眼神隨時盯著我看。這個愛探人隱私的乞丐。我不知道他是想護衛些什麼東西。沒錯，我的確有一次忘了付錢就離開的紀錄。那又怎麼樣？不過是一包軟葉萵苣嘛。還是一罐覆盆子果醬呢？我忘了。總之，他最後拿回去了，不是嗎？海倫把它送了回來，故事到此告一段落。而且他也會犯錯啊——幾十年來他不知道少找過我多少零錢。這間店他經營了好幾十年，是時候該退休啦。但他的老母親在這兒工作到九十歲才甘願卸任，所以他八成還會撐上一段時間。那老太婆終於卸任的時候我很樂。以前啊，每當我踏進這扇門，她就要開我玩笑。因為在我還是個小女孩的時候，曾央她幫我收一封信。我寫信給一名殺人犯，我不希望回信寄到家裡去，而且我用了一個電影明星的名字當作自己的化名。那封回信從未寄達，但雷格的母親以為我其實是在等一封情書，因此即便我後來已踏入婚姻多年，她還是喜歡搬出這件事來嘲笑我。

我是到這兒來做什麼的呢？我在擺滿商品的貨架之間徘徊游移，同時承受著貨架那猶如蹙眉般往下看的目光；而地上那塊藍白相間、又髒又破，用來裝飾地板的油布則是抬頭盯著我。我的購物籃空空如也，而我已經進來好些時間了；雷格正在監視我。我伸手去拿某樣東西：它比我預期的還要重，我的手臂因而被那重量給拖了下去。那是一罐切片水蜜桃。這樣就好。我又多放了幾罐進購物籃，然後將提把塞至我手臂的折彎處。在往收銀台的路上，購物籃纖細的金屬條不停擦磨著我的臀部。

「妳確定妳是要來買這個的嗎？」雷格問。「妳昨天才來買過一大堆的水蜜桃罐頭。」

我低頭看著購物籃。是眞的嗎？我昨天眞的也買了一樣的東西嗎？他咳了幾聲，我看見他的眼神中藏了一抹促狹的神色。

「謝謝你的關心，但我很確定，」我說，我的聲音很堅定。「如果我想要購買水蜜桃罐頭，我就有權利購買它們。」

他挑起了眉毛，開始將價格輸入進收銀機。我把頭抬得老高，看著那些罐頭一一被放進那種被設計用來提東西的塑膠玩意兒中，但我的雙頰發燙。我究竟是要來買什麼的？我摸進口袋，找到一張藍色的紙，我在上頭寫了幾個字：雞蛋。牛奶？巧克力。我拿起一盒牛奶巧克力，將它扔進購物籃，這樣一來我至少買了一樣清單上的東西。可是我現在不能把那些水蜜桃罐頭放回去，雷格會因此而嘲笑我。我付錢買了這袋罐頭，它們鏗鏗鏘鏘地陪我上路。我走得很慢，因爲袋子很重，我的肩膀跟膝蓋窩都在發疼。我記得以前常會快走——接近跑步——回家或出門，房子在我耳邊呼嘯而過。媽總會在事後問我看見了什麼，例如那些鄰居人在外頭，或我對某戶人家那堵新搭建的庭院圍牆有何看法。我從來沒有注意過這些事物；它們如同電光一般眨眼即逝。而現在，我有花不完的時間去細看每一樣東西，卻沒有人願意聽我分享這一切。

有時，當我的思緒比較清晰，或腦子比較清楚的時候，我會找出自己年輕時的相片，並訝異於那充斥著黑與白的世界。我猜，我的外孫女眞心認爲我們以前的皮膚都是灰色的、髮色都是暗沉的，而且我們總在陰暗的景致中擺出各種姿勢照相。但我記得，當我還是個女孩兒時，這座城鎮對我來說明亮得過了頭。我記得天空是深藍色的，暗青色的松樹林橫切過這片天空；當地的磚造屋是亮紅色的，而橘色的松針則如同地毯一般被踩在我們的腳底下。現在啊——雖然我很確定天空偶爾還是藍色的，多數的屋宅也都還健在，松針也仍然會從樹上落下——可是現在啊，事物的色彩都消退了，我的生命就宛如住在一張陳舊的相片之中。

當我回到家時，家裡的鬧鐘正在鳴響。我有時候會這麼做，用來提醒自己跟人有約。從前門進入後，我把袋子放在門邊，同時按掉了鬧鐘。我想不出這次它是爲了什麼事情而響；我看不到任何足以使我憶起此事的東西。可能是有誰要來拜訪吧。

「房屋仲介有來過嗎？」海倫叫我，她的聲音被前門鑰匙的刮擦聲弄得支離破碎。「他十二點就應該要到這兒才對。他有來嗎？」

「我不知道，」我說，「現在幾點？」

她沒有回答我。她沉重的腳步聲在大廳中回響。

「媽！」她說，「這些罐頭是哪兒來的？妳到底是還需要幾百罐天殺的水蜜桃切片哪？」

我告訴她我不知道家裡頭還有幾罐。我告訴她那些罐頭一定是卡菈帶過來的。我澄清說自己在家裡待了一整天，然後我看了一下時鐘，好奇我是怎麼度過那些時間的。海倫走進來客廳，她口中吐出甜中帶冷的氣息。我又是一個孩子了。我躺在自己溫暖的床上，姊姊將她凍冷的臉貼上我的面頰一下子。她冰涼的氣息，伴隨著她告訴我的那些關於亭閣、舞蹈，以及士兵的事，呼在我的身上。即便是夏天，跳完舞後回到家的蘇淇總是冰冷冷的。海倫也常冰冷冷的，因爲她花了非常多的時間在別人的庭院中東挖西掘。

她拿起一個塑膠袋。「爲什麼卡菈會將水蜜桃罐頭留在大廳？」即便我們在同一個房間，她仍未降低她的音量，而且她把袋子提得很高。「妳不要再去採買了。我告訴過妳，妳若需要什麼，我都能幫妳帶過來。我每天都會過來啊。」

我很確定她沒那麼常出現，但我不打算跟她爭辯。她把手臂放低，我看著袋子在她腿邊慢慢停止晃動。

「不要再出門購物了好嗎？妳願意答應我嗎？」

「我本來就沒有這種需求啊。我告訴過妳，這些一定都是卡菈拿過來的。而另一方面，如果我想要去買水蜜桃罐頭，我就有權利去買。」這個句子聽起來似曾相識，但我想不出爲什麼。「如果我想要種胡瓜的話，」我說，然後把購物清單攤在燈光底下，「哪裡會是最合適的種植地點？」

海倫嘆著氣走出房間，而我發現自己起身跟在她的後頭。我在大廳止住了腳步：從某處傳來了一陣吼似的噪音。我想不出那是什麼，我不知道那聲音來自何方。但只要我人在廚房，我就聽不大見那個聲音。這裡面的每一樣東西都很乾淨：我的餐盤都在架上（雖然我不認爲是自己擺上去的），而我習慣使用的刀叉也都洗得一乾二淨。當我打開櫥櫃的門時，兩張紙片隨之飄落地面。其中一張是做白醬的食譜，另一張紙的上頭則寫了海倫的姓名，同時還在下面寫了一組電話號碼。我將一卷布緞帶及一卷黏性長緞帶從抽屜中取出，然後將它們倆擺回成一組。乾脆我今天就來煮白醬好了。等我喝完一杯茶之後。

我打開電茶壺的開關。我知道它對應的插座是哪一個，因爲有人在上面標註了「茶壺」。我拿出茶杯跟牛奶，然後從標註了「茶」的玻璃罐裡拿出茶包。流理台旁有張字條：咖啡能幫助記憶。那是我的筆跡。拿起自己的茶杯要走到客廳，但我在門邊停住腳步。我的腦海中轟隆作響。又或許那聲音來自樓上。我試圖往樓梯平台的方向前進，但我沒有辦法只靠單手扶著欄杆就往上爬，因此我退了回來，把我的茶留在大廳的架子上。我只會在樓上待一下子而已。

太陽把我的房間照得很明亮，而且這裡很祥和；除了那揮之不去、潛藏在家中某處的吼聲以外。我把門關上，坐在窗邊的梳妝台旁。一些搭配服裝用的飾品散落在花邊墊子及陶瓷上；除了結婚戒指之外，我現在已經不再佩戴任何正式的飾品了。五十多年來，我從沒有需要去修改戒指的尺寸。派屈克那只跟我成對的戒指則是深陷在他的皮肉之中，緊緊卡在指關節的下方，無論我抹上多少奶油，它都不動分毫。他拒絕因此而鉗斷戒指。他以前常說，這只束縛住他的戒指，正是這段堅定婚姻的鐵證。我則會回他，這是他沒有好好照顧自己的鐵證。派屈克要我把心思放在自己的戒指上，對我纖細的手指來說，戒指太鬆了；但實際上，它的大小剛剛好，所以我一次也沒有弄丟過。

現在，海倫會說我容易把飾品搞丟，因此她跟凱蒂兩人把絕大部分較精美的都拿走了，說是要「好好保管它們」。我並不介意。至少這些飾品還是在這個家族中流轉，而且實際上它們也値不了幾個錢。我最昂貴的飾品是一條黃金墜鍊，它的造型奇特，是王后娜芙蒂蒂的頭像，這是派屈克從埃及帶回來送給我的。

我把手穿過一個有點髒的塑膠手環，然後照看鏡中的自己。鏡中的倒影總是令我震驚莫名。我從不相信自己真的會變老，也無法想像自己會變成這德行。我兩眼周圍及鼻梁上的皮膚以一種非常奇特的方式皺化。讓我的長相看起來很像蜥蜴。除了回憶偶現之時外，我平常不大會記得自己從前的容貌。一名臉頰豐潤的女孩站在鏡前，第一次拿出她的鬈髮器；一名身在遊憩莊園、膚色蒼白的女子低頭注視著眼前碧綠的河水；一名頭髮蓬亂的母親從漆黑的火車車窗前側過身來，試圖將她打成一團的孩子們拉開。當現身回憶之中時，我總是皺著眉，無怪乎我的眉毛會長成這模樣。縱使相較於其他的人而言，我的母親更理所當然地應該皺紋滿面，但她卻一路保持著奶油桃色的膚色。也許這跟她不化妝有關；聽說修女也是這樣，不是嗎？

這些日子以來，我也不再化妝了。此外，我從來沒有塗過口紅，我不喜歡。話務中心裡的一個女孩曾因這事嘲笑過我，年輕時，曾跟朋友借塗過她的口紅，聖誕禮物收到口紅時也試著搽過，但才沒幾分鐘我就受不了了。就在這個時候，我從抽屜裡面拿出一支海倫或是凱蒂送的口紅、旋轉它的底座，然後就著鏡子小心翼翼地搽塗，避免搽到牙齒。看看街上那些老女人吧。她們的假牙斑斑點點，她們的眼影烏炭般燻黑，她們的臉龐被胭紅弄得髒兮兮，她們的眉毛總是畫得太高。我寧死也不要跟她們一夥。我抿了抿嘴，現在看起來明亮、動人，但有點裂痕，而且我現在很渴。是時候幫自己煮杯茶了。

我把口紅丟回抽屜。起身前，我戴上一條長長的珍珠項鍊。當然是假珍珠。開門時，我聽見了吼般的噪音。我想不出那會是什麼。我越下階梯聲音越大。我站在最後一階，但我什麼也沒瞧見。我看著客廳。吼聲更大了。我在想，該不會是我腦中的螺絲鬆掉了吧。音量開始增大、震動。然後聲音就消失了。

「好啦。地板我都簡單幫妳吸好了。」海倫站在飯廳的門口，纏捲著吸塵器的電線。她的嘴猶豫了一下，最後定型成一個微笑。「妳要去什麼地方嗎？」她問我。

「沒有啊，」我說，「我沒有這個打算。」

「那怎麼會想戴上珍珠？妳把自己打扮得好漂亮。」

「有嗎？」我把手放上我的鎖骨。我戴著一條珍珠項鍊，我的手腕上也戴了東西，我還能嚐到口紅的味道。口紅，散發出一種臭蠟味，它在唇上形成的厚度更讓我窒息。我用手背擦拭我的嘴，但情況變得更糟了，整張臉變得髒兮兮的。爲此，我開始大力搓拭我的臉：我把開襟毛衣的袖子拉長作爲毛巾，然後在上面吐口水，又像母親又像髒孩子一樣摩搓著臉，就這樣花了好幾分鐘的時間，到我覺得終於弄乾淨了爲止，我注意到海倫一直都在看著我。

「把妳的毛衣脫下來給我，」她說，「我最好把它洗一下。」她的口氣像是我在跟她討水喝。

「喔，好。」我說。我動了動上身，把毛衣抖離我的皮膚後脫下，將它放在我的椅子上。

「我口好渴。」

「我一點兒都不意外，」海倫說，同時轉身離開客廳。「大廳的架上放了一整排冷掉的茶。」

我說，我想不出它們怎麼會跑到那裡去，但我想她沒有聽到我說的話，因爲她已經從我的眼前消失，走進廚房裡去了，反正啊，此時的我也正忙著低頭探看我的手提包。我記得自己放了些麥芽餅乾在裡頭。是昨天放的嗎？我已經吃掉了嗎？我從裡面拿出梳子、錢包，還有一些皺成一團的紙巾。我沒有找到任何餅乾，但其中一個口袋裡有張字條：別再買水蜜桃罐頭。我不會跟海倫說。我只把它放在另一張寫著今天的日期的字條底下。我的看護每天都會留一張類似的字條給我。也因此，我知道今天是星期四。我習慣在星期四去拜訪我的朋友伊莉莎白，但這禮拜我們好像沒有講好。她沒有打電話過來。如果她有打過電話，我一定會把它寫下來。她說過的話我都有寫下來，至少有一部分有寫。我會記下幾點應該出門去拜訪她。什麼事情我都會記錄下來。

屋內隨處都看得到紙片。它們散置在各種平面上，堆成山抑或聳如塔。用潦草的字跡寫下的購物清單、食譜、電話號碼或約定，還有各種記事。它們是我的紙上記憶庫。它最初是用來防堵我的失憶，但我女兒說我會把字條搞丟。我也把她說的這句話給寫下來了。不過，如果伊莉莎白確實有打電話來過，我一定會有那麼一張字條。我不可能搞丟全部的字條。無論是任何事情，我總是一而再再而三地記下。它們不可能一一都從書桌、流理台或梳妝台上消失無蹤。這時，我發現自己的袖子裡塞了張字條：伊莉莎白沒有跟我聯絡。另一面上頭所寫的日期很古老。我有一種很不祥的預感，怕她遇上了什麼麻煩。任何事情都有發生的可能。我記得昨天的新聞裡面有提到一件什麼事情。跟一名老女人有關。一件讓人不舒服的事情。而現在伊莉莎白消失了。如果她是被人暴力行搶後棄在原地等死怎麼辦？如果她是從高處摔下，無以透過電話求援怎麼辦？在我的腦海中，她躺在自家客廳，爬不起身，殷殷企盼好心人會從地毯底下一蹦而出，挽救她的性命。

「媽，妳覺得有沒有可能其實妳跟她通過話，但是妳忘記了？」海倫遞給我一杯茶。我都忘了她人在這裡。

她彎身親吻我的頭頂。透過頭皮上蓬鬆的細髮，我能夠感受到她雙唇的觸感。她聞起來有股香草的味道。可能是迷迭香吧。我猜她有種幾株。那對記憶力有幫助。

「因爲呢，妳看，妳已經忘記星期六那天我們出過門了，對吧？」

我把茶杯平穩地放在椅子的扶手上，並用手握著。當我的女兒提到跟過去有關的事情時，我不會特地去查證。我認爲她說的一定是眞的。我記不起任何與週六相關的回憶。就算我試圖去遺忘那天，我也不知道自己應該要遺忘些什麼。這樣的想法令我呼吸急促。這些突兀的空白令人心煩。而且不單只是心煩。我怎麼會忘記上個星期六呢？這樣的感覺我很熟悉，就如同我會忘記自己正在心跳、因羞怯而雙頰漲紅或恐懼一樣。別說上星期六了，我連想起昨天都有困難。

「所以囉，說不定妳其實有跟伊莉莎白講過電話。」

點點頭，我輕啜了一口茶，已經不知道我們的對話駛向何方。「也許妳說得沒錯吧。」我不太確定自己在同意些什麼，但我喜歡這種陷進一片空白的感覺，因爲這代表一個結束，我不需要再焦心地試圖去回憶些什麼。海倫笑了。那微笑是否暗喻著一種勝利呢？

「那就沒問題啦。我差不多該走了。」

海倫總是「該走了」。我從屋子的前窗看著她走進車門後駛離。我永遠也記不起來她是什麼時候到這兒的。也許我該把她抵達的時間寫下來。然而，縱使我在座椅旁的桌上寫了一大疊類似的紙片，這種「字條記憶術」仍有缺陷。許多字條已陳舊不堪，不再與其他字條有任何關聯，但我卻將它們統統和在一起，難捨難分。而且，就連那些新鮮出爐的便條，上面所記載的信息也不見得是正確的。這裡有張字條的筆跡還很新：**伊莉莎白沒有跟我聯絡**。我用手指輕觸那些字，有些字因而被我摸糊了。是真的嗎？我一定才剛寫下這行字沒多久。當然，我根本記不起來她最近有沒有聯繫過我。我伸手去拿電話。伊莉莎白的號碼記憶在按鍵「4」底下。電話響了又響。我寫了張字條。

2

「伊莉莎白不見了，」我說，「我跟妳提過這件事嗎？」我看著海倫，但她沒有回望我。

「有，妳講過。妳想點什麼？」

我坐在椅子上，視線從菜單的上方望出去。天曉得我們人在哪裡。我看得出來這裡是家餐廳——服務生的服裝黑白相間，桌面鋪上一層大理石板——但這是哪家餐廳呢？我有一種很不妙的感覺，我似乎應該要知道這裡是哪裡，而且我們可能是來這裡紀念些什麼。我覺得應該不是我的生日，但有可能是某件事的週年紀念日。是派屈克的忌日嗎？海倫一定會記得這種事，然後會把它安排成一個「特殊場合」。但店外頭的行道樹光禿禿的，所以時節是錯的。派屈克是在春天的時候走的。

菜單上頭寫著「奧利佛炭烤」。以皮革作爲封面的菜單頗有重量；我用手指觸摸那些磨損凹凸的文字。這間餐廳的名字對我來說缺乏意義，而它的書脊底部則在桌上不停滑動。我把它放在膝上，大聲地唸出裡面的內容：「奶油瓜濃湯。起司番茄沙拉。蒜香蘑菇。帕爾瑪火腿裹甜瓜——」

「沒錯，謝了，媽，」海倫說，「我看得懂上面的字。」

她不喜歡我把文字唸出來。每當我這麼做，她就會嘆氣，同時轉動她的眼睛。有時候她還會在我背後做出各種動作。我曾經透過鏡子看到她假意要掐我的脖子。「妳要點什麼？」問我的同時，她把菜單壓低，眼睛則仍盯著它不放。

「西班牙肉腸鑲胡瓜，」我還是唸了出來，我控制不了自己。「胡瓜又開始流行了嗎？我好些年沒在菜單上看見過它的身影了。」

在我還年輕的時候，人們很常種植胡瓜，還會舉辦比賽來選出那些最漂亮的。這類比賽現在都不常見了。我是因爲幾株胡瓜的關係才得以結識伊莉莎白的。當我第一次遇到她的時候，她告訴我，說她家庭院圍牆的頂端糊了一些卵石，我立刻就知道她家住在哪一棟。六十多年前，那一棟房子庭院裡所種的幾株胡瓜在夜裡被人給挖走了。而也不知道爲什麼，但我就是很想親眼去看一下那座庭院，因此她邀請我過去喝午茶。

「妳不會喜歡西班牙肉腸的味道啦，」海倫說，「還是妳想喝個湯？」

「之前我跟伊莉莎白也都會點湯，」我說，覺得這想法有點搔到癢處，「就在我們逛完樂施會的時候。湯跟三明治。我們還會一起玩《回聲日報》上的填字遊戲。我們好久沒一起玩遊戲囉。」而直到現在，她依然沒撥電話給我。音訊全無。我不知道爲什麼。她從不曾離開這裡；一定發生了什麼事。

「媽？輪到妳點餐了。」

一個服務生站在我們的餐桌旁，手上拿好紙筆。他已經站在那裡多久了呢？我很好奇。他躬身詢問我們要點些什麼，他的臉毫無必要地貼近我的臉。我側身遠離他。「海倫，妳最近有聽到關於伊莉莎白的任何消息嗎？有嗎？」我說。「如果有的話，妳一定會跟我說，對不對？」

「當然囉，媽。妳想吃什麼？」

「我的意思是說，她又不是那種能在假日出門遠遊的人。」我闔上菜單，想找個地方放，卻遍尋不著；有些東西擋在我的前頭。閃亮亮的東西，伊莉莎白的家裡也有。我想不出它們的名稱。這些東西擺在她的桌上，一旁還擺了布蘭斯頓牌的醃黃瓜、沙拉醬，還有好幾包麥提莎巧克力。那些包裝經常都是敞開的，巧克力球則是滾到了地板上，跟那種會出現在卡通裡的陷阱一個樣。我常擔心她會踩到那玩意兒而滑倒。「如果她在家跌倒了，我一定不會知道，」我說，「她兒子八成不會抽空通知我。」

服務生站挺了身，把菜單從我手中收走。海倫對他微笑，同時幫我們倆都點了餐；我不知道她都點了些什麼。他點頭後邁步離開，手上的筆仍寫個沒停，人則走過了有黑條紋的牆面。邊盤也是黑的；我猜一定是因爲這樣很時尚。這間餐廳看起來像是一份髒兮兮的報紙，冬天時用來保護蘋果不受凍的那種，整張皺巴巴的，除了廣告欄以外壓根沒法閱讀。

「我老是找不到東西。這樣很困擾，」我說，同時因意識到自己意外抓到了談話的主題而精神爲之一振，「他們會通知家屬，但不會聯絡朋友。至少在我們這年紀不會。」

「這裡本來是牛排館，媽妳還記得嗎？」海倫插嘴。

我剛剛說了什麼？我不記得了。某件事。某件事某件事某件事……

「妳還記得嗎？」

我的腦袋一片空白。

「妳跟爸以前都約在這裡碰面，對不對？」

我環顧著這個空間。有兩個老婦人坐在條紋花色的牆壁旁邊；她們專注地看著桌上某樣平放在兩人之間的東西。「伊莉莎白不見了，」我說。

「以前這裡還是牛排館的時候。你們都會在這裡約吃中餐。」

「她的電話響了又響。」

「牛排館。還記得嗎？喔，算了。」

海倫又嘆氣了。她最近常這樣。她根本不聽我說話，從不把我的話當眞，以爲我只想活在過去。我知道她在想什麼，她想說我瘋了，伊莉莎白人好好地待在家裡，只是我單方面忘記了最近曾跟她碰過面而已。但事實並非如此。我很健忘——我知道這件事情——但我沒有發瘋。還沒發瘋。而我已經受夠了被當成一個瘋子看待；我已經厭倦了那種充滿同情心的微笑。厭倦了當你把幾件事情搞混了時，人們那種諒解似的輕拍；而我最不能忍受的，就是每一個人都寧可聽海倫講，也不願意聽我這個事主的說法。我的心跳加速、牙根緊咬。我非常想要在桌子底下踢海倫兩腳，但我選擇踢桌腳洩憤。亮閃閃的鹽跟胡椒罐依偎著沙沙作響，一個酒杯也隨之倒下。海倫注意到了。

「媽，」她說，「小心一點，免得弄壞什麼東西。」

我沒有答腔；我的牙齒仍緊緊地咬在一塊兒。我想大叫，但弄壞東西也是個不錯的主意。我就想那麼做。我拾起奶油抹刀，往黑色邊盤用力一刺。瓷盤立刻應聲碎裂。海倫說了句什麼，髒話吧我猜，然後有個人急匆匆地跑向我。我仍看著那只盤。它從中心點微裂開來，像是張破掉的唱盤，得用留聲機才能聽的唱盤。

我曾在家裡的後院找到過幾片。它們被扔在菜園裡，碎裂片片，雜成一堆。我放學剛到家，媽就遣我去幫爸的忙。在他離場隱入工具間之前，爸遞給我他的鏟子，要我幫忙挖準備用來種植紅花菜豆的溝渠。因爲唱盤的顏色跟泥土極似，一開始我沒見著它們，直到我挖土時聽到有什麼東西在那劈啪響著，一會兒之後，幾些碎片就這麼卡在我手中農叉尖齒的縫隙之間。

當我意識到那是什麼東西之後，我把它們從土裡刮了出來，並將它們放在照得到陽光的草田裡來曬乾它們。我想像不到它們究竟從何而來。只有我們的房客道格拉斯有一台留聲機，但我想，如果他有哪張唱盤摔破了，他應該會讓我們知道才對。而且他是一個好男孩，不是那種會亂扔東西到菜園裡的類型。

「這些是什麼鬼東西？」媽出來收集待洗衣物時，發現我跪身在那些碎片的前面。

我已經把它們身上的塵土都撢掉了，正開始將它們拼湊在一起。我這麼做不是因爲我想把它們修好，而是想找出它們每一塊的歸屬。當我用滿是土灰的手梳理頭髮時，把一些髒污都抹到了我的臉上，媽幫我把它們都擦掉了，同時她說，一定是那些鄰居把這些唱盤從籬笆上頭拋了過來，扔在我們的田地裡。

「隔鄰每星期都會添個新房客。天知道這會兒他們都是些怎麼樣的人，」她說，「我不是第一次在這裡發現有垃圾啦。」她低頭望向那些不成形的黑膠唱盤。「老喜歡搞破壞。一無是處。

欸，茱德，幫我把它們攪在菜豆溝渠的底部。說不定能幫助排水。」

「好，」我說，「先等我把它們拼回去。」

「爲什麼？妳是想把它們當作草坪上的踏腳板嗎？」

「可以嗎？」

「別傻了。」

她大笑，然後將洗衣籃頂在她的臀部，腳步優雅地踏在一片又一片的碎唱盤上，一路踏到了廚房門口。我看著她進門，相較於我們家房子磚瓦的亮紅，她那一頭紅髮則顯得黯沉許多。

我沒花太多時間就把碎片拼了回去，在冬日的暖陽底下，邊聆聽鴿聲咕咕邊做這差事很舒服。這有點像是在玩拼圖，只可惜雖然我盡力都拼了回去，碎片的數目卻有短少。但至少我現在能讀懂上頭的標籤了：「維吉尼亞」、「我們三人」以及「我孤身一人」。

我坐回腳踝上。裡頭有些唱盤是我姊姊非常喜歡的，她常央道格拉斯放那些唱盤給她聽。而它們現在在這兒，連同大黃跟洋蔥的殘渣搗爛在一起。我不知道到底有誰會做出這種事，也不知道這個人的動機。我把碎片又統統攪和在一堆，然後將它們散撒在溝渠中。當我朝屋子往回走時，我看見道格拉斯站在窗旁。有那麼一下子，我以爲他正朝下注視著我，但我忽然聽聞一群鳥匆忙地從樹籬的陰暗處往下鑽動，而我的頭轉得正是時候，我瞥見一個女子的形影急匆匆地跑開。

「我半小時之內得去接凱蒂，」海倫邊說邊穿上她的大衣，完全不在乎我還沒吃完我的冰淇淋。

冰涼、沁透的感覺環繞在我的舌邊，但我嚐不出它原初的口味。從它的顏色來判斷，草莓吧我想。在我們離開以前，我也還得上個廁所。不知道女廁在哪裡。不知道我以前有沒有來過這家餐廳。它讓我回想起那家老牛排館，以前我跟派屈克還在交往時都會約在那裡碰面。它的價格不算貴，它沒有販售異國料理，也沒有純白的桌巾，但它的料理都烹調得很美味，擺盤也很漂亮。想當年，我總會在午餐時刻，從話務中心那裡走過來，選定一個窗邊的桌子後坐下來等。派屈克會從港口搭路面電車過來。他的公司就在那兒，負責規劃重建業務。他會一路跑著過來，頭髮迎風飄揚、雙頰紅潤。他只要一看到我就會露齒而笑。現在已經沒有人會這樣對我笑了。

「媽，妳需要上洗手間嗎？」海倫幫我把外套拿出來了。

「不用，不用，我不需要。」

「好。那我們就走吧。」

她對我有點不開心。很明顯我一定是做錯了什麼事。很丟臉的那種嗎？我對服務生說錯了什麼嗎？我不想問。有一次我對一個女人說，她的牙齒讓她看起來像一匹馬。我記得海倫跟我說我講過這句話，但我毫無印象。

「我們要回家了嗎？」不提糗事。

「對啊，媽。」

趁我們在吃飯的時候，太陽下山了，天空現在是一片墨黑色，但我仍可以藉由汽車的擋風玻璃看到沿途的路標，並在我意識到以前一一大聲地把它們都唸了出來。「禮讓他人」。「平交道口」。「減速慢行」。海倫握住方向盤的手變成白色。她沒有跟我說話。我忽然發現自己膀胱脹滿，因而坐立難安。

「我們要回家了嗎？」

海倫嘆了口氣。這表示我問過這問題。當車子轉入我所居住的街道時，我意識到自己的忍耐力已經到了極限。我沒辦法再等了。「在這裡讓我下車，」我對海倫說，手同時摸索著門把。

「別傻了，我們都快到家了。」

我硬將門打開，海倫只好緊急煞車。

「妳在搞什麼鬼啊？」她說。

我焦急地跳下車，順著路往前跑。

「媽？」海倫叫我，但我沒有回頭。

我彎著上身衝向自家大門。每隔幾秒鐘，我就使勁掐膀胱那兒的肌肉。我人越靠近家，來自膀胱的壓力就更強烈。我邊走邊脫下大衣，四處摸找著我的鑰匙。抵達門口時，我兩腳交替踏步，瘋狂地扭動著鑰匙想開鎖。但不知怎的，鑰匙轉不太動。

「天啊，天啊，」我大聲抱怨。

終於，我感覺到鑰匙咬住了鎖，並開始轉動。我踉蹌地穿過大門，隨手就將它甩關上，手提包砰的一聲墜地。緊抓扶手，我急爬上梯，大衣被我抖落。但當我趕抵浴室時已太遲。手放在鬆緊帶上，我開始排尿。我扯下長褲，但沒時間應付其他衣物，只好坐在馬桶上任尿液滲透我的棉內褲而出。有那麼一小段時間，我任由自己向前彎下，頭枕在手上，眉毛枕在膝上，濕透的長褲黏在我的膝蓋上。然後，我緩慢而笨拙地踢掉了自己的鞋子，將那件又厚又濕的褲料從腳上脫掉，丟進了浴缸。

屋裡沒有開燈——我沒有時間去扳電燈開關——我坐在黑暗中。開始哭泣。

我得將「記下所有事情」這個行爲做得有條有理。伊莉莎白不見了，我得要想辦法找出眞相。但我腦中現在一片混亂。我不確定自己最後一次看到她是什麼時候，也不記得我發現過什麼線索。我打過電話，沒有人來接。我已經有一段時間沒有看到她。我想是這樣。她沒有來探望我，我也沒有去探望她。然後呢？我想我得去她家一趟。搜尋蛛絲馬跡。無論我發現了什麼，我都會把它寫下來。我現在得放幾枝筆進我的手提包裡。這個行爲必須有條有理。我把它寫下來了。

在我離開門廊之前，我再三確認身上有帶鑰匙。當我腳步沉緩地踏過前門小徑時，蒼白的斜陽照在一旁的草皮上，而松樹所散發出的味道讓我覺得心中很踏實。我猜我已經好幾天沒有出門了。外頭應該發生了什麼事，使得海倫有點焦慮。但那對我來說是一片空白，而這讓我覺得頭昏眼花。

我穿了一件羊毛連身裙，搭上一件針織外衣，再套上一件絨布大衣，但我還是覺得很冷。走過凱洛雜貨舖時，我在鏡中看到了自己。背部佝僂的我長得跟溫可太太[3]沒兩樣，只差我身上沒

3 此角色出自童書《溫可太太的故事》（The Tale of Mrs. Tiggy-Winkle），牠是一隻脾氣暴躁的刺蝟。此書作者為英國童書作家碧翠絲．波特，她也是「彼得兔」的創作者。

長刺而已。邊往前走，我邊確認自己的提包裡面有放幾枝筆、口袋裡面有放一些紙。每走幾步路我就會簡單再確認一次。而最重要的，就是把每一件事情都寫下來。有好一下子的時間，我有點不確定自己該寫下什麼，但我腳下的路提醒了我該做的事。我路過鎮上最後幾棟被屋主粉刷成病態的綠黃色組合屋（伊莉莎白譏笑它的醜態，還說如果她能找到這間房子的揑陶複製品，說不定能值不少錢），路過一間旅館的背面，這裡的路面被一種暗色的液體沾染得滑溜（伊莉莎白說，那是早餐時間結束後被扔出來的茶渣），然後經過一座滿布蝸牛的前院。一棵美麗的刺槐樹從這座庭院中伸展而出，我從它的底下走過（伊莉莎白每年都會撿它的折枝回家種，但每次都長不成）。

伊莉莎白家的房子外牆漆成白色，窗戶都是雙層的。廉價薄紗窗簾不免讓人聯想到此屋的主人乃靠養老年金過活，但我沒資格說這種話，因爲我們家也是買同一種的。這棟房子建於戰爭剛結束的時期，整條街上的房子都是新建的，庭院的圍牆也自此從未改變過。第一任屋主在圍牆頂糊上了卵石，後繼者則維持了這項景觀。現任屋主伊莉莎白想都沒想過要把它們鑿掉。在我還是個女孩時，我對這區的房子充滿了好奇，特別是這一棟，因爲它擁有那座糊了卵石的圍牆。

我按了電鈴。「它在無人的房屋中回響不已。」這個句子從我腦海中的某處冒了出來，但鈴聲本就該在屋中造成回響，並不會因有人無人而產生差別，不是嗎？在等候的同時，我將一邊的手掌插入擺放在門廊上、裡面塡滿泥土的桶子當中。以前這些桶中擠滿了花花草草，但如今土壤表面就連一絲綠意也無。伊莉莎白今年一定是忘了種下那些球莖了。我很快地把手抽出來。我想不出爲什麼自己會把手插進土壤中。我只是想摸看看土下是否暗藏生機嗎？或者我是在尋找些什麼呢？

我面對著柵門，好奇自己已經在這裡等了多久。五分鐘？十分鐘？我看了一下自己的手錶，但依舊沒得到任何線索。我的時間不再相對，卻是絕對。我再次摁鈴，同時小心翼翼地記下時間，然後注視著秒針繞圈。五分鐘過後，我寫下：**沒有伊莉莎白的跡象**，於是我準備離開。說不定她**真的**是去度假了，就好像誰跟我說過的一樣。或也許正在她兒子的身旁？但如果眞有此事，我一定會把它寫下來，我很確定自己會這麼做。我有一些舊的記事上就記載了此類訊息。這種瑣碎的訊息是聊天的好體裁，對我來講也算是資訊的一部分。「妳知道伊莉莎白去了南法嗎？」我可能會這麼跟海倫說，或是「伊莉莎白搬去跟她兒子一塊兒住，」我也許會跟卡菈提起這事。這類型的消息很寶貴。如果是以前，海倫會爲了聽我說這些瑣事而願意多留下來陪我個三十秒鐘。

也因此，我確知這次不是記性出了問題。伊莉莎白不見了。但直到目前爲止，我唯一能夠確定——而且證明——的是，她「現在」不在家裡。

走到大門口時，我忽然有個想法。我轉身往回走，藉由屋子的前窗往裡頭瞧。我把鼻子頂在涼涼的玻璃上，同時把我的雙手做成兩只倒扣的杯子，放在我的額頭上。我的視線可以穿透窗簾，雖然窗簾的遮蔽爲黝暗的室內添上一層迷濛，但我還是看得出空蕩的座椅跟蓬鬆的靠墊。她的書被整齊地堆置於書架上；她所收藏的琺瑯鍋、花瓶及湯碗排成一列，擺在壁爐上。「誰知道呢，」每當我因看見那葉脈奇醜無比的樹葉模鑄或做工精細得病入膏肓的魚型天秤所展露出的反應惹得伊莉莎白大笑時，她總在笑完以後會這麼說：「說不定其中哪一個價值連城呢。」當然，她視物不清，只看得到顏色所散發出的些微亮度，但她喜歡那種觸感。如同動物或昆蟲所帶來的舒坦。她可以從陶器的表面勾勒出它們的輪廓，釉彩的柔順一如蛙膚、滑溜如同泥鰍。她生命中最大的期望就是發現一件稀世珍寶。而也因爲這層「投資」性質，她兒子才允許她留下這些「寶物」。要不然它們老早就被扔進垃圾桶了。

我拿出一枝粗筆，以及一張亮黃色的方形紙，準備把我罕少的發現連結在一起：非常整齊。沒有伊莉莎白的蹤影，燈沒有亮。人往後退，我的腳不小心踩進花圃而陷入泥土，留下一枚清晰可見的鞋印。幸好我沒打算做任何非法的勾當。我小心地踩在花圃的邊緣，走到了屋子的側邊，然後從廚房的窗戶往裡頭望。這裡沒有裝紗窗，因此我可以清楚地看到空無一物的流理台跟乾淨得發亮的水槽。廚房裡沒有食物，我這麼寫。沒有麵包，沒有蘋果。沒有洗潔用品。線索不多，但至少有點起色。

我穿過公園走回家。沒有下雨，因此我剛好可以呼吸點新鮮空氣。青草有點受凍，我享受著聆聽它們在我腳下清脆的響聲。演奏台另一邊的某個地方有個大洞，像隕石坑那樣，裡頭種滿花草，擺了幾張長椅。海倫布置的。那是她最早被委託的幾個案子之一，雖然細節我記得不是太清楚，但我記得他們運來了好幾噸的土。那是一個人造的向陽空間，就連熱帶花草都能在那兒存活。她向來擅長園藝。她應該知道哪裡最適合種胡瓜：下次跟她碰面時，我一定要記得問她這件事情。

足足有七十年的時間，我的生命都在跟這個演奏台擦肩而過。以前要上電影院時，我跟我姊姊都會走這條路。戰時，他們常常在這裡舉辦音樂會。用來鼓舞大家。摺疊椅一張張都被搬了出來，附近擠滿了身穿卡其色衣服的男子。置身青草綠地的背景之間，他們再難以藏匿其蹤跡。蘇淇會慢下腳步，聆聽樂團的演奏，同時對著那些士兵微笑；因爲會去亭閣那跳舞的緣故，她總是會認識其中的一兩名士兵。因爲急著想進入小鎮，我總會在她跟柵門之間來回奔跑，焦急地想知道我們是要去看哪一部電影。我希望我現在也能像以前那樣地跑，但我體內的那陣風早已消散無蹤。

走到公園外的階梯處時，我回頭張望；天色已暗，有一個人影跪在草地上。一名男孩站在演奏台上呼喚某人的聲音讓我顫抖，從而加緊腳步跑向大街。第三個台階再下去有一塊亮閃閃的石子。我踩滑了。我試著抓住扶手，但沒抓到。我的指甲一路刮著磚牆，我的手提包晃轉了很大一圈，把我拖往它的方向。我側著身重重著地，我的下巴因手臂肌肉傳來的劇痛而緊咬不放。鮮血從我的身體內部奔瀉而出，就好像它們不知道該去向何方；我發現自己雙目圓睜、眼皮撐大、兩眼乾澀。

驚駭慢慢遠去，我再度獲得眨眼的能力，但我過於勞累，無法立刻起身，因此我往旁邊一滾，在原地休息了一分鐘。我可以看得見扶手生鏽的內底，還有它下頭幾幅看起來像是砂畫的圖案，那是一隻狐狸。不知爲何，我的掌心摺痕中沾有泥沙。台階的尖銳處刺進了我的背部。至少我平安跌到了底部。這些台階總讓我心驚。我沒有撞到頭，不過側身跟手肘都受到強烈碰撞，明天就會長出瘀青。我可以感覺到它們滿布在我的皮膚底下，把我當作一杯黑莓汁那樣在染色。我還記得兒時研究自身瘀青的樂趣，它們又黑又藍，它們的外型多麼像是雲朵。我常常因爲撞到家具，而在自己的臂部發現黑點；或因爲不小心將手指捲進絞軋機[4]而獲得一手紫色指甲。有一次，我的朋友奧黛莉在東崖處吊掛耍寶時腳步一滑，我爲了抓住她而猛撞上欄杆，結果胸前就留下一條暗沉的橫線。有一次的瘀青則是一個追趕我回家的瘋女人造成的。

家裡要我出去買東西，我在櫃檯處遇到她。她對著店員喃喃自語些什麼，我開口要一罐水蜜桃跟媽的廚房配給用脂油。當東西在過磅及包裝時，我站得離她遠遠的，眼睛望向店內高處的一個角落。店裡有股像是大茴香的味道，而我覺得似乎是從那個瘋女人身上傳出來的，不過其實更有可能是擺放在紙風車旁的那些甘草糖罐所散發出來的。付完錢，我把雜貨抱在胸前離開雜貨店，站在路上等路面電車通過。忽然間砰！好大一聲，聲音來自我的肩膀。我的心臟跳好快，我的呼吸在喉嚨間發出口哨般的噓聲。

是她。她跟著我出來，然後用她的雨傘打我。她總是傘不離身。那是一把破舊的黑傘，半開半闔，使它看起來像是一隻受傷的鳥。她常會站在巴士的正面揮傘要司機停下，然後她會拉起自己的裙襬，秀出她的底褲。人們說，她會這麼做，是因爲在戰爭還沒有發生之前，她的女兒被一輛公車撞倒後輾斃。大人們或小聲談論，或編造低俗的笑話，但如果你提出疑問，他們會要你閉

4 **mangle**，此為英式講法，在美國則將它叫做**Wringer**。它的主要結構是一塊平板，平板上嵌著一塊凸起的木頭，其上則是另一根可轉動的圓形木頭，它的旁邊有一個把手，藉由轉動把手，衣物就會被慢慢捲入，逐漸擰乾也壓平。隨著時代進步，後期也出現了以蒸氣或電力操作的絞軋機。

嘴，別胡亂刺探，離她遠一點就對了，彷彿她身上有什麼傳染病一樣。

電車的後半截總算緩緩地駛離，然後砰！她又打了我一下。我跳過馬路。她跟了過來。我在自家所在的街道上奔跑，慌亂之中弄掉了水蜜桃罐頭，她追逐著我，口中嚷嚷些我聽不懂的話語。我從廚房的門跑進去，呼喚我的母親，她衝出門趕走了那女人，也拿回了水蜜桃罐頭。

「我不是經常跟妳說嗎，別盯著她看，別跟她說話，離她遠一點，」媽進門回來時說。

我告訴她我什麼都沒有做，她自己莫名其妙追著我跑。

「嗯，我從來沒在雜貨店遇見過她。也許我們該叫個警察，但我心裡總覺得她很可憐。我猜她可能不喜歡看見年輕的女孩子出現在附近吧，」媽這麼說，同時凝視著窗外，以防那女人還在附近遊蕩。「因爲她女兒被一台公車撞死了。」

我所犯下的錯誤，大概就是因爲我是名年輕女孩吧。但我後來再想，覺得她說不定是餓了，或想要奪走我的配給品。在那件事情之後，我的肩膀處出現了一塊瘀青，好幾星期以後才消退。在那期間，那塊暗青色就這麼停留在我蒼白的皮膚上。瘀青的顏色跟瘋女人的傘的色彩如出一轍，就如同它在我身上留下了它身體的一部分一樣。一根烏青的羽毛，來自一對殘破的雙翼。

3

我打電話叫了醫師。卡菈要我別這麼做，但我的手臂非常疼痛。我擔心情況可能比表面上看起來還要嚴重。她說老人家早上起床都會這樣。她沒有用「老人家」這個詞，但我知道她的意思。當她意識到我已安排好醫師時，她打電話給我的女兒，要她過來勸退我。

「老天啊，媽，她不是告訴過妳別麻煩人家嗎？」海倫說。她坐在窗邊的椅子上，四處張望著醫師的蹤影。

「但是海倫，我生病了，」我說，「我覺得我生病了。」

「上次妳也是這樣講，但是妳根本就沒有任何毛病。妳只是不年輕了；醫生沒辦法幫上妳的忙。喔，他來了。」她從椅子起身去開前門。

他們在大廳說話，我聽不到他們在講些什麼。

「好啦，荷珊太太，」他說。他走進房間裡頭，把耳機的線纏在隨身聽，或是不知道他們現在叫這玩意兒什麼名稱的東西上。「我今天早上比較忙。妳的身體哪裡覺得不舒服？」

我的醫師很年輕。非常年輕，非常英俊。黑色的頭髮垂下他的額頭。我朝他微笑，但他並沒有回禮。「我人沒事，」我說，「怎麼了嗎？」

他從鼻腔吐氣，聲音聽起來很急躁，像是一頭在獵食的動物。

「妳要求會面，荷珊太太。妳說情況很危急，妳需要醫師到府提供醫療服務。」他看著海倫，然後坐下，用他的手握住我的手腕，然後按壓，同時看著他的手錶。「妳還記得是怎麼了嗎？」他說，「妳最近經常打電話來。一般人通常不會在人沒事的狀況下，要求醫師到府協助。」

背對著他，海倫搖了搖頭。

「我沒有常打電話過去，」我說，眼睛繼續看著海倫。

「事實並非如此，對吧？」他說，並在筆記本上草草地寫了些東西。「事實上，妳這兩個星期總共打了十二通電話給我們。」

十二次？他一定是把我跟其他病患搞混了：肯定是電話線路錯亂了，或接線生接錯了受話人。

「我呢，並不是指責妳編故事騙人，眞的，我沒有這個意思，但我不確定這裡究竟有沒有什麼事情需要我的幫忙。」他拿出一支小型的手電筒。「也許是跟醫療無關的事情。」

「對不起，」我說，臉從燈光中別開，因爲那像是一隻蒼蠅對著我嗡嗡嗚叫。「但我眞心覺得這些電話不可能都是我打的。我向來都很勇健。」

「我知道，」他說，並把手放在我的額頭，讓我沒有辦法移開，然後用手電筒照射我其中一顆眼睛。「那就是爲什麼我心裡會覺得有點沮喪。因爲只要妳叫我過來，我就沒有辦法去治療那些真正需要協助的病患了。」

我沒有辦法思考，手電筒的燈光閃爍的時候我沒有辦法集中精神。燈光閃了又閃，但他要我睜開雙眼。「我不懂，」我說，「我跟我的朋友伊莉莎白不同。她沒有什麼辦法出門。她的視力很差，她的腳步不穩。但是我——」

「但是以妳的年紀來說，妳的身體狀況很好。我知道。」

他把手電筒移開，我對著他皺眉頭。有好一下子的時間我不知道他來這裡做什麼。「但我要跟你說，醫師，」我說，「我的朋友伊莉莎白。她不見了。」

「喔，媽。別又開始講那個，」海倫打斷我的話，「抱歉，她現在對這件事有點執迷。我已經告訴過她，我會去查看看發生了什麼事。」

「這才不是執迷。我不知道她已經消失多久——」

「我很確定妳的朋友會再跟妳聯絡。妳要好好休息，讓她的家人照顧她。好不好？休息是一切的關鍵。好了。我得去看我其他的病人了。」他拿起他的提包，轉身面向海倫。「我有注意到她這禮拜要做抽血檢查。」他掃了我一眼。「有機會的話，妳可以考慮幫她安排一下健康檢查。」

當他跟海倫說話的時候，他已經把小塞子，那個帶線的小貝殼，給塞回了他的耳朵。他不知道是在聽些什麼，這讓我好奇了一下。我用手，像杯子一樣，把自己的耳朵給摀住，過濾掉外界的聲音，想聽聽我體內如海浪般在循環流動的聲音，血液的歌曲。但是雙手不像貝殼那麼好用；它們沒辦法製造出正確的回音，或其他什麼名稱的效果。送醫師出門後，海倫走回來，坐在我的椅子的扶手上。

「妳不需要把耳朵遮起來，媽，」她說，「他又沒有大吼大叫。但現在，妳能不能夠答應我，別再打電話到診療室去。也別再提到跟伊莉莎白有關的這些癡話，好不好？」

我沒有答腔。

「媽？」她抓住我的手臂，我大叫出聲。「妳怎麼了？」她說，然後把我的袖子往上拉。我的皮膚上有瘀青。它們在我手肘處擴散，像是翅膀一樣。「老天啊。妳怎麼沒跟醫師說這件事情？我立刻打電話要他回來。」

「不要，我不要，」我說，「我無法忍受那隻蒼蠅在我臉上飛。我不要他再過來這裡。」

「對不起，」海倫滑下扶手，半蹲在我的面前。她握住我的手。「對不起，我剛剛沒有相信妳。對不起，我剛剛也沒有要醫師詳細檢查妳。妳怎麼會弄出這些瘀青的，媽？」

「是一根雨傘弄的，」我說，但實際上我不記得了。

她坐下，輕拍著我的手好幾分鐘，我握住了她的手指，感受著她那因擦洗泥土而紅腫、破皮的指甲周圍。我們好久沒這麼親密過了。

「我母親臨終前，我也是坐著，握住她的手，」我說，但其實我本來不想說出口。

「妳還很硬朗。」

「我知道。只是這個動作讓我回想起了這件事，就這樣而已。到她死去為止，她什麼也不知道。我很不希望她是這麼走的。」

海倫稍稍坐起身來。「不知道什麼，媽？」

「跟蘇淇有關。」我抓住她的指尖。「這就是爲什麼我想要找到伊莉莎白。」

海倫嘆了口氣，放開我的手。「我很快就得走了。妳需要我幫妳買什麼東西嗎？」

我告訴她不用，但我後來改變了心意。「我想要買一件新的毛衣。」

在伊莉莎白視力還沒那麼壞之前，在她還沒有成天關在家裡之前，她會出門去採買。在她最後幾次採買的時候，她買了一個絲綢做的眼鏡盒送我。每次只要我打開手提包，我就會看到它。光線會駐足在它那灰白的絲綢表面上，而它摸起來卻是冷的。每當我要拿錢，或在尋找我的公車票卡時，我就會感受到它的存在。其實我只有閱讀的時候需要戴眼鏡。但當你到了一個年紀之後，周遭的人就會要你成天戴著它。就好像那是你制服的一個套件一樣。不然他們要怎麼樣一眼就看出你是個老傻蛋呢？他們要你佩戴這些正確的小道具，他們才有辦法把你，跟其他年齡不到七十歲，還保有尊嚴的人區隔開來。假牙、助聽器、眼鏡。我有全套。

在我要離開家門之前，海倫總是會檢查，看我是不是有把這些東西都帶在身上。雖然除了檢查我有戴上假牙之外，她不大會檢查別的，但眼鏡也是檢查重點之一。我猜，她可能認爲我如果忘記戴眼鏡出門就會撞到東西。因此我脖子上永遠都用鍊子掛著一副眼鏡——結果其實是用來準備讓我隨處都可閱讀。它們現在用處不大。我想要一件毛衣。顏色要很明顯，用細羊毛編織的。就像是我們以前常穿的那種。如果我能夠把現在這個畫面記下來，我想我就不會忘記自己在尋找什麼。但我到現在還沒能找到它，而我已準備好要遺忘。

我開始細翻一個放滿襪子的方形箱。依傍著它的邊緣，我的雙手沉入了那片纖維之海中。一個我母親就著一只皮箱的側邊擊打大量衣物的畫面在我的腦海中瞬間閃現，消失。「我不懂，爲什麼要找到一件正常的毛衣這麼困難。」

海倫跟凱蒂同聲嘆息，我很好奇我們已經在這裡繞了多久，我們已經花了多少的時間在找衣服。我開始後悔，不應該提議進行這趟旅程。講起來很可惜，因爲我以前很熱中購物。但現在的店家跟以前大不相同，什麼東西都雜放在一塊兒，四處亂堆。而且出現好多奇怪的顏色。誰會在身上穿這些亮橘色的東西呢？他們看起來鐵定就像個挖路工。這樣看來，年輕人什麼樣的衣服都敢穿。

看看凱蒂就知道了。說來有趣，我居然有個外孫女在臉上「穿了環」，不過我猜想，其他青少年應該會覺得她這樣很樸素吧。如果我年紀輕一點的話，或許我也該來去「打個洞」。她靠在一排花稍的裙子旁邊，正在模仿我的動作；只有海倫挺直了身子，站在走道的正中央，逼使其他來買東西的人都得閃身躲避她。

「老媽啊，我們已經讓妳看過上百件的毛衣了，」她說，「妳哪一件都不要。這裡沒有其他花色了。」

「哪可能有到一百件。」海倫誇張其辭的說法讓我有點惱怒。「那邊咧？我們還沒去看過那一區。」我指著女裝區的另一邊。

「外婆，我們才剛從那邊走過來。」

當然囉。有嗎？

凱蒂將自己推離長裙，同時把一件奶油色的毛衣拿離可滑動的展示架。「妳看，這件很漂亮。它的顏色也符合妳的要求。」

「那一件有腰身。不好。」我搖搖頭。「我眞的不懂。我只不過想找一件圓領的毛衣。不要立領，不要V領。保暖，但不要太厚。」

凱蒂對她的母親笑了笑，然後轉身面向我。「對，而且不能太長，但也不能太短——」

「沒錯。有半數毛衣的長度連妳的肚臍都不到。然後，我知道妳覺得這樣很好笑，凱蒂，」我說，但其實我是在開口回答她以後才意識到的，「但這樣的要求不過分，對吧？一件普通的毛衣。」

「還有普通的顏色。黑色或海軍藍或米黃或——」

「謝謝妳啊，凱蒂。妳可以笑我，但妳總不可能眞要我把這些奇怪的顏色穿上身吧。紫褐色或藍綠色或管它是什麼顏色。」我忍不住笑了出來；被開玩笑的感覺很好。伊莉莎白也常開我玩笑。這會讓我覺得自己活得像個人。至少對方覺得我夠聰明，能夠聽得懂一個笑話。

我的外孫女笑了，但海倫把雙手放在額頭，藉此細看一排又一排的衣服。「媽，妳不覺得要找到一件能夠符合妳要的長度、厚度、顏色、領型，還有天知道妳還有什麼其他特別要求的毛衣，根本就是大海撈針嗎？」

「不會啊。在我還年輕的時候，我通常都可以找到一件合適的毛衣。以前的選擇比現在還多。」

「啥——在施行配給制度的時候？怎麼可能。」

「眞的啦。或者至少，妳總是有辦法找到一個人依妳的需求，幫妳量身打造。而蘇淇也常會拿些漂亮的衣服給我。」

我姊姊的穿著總是很有個人風格，特別是在她結婚以後。她把衣服裁切後，再用那些材料做出一件新的。不過當然囉，我母親老疑心她從哪弄來的錢，遑論那些折價券；而爸則會搖搖頭，講些關於黑市的五四三。有一次，她拿給我一件天鵝絨材質的短上衣。我愛不釋手，任何場合都穿著它。一段時間之後，我則希望自己能夠好好保存它，留待正式的場合才穿。最後一次見到她時，我身上穿的就是這件短上衣。

當她穿過廚房的門進入時，我正在切麵包。當時，就算我把學校的制服換成套裝搭配我的短上衣，也比不上她那件鴨蛋藍套裝跟那一頭拉娜·透納[5]式的鬈髮。她大我七歲，比我世故十倍。

「哈囉，茱德，」她說，然後親了一下我的頭頂，「媽呢？」

「在換上另一件開襟毛衣。爸出門去買炸魚排跟薯條。」

蘇淇點點頭，隨即在餐桌旁坐了下來。我把茶壺推進陽光中，想說這樣能讓它維持溫熱的時間久一些。我們家的廚房通常都是昏暗的，只有在太陽即將下山的時候，陽光才有機會穿過後園茂密的荊棘籬笆射入。我們以前都會算好吃晚餐的時間，以趕赴那與陽光會面的最後時刻。

5 **Lana Turner**，美國影星，生於一九二一年，卒於一九九五年，曾獲奧斯卡最佳女演員提名。一頭金黃色的鬈髮為其招牌之一。

「道格拉斯在家嗎？」當她說話時，蘇淇微傾向前注視大廳，視線飄向樓梯。「他昨晚在這裡過夜嗎？」

「當然。不然他還能在哪？」我大笑。「他是我們家的房客。他付房租給我們，就是因爲他想在這裡過夜。」我放下擺齊杯具的工作，抬頭看她。蘇淇沒有笑；她臉色蒼白，坐立難安。她轉動了一下手上的戒指，然後花了很長的時間在整理她那件掛在椅背上的外套。

「我想我今天應該會住在這裡，」她總算開口，而且她一定也注意到我正在盯著她看，因爲她的臉上忽然掛起微笑，「這樣會很奇怪嗎？不好嗎？」她看起來很眞誠地在問我。

「不會啊，」我說，「妳可以睡在我的房間。妳那張舊床還在。」

媽走下階梯，走進廚房，跟蘇淇打了招呼，親了她一下。「妳爸很快就會帶著炸魚排回來了，」她說，「喝杯茶吧。茉德，能不能幫妳姊倒杯茶？」

「謝謝妳，小美人，」蘇淇說。只要我幫她倒茶，她都會這麼叫我。

「需要我現在先去幫妳把床整理好嗎？」

「先不用，小茉，」她聲音低沉地說，「先讓我思考一下。」

鬈髮倒好了茶水，我覺得自己似乎錯過了什麼。爸回來了，我們一起把熱魚排跟薯條擺放於盤上，醋的刺鼻味隨煙氣上飄。蘇淇現在看起來比較沉穩了，但當媽問她法蘭克是否一切安好時，她不小心弄掉了茶匙。

「再好不過，」她說，「他今晚就得走，準備好行李要去倫敦。他們現在正在把東西打包上貨車，這就是爲什麼他今天沒辦法過來。一堆人都忙著把東西搬回家。」

蘇淇的丈夫繼承了他父母的事業，專門負責運送家具，戰爭時都忙著幫人把家具從被炸毀的建築中挖出來，搬到臨時的住所。而現在，他則是忙著幫他們把家具搬回原址。

「既然他暫時不在家，還是妳最近要回家吃晚餐？」爸說，「能常看到妳也很好。」

「是啦，我是可以回來吃。就法蘭克不在的這段期間。這棟房子這麼大，就你們幾個人吃飯，好像怪無聊的喔？」

「當然啦，」道格拉斯走進廚房大聲回話。他從美國電影學的字彙，都盡量用在日常生活中。他的怪腔調很讓人生氣，但媽跟蘇淇都告誡我別動怒，因爲他在一場夜襲的時候失去了母親。「蘇淇，妳最近還好嗎？」他邊說話，邊坐上他的位子，然後開始就著餐桌吃晚餐。

「還可以，道格，謝謝你的關心。」

因爲怕著條變冷，那一頓飯我們吃得很急。爸說，他的工作時間會有調動，因爲另一名員工從軍隊退下來了，因此要考量到他送郵件的路線跟道格拉斯的牛奶配送時間會不會有衝突，而媽則抱怨肉販攤前總是大排長龍。爸媽說的話我只聽進一半，我另一半心思則依序放在蘇淇及道格拉斯身上。我沒辦法控制自己的耳朵，老想著要聽他什麼時候會再開口爆出一句美式俗諺。他講話帶罕布夏的口音，所以常怪腔怪調。

「我在想，晚點要去浴缸街，去看場電影，」他吃完飯以後說。他看著蘇淇。最後一抹陽光照上他的臉，也照出了他嘴邊的殘渣。有一片C字形的粉色肉皮黏在他的臉頰上，另一片則黏在他的下巴。

「那我先走囉，」蘇淇說，同時打開她的粉餅盒，往自己的鼻子補了些粉底。

她手勢純熟地順著補上了前額，這讓我想起，她曾答應過要教我怎麼化妝。道格拉斯注視著她一小段時間後才起身離開，去大廳拿他的大衣。我在想，如果有一種化妝品是專爲道格拉斯設計的，那一定是種能夠遮蓋掉他那把鬍子的粉末。

當媽起身收拾餐盤、爸把那份油膩的報紙扔到外面的垃圾桶時，我傾身向蘇淇。「妳今天晚上會住在這裡嗎？」我問她。整頓晚餐的時間我都在思考這件事，也想到了幾個可能的原因。「妳跟法蘭克之間發生了什麼事嗎？」

她搖搖頭。「我告訴過妳，小茉，我需要思考一下。事實上，我想我現在還是回家比較好。掰囉，爸，媽。下次見。」直到她走靠近門邊，我才想起來。

「我準備了一個禮物要送給妳，蘇淇。」

她微笑；眞摯，眞誠，今晚的頭一次。

「是頭髮專用的喔，」我說，輕微地洩漏了些些驚喜。我星期六的時候在沃爾沃斯[6]買了一對梳子，一把是送她，一把則是留給我自己的。它們的外型有如龜殼，上頭布滿了做工粗糙的飛鳥。但每當我把梳子放到陽光底下，飛鳥的翅膀就宛如即將拍打，振翅而去。

「好漂亮。謝謝妳，親愛的，」她說，然後打開了包裹梳子的面紙，將梳子插入她耳朵上方的髮浪之中。

6 **Woolworth's** 為現今平價百貨商行的先驅之一，其所樹立的營運方式至今仍為多數同類型公司所採用。它最早成立於美國，現在於德國、奧地利、墨西哥、紐西蘭等國家都有據點。英國分公司則成立於一九〇九年。

親了我一下後，她輕盈地走出了門口，而直到道格拉斯看完電影回到家，她的口紅印仍留在我的額頭。我還記得當時覺得很有趣，因爲當他要開我玩笑的時候，他說出口的唇彩準確無誤：勝利紅。

「需要服務嗎？」

化妝品專櫃裡的年輕女孩兒相當不顯眼。她站在一面燈光映亮的玻璃旁，一身白，她的臉上塗抹著各式各樣的米黃色。擺在她身旁的金黃色粉餅盒都是透明的，敞開如同蛤蠣。我正在找下半身的穿著，藍色跟銀色的，但她這裡不會有賣。「我想買支口紅。」我告訴那名女孩。

她點頭，朝塑膠展售盒有氣無力地擺了擺手。

「勝利紅。」我說。

「不好意思，我沒聽清楚。」

「我要找勝利紅。」在這些地方，空氣中總滿溢著一股潮濕甘甜的氣味。我覺得自己好像隔著一層糖漿在呼吸一樣。海倫跟凱蒂在不遠的地方試用各種香水、保養品跟咳嗽。她們在找要送給卡菈的禮物，因爲她做了某件事，或因爲她沒做某件事，或因爲我做了什麼事。

女孩翻看了一下專櫃，從裡面抽出幾管口紅，然後粗魯地跟原先放在塑膠展售盒裡的一些口紅互換。它們發生喀啦的聲音。「我在想，我們沒生產那種顏色，」她說，「這一支如何？」她手上拿著一支閃亮、方形的柱狀容器。它的標籤上頭寫著「誘惑紅」。聽起來效果絕佳。我從她手中拿了過來，在手上畫了一條細痕，顏色隨之滲入我的皺紋中。

「不錯，這個顏色很漂亮，」我說，同時把它還了回去。「但我想要勝利紅。你們有賣嗎？」

「抱歉，我們沒有生產那一款。」她倚著櫃檯微笑、垂肩。香水味底下藏著一種酸味，我猜這家店的制服材質可能是尼龍布。

「真的嗎？太慘了。怎麼會這樣？」

「那種顏色有點過氣。怎麼不考慮買這一支代替？」

我想要詢問凱蒂的意見，但我沒看到她。也沒看到海倫。我走過其他亮閃閃的專櫃。四處都找不到她們的人影。我來到其他銷售部門，這裡的燈光比較暗，眼前淨是亮面皮格包及廉價珠寶。這裡的貨架是我的兩倍高，架上擠滿了許多商品，光線在它們的反射下射進我的眼瞳。嘈雜的音樂聲流洩而出，歌手發出的聲音混雜迷亂而起伏不定，我感覺自己快要失去重心。

不知怎麼的，我在串珠長項鍊的展示台被東西勾纏住。有一條線扯住了我的大衣上的鈕釦，另一條線則勾到了我懸掛眼鏡的鍊子上。我的手不夠穩，沒辦法打開這些結，我越拉扯，情況反而越糟。我開始覺得自己會永遠困在這裡。汗水濕濡了我的脊椎。有一個女孩朝我走過來，不是凱蒂，我忽然感到很驚慌，便扯下大衣的鈕釦。我的眼鏡仍跟串珠項鍊勾纏在一起，可憐兮兮地在架上搖搖晃晃。我拋下眼鏡，一路退回逃生梯，腳步蹣跚地站在階梯的邊緣，手抓住扶手以撐住身體。我的手上有一條口紅留下的痕跡，我的皮膚因此覺得窒息，我用另一隻手去擦磨它，藉此抑制了恐懼的陰靈。我一直都很討厭這種東西留下的印痕。

我抵達的部門專售廚房用品及玻璃器皿。高分貝的音樂在堅硬的壁板之間不停反彈，使得我的大腦難以思考。我的眼鏡不見了，因此我找出了包包裡那個灰白色的絲綢鏡套。我這副次好的眼鏡戴起來怪怪的，使得我在陳列陶器的貨架之間閒逛時必須不停調整它的鏡框。我想不出自己爲什麼人在這裡，腦中毫無半點頭緒。眼前的玻璃雕花花瓶及陶製的千層麵烤盤也提供不了任何線索。我站著，發聲唸出一個金屬炒鍋上的清潔指示：「僅限使用清潔海綿與菜瓜布刷洗頑垢。請勿使用鋼絲球或任何具研磨作用的清潔用品。」

一個頭髮高蓬、髮色染橘的女子從我的身旁走過，神色怪異。我待在這裡多久了？我看不到時鐘。我可能站在這個架子旁好幾小時了。如果我能找到一個百貨公司的員工的話……我聽到一名售貨員詢問是否有人需要協助，但我身高不夠，無法看到貨架的背面。此外，我也不知道聲音是從哪一邊傳過來的。

「這是最後一件了，但因爲它是展示品，我們經理可能會幫妳打折。」

我往其中一個方向跑過去，但那裡沒有任何人，因此我趕忙往相反的方向跑去。當我在一個轉角轉彎時，我的包包勾到了放在架上邊緣的某個東西。有物品碎裂的聲音。我不敢動。「沃特福德水晶，」展示牌上這麼寫著。有幾秒的光景，世界只剩靜默。沒有人過來。我開始移動。

「喔！」一個穿著深藍色銷售制服的女子很快地朝我走來。「妳打破了這個花瓶。看，它摔成碎片。妳可能要賠償喔，」她說。「它的售價是一百二十英鎊。」

我開始發抖。一百二十英鎊。那是很大一筆錢。我感覺到眼淚開始從我的眼睛流下。

「我要去叫我們的經理過來。妳會在這裡等我回來吧？」

我點頭，然後拿出自己的錢包。我有兩張五英鎊跟一張二十英鎊的鈔票，還有一些零錢。我不知道這些加起來有多少，但我看得出來數目遠遠不足。

「我該怎麼做？抄下她的地址嗎？」女人邊說邊走回來。她望向貨架後頭某個我看不見的人，然後問我家裡的住址。

我記不起來。她認爲我在說謊，但我沒有。我記不得家裡的地址。我記不得家裡的地址。

「是某某街，」我說，「或是某某路。」

那個女人看著我，眼裡充滿不信任。「妳跟別人一起來的嗎？」她問我。「妳跟誰一起來的？我們可以廣播叫他們過來。」

我張嘴，但我也記不起這件事。

「好吧。妳跟我過來，」她說。

她把手放在我的臂膀後面，引導我穿過店面。我想不出我們要去哪裡。我們經過另一個部門，裡面擺滿那種適合坐下的床，舒適、有彈性的沙發床，我好想讓整個人陷進隨便一張。最後，我們來到一張很高的桌子前面。

「妳想起來自己跟誰一起過來了嗎？」她大吼，好像我是聾子一樣。

我告訴她我想不起來，我的胃部緊揪在一起。

「妳得跟我說個名字，這樣我才能廣播這個人過來。」

她持續吼叫。她吼叫的時候我沒有辦法思考。一個身穿連身衣、手推一整車長相奇特、每一個都支離破碎的娃娃的男人停在我們旁邊。「該死，葛蕾絲，」他說，「妳在做什麼？」

「我們玻璃區那裡的一只花瓶摔碎了，而這名女士走失了，然後我不知道該廣播叫誰過來接她，」她說，音量絲毫未減。

我們站得離一堆電視很近。閃閃爍爍的螢幕，就像數千隻鳥在拍動牠們的翅膀一樣，使得我頭暈目眩。它們讓我想起蘇淇把那把梳子滑進她的頭髮，還有鄰近我家的那樹籬笆，還有那個躲身樹蔭中、在道格拉斯的凝視下轉身而逃的女子。

「只要廣播她的名字，說她人在這兒就好啦，」男人說。他轉過身來面對著我。「親愛的，妳叫什麼名字啊？」

有那麼一下子，我以爲我連這個都忘記了。但我想起來了，不久後我聽見那個女人透過整間店廣播系統放送了我的姓名。我們等待。我不知道等了多久。那個女人走離開去跟誰說話，我可以看到遠方的沙發床。我如果走過去坐著休息一下，應該不會有人介意吧。

我遇到的第一張叫做「首席休德利沙發，寬大，縫線爲蘑菇色」。它長得很漂亮，看起來很舒適。我坐著陷了進去。我很想打個盹，此時能坐在這上面眞令人心神放鬆。

忽然間，一則大聲的宣告吵醒了我。好像是什麼浴室腳踏墊的折扣。我從沙發上把自己撐起身來，就這麼站了一下子。

「喔，媽。妳到底跑哪兒去啦？」海倫說，她從一座電梯裡面走出來。「我們到處在找妳。」

她扶住我的手臂，我們一起搭電梯下樓；在電梯的鏡牆中，我看到她雖然握住了我的手臂，但她的眼神並沒有跟我交會。褐色的鏡子加深了她緊鎖的眉心。她正在對我生氣。我害她擔心了，像那樣忽然亂跑，她說。情況現在顛倒過來了，眞有趣。海倫還是個孩子的時候，她經常離家出走。我會在她的學校書包裡面找到整理到一半的毛衣、撞傷的蘋果，或她最喜歡的貝殼。而若我沒有在事前預先注意到這些徵兆的話，我就被迫得穿越空地去找她。當派屈克從中東回來的時候，我把這個問題丟給他去應付，不再幫她把那些東西從書包裡拿出來，也不再追著她後頭找。她也知道，知道我刻意無視她那些一再重複的叛逆行爲。當她還是個青少女時，她可是恨透我了。想到這事，說來也奇怪，她現在成了那個留下來的孩子。反觀我的兒子湯姆，以前連一晚都不願離家過夜，現在人卻在其他國家過日子。

電梯門打開時，我們看見了凱蒂。一個警衛注視著她那十指不同色的手，那都是她在一個專櫃的試用區搽上的。當我經過他身旁時，他看著我，好像想說些什麼。我的記憶力突然激盪了一下，但我沒辦法表達得很完整。

「我想我可能有弄壞什麼東西，」當我們穿過大門走回大街上時，我這麼說。「沒有啦，媽，妳是把妳的手弄瘀青了，還記得嗎？」

4

「我去過伊莉莎白家。妳看！」我說，同時把我手上的記事拿高給卡菈看。她正眼沒瞧。啪的一聲，我把紙片放到小茶几上頭，差點就打翻我的早茶。

「所以呢？她剛好不在家。」

「對，但那裡頭就連一絲絲她住居的跡象都沒有。」

卡菈翻了看護資料夾的其中一頁；她今天噴了有花香的香水，因此她無論舉手投足都會有香味飄散出來。「裡頭還有其他人嗎？」停筆後，她這麼問我。她的雙眼睜大了好一瞬間，而我敢說她腦裡頭一定想到了什麼恐怖的故事。「我聽過一些案例。嗑藥的年輕人搬進老年人的住家，」她說，「他們把一個住在伯斯庫姆的老人鎖在他的房間裡，然後找來所有他那些有藥癮的朋友們來把房子裡的東西砸個稀爛，然後……」她停頓，一隻手在空中揮舞，「……舉辦性愛派對。」

我看著自己的記事。「但房子裡面很整齊，」我說。

卡菈把資料夾放下。「欸，有這麼一個老女人，被關在地下室裡頭，那些搶匪拿走了所有的東西，然後虐待她、把她關進地下室，沒有人知道她被關在裡面。日復一日。」

卡菈說話時，我看著她的臉。她的眉毛跳上跳下，她的鼻尖變成粉紅色。我很好奇，爲什麼她對老年人被關在房間裡面的事件這麼熱中。這些人的情況聽起來都不大相同，但我還是把它們都抄了下來。

「或許我該回那棟房子去看一下？」我說。

「不，」她說，語調有了轉變，「妳絕對不可以出門。把這句話寫下來。」

卡菈離開以後，我坐了一下子，盯著眼前的空間，然後我著手整理那些記事，調動一些次序，把凱蒂的名字寫在一張清單的上面，裡頭記載了她在學校有上哪些科目。裡面有一封我兒子寄來的信，還有一張他跟妻兒合照的相片。相片的背後整整齊齊地寫著：「湯姆、布莉姐、安娜與弗雷德。在梅克倫堡湖地區」。這不是湯姆的字跡。安娜跟弗雷德瑞克跟他們的母親長一個樣：曬得很勻稱的深褐膚色、黑糖漿色的頭髮。他們笑的時候整張臉都會動。跟他們相比，湯姆則是一團亂，他的笑容比較狡詐，比較精明。這個地方看起來非常漂亮，但我並不覺得自己哪天有辦法親眼看到這片景色。幾年前開始，湯姆就不再邀我過去跟他們一起住在柏林。信上說安娜開始上健身房了。兩旁有括弧的「中學」則寫在這個字的旁邊。我把它寫在那張上面寫了凱蒂的學校科目的那張紙上，然後自己又重讀了一次，直到我發現另一張記事：**伊莉莎白鎖在房間裡——煙毒犯在房子裡。被關在地下室虐待**。我因爲自己寫下的字句而心情低落。我一定是犯傻了。煙毒犯？有的話警察早就過去了。但是，我在想，幹嘛不過去那兒一趟，探望一下伊莉莎白的情況呢？

我把自己穿得很暖和，走過刺槐樹，然後爲了保險起見，敲了敲伊莉莎白的門。沒人應答，我拿出自己的筆：**伊莉莎白依然不在屋裡**。我退回去，我的腦袋一片空白，我的胃部收縮，我頸部的肌肉僵硬了一下。我無法思考自己在這裡做什麼，我把紙張在手中握皺。幾張紙掉在地上：**煙毒犯**，我讀著它們。**煙毒犯**。**伊莉莎白被鎖在她的房間裡**。**關在地下室**。這些眞的是我寫的嗎？看起來很荒唐。伊莉莎白家根本連地下室都沒有。我的眼睛從信箱口探進去，但我不知道自己在找什麼東西。我不是很確定煙毒是什麼；就算我眞的看到了，我也認不出來。有人在烹飪的味道飄進我身旁的空氣中。鹹鹹的肉味，聞起來像煎培根。有那麼一下子，這味道好似是從眼前的屋中飄出來的，而我猜是不是有人正在裡頭做飯。

「有什麼事嗎？」一個女人從隔壁的屋子裡走出來。她身上披著大衣，是那種人們通常只有在下雨天的時候才會穿的、閃亮亮的大衣。她把其中一隻手放在位於我們之間的圍牆上。此時，她的大衣則像個桀驁不馴的孩子般，發出巨大的颼颼聲。她的另一隻手牽著一頭狗，狗不停地蹦跳。牠用爪抓了抓木圍牆後開始嗅聞。牠會這麼興奮，一定跟培根的氣味有關。

「我在找伊莉莎白，」我說。

「當然，妳是她的一個朋友，對吧？別擔心，妳不記得我很正常。」她咯咯地笑，我感覺到自己的臉因羞愧而發燙。「來探望她的，是嗎？我以爲妳會準備個禮物給她當作驚喜。」

「爲什麼？發生什麼事了？伊莉莎白還好嗎？」

「老實跟妳說，我好一陣子沒有看到她了，但從她家清出來的東西來判斷，她應該是打算把這裡清空。她的兒子搬了好多好多箱的東西上了他的車。」她把狗從圍牆邊往回拉，同時露齒而笑。

我凝視著她。「彼得持續都有在清東西？」

「也差不多了，妳不覺得嗎？妳看看這間屋子的屋況。滿屋子垃圾。」她揮了揮手，然後把手刷過她金黃色的短髮；她的大衣輕說了句什麼，但我聽不懂。「我常跟他提這事。對身體健康不好。」

我停止轉動自己的眼球。也太誇張其辭。伊莉莎白的確有那麼點不修邊幅，但也僅此而已。那是她的收藏，那是她的瓷器，那是她對財富的渴盼。但愛乾淨的人喜歡斥責不修邊幅的人。樂施會的佩姬也是這種人。如果你把標價的小牌子弄亂了，她就會喃喃自語個不停。

「看來他終於下定決心做點事情，我很開心。清理了好一些東西出來，比我想像的還要多。」

「他拿了些什麼走？」我說。「伊莉莎白需要她那些東西。」

「說真的，我怎麼可能會知道呢，對不對？」她任由狗領著她走向馬路。

我站在我這邊的圍牆處跟著她走。伊莉莎白的這一邊。「但妳沒有看見伊莉莎白嗎？」我提高了音調說，「當彼得把東西丟棄掉的時候。妳沒有看見她嗎？」

那隻狗扯緊韁繩，並把鼻子指向屋子的相反方向。我也轉了彎，而且，沒錯，那就是培根味的源頭。不是伊莉莎白家。

那個女人打開了她的車門，然後命令狗進去。「沒有。我沒有看到伊莉莎白。除了彼得帶她出門的時候以外，我從來沒有見過她。我必須承認，以前我不敢說他是個怎麼樣的人。但現在，他看起來是真心要好好照顧她。真是個孝子，不覺得嗎？」

我望向他處。我一點也不覺得彼得哪裡孝順。「但她人沒有在屋裡，我也沒有聽到她的聲音……」

「那她一定是跟彼得在一塊兒。」

我咬了自己的嘴唇。這情節聽起來不大可能。

「如果妳想要知道的話，我有他的電話號碼。」那個女人說，她正盡力要求她的狗坐下。「如果妳會擔心的話，我想他一定不會介意妳直接聯絡他。」

「麻煩妳了。」

她甩上車門，狗發出哀鳴，她走回家裡去。透過車窗，我跟那頭狗彼此互看；牠眼睛的上方長了一些蓬亂的毛髮。這些毛髮，使得牠的眉心看似因困惑而緊皺，有如牠正在思考一般：你人在外頭，我卻被關在裡頭，我該怎麼辦？我有股衝動想放牠出來，然後帶牠回家。在那個女人回來以前，我來得及這麼做嗎？來不及，她已經在往這裡走了，她的手上拿了一張紙。

「告訴彼得我跟他問好，」她邊說，手邊越過圍牆把那張紙拿給我。「如果到時候妳還記得的話。」

我感覺自己二度臉紅。她開車離開以後，我在屋外站了一會兒，試著思考看看有沒有什麼東西是我應該要去找出來的，以藉此證明我不是一個愚蠢的老女人。那張紙片在我的手中飄晃。我發現自己想念起那隻狗。如果我手上有一隻獵犬就好了，這樣我們就可以追隨伊莉莎白的氣味前行。在這當下，或許我應該要寫張字條丟進伊莉莎白家的門，告訴她我來過，告訴她我在找她，免得她忽然回到家。爸以前也會寫字條給蘇淇。

在全家一起吃魚排跟薯條的那夜之後，我們家就再也沒有人看過她。還不到兩星期的時間，我們就知道一定是出了什麼問題。以前，蘇淇一星期至少都會回來吃一頓飯，有時候法蘭克也會跟著來，他會拿一些額外的餐點過來，或如果他知道媽想要什麼比較難到手的東西，例如肥皂或是火柴，他也會帶過來。他幫很多人忙，也因此能夠拿到一些額外的東西，就連軍人的配給品都拿得到——一小罐奶油、起司或果醬。媽會優先把這些東西用掉，這樣爸就不會看到罐子。她不想犯法，但她著實無法拒收這些額外的食糧。尤其是在這物資極度缺乏的時候。「而妳的父親能夠堅守他的良心，」媽會說，「因為他不用出門排兩個小時的隊伍，然後利用一片火腿跟半顆番茄變出一天三餐。」因此，我也保守了這個祕密。道格拉斯也守口如瓶。不過當媽因為看到那些額外的食物而興奮得叫出聲音，同時把它們收藏起來的時候，他會瞇細雙眼，顧盼著這一切。

當爸下班回家，經過蘇淇家的房子的時候，裡面空無一人。隔了一週仍舊如此。媽有幾次早上過去，也在鎮上的店舖尋找蘇淇的蹤影，但從沒遇見過她。對我們家來說，這件事情很古怪。前一分鐘什麼事情都還好好的，下一分鐘她卻徹底人間蒸發。法蘭克也是。他也沒再回去過那棟房子，媽說他至少總會在倫敦停留。爸嘗試聯絡醫院，猜想也許發生了什麼事故，但無論法蘭克或蘇淇都沒有就診紀錄。我不停看著我買的那把梳子，並想起我送給蘇淇的，那成對的另一把。我覺得一定有辦法找到她。後來又一次，爸出門要去她家的時候。我央他帶我一起去。

當他同意的時候，我非常訝異——他總是隻身進行此項小型任務——而當我們父女倆一路沉默無語走往十條街外的蘇淇家時，我開始起了反悔之意。那是一個起了風但天空湛藍的日子。營火的氣味沿著起伏的道路飄蕩在我們的四周。有一次，一個男人出現在山丘頂上，追著他的帽子，朝著我們而來，但當我出手為他止住了他的帽子，並將帽子交還給他的時候，他用奇怪的眼神看我，然後就將帽子丟上天空，再次展開他的追逐。爸說他腦子肯定有點狀況，告誡我別盯著他瞧。那是他在這整個過程中，唯一跟我說過的一句話。

我們在路上經過了道格拉斯的老家。房子有半數在兩年前被一顆炸彈摧毀了，但它的內牆幾乎無損，你還能從瓦礫的上方看到一間位在一樓的房間。一座時鐘，仍舊好好地跟一匹馬的青銅雕像擺在壁爐上，而且，若你想證明房子被轟炸跟厄運無關的話，你會看到鏡子完好如初。多數的壁紙都脫落了，但有些還黏著；而相較於其他堵牆，那面貼了綠花與藍花壁紙的粉紅牆，看起來的確是受了不公平的待遇，得暴露在日光、雨水與過路客的眼前。由於道格拉斯搬過來跟我們住在一起，因此我有好幾次的機會見識到這座房子。我抬頭凝視著它，試圖想像我們的房客曾在這裡跟他的母親一同居住。

到蘇淇家的時候，我們站在門廊，爸透過前面的窗戶往裡頭透視。但家中空無一人。遠方所傳來的狗吠聲既瘋又狂，使得這個地方更像是一幢十足的棄屋。飯廳跟往日一樣，堆滿了他人的家具。玻璃內書櫃、檯燈、空盆堆積如山，看起來如同它們極度渴望逃離屋內某種可怖的命運。法蘭克的房子多數都是用來當儲物空間。屋裡很明顯還有些錢。而當他的母親還在掌管這門生意時，她調整了不少屋內的結構：把牆移開，把門堵死，以釋放出更多的空間，來堆放他人的財物。有一次，法蘭克告訴我說，因爲他母親不願清出一個房間作爲他的臥室，因此他以前都睡在一個無靠牆的樓梯平台上，直至他雙親闔上雙眼的那天爲止。

地窖的窗戶都被磚塊封死，唯前端僅加裝鐵條以利通風。我試著朝裡頭看，眼前當然是漆黑一片，什麼也看不到，因此我繞到了後方的庭院，以前法蘭克停車的地方。狗的吠叫聲在這裡聽得更爲清楚，而那聲音隨著風向而左移右動，聽起來就像那隻野獸繞著屋子轉圈一樣。只有一輛貨車停在霜凍的石子路上，它看起來已停留在此地好一陣子未發動。在塵土的覆蓋下，**傑拉德搬家公司**變成了拉德家公。我舔了一下自己的手指，然後以此塗抹掉覆蓋了的塵垢。此時我聽到了一種噪音，一種細微的尖銳聲從我的頭頂傳出，因此我抬頭，望向舊馬廄的窗戶。

有那麼一下子，我以爲自己看到了手指，指尖壓著玻璃，那手指因往下抓向窗櫺而變得平坦、蒼白。但等靠近一點之後，我就看到一盞普通檯燈的桃色肥圓流蘇。檯燈顫動著平放在窗架旁，由此，我知道馬廄內也堆滿了家具，而我猜它會吱嘎作響，八成是因爲老鼠已經在裡面築了巢。縱使如此，我還是爬上了外頭的階梯，打定主意要看得更仔細。屋頂的門上了鎖，或可能有什麼沉重的東西頂住了它，所以我瞇細了眼從它那小窗看進去，凝望著那片漆黑、布滿塵埃的室內空間。

然後我看到了它。那是一張臉，從室內深處回望著我。我對著玻璃拍打、大喊，然後才意識到那是什麼。那是我自己的倒影，映照在一面梳妝台的玻璃上，而梳妝台則側躺在一張四柱床上。聽到我的喊叫聲，爸跑了過來，但在看到我安全無虞後又飄蕩而去。我很慶幸他沒爬上來。除此之外，透過這面髒污的玻璃窗，我還看見了一個盒子，盒上蓋了一個章，上頭寫著**英國軍隊。

我從階梯往下爬，當我停止說話後，周遭陷入一片寧靜。我再一次聆聽那粗啞的犬吠聲，並從圍籬的上方觀察鄰近的庭院，試圖得知牠的所在地點。當我走過房子的周圍時，我看到爸的雙手插在口袋裡，眼睛盯著地面，對法蘭克跟蘇淇的消失沒做任何評論。當然，他之前就來造訪過，同時也敲了大門；他也曾呆立當場，靜靜等候；他更曾細細尋找、凝望，然後孤單一人踏上回家的路。過了一會兒，他掏出鉛筆，利用一只信封的背面，寫下一張字條；他隨身總會帶著一小捆用橡皮筋綁起的信封。直到他將那張字條從投信口推進去，我仍沒有機會知道它上面究竟寫了些什麼。

「喂？」是一個男人的聲音，粗厚而含糊。我人正坐在客廳的長沙發上。電話放在我的耳朵上，已接通。「你好。請問你是？」我說

「彼得．馬克漢。妳是誰？」聲音比較清醒了，但有股牢騷感藏在裡頭。

彼得．馬克漢：我認得這個名字。「你是伊莉莎白的兒子嗎？」我問。

「我母親的名字的確是伊莉莎白。有什麼事嗎？」

「喔，是我打給你的嗎？」我說。

「當然是妳打給我的。」他用氣音說了句什麼。「媽的」一類的。「有什麼事嗎？」

「可能是伊莉莎白請我打電話給你的，」我說。

「請妳？為什麼？」他說，「妳從哪兒打電話過來的？」

「我不知道爲什麼耶，」我說，「一定是很重要的事情。」

我把話筒從耳邊移開，停下手邊的動作開始思考。我握得太緊，使得它的塑膠外殼發出嘰咿的聲音。我上一次見到伊莉莎白是什麼時候？她爲了什麼要我打這通電話？我記不得了。我把話筒放在椅子的扶手上，翻閱起膝蓋上那一疊紙片，翻到了彼得‧馬克漢的電話號碼、一張購物清單跟做黑醋栗蛋糕的食譜。一部汽車，在遠方的某處發出如同蒼蠅在玻璃底下振翅的嗡嗡聲響，如同一段記憶正在抛擊我的大腦外層。我拿起話筒，把下一張記事移到檯燈底下，伊莉莎白人在哪裡？我的胃抽搐了一下。「她不見了，」我大聲地說。

彼得對著話筒沉重吐息，使得它發出爆裂般的摩擦聲。「誰不見了？」他說，聲音很銳利。

「我的名字叫做茉德。我是……伊莉莎白的一個朋友，」我說，「我有你的電話號碼。我有點擔心你的母親。」

「幹，現在是大半夜耶。」

我看著壁爐上方的時鐘；顯示爲三點。現在不是白天。「我很抱歉，」我說，「我現在對時間的掌控能力不是很好。喔親愛的，我很抱歉。我會讓你好好休息。只要讓我確定伊莉莎白一切平安就好。」

聲音又一次開始變得含糊、微弱。「我跟妳女兒談過了。對，我媽人很好。我要掛電話囉，好嗎？」

電話的另一端響起一個喀啦聲，然後是漫長的噪音，嘟——他掛斷了。我趕忙拿起我的筆。伊莉莎白人很好，她兒子說的，我這麼寫。在講電話時說了幹，我補上，雖然我也不知道這重不重要就是了。

我小心地把話筒放回去，然後發現自己忽然想到了跟溫拿絲太太有關的一些事情。我好幾年沒有想到她了。她是我們這條街上第一個家裡安裝電話的人。那台電話穩固、美麗，底層的木料刷得晶光。她對這件事情非常自豪。她在「講電話」時，人常會站在窗邊，在一個所有人都看得到的地方，然後對路過的人招手，同時比了比自己的話筒。她用很粗糙的藉口邀請他人去她家使用電話。而令我很訝異的，是人們可以透過它知道很多事情。不單是那些家族成員間的近況——她那住在托基的堂兄弟或住在唐克斯特的姊妹總有新鮮事——還有小鎮中所發生的事，或是戰爭的相關消息。會讓人覺得，你好像能夠透過電話知道天下事。而當她在講電話時，我也會猜想電話另一頭的人是誰，還有她怎麼能夠記得住這麼多的訊息。蘇淇人間蒸發後，她幫我們打過許多通電話出去，也常勸我母親保持正面的心情。有時候，當我從學校返家時，我會在廚房裡面遇到她跟媽坐在一起喝茶，同時爲我們帶來一些不痛不癢的微弱希望。我會坐下來跟著聽。也會在媽要求的時候，爲茶壺注滿開水。

現在，我正把記事從腿上移開，然後煮了一壺茶。我不常這麼做，因爲泡茶是一件頗爲複雜的事情。但這次我記得要先把水煮開，然後加了三湯匙的糖。就我一個人喝而已。我把它拿到客廳，放在咖啡桌上，然後用我戴著隔熱手套的手環住了茶壺，取得一些溫暖。蒸氣徐徐從壺口攀升，沾濕了我的下巴底部。這種感覺很獨特，很熟悉，但我還沒想到它是否意味著什麼。我維持不動，希望它的含意能捲上我的心頭，但我唯一能回想起的，就是爸把什麼東西放在屋外的垃圾桶裡。

伊莉莎白送我的茶壺套被我放在客廳裡，但我從來沒有使用過。我擔心它太髒，而且它的毛料有點脫落了，容易掉進茶水裡。會讓人覺得好像在喝毛渣。伊莉莎白手邊的茶壺套跟我這一個很像，但她不知道用了什麼方法，使得它的毛料不會像我的一樣鬆脫開來。「我已經喝下了過多的羊毛，」她告訴我，「它們說不定已經在我身體的各器官中大量蔓延了。」每當我在她家時，我都會幫她煮一壺茶。如果茶才煮到一半，我的腦袋卻已經迷糊了，她就會提醒我再來該做什麼。她說，喝茶對她來說是一件很奢侈的事情，因爲她的身子過於孱弱，根本就提不起茶壺。照顧她的看護偶爾也會幫她煮一壺茶，但他們通常離開得很早，她頂多只來得及喝上一杯茶，而在他們離開後，她又沒辦法靠一己之力添補茶水。當然，彼得什麼也不幫她弄。他只會走進門，把她需要的雜貨扔在地上，匆匆離開。

伊莉莎白跟我說，他通常一字不吭，多數時間都窩在其他地方，如廚房或溫室中。這麼做很殘忍。她成天關在家裡，最需要的就是個伴。然後，她最近有提過一件什麼事。跟他對她說謊有關。家裡有東西不見了，然後他說謊。如果我能記得那些細節就好了。我再次拾起記事：*伊莉莎白人很好，她兒子說的*。我還是覺得有些不安。我拿起茶壺套，幫茶壺服貼地穿上，平坦合順。我不在乎那些毛屑。時間近清晨四點，而且反正現在我也沒在喝茶。

蘇淇消失後，我們少吃了很多餐，少喝了很多茶。也少講了很多話。當他們在我的面前時，媽跟爸時常沉默不語。但當他們以爲我聽不見的時候，我卻偷聽到了一些他們的對話。「警察」這個字眼經常出現。有那麼一個星期天，我們坐在廚房的餐桌前，沒在吃中餐，也沒有在看彼此，屋外的光線開始黯淡，然後父親忽然起了身。

「走吧，」他說，「我們去問看看那些鄰居吧。」

他將外套甩上了背，然後抵著廚房門等我。我還記得看著媽依舊坐在桌前；她沒有轉過身來用眼神為我們送行。她已經有跟蘇淇家的隔壁鄰居打過交道了。她家跟我家都常去跟同一個攤販買菜。但她只說，當今世道，各種各樣的人都有。

「誰知道呢，說不定有人知道些事情，」我們緩步前往蘇淇家外的那條路時，爸跟我說。洗衣店的大門敞開，有種幾乎讓人頭暈的奢侈香皂味飄散空中。但那不過是香料的味道，而且不知怎的，它讓蘇淇變得好像離我們更遙遠。我們從法蘭克家的隔壁鄰居開始問起。爸敲門，門很快就打開，彷彿裡頭的男子早已守在門後。一顆頭探了出來：「怎麼了？」

那顆頭上亂髮叢生，一股難聞的氣味從陰暗的走廊處傳出，在洗衣店所散發出的氣味上增添了一抹酸腥。

爸清了清喉嚨。「我想說也許你可以……我想問的是……」他話語停頓，吸了一口氣。苔蘚沿著門框旁的磚塊蔓生，我用指甲去碰觸它那富含水氣的柔軟。

「我在找蘇珊．帕瑪。我是說」——爸搖了搖他的頭——「蘇珊．傑拉德。她住在二十三號。你有見過她嗎？」

「從沒見過。」那顆頭晃了晃他骯髒的頭髮。「怎麼了——人不見了，是嗎？」

爸點頭。

「她跟你有什麼關係？」

「她是我的女兒，」爸說。

「喔，好。呃，法蘭克住在二十三號，如果她跟他待在一塊兒的話，應該就不會有什麼問題吧，我想啦。」

「他人也不在那裡。」

「那你就知道答案啦。帶她去什麼地方了吧。」亂髮的主人露出一個微笑；他的牙齒間有縫隙，他的舌頭則舔個不停。

爸又一次清了他的喉嚨。「如果眞是這樣，她會跟我們說。我的意思是，他們已經結婚了，」他說，「如果她要跟他一起離開，她應該會跟我們說一聲。」

「喔，他們有結婚啊？」他的聲音聽起來很失望。「那恐怕我就不知道是怎麼回事了。」

我們到下一間屋子碰運氣。當爸敲門的時候，我倚靠在用來代替欄杆的細線上，看著人行街道下頭匯聚的雜物。住在這裡的老人同樣沒見過蘇淇，但他知道法蘭克。

「這年頭很多女人都離開了，」他說，「我在報紙上看到的。不習慣丈夫回到家裡面來，所以就離開，跑去住在倫敦或一些亂七八糟的地方。法蘭克是個好人，能夠跟他待在一起，她應該要感到幸福。他幫助我姊姊從科芬翠那兒搬過來，一毛錢也沒要。說有另一份工作，剛好可以幫她把東西運過來。如果我姊姊有結婚的話，她是打死不會離開她丈夫的，我敢打包票。」

爸沿著大街繼續問。我站著看他一路問到了馬路的盡頭。天空灰濛一片，磚紅單調乏味，但不會冷。

「沒有人有注意到任何事情，」爸回到我的身旁說，「也有可能他們有看到，但不願跟我說。淨說些無傷大雅的話，讓人覺得戰爭其實還沒結束。要回家了嗎？」

我想起蘇淇打算幫我做的那件洋裝的剪裁樣板。我可以想像它散放在臥室的地板上。我不可遏止地認為有天她會忽然進門，伸手拿起剪刀。從她剪出袖子的形體後我就沒再去碰過它了，我無法想像自己必須回去看著它，同時承受所發生的一切。

「讓我敲一扇門試試看，」我說，然後走近一扇刷得厚重的門。油漆下滑，形成滴狀，如同下雨一般。等對方開門時，我的視線追隨著那些個凸起。「我在找我的姊姊，蘇淇，」門一打開我就脫口而出，「她就住在前面不遠的地方。我不知道她發生了什麼事。她沒有說她要搬離開這裡，但我現在找不到她。他們家空無一人。妳有見過她嗎？她有一把類似這樣的梳子。」

我快哭出來了，覺得自己既丟臉又幼稚，眞希望敲門的不是自己。那名女子頭上戴著一個髮網，人站在門內，眼睛很快地掃視了一下街道。

「妳敲過幾戶人家的門了？」她問我。

「我不知道，可能有十戶吧。沒有人見過她。」我吸氣憋淚。

那個女人又往蘇淇家的方向看一眼。「妳姊姊住在幾號？」

「二十三。」

她點了點頭。「不會，他們不會有機會講，我猜。嘿，我不知道他們去哪裡了——坦白說，我不確定他們是不是跑路了——但他們遇到了一些麻煩，我只知道這麼多。各種東西從那棟房子裡搬進搬出。還有一天晚上，她尖叫著跑出門。」她停頓了一下，我倒抽了一口氣。「但隔天，一切歸於平靜。我看到她走在大街上，天空下著雨。所以……」

「那是什麼時候的事情？」爸說，他人站在我的後面。

女人從我肩膀的上面注視著他。「幾個星期前？我不確定。從那天起，我就看到他帶著一只箱子。我好像也有看到她，但就像我剛剛說的，我不確定。我知道你再來要問我什麼，不知道，我不知道他們去哪裡了。」

門關上，爸緘默了一下子，然後他轉身向我。「好，」他說，「從現在開始，妳也可以問話，我親眼見識到了妳讓那個女人招出一些事情的能力。」

他把我推向角落的那幢房子。

「有事嗎？」一個男人開了門，他身上的襯衫敞開著。襯衫的皺褶相當明顯，而且散發出剛熨燙過的棉料的溫暖氣息。

「我在找我的姊姊，」我說。「她住在那一棟房子。」我伸出了手指，我的手臂在顫抖。「但她現在不在裡面。我在想，她有沒有留下一個……新的地址，或是其他東西？」

男人跨過門檻，探出身子望向法蘭克跟蘇淇家的前門，好像他必須藉由這麼做，才能想起那裡矗立著一棟房子。

「姊姊？喔。黑髮的？沒有，沒有，我不敢說自己知道她去了哪裡。不過，好像有發生過口角吧，我在想。總之，我記得有發生過類似的事情。妳很想念她嗎？我相信她會回來的。話說回來，我好幾個星期沒看到法蘭克了。」

「你認識法蘭克？」

「有一天傍晚的時候，我們一起喝了幾杯。幫過我幾次忙，法蘭克他。」

這樣算下來，法蘭克已經幫了兩個人了。下一間房子，我選中了蘇淇家對面的那一棟。前門的玻璃上結了一層霜，內裡則是掛了條窗簾。一個穿著一件看起來十分僵硬的居家外衣的女人來應了門。我問她是否有見過蘇淇。

「不敢說我有印象，」她說，手邊扯著她下顎下方的蕾絲領口。她的聲音抑揚頓挫，還含有一種粗嘎的刺耳，挑動著我的情緒。「我不是會忙著窺看他人生活的那種類型。」

「但有人跟我說她曾跑上大街尖叫，」我說。

「有人這樣跟妳說嗎？真的嗎？」女人以控訴的眼神凝望著這條街上的每一棟房子，如同她企圖揪出究竟是誰洩漏了此機密要事。接著，她平穩地將頭轉了回來。「我從來沒有聽到過什麼聲音。一點點都沒有。這條街上的人不會跑上街胡亂尖叫。」

「這就有趣了。妳看，我們有打聽到……一些消息，說她奪門而出……」我看著女人那張面色鐵青的臉龐，然後嘆氣。

「消息，是吧？當然囉。我猜那些人也是一知半解。就像我說的，我從來沒有聽到過任何聲音，但我知道妳姊姊背地裡有在盤算些什麼。如果我這麼說會傷害到妳，我很抱歉。但她身旁總不乏男人圍繞。」

「男人？」

「沒錯。至少有一個。年輕人。之前，人隨時都會在這裡。跟我胡謅一些像是他是她父母的房客一類的話，但我知道……」

「妳是說道格拉斯嗎？」

「類似這個名字，沒錯。」

「喔，但他沒有說謊。他真的是我們的房客。」

「他現在還是嗎？他是嗎？好吧，有可能他眞的沒說謊。」我以爲她會提供我更多的訊息，但她只是不住地點著頭，直到我步下門廊，走回人行道。

我移到下一棟；下一戶的門是一對夫妻來應的。他們跟蘇淇些微熟識。他們曾邀請她跟法蘭克來作過幾次客，但法蘭克他們卻從沒回過這個禮。雖然如此，但他們看似不大介意。

「我先生剛退役的時候，法蘭克給了他一些工作，」這名妻子說。「他人眞好，讓我們有辦法活下去，幫助很大。」

「有人說他們看到法蘭克提著一只手提箱離開，」我說。

「是，不過，自從我先生在馬克里的店找到一份差事後，我們就跟他們很少來往了，正如我剛剛所說。這並不是說，我們不感激他提供給我先生的那些工作機會。」

我謝過他們之後，就回去找爸。我腦中在想，這是他幫別人的第三個忙。

「嘿，小可愛？」一個年輕女人從方才那名僵硬居家服女的房屋大門中走出來，她單薄的骨架上披了一件長長的雨衣。我停下腳步等她。

「我有聽到她尖叫，」那個女人說。「抱歉，我嬸嬸就是那樣，她很怕跟那些不體面的事情牽扯在一起。但，聽著，事情並非像妳所想的那樣。妳姊姊害怕的人絕對不是法蘭克。」

「那是誰？」

「我不知道，但我看到法蘭克是在她尖叫以後才回到家的，由此可見，屋裡的那個人絕對不可能是他。」
我抬頭看她，然後開始發抖。那天晚上，還有其他人在那幢屋子裡嗎？
「我也有看到他們提著行李箱。」
「兩個人都有嗎？」
「呃，至少法蘭克有。大概幾個星期前吧。我知道蘇淇不喜歡那些事情，還有……」
「什麼意思？」我問。
「孩子，你們家的人很明顯是那種奉公守法的類型。」當她說這句話時，她遠眺著爸。此時，他撿起了一只別人弄丟的手套，然後把它整齊地放在道路盡頭處的欄杆上。「但法蘭克……他不是。蘇淇不喜歡他『做生意的手法』。」她說這個字眼時特意挑高了眉毛，特此強調。「誰知道呢。說不定他們遠走高飛，在他處另闢新生活。」
「但她已經好幾個星期沒有跟我們聯絡了。這不像她，如果有機會的話，她一定會告訴我們她人在哪裡。我爸覺得她可能被綁架被殺或被怎麼樣了。他不敢說出口，但他心底是這麼想的。」
「聽起來很奇怪。她是一個戀家的女孩，對吧？不過她常提起妳。」她哀傷地對我一笑。
「我不知道還能說些什麼。你們有問過醫院嗎？」
「妳聽到她尖叫的那一晚，他們是同一天晚上離開的嗎？」
女人皺起了眉，雙手扭絞著身上雨衣的布料。「應該不是。但不確定。時間、日期有時候會混雜在一塊兒，不是嗎？我的意思是，根據我的記憶，法蘭克提著皮箱離開，但當天晚上又回來了。但感覺起來跟事實似乎有出入，不是嗎？」

「然後妳說，妳確定在那之後就沒有見過他們了嗎？」

「肯定。上禮拜，有幾個男人在這附近閒晃，但都不是法蘭克。可能是警察吧，如果這事牽涉到法蘭克的話。」

我點點頭，看著那棟房子。我感覺事實應該漸漸明朗了。那個女人按壓了一下我的肩膀後就悄悄地走了。我站著，在想蘇淇不知道是什麼時候跟她提到我的。

「有頭緒嗎？」我靠近他的時候，爸這麼說。

我聳了聳肩。「她的確有在街上尖叫。那個女人說可以聯絡醫院試試。」

他點頭，但我知道他老早就已經這麼試過了，然後我們開始漫步。

「你覺得她可能被綁票或是怎麼了，是嗎？」

「正是那個『或是怎麼了』讓我憂心啊，寶寶。她不應該嫁給那個男人的。我早就知道那個男的不是什麼好東西。」

我不知道該說些什麼，因此接下來的好幾分鐘，我們父女間一句話都沒有說。我試著回想其他可能有用的資訊。「最後跟我說話的那個女人提到法蘭克有什麼『做生意的手法』。」我嘗試模仿那個女人在說出這個語詞時的強調方式，爸的臉忽然一垮。我覺得他已經快哭出來了，因此訝異於這個詞語所蘊藏的力量，但隨著我們走到街尾時，我看到他開始大笑。

「喔，茱德，那是什麼意思啊？」邊問我，他邊仿效我剛剛擠眉弄眼的模樣。

「我不知道，」我回答他，並容許自己面帶微笑。「我還以爲你會知道。」

「妳剛剛提到了伊莉莎白的兒子，」海倫說。我們正在她家飯廳，她人半蹲著，準備拿出要鋪在桌上的餐墊。還有其他人要來這裡吃中飯，但我不知道有誰，也不知道原因。凱蒂倚靠在門柱上，臉上掛著一抹木然的微笑。她正在使用那種很小的電話。

「我有嗎？」

「有。他的名字叫做彼得。」因爲頭在櫥櫃內，因此海倫的聲音有點模糊不清。

「我想我跟他講過話，」我說，同時搜找著我的記事。

「對，我也有，結論是伊莉莎白沒有不見，對吧？」

我翻查著那些紙片。

「那是妳跟我說的，媽。」海倫把她的頭從櫥櫃裡探出來，眼睛看著我。

「我是說，他說她人很好。」

「那這就是好消息了，不是嗎？」她起身，把一疊餐墊放在桌上。

我仍皺著眉在看自己寫下的東西。「我不知道，」我說，「他對我說髒話。」

海倫大力地把櫥櫃抽屜的門關上，使得放在上面的餐盤鏘鏘作響。那個聲音讓我生氣了一下。她把手放在其中一只盤子上，讓它們安靜下來，然後轉身開始鋪餐墊。她的動作有點雜亂，因此一直鋪不平。「妳知道嗎，妳可以過來幫忙，」她對凱蒂說。

我的外孫女點了頭，其中一腳從門邊動了一下，然後就沒有再前進了，她的眼睛還是黏在電話上面。

「他滿生氣的，」我說。「海倫，如果我有個朋友打電話給妳，然後說他們想知道我好不好，妳會怎麼說？」

「我會說，『妳的確應該關心她，因爲她腦子有點秀斗。』」

「海倫。」

「好啦，好啦。」她把餐墊的邊緣放下。「我會說，『謝謝妳的關心，但沒有什麼好操心的。穿著白袍的男人很快就會到了。』」

我嘆了口氣。

「好啦。我不會講最後那句。」她又把桌墊拿起來，然後朝著她的方向拉扯。

「但是妳不會生氣。」

「不會。」她繞過去拉扯另外一個方向，然後對著凱蒂的方向嘆氣。

「看到沒，海倫？我不相信他。」

「喔，媽。」

「很明顯嘛，只有心存罪惡感的人——」

「妳是在大半夜打電話過去。他脾氣本來就不好，會說出那種話本來就不意外。這又不表示他在說謊，或意圖傷害他的母親。」

「我知道。但我覺得他在隱瞞些什麼。」

「好，凱蒂，出去，去別的地方玩。」她打開一個抽屜，然後在裡面東翻西找。「媽，幫我把這些東西擺好，好嗎？」

她遞給我一些刀叉。我把它們都放在餐桌的正中央，然後跟著她進了廚房。裡頭的味道有迷迭香跟薄荷，我期盼端上桌的會是羊肉，但我很瞭解自己的女兒，比較有可能會登場的是他腐或頭腐一類的食材。

「媽！」她說，同時轉過身來撞到我。「留在那裡，把餐具擺好，好嗎？」

「對不起。」我走回飯廳，呆站了一下子。我想不起來自己該做些什麼，但我聽到有人在另一個房間。

「凱蒂，我已經跟她講過幾百次了，」一個聲音說，「我沒辦法帶她過去。彼得很頑固。我只希望她會忘掉這件事情。」

有個人窸窸窣窣地回答，然後就是：「喔，眞是他媽的好笑。」

我跟著聲音走去。海倫人在廚房。

「又回來啦？」她說。「我請妳幫我個忙。妳身上有白紙嗎？」

她抽出一隻手，我給了她一張藍色的方形紙。她在一個抽屜裡面找到筆，然後寫下「擺好餐具」然後把那張紙交還給我。

「把其他的記事都給我，」她說，「我會把它們收在一個安全的地方。」

回到飯廳，我開始打點桌面的東西，把餐墊鋪平，把湯匙放在上面。我拿起一把刀子跟一把叉子，然後站在那兒思考了一下。我不記得它們應該要怎麼擺。叉子擺在右邊嗎？還是擺在左邊？我把它們放在我覺得正確的位置，但到了下一個位置時，我改變了心意。我拿起另一組刀叉。看著我的雙手，我開始模仿切食物的動作。我左右有拿對嗎？還是我應該把兩手的刀叉交換？我換了手。它們看起來差不多。

當海倫進門時，我還在研究自己的雙手，看著指節上的皺紋，看著粗紙般的皮膚，看著褐色的斑點。

「媽，妳擺好了嗎？」海倫問我，「妳在做什麼？」

我沒有去查。這是一件多麼微小的事——知道哪裡該擺哪種餐具——但我感覺自己在這個重要的測試中吃了敗仗。一小部分的我消失了。

「擺得眞好，」她說，她的聲音太陽光了。她繞著餐桌走，我看著她走出我的視線之外。我看到她在注視著我。我看到她稍有遲疑，然後很快地交換了刀叉的位置。她什麼都沒有說。沒有指正我的錯誤。

「我以後不想要再負責擺餐具了，」我說。

5

外面很暗，但有一線灰色的微光從天空尾端的某處照射出來；天就快要亮了，我必須把這件事情做完。一陣雨霧纏在我的頭髮、手臂跟大腿上。雨霧讓我的身體打顫，但幸好沒有讓四周的土堆變得濕黏。我現在得往右側彎身才有辦法繼續挖。長長的一口氣灌進我的肺部，讓我嚐到了這片被掘開的大地的原始濕冷氣息。我移動膝蓋，讓它們貼靠在濕透的土壤上，我的長褲布料慢慢地將這股濕氣吸上了我的腿。土壤在我的雙手上結塊。它們鑽進我的指縫，使我感覺到痛楚。某處，就在某處，藏著另一半的粉餅盒。我面前有一個洞，我持續挖著的洞，就位在綠色草皮的中心地帶。忽然間，我不知道自己在這裡做什麼，我在找什麼。有一段時間，我害怕得不敢移動，不知道自己接下來會做出什麼事來。什麼都有可能：我可能會撕扯花圃中的鮮花或砍倒樹木，也可能把樹葉塞進自己的嘴裡，甚至把自己活埋，等待海倫再次將我挖出。

一陣恐慌感從我的胃部滲出，我雙邊的肩胛骨同時顫抖。寒氣入侵了我的關節，開始隱隱作痛。慢慢地，我把泥土從我雙手上盡可能地剝除掉，把它們掃到綠草皮上，綠草皮，而非地衣，另一種東西，我沉穩地把自己撐起身來。我體內仍有一股掘土的渴望，想從土壤裡找出某樣東西。但在我的自家庭院裡藏著什麼呢？除非是我親手種植的某樣東西。我把什麼東西放在這裡嗎？然後忘記了？

我甩了甩自己的腳，那灰色、無影的庭院閃現微光，環繞著我。然後，一星蒼白的金光從遙遠的樹上落下。黎明已現身天際。我用腳把一堆泥土塡回洞裡，然後將地踩平。天亮了，而我人在外頭的庭院。多美好啊，眞的。多棒啊。能夠呼吸新鮮的空氣，還能看著太陽逐漸升起。往屋裡走回時，我的身體仍在發抖，但其實壓根沒必要。我只是走到外頭看日出，順便享受一點空氣跟做點運動而已。沒有什麼値得擔心的。而現在，我要去做一件我好久沒有做的事情。

我要泡個澡。

在浴室裡，我打開水龍頭，同時添加了一坨有花香的液體，這一定是海倫買給我的東西。我把黏著的長褲從膝蓋上剝下，我那粉肉色的肌膚因碰觸到了濕黏的泥土而呈現灰色。我脫掉了上身的絲質睡衣。我從不穿這件睡覺；我一定是刻意挑選這件衣服的。如果我知道原因就好了：怎麼會套上這麼蠢的衣服呢？我握緊掌中的布料，耳聽泡沫在浴缸中逐漸成形，發出一種低沉的嘶嘶聲。

不對，我在想，說不定我是在犒賞自己。一件美麗的睡衣，一個美好的早晨。爲什麼不可能是這種情節呢？我把它丟到地板上，然後費力地爬進浴缸裡。我喜歡泡在水裡。老年人不應該泡澡，我們只適合坐在小凳上沖洗。但當你必須在一個有點像是塑膠材質的東西裡維持平衡、同時還有水往你的頭上猛沖時，你會失去思考的能力。但我需要思考一下。

當我伸手去拿那個用來洗澡的、滑不溜丟的小圓糕時，它仍在發顫，但說眞的，我不知道爲什麼，那是一段很美好的時光，而且啊，只要把身上的髒污刷洗掉，就沒有其他什麼能讓我煩心的了。我的嘴裡充斥那種腐敗、污穢的氣味，這讓我想起自己還小的時候，曾有一次因生病而躺在床上，因此我用洗澡小圓糕的邊緣抹塗自己的嘴唇。眞希望我能記起自己在庭院辛勤勞動的原因。

當我洗乾淨並吹乾以後，我在衣櫃裡翻找，找出一件派屈克的舊襯衫來穿。海倫本來想全部拿走，說她在做園藝的時候可以套上，但我私自留下了幾件。它們有的非常好穿，他在科威特的時候特別訂做的，那材質既軟又厚。身上能穿著一件他的衣服眞好，像是一種紀念，一種撫慰。我幾乎都快要說服自己，這些衣服上面還殘留著他的氣息，但當然啦，從他過世到現在，這些衣服已經洗過不知道多少次了。這件襯衫的底是白色的，上面還有鴿身般的灰色條紋，剛套上身時覺得衣服涼涼的。對我來說太大件了，但這就是它美妙的地方。下樓前，我把上衣塞進長褲裡，然後再搭配上一件開襟毛衣保暖。卡菈來了，正在煮一壺茶。

「謝謝妳，小美人，」我說，但她似乎沒有聽到。

「浴缸髒死了，」我走進廚房時她對我說。「草皮上還有一大堆泥巴。妳到底在忙些什麼？」

她的質問讓我心生畏縮。爲什麼我記得庭院、土壤、晨露，但完全記不起自己身在該處的理由？我用毛衣的袖口遮蓋住自己的手指，凝視著金灰色的天空，看著閃爍灰茫的樹葉在陽光的照射下由暗到明。我可以清楚地看見這個景象，但我卻想不起那是何年何月。是那些等待蘇淇返家的夜晚嗎？我只知道一定發生在過去。我現在根本沒辦法即時起床，守候日出。

「不過做兒子的都是這樣啦，」卡菈說。

我沒有聽到那句話的前半段，我不知道她在講什麼。

「妳很幸運，生了一個女兒。大家都說兒子會從老母親枕邊挖財產走。我是看一個新聞報導講的。」

「但我的確也生了一個兒子，」我說。

「每年盜走好幾百萬英鎊。」

「我的戶頭裡沒有那麼多錢，」我說。

「還盜走了好些骨董。喬治亞時期的，維多利亞時期[7]的，都有。」

「我手邊也沒有任何骨董。」喔天啊，這樣不行。哪門子的對話內容會像這樣把焦點放在我擁有或沒有什麼？我開始充耳不聞，聞而不答，但一個畫面浮現腦海，我看見書櫃、檯燈跟空盆栽堆擺在窗邊；我看見紋路鮮明的堅固家具，還有雅致的銀色飾物；我還看見深色釉彩花瓶及碗盤，它們身上的紋路就有如蟲子在那上頭蠕動。那些都是伊莉莎白喜歡的東西。在我還是個年輕女孩的時候，這類東西沒這麼花稍，也賣不了幾個錢。當時也不存在那些燈光昏暗、商品價格昂貴的商店或刺激的電視節目。我唯一親眼見過真正骨董的地方是在法蘭克家。

7 喬治亞時期為英王喬治一世至喬治四世的統治期間，時間從一七一四年至一八三〇年。其風格古典、講求對稱。維多利亞時期則指英王維多利亞女王統治的時期，時間從一八三七年至一九〇一年。其風格屬折衷型的復古，同時融入中東及東方元素，講求個性的呈現與奢華。

他家裡四處雜放有好幾百件骨董，而且位置經常換來換去，因此當你好不容易已經習慣在一個放五斗櫃的地方繞路時，五斗櫃有一天就消失了，換成放置一個你一定會被它們絆倒的子母桌。所有這類的物品加總起來，這棟房子就變成了一個惡質的玩笑。一座陷阱屋。蘇淇也不喜歡那棟房子，而且屋裡的有些東西會讓她心生恐懼，雖然她只承認過那麼一次。

那天，我在前往客廳的路上被一個旋轉置書架絆倒，我的膝蓋狠狠地撞上了一座脾氣看起來很暴躁的骨董鐘。當時，蘇淇蜷著身軀趴在一張高背長沙發上，正在將針線慢慢地穿過一塊很精美的藍色布料。她的幾束頭髮吸附在沙發的背靠上，就如同長在牆上的爬藤植物一樣。媽要我送碎布跟羊毛織線過來，她認爲我的姊姊一定沒辦法獨身應付這類家務，但蘇淇看起來從不需要太多援手，因此我坐在爐火旁烤臉，把臉烤得滾燙。

法蘭克手下的搬運工人正在庭院裡從一部貨車上卸貨，他們手上搬著箱子、簡易小桌及沉重的座椅，一路經過客廳前往地窖。每當工人們空著手從那潮濕的地窖空氣中逃出時，蘇淇總會跟他們點頭致意。

「住在大街上的老女人死了，」她說，「因此法蘭克買進了更多垃圾，希冀它們會轉變成財富。但我猜應該更適合拿來當柴燒。」

她的最後一句說得很大聲。一個臉色溫和、汗流浹背，正準備把手上那張四腳尖銳的桌子扛進地下室的搬運工停下了腳步。「如果那是妳的目的，我現在就能把它砸個分屍，省得我還得大老遠把它扛進地獄的深坑，」他這麼說，同時把桌子放下，身體倚靠著它。蘇淇面帶微笑看著她縫到一半的布料，同時極爲小心地提起了一邊的肩膀，彷彿怕干擾到那完美的縫線。男人再次扛起那張桌子，自顧自笑了幾聲。當他的身影消失後，她看著我。

「喔，小茉，」她說，「妳看看壁爐上擺了些什麼東西。看看法蘭克從這些人手中拿回了什麼東西。殘忍至極，我覺得。」

蘇淇經常抱怨法蘭克拿回家的「垃圾」。好幾張整幅都以褐色的油彩繪成的船隻圖畫，還有擠滿昆蟲的噁心餐盤。這次他帶回來的東西，是一個大小跟煤炭桶一樣的圓頂玻璃展示罩，裡面裝滿了標本鳥。我起身，把手壓著我那烤燙的半邊臉頰，向內凝望。這些鳥的顏色都很鮮豔，有綠有黃有藍。有一些鳥的翅膀是張開的；有一些鳥則用它的喙啄著花朵；而當我繞著它看時，發現其他的鳥都直直地看著我。它們的玻璃眼珠看起來跟眼眶不太密合，而它們的翅膀有一種僵硬感，讓我覺得它們好似被上過色彩。我目不轉睛地看著它。

「嚇人，不覺得嗎？不知道爲什麼，法蘭克喜歡上了這些死鳥，因此從那時起，它們就成爲了這個家的一部分。小茉，不管我對自己說過多少次『它們是標本，它們已經死了，蘇淇，管好妳自己，』我依舊認爲它們會突然朝我飛過來。」她把縫針擺直。「很傻，對不對？」

我看著她，點點頭，我的動作惹得她大笑。

「但我聽得見它們的聲音，小茉。玻璃碎裂，這些笨鳥們一窩蜂飛出，拍打著它們的羽翼，飛過來啄出我的雙眼。」

「老天爺啊，你太太的想法太古怪了，」跟著法蘭克一起進門的一個男人說。他們齊力扛著一張老舊的小型沙發。「好好看著她，別讓她對你產生太多稀奇古怪的想法。」

「我是名幸運兒啊，艾爾夫，」法蘭克說，「她已經把我是個優質好男人的想法灌進她的腦袋瓜裡啦。這有什麼不好。」

他們把小型沙發搬進了地窖，蘇淇看著他們消失在樓梯口處後，便轉身向我。「幫我用披巾蓋住這些鳥好不好？」她說。「我敢對這些鳥開玩笑，但我眞的一秒都沒辦法再忍受它們的存在。」

她神色絕望，於是我出發去找她的披巾。她說可能是放在廚房的椅子上，或是掛在大廳的衣帽架上，或也可能在臥室的衣櫥裡，如果連那裡都找不到的話，那就一定是在浴室的毛巾架上。我在廚房東翻西找，同時盡最大的努力不把自己絆倒、刮傷，或敲到手肘。我還幫忙把門撐著，讓兩個男人得以從庭院裡把一個大型的家具搬進來。它的上面蓋了一塊布，但從它的外型來推測，我猜它是一架梳妝台，上頭還有一面固定的鏡子。布匹的邊緣隨著腳步的移動而漣漪般起伏，讓人看了就覺得梳妝台有如在男子的手中漂浮。其中一名臉上布滿直條皺紋的男子，要我幫他們打開下一扇門。我跑過去開，但忘記它是朝外推開的，結果我往內拉，使得門大力撞上它的框，讓擺在鄰近衣櫃上的盤子發出警告似的喀啷聲。男子笑了出來。

「妳還沒從妳姊那兒學到手輕腳柔的功夫啊，妳有跟她討教過嗎？」皺紋男子說。

他們扛著那會飄的家具進入客廳，而我則開始往樓上找。走到半路，我停下腳步，輕聲呼吸，聆聽房子的聲音。建築吱嘎不斷，低沉如人聲，彷彿這棟房子因為承載了過多人們的所有物而壓累了身子。另一種聲音蓋過了它。那是兩具放在樓下的時鐘所發出的不協調的滴答聲。我有一次還聽到一名搬運工因撞到或拐到一件家具而發出咒罵聲。我希望是那個皺紋男子，同時將視線轉往窗外。

庭院裡空無一人，但我仍聽見外頭有一種微弱的摩擦聲，就像畫眉在籬笆底下找蟲吃的聲響。一陣短促、氣憤的嘶嘶聲從樹葉中傳出，不久後又是另外一聲。我什麼都沒看到，但靠近小路的灌木叢豎起枝枒，此情此景不知何故讓我發顫。那天沒有風，其他的事物都靜悄悄的，但我以前曾看見過鳥兒躲在灌木樹籬裡頭整理牠們的羽翼，那動作使得樹籬搖晃作響。爲什麼我現在會感到害怕？

我繼續往樓梯平台走，差點跌進一個象腿造型的傘架，然後擠著身子穿越過一隊老舊的留聲機，它們的喇叭綻放得如同胡瓜花。這些機器都壞掉了，但法蘭克還是將它們留了下來，因爲如果你把裡頭的裝置都清理出來，你就能夠把任何東西藏進其中。有天晚上吃飯時，蘇淇跟我們聊到這件事情，爸聽了以後咕咕噥噥，說那裡頭藏的肯定不會是什麼合法的東西，並從法蘭克送過我們的禮物來推斷它的內容物：火腿、尼龍布、果醬、果乾、奶油、雞蛋。這份清單著實讓媽愉悅不已，但她有注意沒讓爸看見她的表情。

蘇淇的披巾在毛巾架上。當我把它拉出來時，我恰巧看到浴室鏡中的自己。我很訝異會在那裡碰到自己，也很訝異自己所呈現出來的鏡像。我的臉不若自己所想的那般剛強，它看起來毫無防備，有任何心事全寫在臉上，而且天眞無邪。我的雙眼圓溜、瞳色淺黑，因我從未失眠。我的唇色紅潤，好似我每每心煩意亂都會下意識將其囓咬。我的鼻子也很光滑。蘇淇好幾個月前曾答應過我，要教我怎麼使用粉餅，因此當我下樓回到客廳時，我提起了這件事。

「我不確定耶，小茉，」她說，「可能妳還太年輕了吧。說不定我不應該答應妳這種事。爸要是知道了會氣炸的。」

我本來要出聲抗議，但我的膝蓋不小心敲到一張低矮的茶几，因此我轉而發出尖叫，同時抬高了我的腳。皺紋男子走進屋裡大笑。

「笨手笨腳的，妳啊，是不是？」

激動又氣憤，我把披巾丟向蘇淇，以爲她有辦法接住，但她手不離針，因此那塊披巾就這麼飄到了她的頭上，把她罩了起來，像是一塊裹屍布一樣。她大叫出聲，因爲她不小心被針刺到了。

「這塊披巾是用來蓋鳥的，」她說，邊把那條披巾拉下來，同時把她的頭髮從臉上撥開。

「不是蓋我。」

「對不起，」我說，腳快速地跨過一個空蕩的鐵製盆栽架，只想趕快逃離這棟房子。

「小茉？」蘇淇在我身後呼喊，「小茉！」

我一路走到庭院。乾淨的小徑及涼爽的微風很快就安撫了我的心情。我走到房子的側邊，停下腳步，在一片凌亂不堪的空間中伸展我的四肢。此時，我聽到了那樹叢中的沙沙聲，那應該是畫眉發出的聲響，但我卻再一次被一種難以名狀的恐懼引得發顫。蘇淇拉起了一扇窗，當她傾身向外時，我剛好把臉別開。

「喔，走開。走開。妳爲什麼老是待在這裡？我受不了了！」

我有那麼一下子，我以爲她指的是我，因此要她滾一邊去，後來才注意到她的臉對著籬笆。我轉回去看，看出那是一個女人，她站立著，她的下半身靠在另一邊的柵欄上，一隻手臂伸進樹叢中。她的另一隻手臂從肘部開始彎曲，讓她得以將某個東西推到她的嘴邊，或推進她的口中，我在猜，因爲我看到她運動著她的下顎。那排樹叢是由小型的山楂樹所構成的，而那個女人的掌心裡看似握了一把樹葉，而她正在動嘴嚼。她看著蘇淇，嘴裡繼續嚼個不停，完全不介意行蹤被人發現。相反地，回望著她的蘇淇卻是一臉驚惶。當然，我認識那個人。大家都認識這個瘋女人。

「叫道格來幫忙，」蘇淇說。

「道格？妳是說法蘭克吧，」我說，然後叫喚他的名。

當他出來以後，他對著瘋女人大叫，同時舉起了他的拳頭威脅她，要她離開。我則是走回屋裡找蘇淇。她藉由大笑驅走她的恐懼，說那個女人肯定是某種品味獨特的美食家。「我的意思是說，不能怪她，」她說，「山楂的確很美味，不是嗎，小茉？還記得我們以前都叫它麵包夾起司嗎？」

我點頭，但我不喜歡她聲音中隱藏的歇斯底里。

「我們以前都寧可媽在做三明治的時候把它夾進去，還記得嗎？比肉醬還好吃，也比燉過牛肉湯汁的胡蘿蔔好吃。」她停頓，就像在演電影一樣，然後把手放在她的臀部上。然後她突然垂頭喪氣，身體倚靠著壁爐。「但是，小茉，公園裡面有那麼多山楂樹。她爲什麼選這裡？爲什麼她一定要過來這裡？」

火爐上頭有一面鏡子，她注視著鏡中的自己。她的眼睛刻意避開剛蒙罩住的、裡面立著標本鳥的展示罩，然後她抬起手，直到蓋住了她的嘴巴。這個動作讓我回想起了一個駭人的記憶：那個瘋女人也擺過同樣的姿勢。

卡菈建議我不妨走一趟教堂。她是一名天主教徒，她覺得說不定會爲我帶來一些安適。我放棄了抵抗，讓她今早要去拜訪另一名老瘋婆的時候順道載我過去。我雖然堅持一定要找一間聖公會[8]教堂，但其實我並沒有特定信仰某位神祇，也不確定教堂能給我什麼幫助。媽自蘇淇失蹤後，就沒有再上過教堂了，而我也從沒考慮過再回去。派屈克跟我一樣，也沒有什麼特別的信仰；海倫則是頗爲堅定的無神論者。但很多老年人都會去教堂。伊莉莎白就會。

她信仰的教會是一棟石造的古老建物。教會內的彩繪玻璃上以漫畫的筆觸描繪出一群神情安詳的殉教者。每一個參加集會的人衣著都略顯正式。或也可以說她們下了不少工夫：把絲綢領巾圍在脖子上，或是把會發亮的東西插在她們的頭髮上。最初的幾分鐘，我覺得自己既單調又過於害羞。但後來我想起來了，我是個老人，根本不會有人注意我的穿著談吐。

我領了詩歌集，然後找了位子坐下。「古今聖詩，」我唸了出來。有幾個人轉過頭來看我。裡頭的人不到十二個。木頭及亮光劑的味道讓我想起學校。這讓我覺得心安，那些閃亮的黃銅飾物及鮮花擺設也是。我開始理解到，爲什麼老人家會上教堂。

每一排長椅的盡頭都擺了鮮花，我伸出手去觸摸離我最近的那一把花的花瓣。其中一朵花的花蒂鬆落了，我把它包覆在掌心中。這個動作讓我心有感觸，因此我又重複做了一次：打開我的掌心，隨即捏握花朵。但我想不起來這個動作的含意，況且花的品種也不對。應該是黃色的胡瓜

8 **Anglican**，又稱為英國國教，為英王亨利八世於一五三四年為與首任妻子離婚、改與婚外情的侍女再婚，因而脫離羅馬天主教會所創立。此舉亦推動了英國的宗教改革。

花才對，這種花是白色的，像是結婚典禮用剩的東西。說不定昨天有人結婚。別人告訴我，現在的年輕人依然會在教堂裡頭成親。當我捏緊拳頭的時候，牧師清了清他的喉嚨，坐在其他長椅上的人開始低頭禱告。花朵的花瓣柔軟又脆弱。我喜歡這種時候的花，嬌柔、眞實，而非僵硬地立在花束中。這些長椅十分像是那些被保存在維多利亞式玻璃罩下的物品，硬脆、乾燥，有點令人心煩。

我們站直、歌唱、坐下、禱告。我都已經忘記這些儀式有多累人。我的動作老是慢半拍，也常忘記自己做到哪個步驟，因此我把所有的時間都花在模仿別人。站在講道台上的牧師神情疑惑地看著我在他說話、在他講道的時候，口中唸唸有詞。終於到了休息時間。一台上面載著金屬大甕的手推車出現在教堂的後面，上面放了很多淺綠色的杯子。杯子的數量遠多於在場的信眾。

一名身上的羽絨外衣跟杯子顏色相同的女子朝我走來，她手上拿了一盒餅乾。「以前怎麼沒有看過妳？」她說。

「今天第一次來，」我說。然後我滿腦空白，我沒辦法思考自己人在哪裡，也不知道自己爲什麼在這裡。我在石板路上搖晃地前進，我的呼吸慢慢平穩下來。我從鐵盒中拿了兩塊餅乾，穩穩地將它們放在我的小碟上。

「妳是本地人嗎？還是剛好路過？」她問我。

「我不知道，」我說，覺得自己很笨，心頭一陣慌。「我的意思是，這裡是哪裡？」

她綻開微笑。很溫和的微笑，但充滿困窘。「這裡是聖安德魯教堂。」

這個名字對我來說毫無意義。我不想再繼續問其他問題。

「說不定妳常上教堂？」她提供建議。「幾條街外還有另外一間。」

我搖頭。我還沒忘記我的信仰，我知道自己不是一名衛理派信徒[9]或佛教徒或其他教徒，我甚至不算是一名基督徒。

「對不起，」我說，「我有點健忘。」

女人的臉看起來彷彿認爲這樣的形容詞不足以描述我的現況，但她點點頭，啜了一口茶後，將我介紹給牧師。很幸運地，我剛剛有在腦海裡先演練過介紹自己的名字。

「妳今天好嗎？」牧師說，同時跟我握手。他的雙手難以置信地柔軟，就好像它們因爲握過太多的手而被磨得光滑了一般。「我祝願妳喜歡今天的儀式。」

我沒有意料到原來我該對此樂在其中，因此這個問題讓我吃了一驚。「喔，」我說。

牧師跟那名穿著羽絨衣的女人因爲被我的胡言亂語嚇到，而開始往其他的地方走去。我低頭看著我的茶跟餅乾，不知道自己該拿它們怎麼辦。我注意到一個男子從他的小碟中拿起兩塊方糖，然後把它們丟進他的茶水中攪拌。我鬆了一口氣，跟他一樣，把我那兩塊餅乾丟進茶水中，用湯匙攪拌起這團軟泥。當我抬起頭時，這個小團體中的每一個人都凝望著我，只有穿羽絨衣的女子例外，她的視線定格在教堂的天花板上。

她用手肘輕推了隔壁的男子，他輕咳了幾聲。「不，她的情況並不樂觀，」他說。「是羅德

9 **Wesleyan**，又稱為循道會（**Methodism**），由聖公會牧師約翰．衛斯理於一七三八年所創立，其特點為重視信徒內心的宗教體驗，要求信徒在生活上追求簡單、樸素，並積極推動社會福利。

發現的。他以前都會開車去接她。對不對，羅德？」

一名矮小、禿頭，但把僅剩的頭髮蓋在光頂上的男子點頭。「對，沒錯，」他說。「所以，順理成章地，她兒子打電話給我。我告訴他我們會爲她祈禱……」

「那是當然，那是當然。」

「事實上，在他聯絡我之前，我還毫無必要地去了那棟房子好幾次。很累人。站在外頭等，沒人應門。」

「伊莉莎白，」我忽然開口，我不是有意的。

那名穿著羽絨衣的女子終於正眼看我了。

「伊莉莎白，」我又說了一次，「她不見了。」

「對。沒錯，親愛的。她人不在這兒，而我們教堂的人都很想念她。算了，當我沒說話。」她轉身面對其他人。

我因爲覺得丟臉而咬了嘴唇，但我必須在自己遺忘之前抓緊機會。「不是這樣，」我說，「我一直在找她。她人不在家裡。」

「不在妳家裡嗎？」那個女人問，每一個發音都咬得很清楚。她眞的很惱人。我克制住了吼叫的衝動。

「不對，不是這樣，她是我的朋友。她不見了。」

禿頭男皺起眉，然後用手去順了一下他的頭髮。那又長又細的髮絲看似陷進了他的頭皮中。

「她沒有不見——」

「那她人在哪裡？」我問。「我去過她家。」

「嗯，親愛的，」那個女人說，眼睛則看著團體裡的所有人。「可能妳跑錯家了。」她的聲音很小，就如同她不想讓任何人聽到她的想法一樣，但她一字一句說得非常清楚，因此他們都很認眞地聽她說話。牧師輕咳，同時移動了一下他的雙腳，另一名男子則又開始順他的頭髮。她的語句是最終宣告，我可以感覺到這個話題到這邊已經告一段落了。不久以後就會有人聊起天氣。我體內有股熱氣。這群理當心繫伊莉莎白的人，他們竟敢對我不屑一顧！竟敢對我不屑一顧！

「我沒有跑錯房子，」我安靜、沉穩地說，把這樣的聲明說出口，讓我覺得自己像名幼童。「我不是傻瓜。伊莉莎白不見了。」在靜默中，我顫抖地吸了一口氣。「爲什麼你們都不在乎？爲什麼沒有人出來做些什麼事？」我猜我講話已經開始用吼的了，但我克制不住自己。「任何事情都有可能發生在她身上。任何事情。爲什麼沒有人站出來做什麼事，想辦法去找到她？」

沮喪使我的喉頭緊縮。我緊握手中的杯子，然後將它砸往地上，它輕而易舉地就在教堂的石地板上迸裂開來。當它破碎的響聲穿堂越室的同時，那杯黏稠、充滿餅乾屑的茶就這麼被吸進了石板間的縫隙中。穿著羽絨衣的女子放下她的茶杯，然後把地上的碎片一一拾起。

「我看我最好先帶妳回家。」她說。

她輕柔地從牧師身邊引領著我離開教堂，然後讓我坐上她的車。而當我跟她報錯我家的方向時，她極具耐心地載我又繞了一大圈，第二次轉進一條單行道。當她開車的時候，我寫下一張記事給自己：伊莉莎白不在教堂。那個女人看見我寫這樣的字，便伸手過來輕拍我的手。

「親愛的，如果我是妳的話，我不會操這個心，」她扶我下車時，對我這麼說，「上帝會照看祂的羊群。妳要好好照顧自己。」

她詢問我是否要參加教堂下星期日的活動，她會過來載我，但我跟她說眞的沒有這個必要。

她理解地點點頭，她的笑容中帶有一種寬慰。

6

警察局仍在原址。石造的前門上頭刻了一組「1887」的數字，而玄關處那盞巨大的玻璃燈讓人心安，但建築內的地板看起來濕滑，使我不確定自己該不該踏上去。我在門檻站著等了一會兒，好奇「酒醉鬧事者」如何在這片光滑的地面站穩腳步。當我進門後，我把一隻手扶在牆上，並在移動時繼續維持著這個動作。

走了幾步路之後，我發現自己靠在一面布告欄上。我停住腳步，然後把釘在中間的海報上的字唸出來：「提款機詐騙犯全日無休。」我很好奇什麼叫做提款機詐騙犯，還有他們怎麼能夠整天不睡覺。光是這個想法就讓我覺得疲累。我的身旁有一塊木頭做的東西，一張長木椅，但是我不能坐下來休息，我必須繼續前進。我必須達成自己進來這裡的目的。有那麼一段時間，我忽然無法去想那是什麼。我的腦袋一片空白。我的手開始顫抖，我感覺心臟在抽動。我深吸一口氣，然後把手伸進我開襟毛衣的口袋中，尋找一張記事。不管我進來這裡的目的是什麼，我一定有把它寫下來。我一定有把給自己的提示藏在身上的某處。

我抽出一疊五彩方形紙，邊緣順著我的拇指跟食指一張張翻動。我不喜歡把另外一隻手抽離牆壁來做翻閱的動作。我不認爲自己的平衡感値得信賴。我找到一張粉紅色的，上面寫有今天的日期——如果那眞是今天的日期的話，我不確定。還有一張黃色的，上面寫著我女兒的電話號碼，以免突然發生緊急事故。還有一份蔬菜湯的食譜，不過上面多數的字都已經不見了，清單上的最後一項材料則是洋蔥。但我找不到任何資訊，關於自己爲什麼人在這裡。

「哈囉，荷珊太太，」一個聲音說。

我抬起頭。房間的另一頭有一張桌子，上面的標籤寫著警察服務台。我大聲地把它唸出來。一個男人坐在桌子的後面，但我只能夠透過玻璃隔牆的亮光看著他。我把記事都放回口袋後往前走。我經過一張磨損泛舊的木製長椅，他們就是讓剛抓到手的嫌犯坐在那裡嗎？夜晚的時候，這個地方眞的會充斥醉漢、妓女跟小偷嗎？看起來不太可能。現在是白天，裡面很安靜，當我走向服務台時，我可以聽到自己的腳步聲在牆與牆之間回響著。

當我走近以後，我看到了那黑色的肩章，像一對小翅膀，鑲在男人的白色襯衫上。他從電腦螢幕前抬起頭對我微笑，我發現自己也對他報以微笑，就像我以前對法蘭克那樣，嘴唇周圍的肌肉自然而然地就被他牽動。不知道爲什麼他叫得出我的名字。

「跟平常一樣嗎？」他的聲音從擴音器中傳出，聽起來非常像是機械人。

「平常？」我說。

「伊莉莎白，是嗎？」他點點頭，就好像在鼓勵我在舞台上說出下一句台詞。

「伊莉莎白，對。」我驚訝地說。當然了，這就是我來這裡的目的。我是爲了她才走這一趟的。「你知道伊莉莎白是誰嗎？」我問，心裡有種驟現的舒坦。說不定到頭來其實已經有人在調查這件事情。有人正在搜尋她的下落。有人知道她不見了。我如釋重負。我到底耗費了多久的時間，才讓別人聽進去我所說的話？

總算寬心的淚水從我的眼睛流出，我淚中帶笑。

「喔，當然，我知道跟伊莉莎白有關的所有事情。」他說。

「不見了，對嗎？」

我點頭。

「說不定是她那個頑劣的兒子下的手，你不覺得嗎？」

我動了肩膀來表達我無助的認同。

「而且除了妳以外，沒有人認爲她不見了。是不是這樣？」

「就是這樣，警察先生，」我說，同時將身體彎向服務台。

「我就想說應該是這樣。」他對我露齒而笑了好幾秒鐘。我有一種下沉的感覺。「這次已經是妳第……我看看……」他按了鍵盤好幾下，「……第四次來報案了。」

四次？「那，」我說，「所以已經有人在追查伊莉莎白的下落了，是嗎？」當我從口中說出這些話時，我已在同時嘗到了無望。

他大笑。「喔，當然啦。我已經出動所有警力去掃街了。警犬，鑑識人員，飛虎隊[10]。他們人都在外頭」——停頓了一下，他舉手在面前一揮——「在找妳的朋友伊莉莎白。」

10 **Flying Squad**，駐守於倫敦警察廳，其任務為調查金融持槍搶案，以及預防暨調查其他重大持槍犯罪案件。

我被他的言論激怒。我的腋下如針在刺。我現在認清楚他是怎麼看待我了，而我覺得噁心。最後，我的眼淚飛濺出來，但我轉過身不讓他看見。

「我命令整個團隊都別去管那些藥頭、強姦犯跟殺人兇手，」警員說，「那妳覺得我們應該怎麼對付小莉那個不中用的兒子……」

我沒有聽到剩下的部分，因爲我已經急匆匆地走出建物，走回大街。寒涼的風吹拂在我雙頰的那片淚濕上。我站在巴士站牌旁，用毛衣的袖子遮住自己的嘴。這是我最後的希望了。如果警察不把我當一回事，我怎麼可能還有機會再見到伊莉莎白一面呢？

我不記得自己曾經爲了姊姊的事情而跑警局；爸自己去報她的失蹤案件，並在我們跟她的鄰居談過話後又去報了一次。爸跟媽在那之後常到警局報到，去看看警察做了些什麼，去看看有沒有發現什麼新的蛛絲馬跡，但他們從來都不會帶我去。但我記得，曾經有個警員到我家，來問我們關於蘇淇的事情。當我放學回家的時候，他人就在我家裡。

「我的確說過自己會過來一趟，」他這麼說。他坐在廚房餐桌旁，面前的盤子裝滿了一塊又一塊蛋糕。他的頭髮是亮褐色，眼袋又黑又濃。另外，他身上沒有穿著制服。「但是這件關於尖叫的事情，看起來跟本案毫無關聯，鄰居們說此事發生在不知道幾週之前——我有叫一名警察去問話。然後，就像其他警察在警局會跟你們說的話一樣：這年頭到處都有人搞失蹤。從軍返鄉的男人無法適應平民生活，或女人習慣了丈夫不在身旁的日子，因此他們就搞離家啦。被拋下的那一方就會哭著來報案。」

「但法蘭克一直都在家裡，」媽說。她把茶壺放下，身子滑進我旁邊的那張椅子。

「嗯？沒有吵架嗎？」警察抬起了頭，一小塊蛋糕從嘴角滑落。

「經營一家搬家公司——傑拉德商號，」爸說，他的眼睛望向桌上那一小塊蛋糕，「一個有待商榷的職業。而且，反正法蘭克也失蹤了。」

那位警察緩慢地點頭。「喔，是的，是的，沒錯，傑拉德商號。我知道。事實上，在我婆婆家被轟炸後，他也幫我婆婆搬移了幾樣東西。從學校上方開始轟炸的那一次，你們還有印象嗎？沒錯，在這件事情上，他的確幫了我們一個大忙。不過」——他清了清喉嚨，同時把幾顆散落的葡萄乾用手指集中在一處——「我知道他不見的原因，是因爲他被盯上了，警察有事要盤問他。」

「他做了什麼？」爸問。

在用手勢表達的時候，那位警察的手指依舊掐捏著那些葡萄乾。「僞造配給券，」他邊將果乾放進嘴裡邊說，「這是重大犯罪。這會讓人們拿到超過他們應得的份量。而這種行爲也會導致其他人去黑市買賣貨物。」

媽切了更多塊蛋糕，同時將他的茶杯斟滿。

「黑市，是吧？就是個我認爲法蘭克會熟門熟路的地方。看來，你們還沒找到他？」爸說。

「還沒。而那的確讓事情變得更複雜。他被通緝了。」他喝茶時發出了聲音。「我猜想，說不定他們講好一起逃亡？你有提到說他拿著一只行李箱。」

爸的身子離餐桌遠了些，同時把他的雙手插進口袋，眼睛看著地板。「我眞的難以想像蘇淇會牽涉到犯法的事情。」他說。

我雙目低垂，在椅子的扶手上漫無目的玩弄我的杯具。我還記得蘇淇擁有的毛皮圍領跟那只新的蛇皮包包、那些存放在舊馬廄裡一箱又一箱的英軍配給品，還有當她跟法蘭克過來時，他們帶來的那些額外的晚餐菜色。

「嗯，的確，不過這線索也不值得追查啦，」那名警察說，他同時伸手去拿另外一塊蛋糕。「如果你想聽實話，我是認爲這算不上什麼案件。但如果眞相不是如此的話，那……」

「那法蘭克就是對她幹了什麼事，然後畏罪潛逃了，」爸說。

「法蘭克不會這樣的！」媽這麼說。她跳起身來，把她的茶匙丟進水槽。

爸抬起頭來看她。此時，他一定看到了道格拉斯站在玄關的身影，因爲他叫出了他的名字。「道格拉斯，這位是尼德漢警官，是爲了蘇淇的事情過來的。警官，這位是我們家的房客。」

道格拉斯步入廚房，他將身體笨拙地倚靠在門邊的置物架上。他對警官點點頭，然後在媽問他要不要喝杯茶時搖了搖頭。

「你剛剛是不是有提到法蘭克？」他說。他將頭斜向一邊，同時用力抓著身上那件套頭衫的下襬。

「對，」那名警官說，「帕瑪太太並不認爲她女兒失蹤的案件跟他有任何關聯。」

「她竟然不這麼認爲？」道格拉斯面向著媽問。她的臉依舊看著水槽。「不過，我認爲他脫不了干係。善妒的男子啊，法蘭克。我也對他沒什麼好感。」

「原來他善妒啊？」那位警官說，「可是，爲什麼呢？這件事情跟你有關嗎？」

「沒有，」道格拉斯緩慢而謹愼地說出這簡短的兩個字。「但蘇淇跟我說他有善妒的一面。」道格拉斯的眼睛直直地望著那名警官。他的臉色僵硬，像戴上一張面具。我腦子裡有個瘋狂的想法，說不定他說話的時候嘴唇沒有動。「她說，她做了一個過於倉卒的錯誤決定。」

爸把雙手從口袋中抽出後磨蹭著自己的臉，媽轉過身來，但手仍緊抓著身後水槽的邊緣。我想不通爲什麼蘇淇會跟道格拉斯分享這種事情，卻沒有跟我說。我懷疑這句話的眞實性。「蘇淇什麼時候說的？」我下意識地問。忽然間，爸說我該上樓了。

「這裡沒妳的事。」他說。

我離開餐桌，但我仍在通往玄關的階梯的最高處逗留。廚房看起來舒適又明亮，鍋爐區所散發出的光芒並不下於我頭頂上的燈火。單就桌上的茶杯與茶壺口所冒出的蒸氣來判斷，我幾乎就要相信那不過是一場平凡的家族茶聚。當然，除了有位警官坐在媽的老位子，吃完他的蛋糕，在一本小記事本上寫下了些字。

「對了，她是什麼時候告訴你的？」他問道格拉斯，手翻了一頁記事本。

「很多次。警官，她跟我提過很多次，」他說。「一整個夏天都在講……」我只能看到他身體的一部分，胸部以下，但他的手臂在動，我猜他剛剛聳了肩。

「什麼？她來這裡吃晚餐的時候嗎？」媽問，我也看得到她位於水槽下面、杯櫥前面的腳。

「我從來沒有聽過她講這種話。」

道格拉斯的身體前曲，他的粉色下顎凸出在門框上半部的下方。我以爲他要開口說出什麼，但此時，那名警察卻將他杯裡的茶水一飲而盡，然後抓了抓他的椅背。

「我該走了，」他說。他把杯子推開，在筆記本上寫下什麼，然後站起身來。「感謝妳的招待，帕瑪太太。如果案件有任何進展的話，我會再通知妳。不過別擔心。現在這個時局啊，人們隨時都在遷移。待不住。比較有可能的，是他們離開這裡，去其他城鎮過一段日子。等他們意識到哪裡都差不多時，他們就會回來了。而且，執法人員很快就會追上法蘭克的腳步。」

面向道格拉斯，他在同一個位置站了好一會兒，之後才跟著爸走到前門。我很快跑進客廳，然後聽見媽跟道格拉斯說了句什麼，蛋糕都吃光了一類的話。

「法蘭克拿來給我的果乾就只剩下剛剛那些了。」她說。我想像道格拉斯此刻臉上的表情。「電影好看嗎？」她趕在他開口提及蘇淇的婚姻關係之前轉換話題。他回應的話語聲音太低沉，我聽不見。

「什麼？」媽說。「我以爲那部電影應該很好笑。你有認眞在看嗎？」

同時間，爸則在感謝尼德漢警官抽空跑了這一趟。

「別客氣。如果找到傑拉德或是他隨身攜帶的那只行李箱，我會再通知你。」他們站在門邊，回過頭來低眼望向大廳，那名警官剛好藉這個機會把長褲上的蛋糕屑撢掉。

「那個男孩子讓我想到一個人，」當他要離開時，我聽到他這麼說，「但想不起來是誰。」

我把跟伊莉莎白有關的記事都扔進了字紙簍，使得它看起來像個放滿了五彩碎紙的桶子。我的心情很糟，覺得自己把她拋棄了，但我還能怎麼辦？就像他們所說，已經沒有什麼我「可以做的」了，而且也沒有人願意伸出援手。我去警局報過四次案。我知道這件事，因爲我有把它記錄下來。足足四次，但他們依舊不願正視。他們覺得我是個瘋癲的老太婆。我在想，也許他們是對的。我挑選了一張大張的白紙，拿出一枝紅色的簽字筆，我在自己的客廳牆上寫了一則公告：伊莉莎白沒有不見。雖然我現在仍不相信，但幾個小時後，說不定我就這麼信了。說不定還不用這麼久。我不想要又被自己拖回去尋找她的下落。根本沒用。沒有人相信我。我如果繼續這麼做，到最後只會把自己逼瘋。反正我已經忘記了一大堆事情，或許我眞的徹頭徹尾都搞錯了，或許伊莉莎白人就在家裡，而我不過是在庸人自擾。

卡菈進門的時候就看見了那張公告，她點頭同意。「就是這樣，」她說，「妳應該把精神都集中在維繫自己的安全跟好好照顧自己。安全總比危險好，是吧？」她跟往常一樣忙進忙出，嘴裡則跟我分享那些暴力行搶或持槍搶劫的案件。我試著聆聽，但我覺得那些事情再也與我無關。「這些老人就是不懂得該如何保護自己，」她這麼說。「他們沒注意到自己的門沒有鎖緊，或家裡的窗戶沒有關緊。那是因爲你們的成長環境跟現在大相逕庭。我猜當年鄰里之間都彼此認識，對吧？」

「別說傻話了，」我說，「當我還是個年輕女孩的時候，鎭上龍蛇混雜。」剛退伍的男人都在酒吧喝個爛醉，美國跟加拿大的士兵都在等著要回家鄉，從倫敦或伯明罕被疏散的人無家可歸，而那些傷兵則期盼海風能治療好他們的病痛。在我從回憶脫身之前，卡菈早已經上樓消失了，去整理我的臥房，而我漫無目的地走進廚房。她還沒調理好我的三明治，所以我就把幾片麵包放進麵包加熱器，麵包烤熟機，然後拿出奶油。

「妳以爲自己一天吃得下多少片吐司？」忽然現身的卡菈說，「妳一天起碼吃掉一整條。」

「畢竟，因爲那名警官把所有的蛋糕都吃掉了。」我說。

「如果家裡沒蛋糕，那是因爲妳自己把它們都吃光啦。」她說。她轉開水龍頭，然後把仙女牌清潔液攪拌成一大堆泡沫。

我不大喜歡她說話的語調。我遠離她的視線之外，並在找位子坐下來之前，先檢查了前門的門鎖。卡菈走進來客廳，把我的藥丸交給我；我不知道這些藥的功效是什麼。

「然後，當然囉，還有防盜密碼鎖，」她站在咖啡桌旁說話，同時也在看護資料夾裡寫下一些東西。「妳一定要記住這個密碼，這樣我們看護人員才有辦法進出，但只要一丁點的厄運臨頭，是吧？某人把密碼告訴了另一個人，壞蛋連破門而入的戲份都省下來了。」她把雙手放在她的頭上，然後往上空比畫。

「防盜密碼鎖哪可能這麼危險，」我說，「不然就沒有人的家裡會安裝啦。就連伊莉莎白家都有。」我的大腦突然想跟我說什麼。伊莉莎白家有裝防盜密碼鎖。防盜密碼鎖使人容易進入房屋。我把這句話寫下來，然後把伊莉莎白的名字寫在旁邊。「伊莉莎白家有裝防盜密碼鎖，」我又說了一次，「如果有人想要進去的話……」

「妳又發作啦，」卡菈說，「我以爲妳已經放棄了。」她指著牆壁上的公告。

「喔，對。」我說，然後把筆放下。我覺得很失望，就好像我失去了什麼重要的資產。

「好。掰。」她往門口走。我聽到她正準備開門。門發出砰的一聲，好像卡住了那樣。

「嘿！」她大聲地說。「妳把門上鎖了。鑰匙在哪裡？」

我起身，讓她知道我把鑰匙藏在暖氣爐上頭的小盆子裡。「妳自己說要檢查門鎖，」我說，同時讓卡菈看我寫下的記事。

她凝視著我。「但妳也不必在我人還在屋裡的時候檢查啊。」

當她把我再次鎖在屋內後，我走去找我的三明治；長櫃上有一片麵包，我把手中的記事都放下，去拿奶油，但冰箱裡卻找不到。瓦斯爐上有一個很大的標示，要我別烹飪任何東西，但我真的很想煮一顆蛋夾在烤吐司裡。調理水煮蛋一點也不危險。那根本就不算烹飪。

我扭開瓦斯，在一只平底鍋裡注入自來水。當我在等開水沸騰的時候，我拾起一張自己的記事讀了起來：**防盜密碼鎖使人容易進入房屋**。旁邊寫了伊莉莎白的名字。我閱讀了好幾次。裡頭藏有一個很重要的訊息，但我還不知道那是什麼。我還寫了：**只要一丁點的厄運臨頭**。世事不都如此嗎。而且既然你要在這個社會生存，怎麼可能懼怕周遭所有的人。你總得讓幾個人進來你家。

想當初，就是蘇淇建議把房間租給道格拉斯的。早期她在三軍合作社的餐廳上班，她被安排住在懸崖邊的旅館。而在役齡前，道格拉斯則是牛奶送貨員。合作社在他的派送清單裡，而蘇淇喜歡他。蘇淇說，在合作社早上開門營業之前，他們常聊天，聊天的話題多半都是跟電影有關。

有一天，蘇淇帶我去上班，那天是我第一次遇到他。那是在我們學校遭受夜間突襲後的隔週。學校的設施還不周全，因此女孩子們還沒辦法去男校就讀，媽又不想看到我成天待在家裡。起床時間很早，因此我們到那兒的時候，我人還在半夢半醒的狀態。蘇淇讓我在廚房裡坐下休息，她則是忙著將秤好的茶跟咖啡倒進白色的布袋裡，同時還得跑前跑後檢查熱水瓶的情況。我認爲她身穿藍色工作服、頭戴鴨舌帽的造型很好笑，但她似乎不怎麼介意。空氣中瀰漫著一種很香的食物味道。她拿了一份豆醬吐司及一條香腸給我吃。

「其實我們不可以吃，」她邊說邊把餐盤遞給我，「這是美軍的伙食。」

這裡主要是服務美國士兵，因此我邊吃，邊注意聽有沒有人使用不同的英文腔調。直到餐點快吃完了，我才聽到一個人操著美國腔。

「當然囉，」這個聲音說，然後又說，「那有什麼問題。」

我四下張望，看見蘇淇帶著一個男孩子回來。他提著一箱玻璃瓶裝的牛奶，並把它們放在我眼前的櫃檯上。我很訝異見到一個美國牛奶送貨員，所以直盯著他看。

「小茉，這位是道格，」蘇淇一隻手放在他的肩膀上說，「說哈囉。」

「哈囉，道格，」我說。我看著他身後的蘇淇拿了幾瓶牛奶走，然後才又從廚房裡面出來。

「哈囉……小茉，」講我的名字時，他眉心微微皺了一下。當蘇淇走離開時，他的眼神隨之飄了過去。

我大笑。「那個不是我眞正的名字啦，傻瓜，」我說。

他看起來有點生氣，然後把頭轉向我。「那她爲什麼這麼叫妳？」他說。他的腔調不再像是美國人。蘇淇知道他的腔調是假裝的嗎？我很好奇。

我把最後一口香腸送進我的嘴裡。「那是我的小名。」我邊嚼邊說。

「聽起來有點傻氣，不覺得嗎？」他說，眉心還沒解開。

我聳聳肩，把叉子放在餐盤旁邊。「我敢打賭，你眞正的名字也不叫做道格。」

「那當然是我的本名囉，」他說。當蘇淇走進來，把另一袋茶葉放在磅秤上時，他的眼神也跟著轉了回來。

「不是道格拉斯的簡稱嗎？」

他扁扁嘴，低頭看著牛奶瓶，然後一瓶一瓶地把它們從木箱裡抽出來。

「對不對？」

「對。」

「所以道格拉也算是小名，對吧？」

他停下手邊的動作，看著我。「我被妳抓到小辮子了，」他說。他臉漲紅，然後又瞟了蘇淇一眼。我讓他出糗了，我覺得很不好意思。

「道格是一個很好聽的名字，」我說，試圖要打圓場，「我很喜歡。」聽到這句話，他開心地笑了起來，而這讓我的心裡覺得更難受。他長得很好看，道格拉斯，鵝蛋臉、褐色頭髮、筆直的眉毛。他身高很高。但當他說起話，他就會彎腰縮頸。而且他總是斜眼看人，因此一般人很容易忽略掉他的身高。

「妳有沒有好好跟道格相處啊？」蘇淇說。她走過來把空瓶放在桌上。

我點點頭，試著找話題。「嘿，我們剛剛在外頭有看到那個瘋女人，」我說。因爲雖然只有很短暫的時間，但我們剛剛的確有看到她。

「噓，茉德，」蘇淇說。「別這樣叫她。妳又不知道她以前是個怎麼樣的人。想想看，如果有一天媽做了什麼蠢事，別人就說她瘋了，妳心底會怎麼想？我之前就跟妳講過，妳都沒在聽。

道格要成為我們家的新房客了。」她弄亂了他的頭髮，就像她常弄亂我的頭髮那樣，於是他又臉紅了。「你要吃東西嗎？」她問他。

「沒關係，我差不多該走了。」他說。他很快地把空瓶裝箱，把它們提出去。當蘇淇大叫改天見的時候，他笨拙地揮了揮他的手臂。

「媽有做過什麼蠢事嗎？」他走掉以後我問蘇淇。

「當然沒有囉，傻瓜，」她說，同時把牛奶瓶集中一處。「妳要練習別太早對一個人下定論，就這樣。妳喜歡道格嗎？自從老小姐蕾西去投靠她的姪女後，媽一直在找人來租那間房。我是認眞的。對他好一點。他的媽媽剛過世。炸彈落在他家屋頂上。」

經她一說，我對自己糾結他的小名這件事更感慚愧。我答應會好好待他。我眞心眞意地說。但我想起蘇淇弄亂他的頭髮、問他要不要吃東西的方式，他用照顧我的方式在照顧他，我不知道自己有沒有像道格拉斯那樣盯著她看過。

不知道從哪傳來一股奇怪的味道。我環顧客廳，拿起一個枕頭，然後坐在靠窗的座椅上。我什麼都沒看到。我想不出那味道是從哪兒來的。我一直在忙著把我的記事從垃圾桶裡頭挖回來，不知道它們是怎麼掉進去的。我還從桶子裡救出了一個表面磨損、藍銀相間的粉餅盒蓋，因此我共計翻找了兩次。我已經儲備好足夠的精力去尋找那臭味的來源。此時海倫進門了。

「媽！妳居然忘了關瓦斯！」她大叫。「我告訴過妳別碰瓦斯爐。妳可能會把整棟房子炸飛上天！噁，妳這裡也聞得到。」

她站在我的面前，錯身打開我後面的窗戶，同時用窗簾搧風。我看著她下頷的底部。看起來非常光滑。也很脆弱。「關於小名那件事，是我不好。」我說。

當她低頭看我時，她的下巴摺疊在一起。「什麼？」

「沒有，我不知道，」我說。我在想她等一下會不會幫我端一杯茶過來。但家裡可能不會有牛奶，因爲我傷了牛奶送貨員的心。欸，什麼東西都攪和在一塊兒了。一陣微風從窗戶吹進；它正中我的下背，讓我發了顫。

「妳沒有聞到嗎？」海倫說。

「我猜我的確有聞到什麼味道，沒錯，」我說，同時拿了塊東西蓋在我的膝蓋上保暖。「香腸跟豆醬跟——妳剛剛說那是什麼味道？」

「瓦斯。」

「喔。所以像是外洩那樣，是嗎？」那塊蓋在我膝蓋上的東西怎麼也攤不平。我試著把它平鋪，把它塞進兩旁，但它不停滑動。當我抬頭時，海倫仍在揮動著窗簾。這個動作讓我眨起了眼睛。

「不是，媽，」她說。「妳忘了關爐火。這就是爲什麼妳不可以下廚。」

「我不常做菜的，海倫，」我說。「廚房那邊有一個標示——」

「我知道那裡有標示，那是我寫的。」她放下窗簾，把手指伸進她的頭髮。

「但我可以煮水煮蛋。」我說。

「不行！不，妳不可以。媽，這就是我一直要跟妳說的。」她把手握成拳頭，抓著她的髮根。我不明白她爲什麼這麼難過。「妳懂嗎？妳眞的不可以煮任何東西。任何東西。」

「好吧。我以後不會這麼做，」我說，然後看著她在房間裡面踱步。「我會吃點起司或其他的東西來代替。」

「妳可以答應我嗎？」她問，「妳會把它寫下來嗎？」

我點頭，並從手提包裡拿出一枝筆。我身旁的桌上有一堆亂紙，我找出一張寫下她剛剛說的話。那張紙上原本寫著一列清單，最前面的兩項是：粉餅，胡瓜。

「也幫我寫在標示上，」海倫說，「我們一起去。我會幫妳。」

她伸出一隻手，我握著她起身。不知道爲什麼，窗簾卡在我的長褲上，海倫幫我把它解開。在走往廚房的路上，我們兩個靠得很近。有一次，當我握住扶手時，她的手指甚至交疊到我的手上。當我們到了那兒，我才發現自己把筆忘在客廳。海倫跑過去幫我拿。

「連蛋都不行，」回來時，她對我說。「在標示上寫『連蛋都不行』。」

我照她所說的做，寫完後把筆放下。「這句話是什麼意思？」我問。「『連蛋都不行』？這句話是什麼意思？」

7

艾瑞克．寇茲編寫的老舊曲調出現在我的腦海。〈工作時的良伴〉[11]它的旋律轉呀轉的，第二段比第一段更為激昂。更活潑、更大聲、更軍樂。我想像自己的臉上掛著一個狂喜的微笑，我的手臂如同受線繩所牽引而擺動。在我還是個年輕女孩的時候，我常會像現在這樣，靜不下來。所有的人都叫你起身，去幫忙，去工作，去為了戰爭盡自己的一份心力，但卻不會特別指定你去做什麼。我扭開電視，心神卻無法集中，於是我起身，在屋裡走過來、蕩過去，把東西擺整齊，幫著做一點打掃、整理、撢灰塵。我把長沙發上的椅墊拍鬆，也把書本整齊歸位。我在咖啡桌上噴亮光劑，然後找一塊布來將它擦亮。卡菈進門時，我才剛把一塊黏漬擦得晶亮。

「嗡嗡嗡，辛勤的小蜜蜂，」她說，同時脫掉她的大衣。「在打掃家裡？我應該把它記錄在妳的資料夾裡。」她朝我點頭，然後把筆拿在手上，一頁又一頁地翻。但她忽然轉過身來，動作

11 **Music While You Work**，為英國作曲家艾瑞克．寇茲（**Eric Coates**）最廣為人知的作品之一。曾於二戰期間早晚播放，藉此提振工人的生產力。

太大而產生了一些摩擦聲。「喔，不過這裡到底發生了什麼事？」她說。「妳打算把它們全部燒掉嗎？妳爲什麼把所有的書都堆疊到壁爐裡？」

「妳到底在說什麼呀？」我說，同時放下手中的抹布。書本整齊地擺在它們的位置上，它們的大小完美鑲嵌在電視旁邊那個凹洞裡，這樣看起來非常美觀。

「而且，呃，」她說，「妳用什麼東西在擦桌子？」

「一條抹布，」我說，皺眉瞪著她。她今天怎麼滿嘴傻問題。

「不對，我不認爲那是一條抹布。」

她把那坨布拿在手裡，準備把它攤開拉平。當她把那塊布拿高的時候，我看出了那是什麼。一條裙子。一條蘇淇的裙子。一條深褐色的半身裙，現在上面沾滿了亮光劑跟碎屑。我一定是從自己舊房間的衣櫥把它拿了出來。那裡存放著很多蘇淇的衣物。有些我留著剪裁、縫剪過後自己穿，有些我則是捨不得丟。而現在，我卻毀掉了其中的一件。

卡菈咧嘴微笑。「妳使用這條裙子的方式很文學，」她說。然後她看見了我的眼神，便把頭偏向一邊。「我會把它放進洗衣機裡。別擔心。它會變得跟新的一樣。」

卡菈從我眼前消失後，我發現自己根本坐不住。我心裡有一種躁動的感覺，告訴我我應該要去某個地方。我穿上大衣後走出門。我無法思考自己該去哪裡，但那不重要，我很確定我要去某處，而且我遲早會走到那兒去。

當我走到路的最前端時，一台公車從我旁邊駛過。我希望自己出門的目的不是要搭上那台公車。就算眞的是，反正我也趕不上了。我腳步平穩，一手放在某戶人家的庭院圍牆上。我轉身低眼回望這條大街。我的手指底下有濕潤的苔癬，我發現自己正在刮除它們，從而享受這種把它們連根拔起的快感。有幾張顏色鮮明的紙片散落在走道上。一定是從我身上掉出來的，我的記事，我的紙上記憶。我的口袋裡塞滿了清單跟備忘。有那麼一下子，我實在懶得走回去把那些失散的都撿回來，但我彎下腰去拾那張最近的。我的關節吱嘎怪叫，但我知道如果自己不伸手去拿，有個很重要的東西可能就會因此而消失。最近的那張紙是藍色方形的：樂施會，下午兩點，今天。我在那裡擔任義工。

今天下午兩點。它指的眞的是今天嗎？我有個預感覺得不是，但我不忍想像他們失望的臉龐。如果我錯過的話，那些瘦骨嶙峋卻肚皮腫脹、嘴邊滿是蒼蠅飛舞的孩子們的悲慘身影會成為我的夢魘。而如果今天是星期二的話，伊莉莎白也會在那裡。我走到巴士站牌，路過另一張近在眼前的紙片時，我也順道把它撿了起來。我相信，在我還年輕的時候，這些恐怖的飢荒不似現今時常發生。等車時，我在大衣的口袋裡找到半條巧克力，剛好讓我上車時好好享用。

樂施會的店面位於騎樓商店街。本來這裡是一家高級珠寶店，我姊姊的訂婚戒指就是在這裡買的。我以前也都在這附近剪頭髮，但那間店已經結束營運好長一陣子了。窗戶滿是灰塵，幾台舊型的直立式吹風機都被留在店內，無助地站著，隨著時間慢慢分崩瓦解，就像一排在沙地上長得過於繁茂的風信子一樣。隔壁的店鋪則是販售各種各樣的沐浴禮品。沐浴鹽、沐浴精油、泡泡露，還有玻璃肥皂盒跟各種顏色的貝殼。我們在樂施會買過不少他們所捐贈的商品。如果我還年輕的話，我會想要這些貝殼。我曾經收藏了一系列，事實上家裡面還存放有一些，放在一個用許多火柴盒黏起來的箱子中。我以前總會在沙灘的邊緣撿拾貝殼，我的父母則會朝著我大叫，要我別太靠近鐵絲網。我喜歡把它們放在耳邊，聆聽海浪的濤聲。

我收藏了很多粉紅色跟斑點灰色的。其實，這也是我唯一鍾情的兩種顏色。崔弗舅舅發現我在收集這些東西，於是送了我一本貝殼百科，但我對知道它們的名稱興趣缺缺。更有甚者，當我翻閱這些書頁時，我看到一種長得像蛞蝓的可怕生物，而牠們居然曾經住在我美麗的收藏品中，這讓我覺得很噁心。我不喜歡把那些醜陋、黏答答的東西跟我那珍珠般耀眼的完美貝殼連結在一起。我每每見到「軟體動物」這個辭彙就會勃然大怒，到最後，我決定把這本書丟掉。

一走進樂施會，我就聞到一股擾人的霉味。除了熨燙那些捐贈衣服時會產生的蒸氣之外，我們似乎怎麼做也擺脫不了這種味道。室內的空氣沉濁而微酸；這是我唯一不喜歡在這兒工作的理由。喔對，還有佩姬。當我進門時，她從櫃檯後面抬頭看我，她蒼白、過度定型而死硬的頭髮擋住了燈光。她才不過六十八歲，比我更年輕個美好的十多歲數。

「茱德？」她說。「妳來這裡做——」

「我遲到了嗎？」我說，同時把一具吊滿衣服的展示架推開，以便通行。

「沒有，茱德。但是這裡不需要妳……我的意思是說」——她把手放在櫃檯上，同時改用一種音調偏高而諂媚的聲音跟我說話。我女兒也會使用這種腔調講話。特別是在試著要說服我大量丟東西或放棄下廚的時候，她說這是「爲我好」——「我們不是討論過嗎？妳不需要再勞駕自己到這兒來工作。妳還記得嗎？」

我低頭，假裝自己正在一樣樣地看著前台上那只籃子裡面的東西。當我用手在碰戳那些髒兮兮的皮製書籤及塑膠餐巾環時，我的心底忽然湧起了一股對佩姬的憎惡。我記起來了。她跟梅菲絲認爲我不適合在這裡工作。你瞧，在工作這件事情上，我總是處於劣勢。其他人年輕的時候都曾在商店裡上過班。佩姬是畢爾斯百貨公司，梅菲絲在卡爾頓鞋行，而伊莉莎白的父親則經營一家麵包店，因此當她還是個孩子的時候，她常得在店裡幫忙。但我爸在我畢業之後就幫我找了個在話務中心的差事，所以我除了當名接線生外，其他什麼活兒也沒碰過。之前在這裡上班時，我發現收銀機的操作方式很困難。而在那之後，我則是開始把各種硬幣搞混，因此找了太多錢給顧客。另外，當顧客催促使我心神緊張時，情況甚至會更嚴重。有那麼一天，我站著呆看一枚一鎊的硬幣良久，卻認不得它的長相。櫃檯前面的男子不停嘆氣。「妳的數學眞有這麼差嗎？」他說。

我不知道自己最後找給他多少錢，但佩姬氣炸了。

在這當下，她用她那刷得又亮又硬的指甲不停輕敲著櫃檯，等我回話。我繼續在籃子裡翻來找去，然後手指碰到一個小相框的背面。

「奇怪了，」我說，同時把它抽了出來。「伊莉莎白有個一模一樣的鏡框。裡面原本擺著一張我們初識不久後合拍的相片。這個相框的造型很獨特，不覺得嗎？」

我的大拇指滑過這框的四邊。相框是由奶油色的瓷器做成的，兩邊飾有抽出芽的精美花朵。一個小天使的頭凸現在它的上框，祂的面部朝下，望向擺放相片的位置。

「我認爲這個相框絕無僅有，世界上沒有第二個，」我說。「她是來這裡工作幾個月之後，花錢在這兒買的。」

「老天哪，妳說得沒錯，她的確老在買瓷器。看來妳對某些事情的記憶力相當不錯嘛，茱德。」

「我真的覺得這是她的相框。但她絕不可能把它捐出來。」我抬頭望著佩姬。「當時，裡面的相片還在嗎？」

「可能吧，但若裡頭有張相片的話，相框會變得很難賣。不過呢，雖然妳說它原本是伊莉莎白的相框，我是覺得可能性微乎其微。」

店門打開了，佩姬立刻笑臉迎客。「若妳想要買的話，算妳兩鎊就好了。購買我們家的東西，就是協助我們行善的最好方式。」

我知道她在想什麼。但我還沒準備離開。「需要我幫妳煮杯茶嗎？」我說，同時把相框小心地放回籃子裡。「我還記得茶壺在哪裡，而且妳現在剛好人走不開……」我開始往後頭的房間走去。佩姬臉上的表情放鬆了。

「嗯，」她說。「嗯，這主意聽起來不錯。我想喝杯即溶咖啡。」

我把水壺灌滿，開火燒水。關於佩姬，有件事情我還記得，她捨不得丟相片。我以前常想，就是因爲這個習慣，才會讓她多了那麼些人味。在堆滿了別人捐獻的衣物的工作桌下方有一個抽屜，她把老相片都收在裡頭。我拉開木抽屜時，它嘰嘎了一聲，我的眼神很快掃向門口，慶幸茶壺燒水的聲音壓過了開抽屜的聲響，然後我坐下，開始篩選這些照片。

多數照片都是寵物照，有幾張是家族照，還有一小部分是那種很久以前的，固定在一張紙卡上的相片——一個穿著軍裝的男人準備出發參與第一次世界大戰，還有一個女人則是穿著有一對羊腿袖[12]的衣服，站在一株一葉蘭的旁邊。我將它們放到一邊，又找了好幾疊即可拍相片後，才發現一張色彩鮮豔的照片，照片裡面是兩名穿著輕柔碎花襯衣的平凡女子。伊莉莎白與我。我們人就站在商店街的外面，上了漆的鐵柵門弧線優美地矗立在我們身後。伊莉莎白那白中帶灰的頭髮穩穩地簪在頭上，我的頭髮則是迎風飄揚。我們對著相機微笑，同時炫耀那人過中年才能擁有的珍貴皺紋，而伊莉莎白的手上還拿著一個東西。那是一只青蛙造型的水罐，是她第一天到樂施會上工時買下的。

「不過是個複製品而已。」她說。若你想知道我的意見，我會告訴你那玩意兒眞是醜斃了，但伊莉莎白捧著它就像捧著稀世珍寶一樣。我們就是在那一天認識的。同一天，當我知道那飾有卵石的庭院圍牆內，住的人正是伊莉莎白之後，我就暗自決定我們要成爲好朋友。至今，我仍記得自己的臉龐因大笑而肌肉抽痛。她絕不會丟掉這張相片。我的眼眶充滿淚水。我開始認爲，她一定是死了。放在桌上的那堆被丟棄的醜陋衣物突然間彌足沉重。所有伊莉莎白與我一起逛愛心商品的那些美好時光猶在腦海。而我竟從未想到，會有這麼一天，我們兩人中的其中一位，將可能要一一檢視另一人的身後物。

我把那張相片放進我的口袋，此時茶壺發出砰砰的響聲。我拿著佩姬的馬克杯走回櫃檯。

「喔，茱德，」當我離開店鋪時，她在我身後大聲地說。「我想要喝咖啡，妳卻給了我杯

12 **leg-of-mutton sleeves**，此種類型的袖子肩膀至手肘處寬鬆，手腕處則收緊。此風格初見於十六世紀，後於十九世紀的初期及晚期再次流行。

茶！」

走公園的路回家。那裡有一塊供人休憩的木板，一條長長的休息板，就位在演奏台的旁邊。從那裡，我可以看見伊莉莎白家前面的那條路。我坐下來休息看著一名男子堆高一坨堆肥。天氣很冷，看起來即將落雨，但我還不想回家，我想要坐下來好好思考我的新發現，同時讓新鮮的空氣，取代我體內那股來自樂施會店面的陳腐。到底是舊衣物裡面的什麼東西讓它們散發出那種味道呢？就算洗乾淨了，一段時間後，那種酸味還是會從舊衣中陣陣鑽出。

那只皮箱的氣味令我永生難忘。是爸把它帶回家的，那是在蘇淇失蹤近三個月後，也是在我十五歲生日的一星期之前。一開始，我沒有認出那只皮箱：交給我的時候，爸淚流滿面，而我只能看著他，胸口覺得有一股失落，像是罪惡感或是恐懼感。他的臉上布滿皺紋，他的喉頭發出某種乾啞的聲音。在那之前，我從未見過他落淚，出於震驚，我竟沒有安慰他。他坐上火爐旁的一張椅子，把臉別開。媽也沒有安慰他，她只將那只皮箱放在廚房的桌上。

蘇淇是爲了度蜜月才買下這只箱子的。它又大又重，表皮跟把手是用褐色的皮革製成，釦環則爲銅製。一線桃紅色的光芒從窗戶射入，恰恰映照在釦環的刮痕上。我把手指放上釦環，不小心把它壓得更緊，媽把我的手撥開，兀自打開了皮箱。衣服的酸味瀰漫了這個空間，覆蓋在廚房慣有的氣味上——炸過的洋蔥、乾燥香草，還有清潔用的皂片——就如同一層厚厚的灰塵。

我們站直身子查看蘇淇的東西。條紋花色的帆布襯裡內，所有的衣物都歪七扭八地交纏在一起。裡頭有襯衣、套頭衫、裝飾用衣片[13]、毛皮圍領，以及一件在腰際縫有褶襇的黃褐色長褲。其下有一件連身裙，本來是米黃色的，蘇淇前陣子把它染成海軍藍，讓它看起來跟新的一樣。更深處則有內衣、內褲，以及一件以絲綢與蕾絲裝點的細肩帶內衣。這些衣服不髒，但材質本身的亮度已褪，彷彿它們曾經被許許多多的人碰觸過。

「喔天啊。我不知道妳該怎麼清洗它們，」媽說，同時將那件染過色的連身裙拿出來。「可能要用冷水吧。妳覺得需要用多少肥皂，茉德？」

我眼睛注視著皮箱，心想著蘇淇不知多久沒有碰過這一皮箱的衣物。這是她僅剩的東西了。我想蜷縮著身子躲進皮箱內，闔上箱蓋，而非拿出它的內容物，洗去她的氣味。一瓶藍色的玻璃瓶安躺在一件襯衣的袖子中，如同被手臂擁著。蘇淇的香水，夜巴黎。我拉開瓶栓，下意識地將它灑到我的手腕及脖頸，過程中全無思考。透過這層廉價、香甜、淡而不持久的薄霧，媽凝看著我，然後開始將所有不管是棉料、針織或羊毛材質的衣物都抓在手上，以近似揉麵糰的方式，把衣服朝往皮箱的側面擊打。小東西一一掉出，滾落地板。當我在將幾件絲質四角褲綁成一捆時，道格拉斯進了門。他停下腳步，凝視，轉向側邊，然後雙眼低垂。

「是蘇淇的嗎？」他問。「在哪兒找到的？」

「車站旅館。警方發現的，」爸說。

13 **false fronts**，使用方式類似圍巾，搭配上燕尾服後，其他人只見得到露出來的部分，因此裡面就無須搭配整件的襯衫，清洗、上漿都更為便利。

他的眼睛凝視著鍋爐區裡的柴燒式暖爐，他的臉龐被那熱度給照紅了。我很高興他總算不哭了。看到道格拉斯進門，媽便停下了擊打的動作，身子站得直挺，一條絲質圍巾跟一條皮帶像爬藤植物一樣掛在她的肘處。我慢慢地把手中的結鬆開，把那些我從地板上撿起的內褲都丟回皮箱中。

「他們已經翻查過了，」爸說。

難怪所有的東西都亂成一團。我想像著警察的大手在她的內褲中翻找。很可怕的畫面。也許道格拉斯的腦海中也出現了同樣的畫面，因爲他的臉色沉了好一下子。

「有找到什麼東西嗎？」他問。

爸搖了搖頭。「什麼都沒有。除了配給簿[14]以外。」

「她把簿子留在皮箱內。」道格拉斯說話的語氣像是宣告一個答案。「那旅館的工作人員呢？他們怎麼說？」

「他們對她毫無印象。她的姓名有留在登記簿上——不是她的字跡，因爲是櫃檯人員寫的——但他們認不出她的相片。」

「所以她究竟有沒有住過那裡？」我問。我的胸腔感覺像灌滿了空氣，我一度以爲我的肺會因此燃燒。沒有人回答我的問題。媽沒有動也沒有說話。但我看見眼淚落在絲綢上，在布料上形

14 **ration book**，專門用來存放配給券的小冊子。二戰時期，在英國實施糧食配給制期間，人們必須持有這本小冊子，才有辦法至商店購買商品。

成一圈又一圈的暗漬。到最後，是我負起了把她所有的衣服都洗乾淨的責任。

在我還沒有意會過來自己的目的地之前，我的雙腳已將我運至前往伊莉莎白家的半路上。路上滿是穿著單調又凌亂的制服的學生。他們應該是要去學校上課，或也可能剛放學。我跌跌撞撞地穿過他們的隊伍。他們身上有骯髒的運動服跟廉價潔面液的味道，而我注意到自己盯著他們的背包及側背包看，希望能看見一只有著褐色皮把手的褐色皮箱。就連已經走到了伊莉莎白家的大門，我依舊頻頻回望。我按下電鈴，從前窗往內望，目光也掃進了廚房，但我什麼也沒看見。大宅燈光昏暗，杳無人煙。

「快看，有賊老太婆！」有人大叫。

一夥孩子，一般人會叫他們青少年吧——凱蒂那年紀——大搖大擺地走在人行道上。他們拍打著彼此的身子，同時把他們的包包拖在地上走。那名大叫的男孩衝著我笑。

「妳要怎麼進去？」他大聲地說，「用史坦納牌的樓梯升降椅嗎？」

其他孩子大笑，我則轉過身去看著他手指的地方：樓梯平台處的窗戶是開著的。我在想，它一直都是維持敞開的嗎？我這次來訪，差點就漏看了。我猜想，不知道還有沒有其他地方也是保持開啟的。我試著打開側邊的柵門，果然這只是我一廂情願的想法。如果我能直接把外牆拉開，看看伊莉莎白人在不在裡面就好了；或者把屋子從前面打開，像袖珍屋那樣。或像被轟炸過後的道格拉斯家那樣。當然，我不是眞心希望類似的事情發生，而我也因自己期許天降炸彈的願望而略感羞愧。但我的確想找人詢問關於那扇未關之窗的事，因此我繞到隔壁鄰居家去。我沒有看見電鈴，而當我敲門的時候，有一隻狗開始吠叫。在我等待的過程中，牠的聲音聽起來變得更大、更具攻擊性，最後就如同已在門後。我開始往後退，但當我剛退到人行道上時，門打開了，那隻狗飛跳著出來。牠繞著我奔跑，滿口哀鳴，同時嗅聞個不停。

「別擔心，」牠的主人說。「牠不會咬人或搗蛋，牠只是好奇而已。妳剛剛有敲門嗎？」

我看著那名飼主。他年紀很輕，不過是個小男孩而已，他的頭上長著一頭蓬亂的褐髮。非常蓬亂。那隻狗舔了我的手，於是我摸摸牠的頭。

「妳的身上一定散發出好人的氣息，」那名男孩說。「牠通常只會對認識的人這樣。」

我面帶微笑，很開心自己能夠雀屏中選。也很高興認識了一個新朋友。在我年紀還很輕的時候，我一直希望能夠養隻狗。我父母卻以經濟狀況爲由拒絕了我的請求。雖然他們的藉口很正當，但我也有自己心繫於犬的理由。我曾聽說，有一隻狗被發現死在某戶的庭院裡。飼主離開以前把狗綁了起來，卻沒留下一丁點的食物或飲水。溫拿絲太太特別跟我們提起這件事，其實是要我們別放棄希望。這年頭，人總是「即思即行」，漏夜遷居，蘇淇說不定也是如此。「連考慮寵物的時間都沒有，」她說。「這就是當今的世道。」但對我而言，卻是這則故事的其他細節打動了我。「牠叫了又叫，叫了又叫，」溫拿絲太太說。「希望誰會來救牠。」我多麼希望——多年來我都這麼希望——自己就是那個誰，循著牠的叫聲找到牠，救回牠這一條性命。

我眼前的狗不停哀鳴，彷彿知悉我思緒的流轉。我再一次拍拍牠的頭，同時渴望自己能夠回溯青春、再次擁有那柔軟的身軀；這樣一來，我就能彎下腰去，好好地撫摸牠毛茸茸的皮膚。

「文森，閉嘴，」這名男孩說。「牠只是想裝可憐。期盼妳會餵牠吃塊餅。」

我開始翻找我的提包。

「喔，不要，」他說。「沒那個必要。我們家有很多，牠只是貪心而已。妳是我媽的朋友嗎？妳需要什麼東西嗎？」

「不用，」我說。「不需要。謝謝你。」

「剛剛敲門的人不是妳嗎？」

「應該不是我，」我說，然後離開。那隻狗一路跟著我走到了路口，聽到主人叫牠，立刻就又跑了回去。回家的路上，我不停回頭顧盼伊莉莎白的住家。如果有辦法能夠進去，那就好了。

我走到公園時，天空開始飄起了毛毛細雨，隨即很快形成了一場傾盆大雨。我在幾棵樹下站著躲雨。很久以前，我曾經跟母親一起站在這裡過。我記得，那天的天空跟眼前的這片天一樣陰暗、虎視眈眈，而大地則是一片濕黏，把戶外該有的清新氣息都埋藏在了土底。我應該算是循著媽的腳步來到這兒的。在那之前，我跟父親吵了一架。

當我從奧黛莉家回來時，她人正站在庭院的柵門旁。從廚房大門望進去，我看見父親的身影現身其中。「莉莉安，妳怎麼做得出這種事？」

我直覺地想衝進食品櫃，把自己的頭蓋起來。但我沒有那麼做。我駐足在步道上，半身藏在溫拿絲太太的籬笆牆後。

「不然我應該怎麼做？」媽吼了回去，同時將身上的雨衣拉得更緊，以抵禦大雨的咄咄逼人。「這間屋子裡還有四張嘴巴要養。而且我也沒辦法再請法蘭克出手幫忙了。」

「法蘭克！又是他！妳嘴上老嚷嚷著這個男人。妳有沒有想過，我們的女兒就是因爲他才失去了性命——」

「他不是這樣的人！他只不過沒有生就一張道貌岸然的面容，沒辦法長得像那些你無比崇敬的循道宗教徒。而且別以爲我不知道是誰把這樣的想法灌輸到你的腦袋裡頭。」

我聽不見爸回了些什麼，但我可以聽見媽大叫。

「對，我就是指道格拉斯！他老纏著蘇淇不放——理當他會把過錯都推到法蘭克身上。」

我看著上面的窗戶，暗暗希望道格拉斯人不在廚房內，然後我看見媽跨著大步往馬路上走，沉重的雨水壓得她的帽簷低垂。當我終於移動了身子，我發現爸仍站在廚房的門旁。他的雙手高抬，宛如媽多不可理喻，接著他注意到了我。

「看來，妳也想把自己淋成一隻落湯雞，」他說。

隔了一會兒之後，我跟著他走回屋內。道格拉斯坐在餐桌旁，專心地吃著他眼前的食物，我不知道他聽到了幾分。有一條毛巾掛在火爐旁一張椅子的椅背上——上面有滷汁的味道，但我還是用它來擦乾自己的臉跟頭髮，爸則說我活該罹上肺炎。我脫下濡濕的裙子，把它吊在原本掛毛巾的椅子上，身上只留一件襯裙；而有那麼一段時間，道格拉斯就這麼直直地凝視著我。

「發生了什麼事？」我問，因爲沒有人要跟我說。

「法蘭克回來了，」道格拉斯說。瞇起雙目的他手上拿著湯匙，神情卻有如要把那支湯匙刺進誰的身子裡。「他們在一台來自倫敦的火車上逮捕了他。」

「逮捕他？爲什麼？那他們有找到——我是說，有任何跟蘇淇有關的消息嗎？」

「還沒有。目前只找到僞造的配給券。」他激動得把湯匙裡的沾醬給甩了出去；結果醬濺上了他的套頭衫，他便低聲咕噥了幾句。爸坐回椅上，面前的餐點還留有一半，他對著高麗菜絲皺起眉頭。

「但你認爲其中還有隱情嗎？」

「這當然。慢慢他們就會發現他是個怎麼樣的男人。酒鬼，罪犯。是那種永遠都配不上蘇淇的類型。是那種父母不應該讓自己的女兒靠近他的類型。」

爸的叉子在餐盤上碰撞出噹啷聲。「謝謝你的忠告，道格拉斯，」他說。「我很確定你是好意，但以後你可以把自己的意見留在腦袋裡，犯不著說出口。」

我倚著水槽，看著道格拉斯的臉糾結成一團，然後神情逐漸和緩，才有辦法繼續咀嚼。有好幾分鐘的時間，他看起來就跟以前的自己一樣，把脖子往前，彎下身去吃他的食物。我幾乎都要以爲他會坐正身子，開口說出「這個沾醬太讚了」這句話。但當他再度開口時，他的眼睛卻是瞪視著盤中剩下的燉羊肉。

「帕瑪先生，」他說，「你也認爲是法蘭克下的手，對吧？」

爸望著坐在餐桌對面的他。

「你也認爲是他做的吧？你也希望他入獄服刑吧？」

「又還不確定她眞的死了，」我說。

「做這些事情有什麼用？她不會因此死而復生，」爸也同時這麼說，然後轉身向我，「茱德，警察都跟我們說了。依目前的情勢來判斷，她還活著的可能性很低。妳要接受這個事實。」

我看向窗外被雨澆得濕軟的庭院，想著媽不知去了哪裡。

「茱德？」爸又叫了一次。他朝我伸出一隻手。

「我有聽到，我有聽到，」我說，然後推著水槽起身，同時從掛鉤上拿下爸的厚大衣。我正試著讓自己的動作成為一種制式，試著讓自己放棄思考。

「妳要出去找妳媽嗎？」當我走到廚房門邊時，爸站了起來。「不需要，茱德。妳要知道：她一直都在使用蘇淇的配給簿。」

「那就是你們一直在爭執的重點嗎？」我說。我的動作僵硬，像是一具人偶。

爸點頭，道格拉斯人就在他的身後。我看著他們坐在一塊兒，像個團結的前線。無怪乎媽寧可踏進那淒涼的雨夜，也不願留在這兒看著這兩位鐵著一張臉指責她的大男人——我注意到，他們的嘴依舊嚼個不停，吞食著這些他們道德上抗拒的美味餐點。我感覺到一股氣往上衝，我喉緊聲啞。

「如果蘇淇眞的已經死了，」我大叫，「吵這些還有什麼意義？」

我甩門而出，走上我看著媽走過的同一條路，沿著街走進了公園。雨勢依舊兇猛。草皮吸滿雨水，空氣滿是濕冷。我發現自己應該穿上更防水的鞋子才出門，也意識到自己不知道媽身在何處或已走多遠。但我一肚子氣踏在腳上，絕不回家。我生氣的原因，是因為面對蘇淇的消失，爸竟然把焦點放在雞毛蒜皮的小事上，更輕易地就接受了道格拉斯的隨意研判，最後還要我選邊站。我繼續往前走，經過了演奏台，朝北門的方向去。然後，我轉身望向公園的荒涼地帶。

我在那裡找到了媽。她腳步停在樹下，那裡雖然潮濕，但至少不用把身子暴露在豪雨中。公園看起來像是一片平坦的海洋，而媽站在那兒往外張望，如同一艘船的船長，觀察著海面的起伏。她身後那又黑又高的樹如同一陣巨浪，即將淹沒她的船隻。我以爲她一路哭著走過來，但那可能只是雨水。見我來，她便抬起了頭，讓我得以看見她帽下的雙眼。

「倘若妳也是要來置喙那本配給簿的事情，那麼以後妳可以負責做飯給自己吃，就像他們兩個以後要做的一樣。」她說。但她隨即張開了臂彎，我直衝入懷。

「她不在他的身邊，」雨水把頭髮沖得黏在我的頭皮上。媽看著它們，繼續說，「法蘭克回來了，但她不在他的身邊。」

我把臉靠在她的肩膀上，她輕柔地摸了摸我濕濕的頭髮。

「我在想。我盼望。妳知道我盼望些什麼。但她沒有跟他一起現身。而妳相信嗎？茉德，」她把我從身邊稍微推開，然後問我，「妳相信法蘭克有可能會對她下手嗎？道格拉斯說他是個卑鄙的酒鬼。妳覺得呢？」

一份《回聲日報》被風吹過我們身旁。我看著它如同一隻魚般拍打著鰭，游往鄰近的樹上歇息。「的確有那麼一次，我看過法蘭克喝得醉醺醺，」我說，因爲覺得自己必須說些什麼。「但他對蘇淇的態度沒有不好。完全沒有。比較接近相反的情況。某個角度來說。」

媽點點頭，稍微綻開微笑。「我也是這麼認爲。」她說。

「而且，他八成不大喜歡道格，因爲他在那裡出沒得太頻繁了。」

「什麼？」媽說。她把我的臉轉過去面對她的臉，然後幫我把頭髮往後梳。

我感覺一滴雨落在我的臉上。「道格，」我說。「蘇淇的一名鄰居看到他成天都在那兒。我猜法蘭克應該不樂見此事。」

「道格成天都待在那兒？為什麼？」

我聳聳肩。「那個女人認為他是蘇淇的情人。但怎麼可能，這種想法也太愚蠢了，對不對，媽？對不對？」

她把我放開，並開始往回走穿越公園。我跟在她後面，躲開那些她已經踩踏過的水窪，並試圖在大雨中吸進一口沒被打濕的空氣。當我們走到被黑夜覆蓋的演奏台時，一個人影在樹蔭間游移。

「過來吧，別窩在雨中，」有人站在演奏台的陰影中這麼說。我跟媽媽同時停步，睜大眼想看穿那片黑濛濛。

「雨勢大如浪濤。妳會被活活淋死的。」是道格拉斯的聲音，他的臉孔也出現了，像隻貓頭鷹一樣低望著我們。他突然出現在我們的視線之中，他的肌膚白得出奇，很不自然。

「你在跟誰說話？」媽問，同時四下張望。

「妳啊，」他說。但他的眼睛卻看向我們身後那片廣袤的泥濘草皮。「我覺得妳們該找個地方躲雨。除了妳們之外，我還能跟誰說話？」

有幾秒鐘的時間，媽的眼睛定定地看著他，然後才從容不迫地往樹下的方向走去。那下頭空無一人。「欸，我可不想把整晚的時間都耗在演奏台底下躲雨，」她說，「我們回家吧。」

我們的步伐在雨中踏出漣漪，我很高興即將返回自家廚房烤火，但在我們走下連接往街道的樓梯以前，我轉頭回望。只花了一會兒工夫，我就認出了那名瘋女人的身影。她半蹲在一大片草地上，被雨水壓得彎了腰，她那把未開的傘從側邊撐住了她。我忽然瞭解到，原來剛剛道格拉斯是在跟她說話，他剛剛是在懇求她起身離開這場大雨。

8

「『蛇肉腰子派[15]，』這一道菜是爸點的。他還會說，『諾斯莫王[16]坐在這裡，』妳還記得嗎，海倫？我會立一塊禁止吸菸的告示牌在妳的餐墊上。他的無厘頭常把侍女搞得發瘋。」

我兒子跟他的妻子、一雙兒女剛從德國回來。他們談天說笑，他們說話的回聲彼此交疊，如在水底對談。我可以聽見他們的說話聲——在開某種玩笑——但不知怎的，我沒辦法將那些獨立的句子連結起來，我掌握不到對話的結構。但我還是跟大家一同歡笑；是怎麼樣的笑話都不打緊，笑出來的感覺很美好。大笑讓我面部痠疼。我心底很暖。我的女兒坐在一側，我的兒子坐在

15 **Snake and kidney pie**，此處所指的食物為牛肉腰子派，一種以派皮包裹牛肉、動物腎臟、炒洋蔥與肉汁後入爐烘烤的英式餐點。刻意講成蛇肉是一種流行於英國的「押韻俚語」，刻意用一字取代另一字，用以為語言增加趣味性，並讓不熟悉的人丈二金剛摸不著頭腦。

16 **Nosmo King**，為走紅於一、二次世界大戰期間的英國喜劇演員H．弗能．華森（**H. Vernon Watson**）的藝名，其靈感來源為一塊禁止吸菸（**No Smo**）的告示牌。

另外一側。

我腦中有一陣旋律響起，但它奏得太快，我聽不清楚。以前有位老婦人，住在貝殼裡。[17]聽起來不大對，但我想不起來她住在哪裡。總而言之，我覺得自己住在貝殼裡，而我也是名老婦人，因此我應該也有權修改一小部分的歌詞。以前有位老婦人。我以前常會唸給自己的孩子聽。湯姆跟海倫。我以前會唸給他們聽。

不過當然，我們人在一家類似咖啡館的地方，而非貝殼裡。這裡的天花板是玻璃圓弧造型，牆是珍珠白，店裡還有很多那種用來喝飲料的東西，盛放飲料的那種，一一放在桌上。凱蒂正在跟坐在我對面的她的表兄弟說笑，而我已經吃光了我原本在吃的東西。肉湯吧，我猜，沒有麵包。跟老婦人盛給她的孩子們吃的東西一樣。

「我們是不是該送妳回家了，媽？」海倫站起身來舒展筋骨，秀出她修長的美腿。她雖然已經五十歲了，但她的筋骨仍軟如柳條。一定是從事園藝的工作讓她保持了這個好身材。

我身體的左側，也就是海倫所坐的那個方向，忽然覺得一陣冰寒。就像是暖洋中的一陣冷流。「不要，我還想多留在這邊一下，」我說，拒不起身。「我還沒享受完天倫之樂呢。」

海倫用她的下排牙齒輕咬她的上唇；它們是傍在紅唇上的小白珍珠方塊。「載妳回家，幫妳

17 原文為「以前有位老婦人，住在鞋子裡。」全韻文為「以前有位老婦人，住在鞋子裡／她養了很多孩子，但她不知該怎麼教；她給他們盛了些肉湯，但沒有給麵包／她大聲地斥責他們，然後送他們上床睡覺。」為英國著名童謠。下文中出現的肉湯與麵包便源於此。

打點好雜事，得花上一小時的時間，」她說。「我知道妳很開心，但是——」

「哎唷，讓她待久一點嘛。」湯姆摟住了我的肩膀。「妳難得有機會出門，對不對，媽？」

「事實上，我每星期都會帶她出門。我可是留下來在這裡照顧她的人，不像有些人。」海倫說話的語氣讓我有點退縮，但湯姆卻露出了笑容。

「我知道，親愛的妹妹。妳是聖人。沒有，眞的，我不是在諷刺妳。」他也站了起來。「妳知道的，我很感謝妳爲媽所做的一切，但我不常有機會見到她，所以如果可以的話……嘿，如果妳不介意的話，由我們載她回家。這樣一來，妳就可以先去忙妳自己的事情。」

海倫把頭轉往天空所在的方向；透過玻璃天花板，我看見一朵長得像只鞋的雲。「載她回家以後，妳怎麼知道要幫她做些什麼？」她告訴湯姆。「她需要人幫她把每一件事情都打點好，不然她會搞糊塗。」

「布莉姐可以幫得上忙，妳只要告訴她該做些什麼就行了。」

一片沉寂。我不知是否該大聲疾呼自己並沒有失智。

「沒關係，我留下來好了，」海倫最後這麼說。「畢竟，凱蒂也玩得很開心。」

「這邊就妳一個人最辛苦了。」湯姆悄聲說了這句話，惹來他妹往他的肩膀上招呼了一巴掌。

凱蒂看起來的確很開心。我猜那是因爲她不常有機會見到她的表兄妹。孩子們總需要一些時間來加溫彼此之間的情誼。可惜到他們眞的能夠打成一片的時候，她的玩伴們也得離開了。我看著他們說笑閒聊。他們的長相截然不同。凱蒂有一頭遺傳自母親的金色鬈髮，總是有點亂。每次我都會要她找支梳子梳理，她就是不聽。從她還是個小女孩的時候就這樣。「又不是要跟皇后見面，」她會這樣講。每次她這麼一講我就大笑。不會有人跟安娜和弗雷德瑞克這麼說；他們倆的頭髮又黑又亮又直。兩個孩子都會笑著叫我奶奶，但我覺得他們更像是陌生人。

「我喜歡妳的襪子，安娜，」我說，但我的本意並非打斷她的談話。「它們很漂亮。」她看向我，臉色吃驚，然後把她的襪子拉到超過膝蓋的高度。

「妳看吧，」布莉姐說。「我就跟妳說，奶奶會喜歡妳的襪子。這雙襪子也是妳的最愛，是不是啊，安娜？」她對我露出微笑，是那種父母親在他們的孩子禮儀不周時會露出的笑容。

安娜點點頭，但她看來似乎已經忘記剛剛自己在講什麼。我的錯。我試著開口說點什麼，來幫助她打破這個僵局。

「我以前也有一雙類似的襪子。也很漂亮。在我還年輕的時候，女孩們的裙子會穿到膝蓋，我們不會另外搭配褲襪。我還記得跟我的父母親一起在海岸邊散步。嗚——冷死啦。」

我們從崖頂上開始，以之字形的前進方式往下走到海灘。爸不希望我們走離沙灘太近，因爲那裡還有成堆的鐵絲網，而且誰知道沙子底下埋了啥子鬼東西要來抵禦納粹。因此我沒去拍波打水，不過還是想辦法湊近了些，除了能藉此感受些微的浪花之外，我還能找貝殼，它們就像打了褶的裙襬一樣，被浪沖上岸，一路被推到了海邊小徑上。那天我們走了很遠，經過碼頭，看著浪潮擊打海灘，沿路爸都抓著我的手臂，彷彿害怕我會跟蘇淇一樣突然從他的生命中消失。我不喜歡被拉得這麼近，尤其他們一路上都還在吵架。我們才剛離家沒多遠，她就提了件跟法蘭克有關的事，爸從那開始就把話題侷限在法蘭克身上。「如果蘇淇早點選擇離開他的話就好了，」他說。「這個國家裡所有那些其他的愛侶看似都在談離婚。爲什麼他們不跟隨潮流？如此一來，她就能搬回來跟我們一起住，毫髮無傷。」

「上個禮拜你才說自己不認同離婚這檔事，」媽說。

「嗯，這要依那個丈夫的性格如何來判斷，不是嗎？」他注視著媽一會兒。「或要看那名妻子的所作所爲。」

我把一枚貝殼放在耳邊，讓它那中空的氣旋吸走他們的聲音，然後在靠近跳舞小屋時從爸的身邊走開。它是一間占據路旁的木蓋小屋，過個彎就能回小鎮。在戰爭爆發之前，小屋裡頭販售飲料等各種商品。它現在已終止營業，窗戶上釘滿了木板，原先的遮雨棚只殘留碎絲。它聞起來有海味，鹹膩而腐敗，還有一種木料及潮濕的氣息。雜草蔓生上了屋頂，看起來就如同小屋長了髮，那髮迎風搖曳。蘇淇會叫它做跳舞小屋，就因爲屋頂上的那些草，讓小屋彷彿隨著某種聽不見的音樂而不停扭動著身軀。鹽分使得木板上的紋理掀起、起了皺褶。牆上更布滿孔洞，而那原先封閉起孔洞的繩結早已落光腐盡。我們以前常會用手指觸撫這些牆面，同時把碎石、貝殼，甚至一把沙子餵進這些孔中。我喜歡想像，每一次我們到海灘遊玩時，它就會被塡滿一些些。然後有一天，當小屋的外牆忽然被掀開時，原地就會出現一棟扎實的鑄模複製品。就像是一座巨型的沙堡。

讓我的父母先走，我用一隻手滑過一塊風化的木板，用指關節敲敲它，然後聽見鄰近處傳出一聲類似翅膀拍擊的聲音。我抬眼望向屋頂上的雜草，但什麼也沒瞧見，因此我繞到後方，猜想是否哪兒有座鳥巢。去年春天的時候，我的朋友奧黛莉在他們家的海邊小屋處養了一窩鴿子，但她的父親卻出手砸毀了鳥蛋。爲此，她十分難過。我走到較遠的那個角落，依舊什麼也沒看見，但當我快把手指戳進一個孔洞的時候，一隻眼睛忽然閃現在我的眼前。

出於本能，我往後一跳，差點滾下一座沙丘的斜面。那不是鴿子。那是一隻人眼。有人躲在屋裡，往外觀望。我可以聽見聲音從裡面傳出，陣陣低語。低語著砸破玻璃窗及鳥兒飛翔。低語著貨車及土壤及胡瓜。低語著直到低語聲破碎不全，忽然間，躲在跳舞小屋中的人開始大叫。

「我在看著。我在看著妳。」

毋庸置疑。藏身木板後、穿過孔洞直落落地觀察我的那隻眼掙扎著，它想要看更多更多的東西，我跑向爸，我的心臟咚咚作響。當我回頭，我看見一個人影從小屋中竄出，她的手上拿著一把傘。是那個瘋女人。她在我身後狂吼，不停吼著那些她低語道出的字句，然後，在我快要聽不見她的聲音之前，我彷彿聽到她說出了蘇淇的名字。我停下腳步，差點決心往回走，但她仍在吼叫，我不敢靠近。因此，我趕上了爸的步伐，並讓他抓著我的手，一路回到家。

當湯姆扶我上車時，我已經喝得有點醉了。海倫幫我繫上安全帶，同時給他一張能載我回家的道路指示圖。她再三告誡，要他記得把我鎖在屋內。湯姆把那張紙丟在儀表板上，然後給了她一個又一個擁抱。在那之後，她匆匆離開。

「她有去叫那個女人走開，然後把我們的水蜜桃罐頭拿回來嗎？」我問他。

「什麼意思？」

「沒事，」我說。「我在亂說話。」我的情緒很浮躁，一方面是因爲我不知道他跟他的家人下次從德國回來看我會是多久以後，另一方面則是因爲那些吞下肚的酒。我在車上小小地難過了一下，而孩子們則是在我後頭動個不停。

我們回家時走的路很妙——湯姆不記得這些路了——路途上我們經過了伊莉莎白的家。側邊的柵門是開的。我坐正身子，透過車窗往後看。

「你可以在這裡就讓我下車嗎？」我對湯姆說。「我想要自己走完這一小段路。」

他的神情透露出不確定，但車速逐漸變慢。側門，我對自己說。側門側門側門。

「湯姆，海倫說過，要確保她人留在屋子裡，」布莉姐從後座發聲。「我不認爲在這兒就讓你母親下車是個好主意。」

「我沒有失智，」我往肩膀後面說。「而且我還沒忘記自己住在哪裡，暫時還沒忘記。我經常走公園的那條路回家，而我希望自己今天也可以這麼做。」我把冷手敷上我的熱臉：每次說謊都會讓我臉紅。

「好的，媽，」湯姆邊說邊把車子停靠在路邊。「如果妳眞的想要這麼做的話。但妳不可以跟海倫說，不然我就死定了。」

我對著他眼中閃爍的星空微笑。一直以來，在他跟他妹妹之間，他總是那個比較可愛的孩子。我起身，把自己身上的安全帶解開，然後給我的孫子女們幾個飛吻。布莉姐也走了出來，然後給我一個擁抱。

「我只是想要確保妳的人身安全而已。」她說。

我跟她說我知道，我告訴她我很感激她這麼看重我。我揮手跟他們道別，看著車慢慢消失在街的轉角。從剛剛到現在，我盡自己最大的努力記住那兩個字，但它們卻輕而易舉地從我大腦的隙縫中滑失。我站在伊莉莎白家的外面，夕陽西斜映照上車道，側門是敞開的。我可以從那裡看到庭院的一小部分，金黃的陽光灑在綠色草皮上。一個人影從正門處往外頭的人行道走。鬈髮，格子外衣。她對我微笑。伊莉莎白。是她。她一直都在這裡。「伊莉莎白，」我說。「妳怎麼會——」

那不是她。是另外一個人。隨著她慢慢靠近，我認清她比伊莉莎白年輕許多。與我擦身而過時，她對我微笑，然後走進一台行動圖書館的廂型車上。我點頭，並拍打著卵石牆的頂端，如同我多麼欣賞它一樣，然後沿著公園的鐵柵欄走，經過刺槐下離開。**細瘦的刺槐不會抖落／樹上的乳白花瓣**。這首詩沒來由地出現在我的腦海。校方要我學會這首詩。老師認爲我應該要知道這首詩，而我則認爲自己應該要喜歡它，因爲這首詩的詩名就叫做茉德[18]。某個角度來說，我並不喜歡這首詩，雖然詩裡有清豔的花朵跟其他東西，但它的含意非常模糊，而且詩的結尾讓人覺得非常可怖。奧黛莉則被要求學習〈國王的早餐〉[19]，因爲她父親是酪農，而那首詩看起來有趣多

18 為英國桂冠詩人阿佛烈·丁尼生（Alfred Tennyson）於一八五五年完成的獨白詩作，而〈進來庭院裡吧，茉德〉則是其最著名的段落，曾被譜寫為歌曲。

19 為《小熊維尼》（Winnie the Pooh）的作者米恩（A. A. Milne）收錄於書中的詩作。

了：我很想要在麵包上抹點奶油。

我在那種有條紋的路口等紅綠燈。是利馬線還是羊駝線呢？我試著回憶起更多單字。我想到了乳白花瓣，到底什麼是乳白花瓣呢？不久之前，我還有件事得去做。我看著幾輛車子駛過，一台卡車，一台行動圖書館車。或許我是要去拜訪伊莉莎白，但不可能，因爲她人不在家裡。然而，我還是朝她家的方向晃了過去，期望能看見屋內的動靜。這樣一來也許有點意義。當我靠近的時候，我發現側門是敞開的。四下無人，所以我走上小徑，溜身進入庭院。

忍冬花香濃郁，我把手放上了牆的側邊，上頭聚集了不少苔癬跟鐃鈸花[20]。園內有幾處只見泥土，我在猜是否已有鼴鼠進駐其中。我經過一個小土丘，聞到土壤的潮濕氣味。它的氣味清新、刺鼻，讓我想起了一首歌，但我記不起曲名，也找不到那張唱盤。我找不到它，但我確信它就被埋在這兒。我把一隻手放在蘋果樹上，然後把我的手指插入泥土中，接著將那些挖出來的土往旁邊推疊，這樣才能在地上掘出更深的洞。我要找一件又平滑又橢圓，又銀又藍的東西，但一顆石子鑽進了我的指甲側，逼得我必須使力將它摳除。老天，我在做什麼呀？我看著自己滿布泥土的雙手，然後嘆氣。看來我經常逮著自己做傻事。

揮掉長褲上的泥沙，我從落地窗望進飯廳，免得伊莉莎白人在家中而我擅闖不知。但她放在窗邊的座椅空空蕩蕩。她以前常坐在這個位置，看著窗外的風景跟鳥兒。我常就坐的那張則被推靠到了牆邊。沒有人期待我的造訪。我呼出一口氣，在玻璃窗上留下一朵雲朵。

20 **ivy-leaved toadflax**，花名，原產於歐洲，為多年生草本植物，會開出淺藍色的小型花朵。

溫室就環繞在廚房門邊，我還記得這裡從前種滿了番茄株、花草的幼苗或準備過冬的天竺葵。至今空氣中仍留有濕土與木漬的氣味，但內容物卻被蜘蛛網、紙箱及老人必需品所替代：一部生鏽的輪椅、兩根拐杖，以及一張陳舊的衛浴椅。裡頭還有幾個空植物盆，摸起來粉粉的，成排置放在牆邊。我把它們拖到水泥地上，但卻沒有在任何一盆的盆底下發現鑰匙。植物的枯莖纏黏盆底，我手指輕觸就輕易地分崩離解，就像舊壁紙形成的小小碎條一般，在瓦盆上留下白色的跡痕。我在輪椅上坐下，把雙腳放在腳踏板上。我的腦袋瓜迷迷茫茫，就如同剛剛才喝過酒水。

牆上有一個防盜密碼鎖，我盯著它看了好些時間。我家裡也有，供看護出入使用的。那是一個小方盒，需要輸入四個號碼才會解鎖。如果我有辦法猜到這幾個數字的話，我就有辦法進去這間房子。我回想那些可能的重要日子。但我記不得伊莉莎白的生日，或是她兒子的生日。前提是若她曾經跟我提及的話。我把一些紙片從口袋中取出。它們多數是預約。跟牙科醫師的。跟眼科醫師的。還有一個特殊節慶是海倫說過要帶我去的。我不記得我們後來去過沒有。

伊莉莎白的紀念日。去造訪她，讓她開心。這些字寫在一張亮黃色的方紙上。我讀了很多次，但記不起那是個什麼日子。我再次翻找。更多舊日記事：**遮陽帽放在海倫的車上——放在那兒就好**。然後，在一張粉紅色的方紙上，我看見了。**七月五號。去造訪她，讓伊莉莎白開心。（那天是鑽石婚紀念日。）**鑽石婚，那表示是六十年。銀婚是二十五年，金婚是五十年。派屈克跟我有過金婚紀念日。我們在庭院舉辦了盛大的派對，邀請了親友鄰居參加。那是一個晴朗的九月天，在所有人都返家後，他陪我坐在吊床上直到日落，我們看著一隻蝙蝠繞著屋子輕快飛舞。還沒一起過第五十一年，他已駕鶴西歸。

我再次望向外頭的庭院，心裡覺得十分孤寂。我不知道在派屈克過世後，如果連伊莉莎白都不見了，我該怎麼辦。那些我們一起在樂施會玩過的蠢遊戲——買醜陋的陶瓷，把標價槍藏起來讓佩姬找不著——還有我們一起喝過的茶、一起玩過的填字遊戲，還有一起吃過的農夫午餐[21]：我決定堅持下去。我從輪椅上掙扎著起身，然後面對著密碼鎖。六十年。所以應該是一九五二年嗎？我輸了進去。沒用。我把額頭靠在廚房門上冰冷的玻璃，同時將那張記事揉成了一團。

某家庭院裡的狗正在吠叫；那吠叫聲中帶啞，而我發現自己沒有辦法容忍牠的哀鳴聲。我搖晃著廚房的門把，一心只想離開此地，而我的胃在門靜靜地打開時忽然抽動了一下。門鎖開了。我站在門檻處，試著弄清楚眼前的情況。我回想起了童年時家裡的廚房門，也想起了某件不好的事情，但我試著將過去與現在之間的情況做出區隔。除非入夜，否則不可鎖門；漏洞百出，就像眼前的這扇門。

沉滯的光線篩過花漾窗簾，使屋內的事物表面彷彿沾上一層污點，而廚房空氣中則有消毒水的味道。這氣味竄進我的喉嚨。我打開頭頂跟底部的櫥櫃，發現它們都空空如也。冰箱仍在運轉，發出嗡嗡嗡的聲音，但裡頭只有一盒陳年的乳瑪琳。不過我絲毫不覺得食物的匱乏有多罕見。我經常得帶補給品來給伊莉莎白。她的兒子讓她過著節食的生活：讓她吃那些廉價而無味的食物。她恨死了。

21 **Ploughman's lunch**，為英式的冷盤餐點，基本內容有起司、沾醬跟麵包。額外的則可能包含水煮蛋、火腿跟醃洋蔥。這個辭彙於文獻上最早出現於一八三七年，當時指的僅是農人的午餐。於一九五六年才出現後來的餐點組合。

飯廳的情況跟我記憶中有些落差。我第一次注意到地板的破舊跟磨損。有個東西不見了。我凝望著打過蠟的木桌，試著回想起桌上是不是缺了什麼，但並沒有特別想到什麼東西。我站在伊莉莎白的椅子背後往窗外看出去；我們以前常一同賞鳥。伊莉莎白從身形就能辨識出牠們的品種，無須看見顏色或其他線索。就連到了這年紀，她都可以在黎明時分分辨出眼前的鳥是麻雀或知更。

身在庭院的畫眉遠遠發現了我，便朝我半跳半飛地過來。牠站在窗外的混凝土上往內望，把頭先偏向一邊，然後又偏向另外一邊。牠想吃葡萄乾；伊莉莎白放了一盒在椅邊，就著窗子餵食牠。牠拍拍翅膀輕盈地飛走，不久後又飛回來凝視著我。四下都沒看見葡萄乾。我得去廚房裡面找，順便幫伊莉莎白煮一壺茶。不知道我有沒有記得帶巧克力過來？我翻了翻自己的手提包，拿出一些面紙跟幾張舊的處方箋。沒找到。伊莉莎白一定會很失望。如果我記得就好了。說不定我可以煮點東西，炒蛋或番茄夾進吐司裡頭。我現在可以準備餐桌了。奇怪，沒有桌巾，也沒有餐墊或杯墊。伊莉莎白對這些用具非常講究，我可以坐在電視機前就著膝蓋吃東西，但伊莉莎白偏好做全套。鹽罐跟胡椒罐也都不見了，連帶著芒果沾醬、沙拉醬跟布蘭斯頓牌醃黃瓜也都消失了。要吞下她兒子拿過來的那些清淡無味的食物，伊莉莎白得配上一大堆佐料才辦得到。面向正門，我注意到那被琺瑯餐具壓彎了身子的置物架不見了，飾有怪蟲的花瓶蠕動著身軀逃走，飾有甲蟲與馬陸的餐盤也多腳並用地離開了此地。靜謐無聲的室內，我聽見自己呼吸加速。這裡有什麼事情不對勁；我不單只是來拜訪伊莉莎白而已。我拿出自己的記事。伊莉莎白的名字出現了一次又一次：不見了，不見了，不見了。

一架引擎在近處慢慢停止運轉，我拖著腳走到大廳，一道光線洩穿前門上方的泡泡玻璃入房，亮得我眼睛直眨。我在地毯上看到了胡佛牌[22]的標籤，而在門墊上則有一封署名給伊莉莎白的信。我彎下腰將它拾起，我顫抖著將它放進自己的口袋。我聽見車門用力闔上的聲音。

「我去拿剩下的箱子。妳坐著等我。」是伊莉莎白的兒子。我認得他的聲音，但不知道他在跟誰講話。我聽見他的腳沉重地踩踏在碎裂不堪的水泥車道上，然後我從那扇泡泡玻璃後頭看見了他模糊的身影。我應該跑去躲在什麼地方嗎？如果我移動的話，他會因此而看到我嗎？我弓身向前，等待。腳步聲移開了，沿著屋子走；側門的門閂發出鏘的一聲。我把大廳的窗簾微微掀起。在車裡的人一定是彼得的太太，坐在擋風玻璃後面的她看起來很焦慮，伊莉莎白沒有坐在她的旁邊。

「我忘了關這扇該死的門了。我很快檢查一下屋裡的情況。」又是彼得；他把一張衛浴椅放進車廂，然後往後走回屋子。

我環顧四下，心中非常恐慌。我不能夠被他找到，我不能夠被他撞見。我又一次聽到那沉重的腳步聲，溫室的門發出金屬摩擦的刺耳聲。我的心臟大力地跳動。我來得及躲上樓嗎？我本來差點就要呆呆站著然後厚著臉皮走出去，直到我看見食品儲藏室的門。當我打開它時，那片木門發出吱嘎的聲響同時在門框中不停地顫動，但那名男子卻因被什麼東西絆了腳而手忙腳亂，並大

22 胡佛公司創立於美國。但在英國也有極大的生產量，幾乎可說是掌控了吸塵器這塊產業，因此在英國及愛爾蘭，「胡佛」成了吸塵器的同義詞。此處為區別出品牌與產品的不同，故以原名呈現。

叫著盆栽怎麼會跑到路中央一類的事。我趕緊躲進去，並關上了門。

食品儲藏室裡有亮光劑跟腐朽的巧克力味。我進來時壓壞了些東西，一些又長又細的東西。其中一支的尾巴是一個海綿，另一支則是刷子。我沒辦法去思考它們的名稱。裡頭也有一個胡佛的商品，上面貼有它的品名。「胡佛旋風式氣旋系統。兩千瓦特動力清潔無死角。」我對著自己低語。這讓我覺得好多了。腳步聲走過，踩陷入地毯，被廚房的油氈沾黏。我閉上雙眼，聽著自己間斷地呼吸，期望他不會聽見。冰箱門打開又關上。腳步聲再次走過，走上樓梯。我雙眼維持緊閉，弓著身子靠在牆上。這是一個熟悉的位置。當我還是個孩子時，我常躲在家裡的食品櫃。

我們家的食品櫃位在廚房的角落，而當有人在廚房卻不知道我人就躲在裡頭的時候，我會特別開心。我還記得裡面的氣味。覆蓋著泥土的蔬菜及醃漬用香料。在我閱讀過的書裡面，孩子們都會有祕密早餐可以吃，而我也期望能吃上他們所嚥下的那些東西。香腸捲跟水果塔跟肉餡派。我尤其喜歡酥皮點心。但我們就算有機會吃到上述的那些東西，也不會多到還能剩下，存放進食品櫃中。偶爾，我會扭開一瓶果醬或一碗糖漬蘋果用湯匙挖著吃，也會切下一片煮過的火腿解饞。但畢竟跟我夢想中的食物還是有差別。而且如果我被抓到的話會很麻煩。不過我還是喜歡待在裡頭，這裡又暗又涼又安全。在蘇淇失蹤以後，我又開始在這裡流連忘返。吸進熟悉的氣息，享受無人知悉我身在此處的愉悅現實。

有一次，我人站在裡頭，那天我回客廳的時間遲了，然後我聽見有人從大廳走樓梯下來的腳步聲。我立刻知道那是道格拉斯。他走路的方式有點像邁大步，每一步的距離都很大，但卻出奇地安靜。椅子的刮擦聲，膝蓋的喀啦聲，好奇心促使我緊盯著桌上那盤胡蘿蔔餅乾，同時試著想像他在做什麼。當時，蘇淇的行李箱才剛找到沒幾天，還躺在廚房的地板上，等著誰抽空來將它的內容物整理過後清洗，而我清楚地聽到道格拉斯打開銅釦鎖時的咔鏘聲。

後來我輕輕地推開了門，沒考量到自己的行蹤可能會被發現，滿心只想知道他在做些什麼。它打開了半吋，釦環幾近無聲，我看見他的側面，他把手伸進了那堆糾結的衣物中。他張著嘴，我聽見他高低起伏的呼吸聲，如同海浪拍擊沙灘的聲響。我開始擔心他可能也聽得見我的呼吸聲，因此我稍微又站離了門遠一些，卻不小心撞上了一個置物架。瓶罐叮咚響，我在那陣嘈雜聲中咬緊牙關，但客廳中的無線電收音機是開著的：《羅娜·杜恩》[23]。我聽見了配樂跟演員的西部口音，它的聲音大到足以掩過我的顫抖。道格拉斯的眼睛持續不停掃向大廳的樓梯方向，而沒有往我所在的方向看過一眼。

過了一會兒，他把皮箱拉開讓它平躺著。他開始一件件拿出衣服，將它們摺放在一張椅子上。一件桃紅色的細肩帶內衣，一件貝殼色的連身襯裙，一雙絲襪。每一樣東西看起來都是貼身衣物。我想不到他在做些什麼。但我記得報紙上刊載了一則新聞，一名男子從曬衣繩上偷走了不

23 **Lorna Doone**，一八六九年出版的愛情小說。除了人物之間充滿愛恨與部分角色的身世之謎外，更牽涉到真實的歷史事件與人物。作者理查·達瑞治·布雷摩爾（**Richard Doddridge Blackmore**）極力將不同口音文字化，製造出極為真實的語言效果。此書不只大受女性歡迎，男性讀者也不少。一九〇六年時，更被耶魯大學的男學生選為最受歡迎的小說。

少女性的內褲。有那麼一秒鐘的時間，我在想該不會道格拉斯就是那名賊人。但後來他開始去觸摸皮箱的側邊，於是我搖頭否定了自己先前的想法。他在尋找某樣東西。

我抬頭望向眼前的牆面。是時候出去了。媽會疑心我人在何處。

「全部就這些了，」一個聲音說。

我頭頂上的樓梯傳來腳步聲。那聲音使得我慌亂，不敢作動。我的手輕輕地放在門上，沒有推門。

「其他的東西等清潔員來處理就好了，」那個聲音說。

我看了一眼周遭的東西。沒有果醬，沒有一袋袋的馬鈴薯。裡頭反而有吸塵器、掃把、拖把。我依舊無法思考自己人在哪裡。一扇門被甩上，屋外某處一輛車發動引擎後駛離。我緩慢地呼吸，然後走出去。這裡是伊莉莎白家的大廳，這裡是伊莉莎白家，但伊莉莎白人不在這裡。樓梯升降椅位在樓梯底部，所以她人不可能在樓上。或如果她人真的在上頭，那她就被困住了，因爲她沒辦法單靠自己的力量下樓。當我往樓上走的時候，頂層的欄杆不懷好意地逐漸逼近，看起來就像監獄的鐵柵一樣。但當我走到樓梯平台時，我發現所有的門都是開的，這讓我覺得舒坦多了，但我不知道原因。伊莉莎白的房間還聞得到她那玫瑰爽身粉的味道，因此足足有一分鐘的時間，我的大腦處於非理性的狀態。爲什麼她的味道明明在這兒，她的人卻不在呢？爲什麼我的左腦告訴我她就近在眼前，但我的右腦卻告訴我相反的故事呢？但我沒有看到丟滿面紙的垃圾桶，她的床邊也沒有薄荷糖，而她那凌亂不堪的梳妝台桌面讓我潸然淚下。

幾年前，伊莉莎白家被闖了空門。警方稱這種偷竊方式為聲東擊西。一名女性在庭院跟她聊個不停，說她的貓不見了，而另一個人則跑進屋裡，從梳妝台裡拿了珠寶就跑。我清清楚楚記得他們拿走了什麼：一條純金項鍊，一枚有貝殼浮雕的胸針，還有一只貓眼石戒指。雖然我猜那只戒指價格不菲，但伊莉莎白看起來不是很介意那些失物。她說，反正她覺得那只貓眼石戒指會帶來霉運。「我呀，我期許它為這名竊賊帶來數不清的厄運，」我這麼說，語氣十足兇狠。她為此大笑，但她開始擔心自己獨自一人在家這檔事。我以為她兒子當晚會接她過去住，但他仍忙個不停，並覺得老媽子無事生風、小題大作，又不是真的有人破門而入。我沒辦法帶她回去，因為回我家的路途對她來說過於遙遠，因此那晚我留下來陪她。我睡在另外一張單人床上，以前是她丈夫睡的。我們聊到深夜，唱著一曲又一曲的老調直至入眠。

現在，我人坐在床上，從包包裡找出了一枝筆跟一小張紙：搜查過伊莉莎白的家——百分之百人不在此地。這樣海倫就會看到了。我把記事塞回去，然後發現自己聽到了什麼聲音。我想像自己的耳朵跟頭狗一樣豎起，雷達般警戒。一陣呼呼聲在不遠處響起。我認得那個聲音，好熟悉，跟伊莉莎白有關。一種機械式的噪音，聲音逐漸大聲，逐漸靠近。是樓梯升降椅。樓梯升降椅朝我的方向靠近了。我因慌亂而口乾舌燥。屋裡沒有其他人，一個都沒有。那是誰在往樓梯上爬？我胸腔裡的心跳聲越來越強、越來越大，我都以為它要休克了，而我的雙腳也無力，但我強迫自己站直身體。

升降椅停了。我不想移動，因為這樣會暴露出我人在這裡的事實。我站立了很長的一段時間，幾乎不敢呼吸。確定沒有事發生之後，我把一團紙球丟在地毯上，證明自己人曾在此處，然後走到樓梯平台上。升降椅上空無一人。它停在樓梯往上三分之二的地方，上頭沒坐半個人。我瞪視著它，舌頭因恐懼而僵硬。顫抖著，我退回伊莉莎白的房間，把自己關在裡頭。我倒回床上，我的手碰到了一個硬物。樓梯升降椅的遙控開關。我剛剛不小心坐到它了。我吐出了又大又響的一口氣。我讓自己沉進床裡躺平，看著天花板，看著光影的變化。每隔一段時間就會有車子經過，而我可以聽見車子在屋前轉角處轉彎時發出的咻咻聲。我想像屋外就是大海，車子則是浪潮。或想像自己手上拿著一枚貝殼，傾聽著血液在自己的體內中流竄。

最後，我從床上爬了起來，用遙控器把樓梯升降椅喚到樓梯平台這裡，坐進去，搭著它下樓。

9

海倫應該很快就會到這兒了吧。她的車隨時都有可能開上前門。如果我跪坐在窗邊的座椅上，靠在一隻手上，然後把我的側臉貼在玻璃上，我就幾乎能夠看到街尾。我希望海倫過來。我想要看到她的車往上開，聽見輪胎在外頭輾壓著柏油路的聲音，那會讓我覺得心安。除了她，除了我的女兒之外，我什麼都不需要。我又一次倚在窗上看整條路。風吹進屋前庭院的灌木叢中，把它們往柵門門柱上推擊，這動作所發出的噪音——那嚓嚓作響，那尖銳的拖刮聲——讓我顫慄。我發現自己睜大了眼睛，在凝望著樹叢間的縫隙。一台車駛過，它的車頭燈搖曳著照上了屋子跟柵門跟籬笆，有那麼幾秒鐘的時間，我以為我看見了某人蹲伏在樹葉間，一隻手壓著脆弱的樹枝，嘴大張著——在吞咬或吼叫。

我往後爬，抱枕忽然一滑，我失了平衡，跌落地板。咔啦一聲，劇烈的痛楚襲上我的拇指。震驚之餘，我高甩自己的手，嘴裡哀鳴一聲，然後用另一隻手握住了我的拇指。我緊緊握住它，疼痛慢慢遠去。我沒辦法思考自己剛剛做了些什麼。「呼呼，呼呼。」我說，安撫著自己的手。當海倫還是個嬰兒的時候，她經常握住我的拇指。如今她偶爾也會握住我的手，偶爾。

我的身後有車靠近的聲音，我滿懷希望地轉身。但它只是路過，沒有停留。反正開車的那個人也不是海倫。街燈映照在一名金髮男子身上。街燈已明，我卻沒有留意到已經天黑。我凝視著窗外，心裡覺得空虛。這麼晚了，海倫不會來了。她今晚不會過來了。或者也有可能——雖然沒有跡象，但有可能——她已經來過了。而我忘記了。我凝視著空蕩蕩的街道。眼淚使得燈光閃爍不停，我舉起手把它們揩掉，拇指一陣刺痛。震驚之餘，我倒抽了一口氣，但我想不起對它做過什麼事。我遠眺電話，距離看似遙在幾哩之外，遠到我永遠也沒辦法拿取。我似乎越來越常出現相同的感受了。我猜這跟我的年紀有關；我以前就常在想變老應該就是這麼回事。但我還記得這種疲勞感，那是在蘇淇消失後的那個夏天，當時我病了。

我輾轉難眠、大腦發燙，累得沒辦法做家事。有天早上，我要求自己走經廚房門去上學，卻赫然發現自己走不到街尾。我覺得自己已經走了好遠好遠，但實際上連溫拿絲太太家的柵門都還沒走過。我轉頭，往家的地方看去，但家似乎移了好遠，如同它也要趁白日時分遠行，跟我一樣。我不知道該怎麼辦，所以只好站著發呆，希望喘不過氣的情況能趨緩。

理所當然，是溫拿絲太太發現我的。我倒在人行道上，還有意識，但迷迷糊糊。我還記得手底下的人行道沙沙的觸感，也記得走出家門的溫拿絲太太身上的香水味道。我還記得，自己當時認爲那味道眞好聞，就像冬天裡的一件暖衣一樣迷人。當她扶我起身回我家的時候，我不停嗅聞著那股氣息。

在那件事之後我在床上躺了無數個星期，我凝視著牆上的光影，同時極力豎起耳朵聆聽放在客廳的收音機所發出的聲音。媽一度把它帶到我的臥室，但卻使我因而睡睡醒醒，而我眼下最需要的正是好好休息。我後來才知道，我爸跟我媽那時都非常擔心我的狀況。爸鮮少進來探望我，因爲他認爲我命在旦夕，而他無法承受，特別是在蘇淇已經消失之後。

媽更憂心我的腦袋瓜。她說我睡著以後嘴巴動個不停，其中有些話嚇到了她。我不訝異自己說了夢話。在我發燒到某一個階段時，我想必一定是精神錯亂了，因爲我好幾次彷彿看到蘇淇躺在她那張舊床上凝視著我。有一次我甚至看到道格拉斯也在做同樣的事情。

我看到很多古怪的幻象。我看到亂髮糾結的蘇淇，告訴我她沒有梳子，而我一直跟她說，「我有給妳一把啊，蘇淇，妳忘記了嗎？」我還看到好幾百隻的蝸牛爬滿了天花板。然後還有一次，我看到那個瘋女人彎下腰來看我，她露出牙齒，舉起了雨傘。然後我聽到有人不停、不停地在唱歌，蠢斃了的薇拉．琳恩[24]歌曲，我討厭死了。另外，我還以爲自己聽見了老鼠在踢腳板附近抓個不停，以及炸彈落在這座鎮上，還有我的朋友奧黛莉的呼喚聲。我的耳邊也不時傳來浪濤聲，但我根本沒在聆聽貝殼。另外一次，我很確信有人從後門跑了進來，但當我朝樓下大聲叫的時候，沒有任何回應。

「回到家的感覺眞好，」我對海倫說。「在隔了這麼久之後，能夠回到屬於自己的家，眞是

24 **Vera Lynn**，生於一九一七年，為二戰時期當紅的歌手。她本人於二〇一四年生日受訪時宣布，將於該年七月二號推出新專輯，用以紀念諾曼第大登陸（發生於一九四四年六月六號）七十週年。

太好了。」我們剛從醫院回來。我因爲某些身體上的毛病，必須跑這一趟。什麼毛病呢？管他的，回到家的感覺眞好。

「妳才在醫院待了幾個小時而已，媽。少誇張了。」她把車鑰匙丟在咖啡桌上。

「哪是啊，海倫，」我說。「比那個還久。好幾個禮拜。說不定好幾個月。好久，好久。」

「是幾個小時。」她又說了一次。

「妳爲什麼一定要跟我爭這個？我也不過說回到家的感覺眞好而已。」我用手敲擊椅子的扶手，聽到一聲悶響。層層的繃帶包住了我的手。

「是啦，媽，妳說得沒錯，」我聽到海倫說。「能夠再次回到家的感覺眞好，對不對？我覺得，妳在去過她家以後，心情應該舒坦許多了吧。我知道這樣做不好，我知道聽起來有點可憐，但至少妳現在就不需要再繼續操心了。」

我不知道她喋喋不休地在說些什麼。她沒有發現我的手已經成了一個巨大的蠶繭嗎？包成這樣我要怎麼用手？「我覺得我不需要再繼續包著這些繃帶了，」我說。「我覺得是時候把它們拆掉了，妳不覺得嗎？」我開始拆卸這些白色條狀物。

「不行，不行，不行啦！媽，拜託。」她朝我跑過來，然後用雙手環抱住我包著繃帶的手。「繃帶要等到扭傷好了才能拆。只需要再一些些時間就可以了。」

「胡說八道，海倫，」我說。「我哪裡有扭傷。根本不痛啊。」我把手從她身上抽離，然後揮舞了幾下，證明自己的論點沒錯。

「就算眞的是這樣好了。就當是爲了我，別去碰它，好不好？求妳？」

我聳聳肩，把手塞到大腿跟座椅側邊的夾縫中，這樣我才不需要老看著它。

「謝謝妳，」海倫說。「需要我幫妳準備一些茶嗎？」

「可以順便幫我烤幾片吐司嗎？」我說。「裡面夾起司的那種。」

「晚點吧，媽，」她說，人離開了房間。「護士說妳有點過胖。」

喔，對。我忘了。護士說我變胖了。她說起因是我會忘記自己吃過飯。

「妳沒有變胖，」海倫從大廳那裡喊道。「妳只是需要建立比較好的飲食習慣而已。飲食要均衡。少吃點麵包之類的東西。」

我有張記事是護士寫給我的：妳餓了嗎？不餓的話，就不需要去烤吐司。我很訝異他們居然是讓我自己決定當下飢餓與否。難怪會發生老年人在醫院餓死的事情，因爲醫院成天告訴他們別吃東西。在那一張記事的下面則有一份清單，上面列了很多間安養中心，我忽然覺得胸口很沉重。我會住進其中一間嗎？我聽到人在廚房的海倫弄出的聲響，茶杯們從高層櫥櫃被拿下來，輕撞出天眞的響聲。

她會這麼做嗎？我更仔細地查看這份清單。我的雙手顫抖著。有幾間的名稱上被畫了條刪除線，還有很多間則是標註上一個又一個問號。有一到兩條刪除線的旁邊寫著NOE。NOE？這是什麼意思？那字看起來像是我寫的，但海倫的字跡跟我的很像。**風車路**NOE。或也許更像是NoE。也許是指英國的北半部。是那些安養中心的所在地點嗎？老天啊，就是這樣。但如果我搬到那裡，我怎麼會有機會再跟海倫或凱蒂見到面？不過這一個名稱上面也畫了刪除線，也許這就是原因：距離太遠了。我稍微安心。可是，我還是不想住進安養中心。還不想要。我年紀還沒那麼大。我一定要跟海倫說。我一定要現在就打電話跟她說。當我起身想找電話的時候，那些紙片就從我的膝蓋上掉落，落在地板上。

「可惡，」我說，同時跪下去把它們集聚在一起。我的左手沒辦法動。它上面纏滿繃帶，但我不知道爲什麼；感覺起來還好。八成是凱蒂又在玩護士遊戲了。欸，我可不能老這樣子。我拉住帶子的尾端，開始將它拆卸下來。此時，一小塊塑膠樣的東西隨之掉落。我的手看起來又皺又白。凱蒂綁太緊了。希望她長大以後別真的跑去當護士。我開始把紙片捧在掌中，拇指一陣劇痛。我大叫出聲。

海倫趕忙跑進房間。「怎麼了？」她上氣不接下氣地說。

「我的手，我的手，」我說。甩了甩讓她看到。現在做動作的時候沒那麼痛了，但剛剛的記憶仍令我不停甩手同時哀泣不已。

「我跟妳說過，不要把繃帶拆掉，」海倫說。「天啊，媽。」她緊緊地握住我的手腕，開始把繃帶一圈圈纏回去。「妳的記事怎麼都掉在地板上？」

我看著地上的紙片；其一是某種清單。「我不想要住到安養中心去，海倫。」我說。

她停下包紮的動作。「妳不會住進去的，媽。」

我點頭，但眼睛仍看著那張躺在地毯上的清單。海倫也看到了。

「唉，老天啊。我以爲妳已經把這張清單丟掉了。那張清單很舊了，」她說。「是爲了……」她閉上嘴，瞇細了眼。「妳忘記了嗎？妳當時想尋找什麼？」

我想轉過頭來對著她做出皺眉的表情，但我的頸部肌肉仍未從驚嚇中復原，因而僵硬無比。

我有可能會想尋找什麼東西呢？

「伊莉莎白，」我說，同時覺得四肢忽然輕鬆了一些；我打直自己的背。「所以上面寫的是『沒有 E』。沒有伊莉莎白。」

「沒錯。」她用安全別針把我的繃帶別緊，然後把記事都疊成一堆。「不過妳再也不需要保留這些號碼了，對不對？我們要把這些清單都丟進資源回收桶裡，這樣妳才不會再致電這些安養中心。」

「一定要這麼做嗎？」我邊說邊搶回那份清單。「我想要稍微保留一段時間，看看情況。」海倫企圖從我緊握的手掌中搶回清單，但我堅不放手，於是她很快就放棄了。「哎唷，妳這樣只會浪費自己的時間而已，」她說。「我去把茶準備好。」

「會順便準備幾片吐司嗎？」

我生病的那個夏天，媽幾乎只允許我吃烤吐司。清湯配烤吐司；點心是奶油米糊。當她有天晚上帶著一小塊羊排來給我吃的時候，我就知道身體的狀況已經有好轉一些了。「雖然我不知道妳憑什麼可以享用這道佳餚，」她邊說邊把托盤放在我的膝蓋上。「妳早餐的時候明明就吃了一大堆麵包跟果醬。」

「我早餐是吃粥，不是嗎？」我說，注意力幾乎無法集中，嘴巴因聞到肉香而唾液滿滿。

「是妳端來給我吃的。」

「是沒錯，但當我後來出門去雜貨店的時候，妳很快就偷摸下樓吃了麵包跟果醬。半條吐司就這樣不見了。」

「媽，我沒有——」

「茱德，親愛的。妳愛吃多少都沒關係，我很高興妳的胃口又回復了，但我得好好盤算家裡剩餘的配給食糧，還有——」

「媽，我是說眞的，」我說，把口中那第一口很快地呑嚥下去，這樣我才有辦法好好的爲自己辯白。「我沒有吃麵包。不是我吃的。」

「那就奇怪了。不可能是妳父親。」她把我那杯牛奶稍微移動，攤開一條茶巾讓我可以用來當餐巾。「妳覺得有可能是道格拉斯拿的嗎？聽起來不像是他會做的事情。」

的確，聽起來不像他，但卻是唯一的解釋。「我猜他可能跑回家，做了三明治帶去當中午以前的餐點。」我說。

「不過我幫他準備的早餐很豐富，」媽這麼說，覺得自己被冒犯。「我從來沒有讓他或妳父親空著肚子出門上班。」

我擦完嘴後聳聳肩。「說不定他是幫其他人準備的。」

「什麼，你說他還把麵包白白送給別人吃嗎？如果事實眞是如此，那我要把他們的配給券給拿過來。」

「那時候有陌生人在家裡？」我抓著欄杆說。爲什麼沒有人願意相信我？

「我十分相信妳所說的話，媽，」海倫說。「但她不過是名看護。一名新來的看護，就這樣而已。她不是賊。根本不需要叫警察過來。借我過一下好嗎？」

她把我推開，我看著她拿條抹布在擦拭踢腳板。她靠著牆，雙手不停揮動，彷彿在參加某種比賽。很像是我們年輕的時候被要求做的體操。彎腰，保持平衡。他們常在電視上播放類似的影片：整片運動場上擠滿了同時做體操的女性。臉上不約而同都掛著微笑。但我做的時候從來沒笑過。

海倫沿著踢腳板一路走進了客廳，我跟在她的後頭。「一二三四，一二三四。保持微笑，女孩兒們。」

「妳在忙什麼？天啊，丟死人了。鬼才知道她心底會有什麼感受。妳居然對她做出那種指控。告訴每一個人妳被打劫了。被一名看護。」當我眼神空茫地看著她的時候，她又說了這些話。

「如果妳下樓吃早餐，在廚房發現了一名陌生人，妳會怎麼做？」

「她不是陌生人，她是一名看護。」

「好，好，她的確有說。但我怎麼知道她沒有說謊？我根本不認識她。」

海倫把雙手垂放至身體兩側，離開了房間。這個動作應該有什麼含意。我把腳趾踩進地毯裡，跟在她的後面走，專注於讓自己不滑跤，隨時保持警戒。「我連睡在自己的床上都不安全，」我說，雖然我已經對自己為什麼會處於險境失了頭緒。我人如果躺在床上的話，那就肯定不用擔心會滑跤了。「海倫，哪裡最適合種胡瓜？」她沒有回答我。而當我走到大廳時，裡面空無一人。「嘿，妳跑到哪裡去了？」我說。「妳為什麼要躲起來？」

「我沒有躲起來，」海倫邊說邊從飯廳走出來。「我正在試著把牆上的泥土清乾淨，妳把它們抹得到處都是。這不是第一次了，我眞不知道妳是怎麼辦到的。」

她擦拭著牆偏下面的地方，一路移動上了樓梯。我盯著她走上樓梯的腳踝看，那其中藏著一種蹦跳感。我緩慢地跟在她身後，試著把自己的腳踩在同樣的位置，試著跟她做出一樣的蹦跳。跟著另一個人的腳步走比較安全。你可以看著他們的腳是怎麼踩的，而只要有人先測試過這些地面，你就可以放心地踩踏上去。我靠得很近在看，但我沒有注意到她忽然停下腳步，導致我的肩膀撞到了她的臀部。

「哎唷，媽，妳可不可以不要再跟在我後面？」她說。「待在廚房。我一會兒就過去了。」

我腳步沉重地下樓，然後往廚房的窗外看出去。草皮上有一隻貓，我試著開廚房的門，但把手有點狀況。「妳這麼做，會讓我置身險境，」當海倫再度現身時，我對她說。「這些鎖不牢靠。而且這扇門是用膠木或其他材質做成的，根本不堪一擊，裝了有什麼用？」

「原本的那扇木門已經爛到芯了。那扇門又有什麼用？」

「還有，把門外面那個東西拆掉。任何人都可以利用它闖進來。」

「才不會，除非那個人知道密碼。」

「欸，有人會把它寫下來，然後把密碼告訴搶匪。我這裡就有一張類似的記事，妳看。」我找到自己的提包，然後把內袋的拉鍊打開；不好弄，因爲我的左手裹了一層像是隔熱手套的東西，但很快我就把右手的手指伸進提包纖維的褶縫中。每一個內袋裡裝的都是面紙。這些面紙扭曲得如同枯枝，邊緣都已磨損化灰。

「如果我們把密碼鎖拆掉，看護人員要怎麼進來？還有，媽，那個是妳的舊包包。妳在找什麼？裡面什麼都沒有。」

她說得沒錯：裡頭唯一的一張紙是一只信封。收件人是伊莉莎白。我有答應說自己會寄給她嗎？我一定是忘了。希望裡面不是什麼重要的東西。我把它翻過來，試圖激起自己的記憶。上面黏了一張記事：**在伊莉莎白家拿到的**。下面則寫著：**伊莉莎白現在在哪兒？**我悲傷地看著那枚信封。我想，自己或許應該把它寄出去。但又要寄給誰呢？

當我把手指探進信封的邊緣時，我忽然很想吃蘋果。已脆化的信封隨著我插入的手指從皺褶處裂開，使我得以完好無損地拿出裡面的信。我把信封的黏貼處撕成不規則的形狀。裡頭只有一張圖書館的便條。一本書的逾期通知。過去幾星期以來，圖書館運書車都在想辦法要拿回這本書。它已經過期了好幾個月，罰金已累積到十英鎊。現在，我忽然覺得自己拆開這封信的行爲有點不妥。信屬私人財物，拆開它就如同破門進屋的舉動。我那當郵差的父親對此深信不疑，如果他看到我剛剛做的事情，他肯定會氣炸了。有一次，他差點抓到我在偷拆道格拉斯的信。

信封上的署名是給「D．韋斯頓先生」，是蘇淇的筆跡。這就是爲什麼我會從廚房的桌上把它拿走。媽總會把我們的信件整疊放在那兒；道格拉斯跟我們的都一樣。從來都不會有人寄信給我，除了崔佛舅舅偶爾會寄張明信片給我，跟奧黛莉會留字條給我之外，就沒有了。但我很喜歡翻查那一整疊，好奇這些信件是誰寄過來的。媽媽的姊妹蘿絲的字寫得很漂亮但不工整，崔佛舅舅的字顏色非常深，信上常畫有很深的紋路。奧黛莉則總是在字與字之間留下污漬，我可以想像她的手側邊沾到了墨水。我認得蘇淇的字跡。雖然她不會寄信給我們啦，畢竟她住的地方離我們家不過十條街的距離，寫信給我們的確是有點兒怪。不過她去度蜜月的時候有寫給我們一封過，那是唯一的一次。

那封寄給道格拉斯的信，是在我們最後一次看到蘇淇之後的一星期左右寄過來的。在那之後又過了一個星期，我父母才開始擔心她的安危。我很訝異居然沒有人注意到那封信上的字跡，而當道格拉斯要出門去看電影卻沒有把信拿走時，一股巨大的好奇心很快就征服了我。

當時，我正在煮早餐要吃的蘋果，我得放下湯匙，才能去觸摸那封信件。裡面只有一張紙，對摺過一次吧，我猜；但也許兩次。我一手拿信對著燈光，另一手則在攪拌蘋果，但我什麼都看不到；信封是用很多標籤一層層貼起來的，使得它能更為堅固。「紙張是用來作戰的一種武器——每一片都該珍惜使用。」人們很難忘掉這句警言，但戰爭早已遠離，我們不需要武器了。我本來想把它扔回桌上，但心裡頭出現了另一種聲音，因此我轉過身面對平底鍋，下意識地就把信件斜放在陣陣蒸氣的上方。蘋果慢慢沸騰，果香及香料的味道飄出。我文風不動，看著信封因濕氣而微微鼓起。我的臉因為靠近鍋爐而變得濕黏，很快地我拿信的手也陷入了一樣的情況。信封黏貼處的邊緣開始鬆開，我用自己小小的手指加速了這個過程，不到幾分鐘的時間，只剩下一半還固著在上頭了。而爸就是在這個時候走進來的。

我沒有聽見他踩在樓梯上的腳步。一陣忙亂之中，我把信丟到了平底鍋內開始攪拌。他打開廚房的門，把不知道什麼東西丟到外面的垃圾桶，冷風拂上了我潮濕的臉龐，使得我打顫。爸走回來時，拿起媽放在椅子上的披肩圍在我的肩膀上。

「看起來煮得差不多了，」他說，邊碰了碰平底鍋的把手。

我僵硬地點頭，心裡祈禱他千萬別注視鍋中物。當他走回客廳後，我總算鬆了一口氣，靠著瓦斯爐的身體也隨之鬆懈、低垂。然後，我用湯匙把那封信撈出來。它糊成了一團，我找不到任何可以在不傷害到信紙的情況下，打開信封的方法。我把它壓在兩張報紙的中間，然後放在烤櫃上面的架上讓它烘乾，只希望信裡的墨水不要因此而變得太模糊，也希望我們隔天吃早餐時，不要有人注意到燉蘋果裡那殘留下來的些微藍色。

當我在洗鍋子時，道格拉斯回來了。媽下來廚房跟他道晚安，同時也問他晚上玩得是否開心。跟往常一樣，他模稜兩可地說自己今天看了部怎麼樣的電影。

「呃，這是一部……一部服裝很華麗的那種電影。不是很好看。」

「你是看《毒婦蛇心》[25]，對嗎？」我雙手沾滿肥皂泡沫，轉頭看著他的臉問。

「對，就是這部電影。」

「裡面的服裝一點都不華麗。」

他面向我的身軀僵硬地搖擺，他的眼睛則盯著自己的鞋看。「那應該就是其他部電影吧。我一定是把名稱搞混了。」

他的姿勢所傳達出的挫敗感，跟我們第一次見面時他給我的感覺非常相似，他因謊稱了他的

25 **The Wicked Lady**，一九四五年年底上映的英國電影，劇情描述一名女子因追求刺激而成為劫匪的故事，是一九四六年的英國年度票房冠軍。

小名而臉紅、羞澀，我心底湧起了極強烈的罪惡感。水從我的手滴到我的室內鞋上。爲什麼我對他總是這麼殘忍？我覺得自己不是有意的。我差點就要告訴他關於那封信的事情，但隨即又想，如果讓他知道我意圖偷讀他的信，大概只會讓他更難過吧。

10

我痛恨這地方，因而鮮少來訪。我痛恨那些書本所散發出的霉味及它們的不潔，而我從來也沒有借過半本書。太常發生了：打開書，你在翻頁之間發現裡頭有揮之不去的菸臭味，或是某人的晚餐殘羹弄髒了不知多少頁面。不過當然啦，我現在根本就沒辦法看書，所以上述的這些情況其實已與我無關。

「媽，請妳講話小聲點，」海倫說。「是妳自己說要過來的。」

她緩緩地移開了幾步，我則是將手放進口袋，感受那口袋中的內容物，同時一步步走向櫃檯。我不知道爲什麼自己會要求海倫帶我來這兒；我身上有張圖書館的借閱單，但上面的署名是伊莉莎白而不是我。坐在櫃檯後面的男子撥開覆蓋住雙眼的劉海，此時我忽然一陣恐慌，我害怕男子那期待的眼神，也害怕躺在書架上那數以千計的書本。就算我知道自己想要什麼，我怎麼可能有辦法找到呢？「我在找某樣東西，」我對那名男子說。「可是你知道，我想不起來是什麼東西了。」

「是一本書嗎？」

我說，八成沒錯。他問我是一本什麼類型的書，但我不知道。他問我內容是不是虛構的。

「喔，不是，」我說。「眞人眞事，只是沒人信我。」

他眉頭一鎖、劉海一順。「是一個怎麼樣的故事？」他說。「說不定我知道。」

「跟伊莉莎白有關，」我說。

「伊莉莎白。會不會這就是書名呢？」

我看著他異常靈活的手指在他的電腦上敲敲打打。

「我查到一本跟這個名字有關的書，擺在犯罪區那兒。」他說，同時用他靈活的手指，指了指右側的方向。

海倫正在翻幾份報紙，因此我隻身走往那些書架。比起從前，這裡的書本現在少多了。許多空間都讓位給了電腦。它們外型明亮、迷人，我試著操作過幾次，但我想到了我這年紀，大概沒辦法學會了吧。這裡的書架上頭標黏著犯罪兩字，很多書的封面上畫了骨頭或鮮血。這裡大部分的書都是黑皮亮字，給我一種沉重而恐怖的感覺。我不認爲自己會想要探究這些書中的世界，但我還是挑了一本，讀了它的簡介：一名女子如何逃離連環殺人犯的魔掌。我將它放了回去。在這本書的隔壁，擺了四本奶油色封面的書，地點設定在俄國的神祕小說。我不覺得自己對它會有興趣。我的人生已經有夠多的神祕事件了。

海倫輕手輕腳地過來陪我一起找。「這些書根本就幫不上忙，」我說。她做了一個噓的動作，同時看了看四周，但附近明明一個鬼影子也沒有。「我們以前都會在書裡面做押花，」我說。「蘇淇跟我兩個人，在我以前還年輕的時候。」

以前我們總想押出圖案來，但沒有一次成功。多年後，我在父親那套陳舊的雷德克里夫太太[26]系列書籍的夾頁中發現了扁平、乾燥的牛金花[27]、勿忘我、紫羅蘭及金鳳花。我們也押過青草跟苜蓿的葉子。

「而且海倫，我還記得，她最後一次回家吃晚餐的時候，我給了她一把梳子，但她卻把梳子夾進一本硬皮書裡兩手一壓，直到裡頭的梳子歪曲變形，所有細緻的琥珀色梳齒統統斷裂，掉了出來。然後她說：『好漂亮呢，謝謝妳，親愛的，』並親了我一下，最後輕快地從門口離開。結果她的口紅就這樣印在我的額頭上。」我覺得過程應該是如此。但海倫不這麼認爲，不過她不打算在這兒跟我爭辯這件事，只問我想不想借書，沒有的話我們就該走了。

這裡的書我都沒興趣，因此我們開始朝外走。經過櫃檯時，我發現裡頭的男子可以將手指彎曲到一個古怪的角度，而且當他注視著我時，還把他的劉海往旁邊撥。他的手指，在我看來，跟他的劉海一樣，就如同一座標準型檯燈的桃色流蘇。有那麼一段時間，我以爲自己會在櫃檯旁看見書櫃、時鐘跟植栽空盆，但那兒只有一台裝滿書籍的推車。《烏道弗神祕事件》[28]正等著被歸放回原書架。我拾起它，用手掂了掂重量，然後夾住它的硬殼外衣甩，想試看看會不會有什麼東

26 **Mrs Radcliffe**，本名為安．雷德克里夫，其夫為記者。由於丈夫時常因工作晚歸，安便開始寫小說自娛娛夫。其寫作風格除了描寫風景與旅行的景致外，更慣常加入超自然的元素，為哥德小說的先驅。

27 又稱為白屈菜。多年生草本植物，可入藥。

28 **The Mysteries of Udolpho**，為安．雷德克里夫筆下最著名的小說。

愛米粒出版
Emily

廣　告　回　信
台北郵局登記證
台北廣字第04474號

平　信

To：愛米粒出版有限公司　收

地址：台北市10445中山區中山北路二段26巷2號2樓

當讀者碰上愛米粒

姓名：＿＿＿＿＿＿＿＿　□男 / □女：＿＿＿ 歲

職業 / 學校名稱：＿＿＿＿＿＿＿＿＿＿

地址：＿＿＿＿＿＿＿＿＿＿＿＿＿＿

E-Mail：＿＿＿＿＿＿＿＿＿＿＿＿＿

連絡電話：＿＿＿＿＿＿＿＿＿＿＿＿

● 書名：

● 這本書是在哪裡買的?

a.實體書店 b.網路書店 c.量販店 d. ___________

● 是如何知道或發現這本書的?

a.實體書店 b.網路書店 c.愛米粒臉書 d.朋友推薦 e.____________

● 為什麼會被這本書給吸引？

a.書名 b.作者 c.主題 d.封面設計 e.文案 f.書評 g.____________

● 對這本書有什麼感想？有什麼話要給作者或是給愛米粒？

※ 只要填寫回函卡並寄回，就有機會獲得神祕小禮物！

讀者只要留下正確的姓名、E-mail和聯絡地址，
並寄回愛米粒出版社，即可獲得晨星網路書店$30元的購書優惠券。
購書優惠券將mail至您的電子信箱（未填寫完整者恕無贈送！）

得獎名單將公布在愛米粒Emily粉絲頁面，敬請密切注意！
愛米粒Emily: https://www.facebook.com/emilypublishing

愛米粒出版有限公司
Emily Publishing Company, Ltd.

西因此掉出來。它的書脊因而嘎嘎作響。

「欸!欸!」櫃檯裡的男子說。「妳在幹什麼?妳不可以這樣對待書本啦。」

「對不起,」我說,同時把書放回推車。「我只是在檢查而已。」我把它放回原本的地方,然後走回大街上。海倫走在我身旁。「我們要回家了嗎?」我問。她沒有回答,我猜想那就表示我們的確是要回家,她只是懶得再跟我說一次。我斜著眼瞄她,但我看不出來她有沒有做出任何的表示。陽光刺進我的雙眼,使得我視物不清。她的輪廓被光線扭曲了,她的身影如同被酥皮切刀割掉了一個又一個圓圈。她走在前頭,離我有些距離,我使勁跟上,使勁想知道她走往哪條路。我閉上一隻眼,並注意讓海倫的影子持續維持在我的前頭。我只要把注意力集中在影子上就好,不需要去擔心方向或行人或汽車或陽光。只要專注看著影子就好。我絕不能跟丟它。它可能會引領我找到蘇淇。

「媽!等一下。」

我轉過身,陽光筆直地照射在我女兒的臉上。她怎麼會在那裡?她臉上的皺紋一直都這麼多嗎?我看到一些雀斑融入她嘴唇的外圍。她待在戶外的時間太長,這樣對皮膚不好;會讓妳顯老。不過我想不起來她的歲數;但我應該要知道的。

「妳剛剛是跟在誰的後面?」她說。

我花了點時間思考,試圖弄懂這句話的含意。「道格拉斯,」我說。「我剛剛跟在道格拉斯的後面。」

他邁大步的身影穿過荊棘樹叢烙印在地，才讓我意識到他今天提早回來。過了一會兒，我聽見食品櫃的大門發出吱嘎的聲音，還有湯匙在玻璃上刮動的聲響。在他的影子二度落在籬笆之前我已起身，整裝待發，不想在他離開屋子時錯失這個跟蹤他的大好機會。數星期以來我人都躺在床上，在腦中思考每一件事的來龍去脈。從他搜找蘇淇的行李箱跟在公園中呼喚瘋女人的舉動來判斷，他的確身藏祕密。現在食物開始不翼而飛，我決心要查出眞相。我靜悄悄地疾步跟在他的後頭，如同一條纏在線軸上的緞帶般沿著牆壁一路潛行。

臨時從病榻上起身外出的行爲帶來了突發的運動量，我的雙腳因而抗議連連。外頭的空氣充滿了松樹初鋸的強烈氣息，低垂的日陽射進我的雙眼，逼使我只能逆光而行，如同面對一陣強風。我習於藏身簾後的微暗房中，因此屋外的陽光有如一簇飛砂。領頭的道格拉斯像是一道漆黑的霧影，我將精神集中於那影上，不去思考自己身在何方。途中，他曾在自己的舊居前駐足，那時我們已在前往蘇淇家的路上。當那道藍色的陰影打在我的身上，我終於能明確視物，知道我們將往何處前進。我跟著他走進法蘭克家的小巷，人緊靠牆壁，跟山楂樹叢保持一定距離，我總疑心瘋女人就在那兒，藏身其中。

在庭園的轉角處我停下了腳步，將因燥熱及疲累頹軟的身軀靠在牆上歇息，並用鞋尖推壓著地上一片樹葉的身軀。那印痕，毫無疑問是我的傑作啊。這賦予了我勇氣。我將一隻眼睛慢慢移往此建物最邊緣的地帶，我的雙頰擦刷著磚體。又一次，日光在這個角度顯得過於刺眼，因此我悄悄走了出來，像一隻鼴鼠那樣，並祈禱自己的蹤影不會被發現。但庭院空空蕩蕩，僅那台老貨車還停在它的老位置上。我在它那熾熱的金屬車身上移動著自己的肩胛。我沒有料到車內居然會有動靜。那聲音就像是一隻腳在地板上拖行所發出的聲響，恐懼感促使我逃身半個庭院之外。然後車門打開，道格拉斯從裡頭走了出來。

「什麼？在裡面？」長期臥病後大量流失體力使我口齒不清。

「茱德，」道格拉斯說話的同時，也試著要用身體擋住我的視線，讓我看不見貨車裡的情況。「你怎麼會……？」

我迅速跑過卵石區，這才看見他身後那堆紊亂的破舊家具、茶箱，以及防塵罩雜放於木架旁邊。我聞到一股年久的灌木叢被修剪過的味道，地板上也有一些麵包碎屑。

「有人住在那裡面嗎？」我問。

道格拉斯縮起了他的頭。

「誰？道格拉斯，是誰？是蘇淇嗎？」我感覺一股難以名狀的衝動流經我的五臟六腑；我的心臟宛如在肩膀上跳動，就好像我試著要從自己的大腦逃出一樣。

道格拉斯伸出一隻手穩住了步履蹣跚的我。「不。不是，茱德，不是蘇淇。」

有那麼一段時間，我不確定自己是不是應該相信他，我不想要相信他。「告訴我眞相，」我說，同時大力推開了他的手。「我知道蘇淇曾待在貨車裡。那個瘋女人跟我說的。她在我生病以前跟我說的。」

「她跟妳說過這樣的話？那根本就是胡說八道，」他說。「瘋話。住在貨車裡面的人是她。她一直都住在這裡。」

我對這樣的想法感到恐懼，也同時看見了眼前四處散落光禿禿的山楂枝葉，以及一疊她肯定曾用來當作鋪被的毯子。我一度還以為自己聞到了甘草的味道。一片破碎的鏡子鑲嵌在其中一條直立的百葉板背後。她會照鏡子嗎？我在想。而倘若真的這麼做了，她又會看見什麼呢？我爬進貨車，希望能看見鏡中的景象，而我看見了道格拉斯的手被框在鏡中，我從他的指縫間，看到了一個發皺的報紙包。

「那是什麼？」我說，同時轉過身，想起了自己跟蹤他的理由。「一直以來都是你在餵養她。一直以來都是你在餵養那個瘋女人。」

有那麼一下子，他的神情看似想否認這個說法。

「媽有注意到家裡頭有些食物不見了，」我這麼說，而他面有難色。「為什麼？為什麼你要把我們的配給品拿給她？」

「她住在這邊有好一陣子了。說不定早於法蘭克前往倫敦或蘇淇消失之前。我認為她有可能看見過些事情。」

「看見什麼？」

「蘇淇發生了什麼事，或她去了哪兒。有時候，我覺得她在想辦法告訴我。」殘枝爛葉的氣味在炎陽的烘烤下更形加劇，我開始朝車門口移動。「你的意思是說，你跟她說過話？你們之間有言語上的交流？」我猜想他八成跟瘋女人一樣瘋。

「不要用這種眼光看待她。她不是野獸，她會說人話。」

「我知道，」我回答他，但我對能夠公開談論她、被允許談論她的這件事情，覺得頗為不適應。這就像在討論一頭野獸一樣，只不過這頭野獸貌似更為傳奇，像一頭獅鷲獸或一頭獨角獸。

「我知道，但她大部分時間都在吼叫。吼著那些她觀察到的人跟被砸碎的玻璃跟貨車跟胡瓜跟那些展翅高飛的鳥。」

「沒有提到蘇淇嗎？」

我停下往外爬行的動作。「頂多一次吧。有一次我好像有聽到她提到蘇淇的名字。但那根本就無關緊要，不是嗎？」

他默不作聲。反倒爬進車內，坐在我的身旁，然後指著牆面。一把梳子的破碎利齒從鏡子底下對我們露出笑容。我當時的身體狀況很差，但我認得那把梳子，我伸手去把它拿了過來。

「她怎麼拿到這把梳子的？」我說。「她在哪裡找到的？我的姊姊到底發生了什麼事？」

「把那個東西拿給我！」我大叫。「從電話旁邊給我滾開。」

海倫轉過身來看我，並將一手捲起，放在她的胸前。

「這通電話不是打來找妳的。把電話還給我。」

她搖頭，揮手示意要我走開。我吼出她的名，她皺起眉頭，半起了身。我衝過去，猛力一拉，把電話線拉出了牆壁，也推翻了咖啡桌，桌上的東西全都掃落地板上。

「妳是發了什麼瘋？」海倫大叫。她已掛斷電話，退身站在靠窗椅的前面。

我跺腳踩上一只玻璃杯，同時把我的鬧鐘踢到房間的另一頭。我感受到自己脖子處的脈搏正在跳動，我的頭顱裡有股壓力正在增強。我閉起雙眼，發出尖叫。

「媽？別叫了。發生了什麼事？」

繞過破壞現場，海倫走過來，將她的雙手放在我的肩膀上，但我將她甩開，而且揮拳出擊，正中了她的胃部。「滾出去！」我大吼。「滾出我的房子！」我一步步踏向房間的另一頭，她快速退後，抓著她的腹部，嘴唇顫抖。

「我不能在這種情況下離妳而去，」她說。「媽？」

我再次尖叫出聲，同時推倒了一張椅子。然後她就消失了。而我的鬧鐘壞了。裡面的電線裸露出來，小齒輪咬進了地毯的軟毛中。我一定是不小心摔到它了。我得告訴海倫，讓她幫我買個新的。有一只玻璃杯也破了。它的碎片四散在小毯子上。我在廢紙簍裡找到了一小張報紙，便用它將那些碎片集中起來，過程中多次刺傷自己。報紙的顏色開始加深，我的血液在報紙的邊緣建構出美麗的圖樣。我試著將那些碎片拼回原狀，有那麼一小段時間，我感覺到太陽照在我的背部上，青草躺在我的膝蓋底下，我還聽到了鴿子的呼吸聲。我以為媽很快就會走出來，要我把這些碎片都丟進菜豆的溝渠裡。但當然，她永遠都沒辦法再對我說這些話了，於是我扭緊了報紙，把這些破碎的什物拿出房間，然後上樓。進去我的房間。我關上門，坐在我的梳妝台前，忽然間，我不知道自己在這裡做什麼。我剛剛不是要去廚房嗎？我小小地嘲笑了自己一番。傻子才會走錯房間。我一定是快瘋了。

我再次下樓，把報紙丟進垃圾桶中。我盡可能地將它往底部推。我得小心將所有危險的東西放在拿不到的地方，因為當湯姆跟海倫還小的時候，有一次，海倫跑去翻鄰居的垃圾桶，找到了一塊被塗了老鼠藥的蛋糕。她吃了幾口，也拿給湯姆。明明他比較年長，也該更明事理，但湯姆還是吃了。我以為他們會死，嚇得心驚膽跳。我得想辦法幫他們催吐。於是我把一根湯匙塞進他們的舌根，直到他們覺得作嘔，將那些蛋糕都吐了出來。我還記得，他們揮舞著小手反抗、攻擊我，再來就聽見他們反胃欲吐的可怕聲音。但是，老天保佑，他們在那之後都康復了。我帶他們去看醫生，醫生說他們完好無損；好在我的反應夠快。

當然，我對湯姆感到很失望，但我更氣海倫。她總愛調皮搗蛋，手指頭老因爲在廚房玩泥巴而髒兮兮的，挖蚯蚓啦、蓋蝸牛農場什麼的。湯姆比較喜歡躺在長沙發上閱讀汽車雜誌。若今天我要清掃靠枕，他的確會因礙著我而讓我不悅，但至少我只需要花注意海倫行蹤一半的心力就可以確保他的安危。在蛋糕事件過後，我持續氣了海倫很長一段時日，即便已事過境遷多年，每次只要派屈克開她玩笑，表明不相信她所烹烤出來的任何東西，我就會跟著鼓掌叫好。「妳該不會是想要毒死我們吧？」他會在她自豪地端出她的鳳梨倒轉蛋糕[29]或香蕉蛋糕時這麼說。「畢竟妳有前科。」年輕女孩沒辦法承受這種嘲弄，常常眼淚就撲簌簌地落了下來。但就連這樣的畫面，對我來說都是一種欣慰。他們曾雙雙置身奪命險境，但他們現在好端端地在這裡陪我們，忙著談青少年時期驚天動地的戀愛，或是在學校裡惹麻煩，還有把家裡的客廳搞得一團亂。

有人到了現在還在弄亂我的客廳。地板上到處都是東西，我的咖啡桌側倒在地上。我把它扶正，把每樣東西都擺了回去：鉛筆回到筆筒，記事整齊一疊。這人還把電話線給拔出來了，害我得擺出難看的姿勢彎下腰，將那些電話線都塞回牆裡。當我彎腰時，我的身體在發抖，我覺得剛

29 **Upside-down cake**，將蘋果、鳳梨等水果鋪在烤模底部，然後淋上蛋糕糊，烤好之後倒扣上桌，原本在底部的材料就會出現在蛋糕的頂部，故有此稱。

剛可能發生過什麼事。我喉部的皮膚緊繃，就像是哭了很久或是大叫過後那樣。伊莉莎白說，她的兒子有個不管大小事都要用吼的壞習慣，脾氣很壞。這讓我覺得她很可憐。海倫有時候也會生氣，但不會像這樣，派屈克有時講話太直，但他不會像有的丈夫一樣用嘶吼或尖叫的方式表達他的怒氣。我的父母也從不大小聲，就連我做了很亂七八糟的事，像是跳進遊憩莊園的河裡，他們也是好好跟我說。不過法蘭克曾經對我吼過一次。

那次事件發生在他家。蘇淇跟我在製作廚房用的窗簾。「是要讓瘋女人沒辦法偷窺我們嗎？」我問，但蘇淇當時看起來似乎不那麼擔心她，也又一次告誡我別老說她瘋。說她「很可憐」，說我們是因爲很幸運，才不用遭遇她所經歷的那些事情。但她並非眞的對我生氣，還幫我把頭髮用一條舊絲襪的頂端部分捲起，做出在三軍合作社工作的女孩的造型，甚至還讓我灑了些她的香水。後來，我們跪在地板上小心翼翼地剪裁那些珍貴的布料時，換我教她唱〈我要當你的甜心〉[30]。而當我們正在爲那些暗榫縫製小袋，同時將一小段木頭一一滑進這些孔洞時，前門忽然砰的一聲打開。

那是法蘭克的臉，他搖搖擺擺地沿著大廳朝我們走來，他褐色的肌膚底下藏著一抹紅，那顏色彷彿隨著他的靠近越加明顯。他搖來晃去地穿過廚房，走到餐具櫃旁撞翻了一張椅子。當看到他拿起一把小刀時，我嚇壞了。但他的潛在受害者不過是塊半數包在紙中的起司罷了。本來在午

30 I'll Be Your Sweetheart，一九四五年的歷史音樂劇，當年相當賣座。這裡所指的是同名主題曲。

餐時我想把它順便解決掉，但蘇淇不讓我那麼做。

「不行，法蘭克，」蘇淇起身，並站在我的面前說。「我要把它留起來。」

「什麼？又來了？」他沉厚的聲音穿過她的裙子變得含糊。「我連在自己的家裡吃點起司都不行嗎？妳打算把它留給誰吃？」

「不是爲了任何人。但你又知道如何持家了，嗯？我才是負責打理餐點的人，所以你別插手。我是你的太太。」

「我的小太太，」他邊說邊用小刀敲擊那只盤子，他的聲音尖銳了好一下子。「我可愛的小小小小太太。」他的手臂圈住了蘇淇的腰，而她想將他推開。

「法蘭克，你站在窗簾的布料上了，」她說。「快下來。」

他低頭看自己的腳數秒，他的金髮落下，覆蓋住一隻眼睛，然後他看見了我。

「茉仔也在我們家啊，不是嗎？」

我點頭，退身靠著碗櫥，以免擋到他的路。

「在做窗簾啊？」他說，同時又看了一次他的腳。

我把要作爲暗榫的小棍舉高作爲證據，而他放開了蘇淇。

「百葉簾要怎麼做啊，欸，茉德？」他說，同時把手倚放在我身後的桌檯上，彎身朝我靠得很近，他的吐息就像是酒吧的門搧起的一陣風。

我想不到。我怕到不敢呼吸。而那條剛剛才環抱過蘇淇腰部的手臂從我的頭上收了回去。

「戳他的眼睛。」

這個答案對我來說很恐怖，因此我把身子移到更遠的地方，但法蘭克笑了，他褐色臉上的牙齒又亮白又銳利。

「欸，蘇淇？」他說，同時撐起身體。「百葉。簾？」

「但這不是一塊百葉簾，對不對？」她邊把椅子擺正邊說。「我們要做羅馬簾。」

「問題還是一樣嘛。嘿，茉德。羅馬簾要怎麼做啊？」

「閉嘴，法蘭克，」蘇淇說。「你喝醉了。」她從側邊把他推開，總算成功讓他的腳遠離那些布料。

「喝醉？哪可能。」他搖搖頭，同時再次把手伸向桌檯。

我抬眼看他，試圖在眼前這個迷濛、發燙的人身上找出那熟悉的法蘭克。他注意到我的眼神，於是做了一個鬼臉：他吐出舌頭，撐大自己的鼻孔。不知怎的，他這樣做的確比較像我認識的那個人，因此我笑了，即便我的心中仍充滿畏懼。

「沒錯，你醉了。去睡覺，」蘇淇說。

「除非妳陪我去睡。」

「噁，法蘭克，茉德人還在這裡。她沒必要聽你那些下流話。去睡覺。睡到酒醒再說。快去。」

「如果她跟我一樣不配留在這間房裡的話，那就叫妳那該死的公主給我滾回家去。」他的表情又變了，但這次我沒有笑，而他也轉過身去。

「別開始用吼的，法蘭克，」蘇淇說。「而且別又提起那個老話題。你當然配得上這裡。」

「你們家那個幼齒臉的房客可不這麼認爲。總在這附近閒晃。」

「你幹嘛管道格怎麼看你？」

「我就是弄不懂妳成天在跟他聊什麼鬼話，」法蘭克說。「而且我知道，他每次一回去，就會跟妳爸媽說我的壞話。妳爸就是因爲這樣才會不喜歡我。」

蘇淇嘆氣，然後轉向我。「也許該讓妳回家了，小茉，」她說。「我們改天再來把窗簾做完。」

「對嘛。要縫製窗簾跟閒話家常的日子還多的是嘛。」

我不清楚他想要表達什麼，但我站起了身，盡可能地從他身旁快步離開，但當我快走到正門時，才想起自己的外套。我躡手躡腳地走回大廳，但仍被法蘭克看到了。

「妳他媽的還留在這裡做什麼？」他大吼，面目十足猙獰。「閃邊，給我滾遠一點！」

我拋下了外套逃出了那棟房子，一路哭著跑到了大街上。我在那裡停下腳步，拭乾我的淚水。後來我在艾什林新月路上繞了又繞，直到心情總算平復後才回家。

11

有事情不對勁。我必須起床，出門，趕去蘇淇那兒。我套上一件男性的條紋襯衫，還有一件泛舊、不熟悉的長褲，然後把東西都掃進口袋裡：面紙、一條保羅牌薄荷糖，還有一條塑膠珍珠項鍊。我疑心這是否是一場夢。我認爲應該不是。我床上的東西都亂成一團，但我沒有時間把它們鋪平整理好。我開始撰寫一張字條，但我不知道自己要寫些什麼。當我緩慢下樓時，階梯發出了嘎吱嘎吱的聲音，而前門的門閂在我的手中發出了喀噹的響聲。我在門檻處止步，感覺自己臉上的肌肉繃緊。萬籟俱寂，我動身前往法蘭克的家。

外邊的空氣寒冷卻清新，幾乎甜美；我用舌頭享受著它的觸感，但往前走了幾分鐘以後，我發現自己已經迷了路，這不是我原先所認爲的那條街道。下一條街依舊陌生，我的心臟在胸腔裡撞了很大一下。我快沒時間了。我必須去某個地方，或是去找某個人。情況緊急。我的腳步聲在暗夜中傳回輕微的回響，一隻狐狸突然跑了出來，站在我的面前。牠停下動作，臉望向對街上的某一樣東西。我也停了下來。

「哈囉，狐狸，」我說，但牠的臉依舊望向對街的人行道。「狐狸？」我又說了一次，同時揮了揮我的手。有那麼一下子，得到牠的注意這件事對我來說變得很重要，會讓我覺得有存在感。我翻找自己的口袋，從包裝紙裡拿出一顆薄荷糖，然後把它丟到柏油路的中央。它在狐狸的腳邊輕彈了一下，牠轉過頭來，雙眼中閃出一線微光。「哈囉，狐狸。」

牠跑開，我繼續前行。我現在知道，原來是這些地段新蓋起的屋宅讓我搞混，但我不知道自己是怎麼來到這裡的。在這種龐雜的地區裡，我永遠也找不到自己的路。而且我好累。我不可能離家太遠，但我的雙腳沉重、背部疼痛。我覺得自己像名老婦人。我從包裝紙裡擠出了另一顆薄荷糖，並將它扔在我身後的人行道上。它在黑色的石子路上閃出亮白色的光芒。這樣一來，當我不小心繞著圓圈打轉時，我會知道自己曾走過這裡。一台車停在路的盡頭，一名男子從車裡走了出來。他悠閒地朝我走來，他的雙手插在他的腰帶上，他的影子被他的車燈照得老長。我開始往後退。

「親愛的，上哪兒去啊？」他說。他直直地看著我。雖然他的臉漆黑如剪影，但我知道。

「回家，」我這麼說，同時轉過身，試著強迫自己的雙腳走快一些。「我的母親在等我。」

那名男子發出一種聲音，有點像是打鼾。「她在等妳啊？」他說。「那妳家在哪？」

我不知道。這當下我不知道。但這一點也不重要，我告訴自己，反正我不會跟他說。而且我不會搭理他，我很快就會想起來家在哪裡了。只要我走上正確的道路，我就會想起來。很快地，那個男人就落在我身後一段距離之外，他仍站在車旁。我轉進一條街道，然後又一條，只顧著往前走，不特別去看路。在一條人行道上，我發現了一顆薄荷糖，它在夜裡白淨而閃亮。我彎腰將它拾起，同時看到遠處有一幢附有尖塔的房子。也許我走到那兒就會認出些什麼。當我走近時，我望進去它的前庭，但裡頭一片昏暗。

「我還以為妳家在另外一個方向。」

一名男子靠在一台車上。閃爍的燈光照在他的金髮上，這讓我想起了法蘭克。他在等我。但他應該在等蘇淇。「你在這裡做什麼？」我說。

「要帶妳回局裡。上車吧。」

「局裡？」我進門時問他。我手上有一顆薄荷糖，我將它扔進嘴裡。「我們是要去搭火車嗎？」

那名男子沒有回答，但他問我想要開窗還是讓窗戶關著。

「關著，」我說，然後把手放在車門上。我想要在自己的身後留下什麼東西，某種能夠告訴別人我在這裡的東西。薄荷糖滑過我的舌頭，我使盡所有力氣將它吐往暗夜之中。那名男子笑了，我跟他一塊兒笑出聲來。「法蘭克，」我說，「法蘭克。」

一天放學後，我狠狠地撞上他。當時，他人站在溫拿絲太太的圍籬旁，朝著我家看。然後他轉身，我們撞在一起。他伸出了手。

「茉德，」他說。「我才剛想說要去拜訪你們家的人。」他倚靠著的圍籬有一處很深的凹痕，我想他應該已經在這裡等很久了。

「妳的父母身體都還好嗎？」他問。我張開嘴，但發現自己沒辦法做出任何表達。我在想，眼前的他會不會只是我腦中的幻象。

「另外，他們也都沒有蘇淇的消息嗎？」

我搖頭，同時觀察他的臉龐。我八成想從他的臉上尋找罪惡感的存在。但他看起來也不過就邋遢而已。他的臉頰上有鬍碴，他的頭髮有點過長，他的衣服又皺又髒。他的改變令我震驚。他長褲上那些完美的摺痕、他那漿得挺拔的硬領，還有他那些閃亮亮的鞋子，都到哪兒去了呢？

「弄不懂呀我，」他說，身子邊靠過來，並將雙手放在我的肩膀上。「我的意思是，如果她想躲到啥子地方去，妳不覺得她應該要告訴自己的丈夫嗎？不是嗎？」

這些話讓我重新燃起一絲希望。我認爲蘇淇在躲法蘭克。躲在某個安全的地方。當然囉，若她眞的在跑路，她怎麼可能會去聯絡任何人呢？

「但我在想，她說不定會跟自己的妹妹說，不是嗎？」法蘭克低頭看我，臉上是他那招牌的微笑、抬高的眉毛，以及不自然地閃爍著微光的雙瞳。這跟他那張嶄新的、不潔的臉龐毫不搭調。他的手沉重地壓在我的肩頭上，而我意識到他也正在觀察我。「她有跟妳提起過任何事情嗎，茉仔？跟她消失有關的事情？跟我有關的？或跟其他任何人有關的？」

「什麼都沒有，法蘭克。」我說。他一放下雙手，我立刻脊椎直挺，全身骨架順勢上升。我覺得自己變輕了，太輕了，就好像我將飛上天際、飛入虛無。我希望他能夠再一次賦予我重力，但我想不到自己該如何提出這個要求。

「我好想她，」他說。「我想念她在身旁遊走，想念她那些小東西。我不知道那些東西叫什麼。弄頭髮的，一些布料。幾罐香香的瓶子。」

「夜巴黎。」

「沒錯，就是這個名字。」他垂眼凝視著我。「妳的記性比我好。來，我們去喝點東西。」

我沒有拒絕他，但我那疑惑的神情肯定出賣了我。

「喔，拜託，茉德，」他說。「我還以爲妳已經不是個小孩子了。來啦，我們去喝點什麼。跟我聊聊那些跟她有關的回憶，這對我來說意義重大，妳明白嗎？」

我明白。媽跟爸鮮少提及她，彷彿在這個家中，就連說起她的名字都是禁忌。而在這當下，有一個人卻想要藉由言談，來好好地緬懷她。我任他引領著我走到街尾，走下山坡。

「她還擁有些什麼呢，茉德？還有什麼其他的東西？妳記得的。」

「一件藍色的套裝？」我開始講。「還有口紅。勝利紅。還有一個老舊的粉餅盒，用來搭配她的香水的。銀色跟海軍藍的條紋。」

「對，沒錯。還有嗎？」

「一雙前面有飾釦的鞋子，一條綠色荷葉邊的連身裙，那些長得像甜點的耳環……」回想起蘇淇身上的衣飾，讓我不免低頭望著自己。我穿了一雙褐色的T字鞋跟一雙透氣襪。我沒有注意到法蘭克停住了腳步，因此我第二度跟他撞個滿懷。

「天啊，快把妳的制服領帶藏好。我們到了，」他說完就進去了。

那是一間酒吧。五路酒吧。這間酒吧，套一句我爸的話來說，「聲名遠播」，因而使我產生了一絲畏懼。在這之前，我從未來過酒吧，因此我在想也許自己不應當進門。我躊躇不已，雙手把玩著從開襟毛衣上脫落的一顆鈕釦。我不想離開熟悉的街道，但我渴望聊些蘇淇的事，所以我決定將鈕釦丟在地下室出入口大門的鉸鎖旁。不知道什麼原因，這種它在外頭等我回來的想法，讓我覺得心裡好多了。於是我推開那扇細瘦的半截門，走進去找法蘭克。

裡頭滿室煙霧、空氣悶熱。剛進門時，我找不到法蘭克。我漫無目的地朝吧檯走去，突然感到一隻手放在我的背上。「快，在老闆娘注意到妳之前，先去坐在那裡，」他這麼說，同時將我推向一張靠門的桌子。「我會幫妳拿飲料過去。」

一陣焦慮如劍刺心，但我還是照他的指示走了過去，坐在一張木板凳上。吧檯離這兒小有距離，吧檯前坐了一整排穿著深色服裝的男人，因此我很難看清楚老闆娘有提供哪些餐點。

「這麼快就回來啦，法蘭克。」我聽見她這麼說。「你才離開頂多幾個小時吧。」

我把一邊的手肘擺在桌子上。它的表面因啤酒的濺沫而變得濕滑，而那濕滑滲穿過了我的毛衣。我將毛衣脫下，此時門被推開，一名體瘦、出汗的男人走了進來。

「哈囉，女孩兒。」說完話，他流連在桌旁。

他胸膛落下的一滴汗水如血一般融進我的校服，這讓我聯想起媽落在蘇淇的睡袍上的淚水。我看著那滴汗漬平緩地擴散，使得布料的纖維變得透明。我憋住呼吸，企圖抗拒那滴汗沾黏上衣下的肌膚。那名男人說了些什麼，但我沒有聽見，只意識到他的呼吸在我的頭頂上吹送。我的身體因恐懼而開始出汗，而我無法想像自己的汗水與他的汗水相融相混的畫面。

「那就表示妳同意囉？」他說，但我把臉別開。

法蘭克開始朝我走過來，他邊走邊對我眨眼。我有種怪異的感覺，好似我莫名取代了蘇淇的地位。我跟她的丈夫待在同一間酒吧，而且他還請我喝上一杯。而她人又在哪兒？我們真的互換了身分嗎？是否蘇淇現在人在家中，正在陪我的父母玩接龍或是聽無線廣播呢？

法蘭克把飲料都放在桌子上。他看著不停出汗的男人，動作非常緩慢。「有什麼需要我幫忙的嗎？」他問。

男子舉起濡濕的雙掌同時退開，我充滿感激地拿起了較近的玻璃杯。我注意到法蘭克喝的是啤酒，我希望他不是幫我點同樣的東西。

「薑汁汽水，」他說。「這樣可以嗎？」

我點頭，因放心而吐出一口氣。越來越多人進門，酒吧隨之更形嘈雜。

「嘿囉，法蘭克，」一名男子在他擦身而過時出聲招呼。「你們倆又都回來南方啦？」

「沒錯，」法蘭克說，眼神沒從我臉上移開。

我低頭望著自己裸露的膝蓋，指甲摩擦著那塊淡紅色的地帶。

「妳長得跟她很像，妳知道嗎？」法蘭克說，並將一隻手放在我的下顎。

我面露微笑。他這番話並沒有叫我信服，但我還是笑了。法蘭克朝我屈身靠近了一下，像隻貓似的瞇細他的雙眼。

「欸，妳家現在過得怎麼樣？老樣子嗎，那些人？」

他握住玻璃杯，一簇濕滑的泡沫緩慢地滴上他的拇指指甲。它看似在表皮上停留了一段時間，然後才淚般墜落。我心不在焉地回答了他的問題。「不全然是。媽跟爸都十分擔心——」

「無恙嗎，法蘭克？」一名長相強悍的女人從酒吧的另一頭大喊。「啥時把那些個你答應給我的尼龍料子給我呀？」

法蘭克微微轉身朝她點頭，然後又將他的雙眼飄回到我身上。「那道格拉斯呢？」他問。

「他還住在那裡，對吧？」
「他還能去哪裡？」
「嗯，我不知道，說不定他搬走了，長大了。說不定他不再對妳媽跟前跟後，吵著要她施捨他些殘羹剩飯吃了。」
「他是我們家的房客。我們不會讓他吃剩菜。」
「你們家的房客，喔對。你們就是這麼看待他的。」他緩緩地喝下一口啤酒，有個人在他胳膊放下的時候剛好推擠過來撞到他，害他把酒灑到了袖子上。「幹他媽的走路不看路！」他說。
我等著他爲自己的出口成髒致上歉意，但他沒有。他反倒牛飲乾了剩下的液體然後起身。
「我再去拿一杯，」他說。當他回來時，他手上又多了杯威士忌或白蘭地或類似的東西。我咬著唇看他把酒放在桌上。「妳眞的跟她長得很像，」他說。「妳們都會用同樣的方式表達妳們的反對。」他舉起他的酒杯用嘲弄的方式敬酒，我把自己的那杯推開。「我在鐵柵後面待了兩個禮拜。」
「我知道，道格拉斯有說。」我在想自己能不能問他那些關於僞造配給券的事情，還是他聽了會勃然大怒呢？
「道格拉斯當然會說。道格拉斯什麼都知道。」
「你太太啊，法蘭克？」一名把玩著鴨舌帽的短袖男子說。「對你來說太嫩了吧，不覺得嗎？」
法蘭克對他飆髒話。

「哎唷，法蘭克。一點幽默感都沒有。」

「我告訴你，朗。如果你講話好笑一點，我就會有幽默感。」

朗誇張地攤開了他的帽子。「好，好，」他說。「只是好意嘛。」

「滾去其他地方秀你的好意。」

「親愛的，妳挑了一個好男人，」朗挑起他的眉毛說。「希望妳制得住他。」

我對他離去的背影皺起眉頭。「大家似乎都覺得我是蘇淇。」我說。

「沒有，他們沒這麼想。」

「明明就有。你說我長得跟她很像。在這裡的每一個人看起來也都這麼認爲。」

「妳跟她長得還沒那麼像，茉仔。妳還只是個孩子。妳長得就像個孩子。」

我的心裡很受傷。「那你爲什麼還要帶我來這間酒吧？」

「我想喝點東西，就這樣。還有就是因爲我想要告訴妳一些事。」

我喝完薑汁汽水，然後在凳子上轉側過身。

「欸，欸，」他說，同時伸出手把我拉回來。「我們話都還沒說完呢。眼睛看著我。」

「你想要跟我說什麼，法蘭克？」我說，心裡有點惱怒，想回家。「媽跟爸都在等我回去。」

「老天啊，妳他媽連講話都跟她一個樣。再來，妳就要跟我說我喝太多了。」

「你的確是喝得過量了。」

「是啦，那，所以妳會……」他低頭看著地板，身體一動不動，久到我以爲他已經忘記我的存在。我穿上那件被啤酒染濕的毛衣。「所以妳爸媽不想再跟我有任何牽連，」他忽然開口。「他們認爲我殺了她，或做了類似的事情。」

我不知道該回他些什麼，我凝望著他，覺得他的頭髮，甚至就連他的鬍碴，都在酒吧燈光的照射下顯得天使般金黃燦亮。

「妳爸寫了封信給我，」他面對著他的啤酒杯說。「想看看上面寫了些什麼嗎？」

我沒有回答，但他從外套的口袋裡掏出了個皺巴巴的信封，丟到我的膝蓋上。是那張我們好幾個月前去法蘭克家時，我看著爸塞進門的字條：「我知道你幹了什麼好事。別以爲你逃得掉。」我很震驚。我以爲爸是留訊給蘇淇。

「唉，他從沒喜歡過我。我也沒辦法。更何況那鼠臉的蠢蛋成天在他的耳邊說三道四。」他抬頭瞇眼看我，噘起了嘴。「他要我滾開。」

「誰要你滾開？」

「你們家那個幹他媽的房客。」

在他說完這句話以後我就走了。我跟他說，這是他第三次在我面前講髒話，而我同時也爲自己說出這句太像老爸會說的話而心有餘悸。我在門外找到了那枚毛衣鈕釦，仍安安穩穩地躺在地下室出入口旁的淺溝裡。回家的路上，我將它深深地握在手掌當中。

「幹他媽的放開我，你這頭豬，」一名女性嘶吼著，身體不停扭動。一名男警官扣住她的手，在櫃檯一本本子上簽了字。「你們這些豬玀，」她又吼了聲。

我試著以遮蓋雙耳的方式阻隔她那些口齒不清的話，並慢慢地將我那最後兩粒薄荷糖拋在地上。薄荷糖用完了，我改用塑膠珍珠。把它們從細線上都拆散下來，一一讓它們輕輕地在地板上滾動。我在想，不知道這座玄關是否用來拍攝過電影。看起來似曾相識。有一盞巨大的玻璃燈懸吊在天花板上，黑白雙色的地板閃閃發亮。我把注意力都放在這些外物上，而不去注視眼前的那些人。我不想要想到這些人。嘶吼女被帶穿過了一扇門，但我還能聽見她的聲音，而坐在我隔壁長椅上的男人開始唱起了歌曲。

「凱．西啦．西啦。順其自然，順其自然吧。我們要踢進溫—布—利[31]—啦。凱．西啦．西啦[32]。」

他穿著一件濕漉漉的磨損球衣，身上滿是啤酒味。他擺動著雙腳，其中一腳踢到了顆圓珠，滾地球般將它送回我的身旁。我將它拾起，握在手中，然後沿著長椅的相反方向一擲，讓珠子遠遠地離開了他。

「剛好是我們需要的人才，」坐在櫃檯後方的男警說。「下一個天殺的帕華洛帝。」

他走過去打開對外的門，另一名男警帶了個人進來，他身上淌著血。他的鼻子一團糊爛，他

31 **Wembley**，溫布利足球場位於英國倫敦，是歐洲第二大的球場，經常舉辦包含球賽、音樂會等活動。

32 此曲名為〈順其自然〉（**Que Sera, Sera**），最早出現於希區考克一九五六年推出的電影《擒兇記》（**The Man Who Knew Too Much**），獲頒當年度奧斯卡金像獎最佳原創歌曲。由於其旋律舒雅，歌詞優美，至今仍廣受歡迎。在本文中出現的歌詞為戲謔版，刻意將溫布利三個字拉長，以配合主旋律的節奏。

的雙眼在臉上轉個不停。「我們需要一名醫生，」抓住他的男警說道。燈光打在他的一頭金髮上，他讓我想起了法蘭克。

「她身上用的香水是夜巴黎，」我說。「而且她擁有一對如同甜點般的耳環。」似乎無人聽見。

「該來的總是會來，總是會來。」唱歌男再度高歌，朝著我扭腰擺臀。除了啤酒味之外，他身上也混雜有嘔吐物的味道，而且他仍在出汗。

「我要去提出申訴。」滿面血的流血男如此宣告。他拳頭飛舞，卻拳拳揮空。

我躲到更遠的牆角處。我不知道自己爲什麼被囚在這裡。這裡的光線刺眼，逼得我只能瞇眼視物。到最後，我緊緊地閉上了我的雙眼。說不定我只是身陷夢魘，隨時都將甦醒。嘈雜聲更加劇，男警聲壓群音。

「已經都關滿啦，戴夫！發給他們一份警告函[33]，然後把他們都攆出去。」

爭論聲，咒罵聲。有人朝我靠近，在我頭頂上呼吸。噪音似乎遠去了些。我保持低頭的姿勢，雙眼死閉。在肌肉所許可的範圍內，我堅持維持這樣的坐姿。然後忽然一聲，「媽！」聲音穿過噪音，傳進我的耳朵。「媽，是我，快把妳的眼睛打開！」

33 **caution**，在英國及香港，警方所發出的警告函是一份針對較輕微的案子所發出的正式文件。在犯罪人認罪後，警方若認定此案事小，便可於留底後給予警告函，然後將其釋放，將以此節省下的時間用來面對更為嚴重的案件。

海倫朝我靠了過來。她拍打我的手臂，並盡力爲我抵禦房內一切外物。我把一隻手放在她的臉上，但我說不出話。我覺得自己可能會因爲鬆懈而哭出聲來。

「我們回家吧。」她說，然後把我從長椅上扶起來。

地板上有一顆薄荷糖，我伸手將它撿起。然後，她引領著我穿過支持足球的人群，踏過一小攤血，走出大門。行走的過程中，她一手環抱著我，我則持續留心地面。當我們停在路口，準備過馬路時，我從人行道上撿起了一個耳環。那個耳環是條紋狀的，就像蘇淇的那副一樣。

「媽，把那個東西放回去，」海倫說。她的聲音聽起來很怪。「妳從哪裡撿來的？別收集這些破東西。走吧。」

她繼續往前走，我則丟下了耳環。它落下時在地上彈起，最後掉進一攤水窪。

「我以爲那是我的……」我嘴裡這麼說，但卻遺忘了原因。

「至少我現在終於知道妳那堆垃圾是從哪裡來的，」海倫說。她的臉頰一閃一閃，彷彿她正在流汗。「妳腦子裡到底在想什麼？」她問我。「怎麼會在這種時間出門？我好擔心妳。也許我們該再去拜訪一下哈里斯醫師。」

縱使我知道答案，縱使我也記得問題，但我卻無法回答她。直到我們搭車離開爲止，我的眼睛從來沒有離開過那只躺在水窪中的耳環。曾經，類似的物品對我來說有其意義。因此我會將它們拾起，伴我回家。

我把很多東西撿回家，當時我仍深信有機會找回蘇淇。小紙片、指甲剪、髮夾，一只耳環。

我在演奏台的階梯上發現這只有條紋花色的耳環，長得就像顆薄荷硬糖，讓我忍不住想將它放入口中，感受它的芳香與甜美。每當我走過一件可能與蘇淇有關的物品時，我都會忍不住將它拾起。我會先將它們裝滿我的口袋，稍後再把這些東西整理進我的火柴盒箱，會將它們排列在我的窗台旁。有時候我會一一檢視這些什物，寫下它們的名稱，並回想蘇淇是否曾擁有過類似的東西。有那麼一兩次，道格拉斯走進我的房門，問我找到了什麼東西。他眼睛看著這些小物，伸出手輕柔地觸碰它們；他從不多說什麼，但我覺得他正在尋找某種關鍵性的物品，好讓他能描繪出各種場景，爲各個物品想出各種故事，試圖建構出各種可能讓我們能夠找到蘇淇，或是能夠得知眞相的路徑。由此故，我開始深信自己遲早會發現某件事關重大的物品，因此我花了比以前更多的心思去探找。一切都是爲了證據。多數時候，我都在放學以後才展開探找的動作。剛好我也不想回家，不想坐在火爐旁小心翼翼地說話，生怕提起自己的姊姊會讓媽傷心，讓爸憤怒。我不想回家，也不想換上那些蘇淇縫製的衣物。因此，我穿著制服在大街上閒晃，翻找著水溝及籬笆中的泥沙。我經常步足蘇淇家的道路，並沿著她家到我們家的路徑上一路追查。或者徒步在那些她要去購物或搭火車時會走的道路上。蘇淇的皮箱是在車站旅館發現的，倘若她眞的要離開這座小鎮，我想她八成是搭火車走的。有時我會靠在站台的欄杆上看著火車進站，想像蘇淇穿著一件嶄新的倫敦服裝，從一節車廂中走出。「我只不過是去買點東西而已，」她會這麼說。「你們幹嘛這樣大驚小怪的？」

　我花了許多時間在凝視我們那成對的梳子。就著燈光，我將它們拿高，看著那些翅膀彷彿正在擺動，然後對自己的行爲感到訝異。明明我知道圓頂玻璃展示罩中的那些鳥曾嚇得她花容失色，爲什麼我還會送她這種能夠準確聯想起她的夢魘的禮物呢？我最大的願望就是希望能親口跟她說這件事情。告訴她我沒有惡意。我覺得，哪怕只有一丁點的機會能夠找到她，我也願意把整條街翻過來尋找那個線索。我通常都是在冷風凍痛的情況下才回到家，累得吃不下任何東西。就是在這些事情過後，我才忽然生了大病。回想起來，我似乎很久以前就喪失了睡眠的能力。我只是躺在床上，思考蘇淇人可能在哪裡。並非我自願保持清醒，但我的大腦就是不肯停止運作，我一次又一次回想起那最後的晚餐，試圖記起她所說過的任何隻字片語。跟法蘭克有關的那些話；跟道格拉斯有關的那些話。這些事情弄得我心力交瘁，使得我在上課時根本沒有辦法專心。一夜又一夜，我重複著當晚倒茶的舉動，這是我現下唯一的工作。

「我的老天爺啊！」媽在一個星期一的早晨忽然發難，將一件裙子丟到她的腳邊以後大叫。「更多的垃圾。」因爲要洗滌，她把我那件裙子的口袋都翻了出來。「茱德，妳不要再帶東西回到家裡來了。」她在手中揮舞著一個陳舊的柯蒂牌口紅的蓋子。「妳快要把我逼瘋了。妳聽見沒有？妳撿這些的意義在哪裡？妳打算做什麼？」

站在生氣蓬勃、能量滿滿的她身旁，我只覺得手軟腳軟、疲累異常。「我以爲這些都是蘇淇曾擁有過的東西嘛！」我說。

12

妳最近有移動嗎？

「沒有，」我說。「我待在這兒幾萬年了。」

我坐在一個可以坐的、用來坐的東西上，面對著一個電腦螢幕，上頭不停跑出一些紅色的字：「請隨時跟醫師更新妳的最新地址。」每隔一段時間，就會響起一聲高分貝的嗶聲，然後就會有一個名字出現在螢幕上。「梅．大衛森太太」。「葛雷戈里．福特先生」。「蘿拉．海伍德小姐」。當我開始把這些字都一一唸出來時，海倫捏了一下我的手腕。她正在含一顆那種味道強烈的薄荷藥劑，舒緩喉嚨痛楚的那種，所以我猜，我們到這兒來應該是因爲她要看病。

一個孩子，在角落一張擺滿了玩具的桌上敲打著一塊塑膠積木。他長得就像是一個頭顱被擠壓過的肯尼玩偶。海倫要我降低自己說話的音量，同時拿出了一盒糖果。我拿了一顆，扔進自己的嘴裡，它的高甜度使得我下顎腫脹、面有難色。在這同時，我則看到男孩的母親伸長了手臂，試圖從他的手中奪走積木。但她的動作不夠快，他躲了開，然後蹦蹦跳跳地經過其他病人身邊。

大家都把腳收回來，讓路給小男孩，但卻仍免不了被他撞個滿懷。他像個專精打鬧劇[34]的喜劇演員一樣搖搖晃晃地跑到了遠處的牆邊，然後突然又粗暴地把積木朝他的母親丟。一名男子出聲喝止，眼睛不住地轉動，然後對我微笑。我報以微笑，然後把糖果夾在牙齒之間，往積木的方向吐了出去。海倫尖叫出聲，開始跟其他人道歉。但我聽不見她說些什麼，因爲那個男孩的尖笑聲蓋過了她的一字一句。他扭動身軀，像在跳快樂的舞蹈，幾近優雅地穿越兩旁的人群。然後他走過來歇在我的膝上，像隻小鳥般輕柔地倚著。他停止大笑，同時張開了他的雙手，讓我知道他隨身還帶了些什麼東西。

有另一塊積木、一台缺了車輪的鐵皮車、一條圓滾滾的娃娃手臂，還有其他幾樣東西。我想不起來那些是什麼。他把它們一個個立在我的膝蓋上，我則一一將它們拿起，在我的手中將它們轉過身來，對他形容這些是什麼。「你看，他們在手指上做出一個半圓弧的形狀，以此表示指甲。」我說。

他神情專注地看著我，臉上的表情淨是疑惑，因此我放下那條玩偶的手臂，在我的手掌中，放上另一個半蹲而扁平的東西。我想不出它是什麼，我無法從它獨特的外型中找出端倪。有好幾秒鐘的時間，我不發一語。

34 **slapstick**，此種戲劇元素已存在於人類社會數百年，就連知名劇作家莎士比亞都曾使用。其名稱由來是舞台上的兩塊木板子。這種板子打人時發出的聲音很大，但因其力量是分散開的，所以產生的痛覺很小。舞台上的演員便可互相攻擊，藉此博取觀眾一笑。

「吉娃。」男孩總算開口。

「吉娃。」我複述，猜想這應該就是它的名稱。

他按壓下後方一個扁平的區塊，吉娃便隨之跳躍，但因爲我的手心太軟，不堪作爲一個跳躍的平台，因此它的跳姿有點笨拙，但仍足以使那個玩具擁有了幾秒鐘的生命。男孩發出咯咯笑聲，然後又壓了一次那個扁平處。這一次，青蛙轉過身來，雀躍地一蹦，降落在我隔壁的位子上。臉色再度嚴肅，男孩將它放在手心搖了一下子，然後將那個吉娃塞進我的手提包的一個開口處。

一聲嗶響，我抬頭，看見自己的名字一閃一閃。我起身，那些玩具從我的膝蓋上滑落。男孩又叫又笑，朝前方拋擲出小車跟積木。我又一次聽見它們落在地板上的聲音，但我並沒有將眼睛從電腦螢幕上移開。

「再次跟您致歉，」海倫對某人說，然後拿起了她的外套，引我向前。「過來吧，媽。」

在一個窄小的房間中，一名醫生正盯著他的電腦螢幕。「哈囉，荷珊太太。大拇指還好嗎？不會耽誤妳太久時間。請坐。」

海倫讓我坐在他的桌子旁的一張椅子上。我記不得爲什麼我們身在此處。「妳去坐在醫生旁邊。」我起身，對海倫這麼說。

「不是這樣，媽。要看醫生的人是妳。」

我再次坐下，同時跟她要第二顆糖果。「妳也在吃啊，」當她拒絕我的時候，我對她這麼說。「爲什麼我不能吃？」

醫師轉過身來面對我們。他說他要問我幾個問題，然後就問我今天是星期幾。我望向海倫。她也看著我，但沒有告訴我答案。他又問了我日期，季節，年份。他問我是否知道這是什麼國家，城鎮的名稱，哪條街上。有些問題我知道答案，其他問題我用猜的。而當我答對時，他臉上的神色看起來很訝異，但這些題目又不難回答。這讓我回想起那次去日間康健中心時他們問我的問題。伊莉莎白跟我去過那裡一次，去瞭解一下它的環境。他們會問我們一些問題，像是：「妳能講出一種B開頭的顏色嗎？」伊莉莎白氣炸了。「拿這種蠢問題來問成年人是在搞什麼鬼？」她說。

「一堆蠢斃了的鳥問題，」我說。

「沒有必要動怒，荷珊太太，」醫師說。他調整了一下他領子上的那塊布，不是圍巾，不是領巾。「我必須評估妳的情況，希望妳能瞭解。」

「不，我不瞭解。」

「沒錯，如同我剛剛解釋的，這就是我現在正在做的事情。總之。這是一棟什麼樣的建築呢？」

我環顧四周的牆面。上頭貼了許多跟洗手還有消毒有關的標語。「勤洗手可以避免：腹瀉，抗藥性金黃色葡萄球菌，諾羅病毒，」我唸出聲來。醫師轉身，看著那些海報。他對海倫抿嘴而笑。

「妳知道我們現在人在幾樓嗎？」

我想了一下。我們是走樓梯上來的嗎？還是搭電梯呢？我看向窗戶，但窗簾是拉下來的。怎麼製作一條羅馬簾呢？「戳他的眼睛。」我說。沒有人笑。好吧，其實我自己也不喜歡這個玩笑。醫師跟海倫都發出一種類似清喉嚨的聲音。她輕拍我的腿，醫師輕拍他的桌子，好像那桌子就是我的腿一樣。

「我會說出三種東西，」他說。「然後我希望妳把這些東西的名稱重複跟我說一次，好嗎？火車，鳳梨，鐵鎚。」

「鐵鎚，」我說。「鐵鎚。」他還講了什麼東西？「鐵鎚……」我的便條紙放在手提包裡，我得伸手到椅子底下才拿得到。我開始翻找那些記事，但我找不到答案。我只找到一隻塑膠青蛙。

「我會建議妳最好不要使用這些記憶輔助工具。」醫師說。

沒關係，反正也幫不上什麼忙。我找不到任何有幫助的東西。但我找到一張跟伊莉莎白有關的記事。上面寫說她不見了。上面是這樣寫的：**她人在哪裡**？這才是最重要的問題。爲什麼醫師不來問我這件事呢？

「現在，我希望妳從一百開始，每次減七，倒著數回來。妳明白我的意思嗎？」

我凝看著他。

「哈珊太太？這就像是一百，九十三，八十六，依此類推。明白了嗎？」

「我懂，醫師，但我並不覺得自己就算回到了你的年紀，也有辦法回答這個問題。」

「請嘗試看看。」

他已經把臉朝下，看向他桌上的那些紙，然後做紀錄。我得想辦法記起來另一件事情；這些狗屁倒灶的事情都在干擾我思考。「一百，」我說。「九十三……九十二，九十一？」我知道自己講錯了，但我不知道自己是從什麼時候開始錯的。

「辛苦妳了。妳可以重複稍早前我曾提過的那三種物品的名稱嗎？」

「三種物品，」我重複了他所說的這幾個字，但不知道這些字的含意，因爲我正在腦海中翻找另外一件事情，那件重要的事情。

「沒關係。這個東西的名稱是什麼？」他指向一旁的電話。

「一部電話，」我說。「就是這個。伊莉莎白都沒有打電話過來。已經好久了。我都已經忘記有多久了。」

「聽到這樣的事情，我很遺憾，」醫師說。「那這個又是什麼？」他舉起一樣東西；關於伊莉莎白的事，他連名字都沒有提起。

這是一樣細長，木製的東西。他用兩指夾住它，我們以前在學校也會這樣玩，這是一種能讓它看起來軟綿綿的手法。但是我還是想不起來它的名字。不是一枝原子筆。「一個盤子，」我說。這個答案是錯的，但我想不起那個字。「一個盤子，一個盤子。」

「好的，別擔心。」他把那樣東西放下，然後拿起一張紙。「用妳的右手去拿，」他說。「把它對摺，然後放在地板上。」

我伸手去拿那張紙。我看著它，然後看向醫師。我檢查了紙張的兩面。上頭空白一片。沒有寫任何字。我將它放在膝蓋上。他靠過來，把紙張拿走，把它擺回一疊紙的最上面。然後他拿起一張小卡，卡上寫著閉起妳的雙眼。我開始覺得他腦子秀斗，而我很高興海倫就陪在我的身旁。

醫師放下那張卡片，然後遞給我幾張紙跟一樣東西。一樣細長的、木頭做成的東西。

「現在，麻煩妳幫我在紙上寫一個句子。任何句子都可以，只要結構完整就行。」我的朋友伊莉莎白不見了，我這麼寫。坐在我旁邊的海倫嘆了口氣。「鉛筆。」當我把東西還給他的時候，我這麼說。

「沒錯。很棒。不過實際上，妳還會用到那枝鉛筆，因爲我希望妳幫我畫出一樣東西。我希望妳幫我畫一個時鐘。妳有辦法嗎？」

他遞給我一片板子作爲支撐。我開始畫畫，但我的手輕微地顫動著，因此我沒有辦法畫得很漂亮。不知道爲什麼，那些線條都會亂跑，就好像你邊照鏡子邊在畫圖那樣。我忘了自己應該畫些什麼，但那些抖動的圓圈讓我想到青蛙，因此我開始對它進行改造，加上又大又圓的眼睛跟一個喜洋洋的微笑，然後筆尖一滑，青蛙就有了一頭狂野的亂髮跟鬍鬚。我把那幅圖畫放在他的桌上。醫師可以把它再改畫成任何他喜歡的東西。

他在他的筆記本上寫了些東西。他寫了又寫。他既沒有抬頭，也沒有開口。我在想，他是不是要趕著在自己忘記之前寫下某些東西。桌上擺了一種像是小豆子的東西，圓圓的、軟軟的，它們蜷曲的芽菁被壓在一盒面紙的底下。我想不起來人們對它的稱呼，但我知道它們的功用。我拿起一個，然後把它塞進耳朵裡，但我什麼也沒聽見。

「比一個貝殼還沒用。」我說。

「因爲我還沒有把播放器接上去，」醫師說，手依舊沒停。「妳想聽些音樂嗎？妳覺得那會對妳有幫助嗎？」

「我不知道。」

「說不定妳的女兒可以幫妳找到一些妳喜歡的音樂。當妳還是個女孩兒的時候，妳都聽些什麼音樂呢？」

「哈——哈——哈——哈——哈——哈——哈——哈——哈。」我說。

醫師停筆，抬頭看我。海倫非常鎮定。

「哈——哈——哈——哈——哈。」

「媽？媽？妳怎麼了？」她伸出手來抓住我的手臂，她那飽經風霜的臉龐一臉蒼白。

而現在我真的在大笑了。「我在唱〈香檳之歌〉[35]啦，」我說。

「哈——哈——哈——哈——哈。」

〈香檳之歌〉這張唱盤是道格拉斯的收藏，演唱者爲艾西歐．品薩[36]。我喜歡他的名字，我也喜歡這首歌，但我最喜歡結尾的大笑聲。這是道格拉斯最先放給我們聽的唱盤的其中一張，遠在蘇淇還沒結婚之前。我們聽的第一張唱盤是強．麥考邁克[37]唱的〈進來庭院裡吧，茉德〉，由於自己的名字出現在裡面，因此我聽得很開心，但我已經在學校被迫記下詩句的內容，所以我更

---

35 **Champagne Aria**，此詠嘆調出自義大利歌劇《唐．喬凡尼》（**Don Giovanni**），人物原型是西班牙傳說中的虛構情聖「唐璜」（**Don Juan**）。此劇由莫札特譜曲，義大利著名詞人彭特（**Lorenzo Da Ponte**）填詞。

36 **Ezio Pinza**，生於一八九二年，卒於一九五七年，為當時著名的義大利歌劇歌手，曾參與超過七百五十場演出。

37 **John McCormack**，愛爾蘭人。生前為世界著名的男高音，優良的發音及呼吸控制的方式為他博得了相當高的聲譽。

傾向於發現那些我較不熟悉的歌曲。

當年道格拉斯搬入時，我們就在他的行李中注意到了留聲機的蹤影，而在我苦苦糾纏多時後，蘇淇總算開口，問他我們是否能夠在他的房間裡面聽音樂。在道格拉斯入住後，這間房間呈現出跟過去截然不同的氛圍。我們一直都有房客，但她們多數都是些年邁的女士，心地善良，但就是讓人不會對她們的房間留下什麼深刻的印象。道格拉斯的家當不多，但它們都比那些年邁女士的家具更有存在感。一套書、一組工具，以及至少兩打的唱盤。這台留聲機是一台輕巧易攜帶的機械，造型像是一個比較高的公事包，但我認爲它棒極了。我特別喜愛那些裝滿了唱針的錫罐、清理唱盤用的圓刷，以及將把手插進盒蓋上的一個小洞裡的這個動作。我們坐在他的房間裡享受音樂，陽光在地板上照出線段，然後滲進地毯中。在我聽過〈香檳之歌〉後，我又要他連續播放了好幾次，接著我就躺在地毯上，跟著歌曲的尾聲一同大笑出聲。我將手放在胃部的地方，感覺到我的橫膈膜發出猛烈的動盪。我還記得房中那溫暖塵埃的氣味，也記得那一陣陣的醋味。因爲媽都是用醋來刷洗地板。

我依舊將那些唱盤保存在某個地方，道格拉斯把它們都送給了我，但我已經好久好久沒有去聆聽它們了。我們家沒有留聲機，因此沒辦法播放。

在那次的私人音樂會之後，我偶爾會潛入道格拉斯的房間去聽唱盤。他跟爸的輪班時間我知道，路線也都牢記在心——從牧場到沙頓路，再經過車站來到崖頂旅館。我知道他什麼時候人會在最遠的地方，也知道他在什麼時間點絕不可能無預警地突然返家。我以前都習慣把一大捆的羊毛襪塞進喇叭裡，藉此降低音量，然後一次又一次播放香檳之歌，並用雙手感覺橫膈膜的躍動。

在我的病未徹底痊癒之前，以及在蘇淇失蹤之後，我都經常這麼做。而且，我還會搜檢他的其他家當，打開他的抽屜，往那裡頭啪啦啪啦地翻找。在見識過他搜查蘇淇的皮箱之後，我認爲自己也要這麼做，才能算得上是公平。但他的衣物總是疊得整整齊齊，他的書也都照順序細心排列，更沒有任何東西夾藏在書頁之間。我找不到任何特殊的物品。

但是，有那麼一次，當我已經把留聲機上的指紋刷清乾淨，也攪弄過放唱針的小小錫罐，也翻找過狄更斯的套書之後，正準備離開房間的我，卻看到有一把雨傘倚靠在房間的角落。一把破舊的黑傘。它長得跟瘋女人手中的那把十分相像，而她追著我打的記憶仍栩栩如生地存在我的腦海之中，因此我不覺尖叫出聲。隨後，我立刻覺得自己的行爲異常愚蠢，便趕緊離開了房間，所幸家中空無一人，沒有人發現我的犯行。

凱蒂帶了一台扁平的銀色電腦過來。它那茂生的電線叢刺而出，像是株乏人照料的灌木，急忙忙地被植種在廚房餐桌的中央。在她手忙腳亂地在對付那些喇叭及其他東西、試圖讓它們幹活時，我則試著將精神集中在手中的小冊子上。這裡面有一些跟大腦有關的圖片，還有一些用粗線畫成的圖案：老人們臉上掛著笑容倚靠在彼此的身上。我知道自己應該好好閱讀它、弄懂它，但我無法集中精神。因爲麵包箱裡補進了一條新的麵包。「媽說妳可能會想要聽一些老音樂，」凱蒂說，同時將一個插頭的利齒插進牆壁中。她點擊了一個按鈕，薇拉．琳恩的聲音隨即爆衝而出，這讓我們應是久別重逢的一場戲碼變成了一曲十面埋伏。

「老天啊。」我蓋著雙耳說。

「對不起。」凱蒂很快又戳了一個按鈕，音量隨之降低。「好啦。這樣如何？有慢慢讓妳想起什麼回憶嗎？」

「還好耶，」我說，手則繼續翻閱那本小書的書頁。這裡面所講述的內容算不上是一則故事，而且有點兒童不宜。裡面有些把腦袋切開的圖片。我真的不覺得這本書適合凱蒂閱讀，而且我在想，不知道海倫有沒有讀過這本書。

「但能夠再聽到這些老歌的感覺應該滿好的吧？」凱蒂問我。

我點頭，然後眼睛又飄回麵包箱。說不定她是想要我跟她分享一些關於戰爭的事情。這件事倒是稀罕。以前，每當我提起過去的任何事情的時候，她總是凝望著空中發呆。但我有件事想要問她，或是海倫。我在等待海倫的到來。我在自己的記事上寫了她的名字，還在底下畫線，但現在我不記得自己爲什麼要這麼做了。一首歌曲播放告一段落，而當我正準備開口要片吐司塡胃時，下一首歌又開播了。那些內層柔軟、頂層酥脆的麵包早已經切成了一片片，但此時，我發現上面貼了一個告示：不准再吃烤吐司。

凱蒂正在對我咧嘴微笑，她的頭部隨著音樂而擺動。我坐著不動。我沒有嘆息。我沒有骨碌地轉動自己的眼睛。我仔細地查看這本小書的每一個頁面。但我不去思考跟它有關的事情。我不想要。我痛恨那彎彎曲曲的線條蛛絲般盤據大腦的畫面。而「血小板」這個字讓我覺得憤怒。我把那本小冊子塞到一疊報紙的底下。

「我猜自己有在一部電影裡面聽到過這首歌，」凱蒂說。「或也許是在一則廣告裡頭聽到的。」

「妳母親人在哪兒？」我說。「我有件事情要跟她說。」

「呃。她正在帶人參觀這棟房子，可是妳不應該知道這件事情。」

「帶他們參觀？爲什麼？」我想像海倫卸下前門的鎖，一大群人就從門外往裡頭看，彷彿我們是借物者[38]一般。那就跟道格拉斯家一模一樣。當你走過的時候，你就可以抬頭望，看見那些家具跟小擺飾整整齊齊地陳列出來。你也會看到他，坐在那間只剩下一半的房間裡，喝著茶、聽著他的留聲機。而蘇淇也會在那兒，探看桌上鐘所顯示的時間。「但他們是怎麼走上去的呢？」我問凱蒂。「樓梯不是都已經被炸掉了嗎？」

她調高音樂的音量，然後專注地看著電腦的螢幕。「這樣很好玩，不覺得嗎？媽說醫生建議她可以放些音樂給妳聽。」

原來是這麼一回事。「他有說過這樣的話嗎？」我問。我點了頭，因爲這樣似乎才是正確的反應，但我從沒喜歡過薇拉．琳恩。我記得有一次曾在什麼地方讀到過這樣的消息：她這輩子沒上過一次歌唱課程。對我來說不意外。一大堆垃圾，她那些歌。誰曾經聽說過藍知更鳥出現在多佛港灣[39]？安．歐爾頓[40]才是我們最喜歡的歌手。但我們再也聽不到她的歌聲了。

音樂聲停了。

38 **Borrowers**，早期翻譯為《地板下的小矮人》，為英國小說家瑪麗．諾頓所寫的奇幻小說，描述一群住在人類屋子底下、靠跟人類「借物」（偷拿一些小東西）以求生存的小人類的故事，系列主角為小人家中的獨生女艾莉緹。曾數度改編成電影，最為台灣民眾所熟知的應為日本吉卜力工作室所推出的《借物少女艾莉緹》。

「外婆！」凱蒂說。「一大堆垃圾？妳怎麼可以這樣批評薇拉・琳恩。」她一臉震驚，我沒辦法確定她是認真還是開玩笑。「真不敢相信妳居然不喜歡她的歌。」

「那個，凱蒂，我只是──」

「妳背叛了屬於妳的一整個世代，」她說。「妳想看看，如果我不喜歡……呃……嗆女生合唱團[41]或其他歌手好了。」她停頓了一下。「喔對，我的確不喜歡嗆女生合唱團。所以看來我也背叛了我這個世代囉？」

現在我確定她是在開玩笑，因此露出了笑容。

「我猜想妳甚至也不喜歡看《老爸從軍趣》[42]，」她說。「我猜妳只是假裝覺得那些笑話好

39 **Dover**，此歌的曲名為〈（將會有藍知更鳥翱翔在）多佛港灣的白色懸崖〉，為二戰時期最著名的歌曲之一。一九四〇年時，英國與德國空軍在英國東南部多佛港灣的懸崖上方對戰。一九四一年時，來自美國的奈特・伯頓寫出了它的詞。由於他從未到過英國，因此並不知道多佛港一帶並沒有藍知更鳥的行蹤。然而，由於藍鳥在許多文化中都帶有幸福的象徵，因此，此歌便可以解讀成「幸福將降臨在多佛港灣」，作為一種希冀戰爭能趕快結束的美好期許。

40 **Anne Shelton**，二次大戰時期著名的女歌手。其夫為海軍上校。曾因對慈善事業的投入而獲頒大英帝國勳章。一九九四年時因心臟病逝世，享年七十歲。

41 **Girls Aloud**，由電視歌唱選秀節目中脫穎而出的五位女參賽者組合而成的英國女子團體。曾五度提名全英音樂獎（**Brit Awards**），並於二〇〇九年獲得年度最佳單曲獎。

42 **Dad's Army**，為英國於一九六八至一九七七年間推出的戰爭體裁情境式喜劇。二戰爆發時，有些人因年齡過大的關係而無法從軍報效國家，政府便將這一百五十萬名的自願者規劃組成了「家園保衛隊」（**Home Guard**），負責協助防守的業務。由於他們年事較高，因此便有了「老爸部隊」的暱稱，本劇即在描述這群人的故事，深受英國百姓喜愛。

笑而已。別狡辯。我盯上妳了，外婆。」

兩個陌生人出現在廚房階梯的最上方。他們往下凝視著我們，然後點點頭，宛如我們是家具的一部分。「你們是什麼人？」我說。

海倫突然出現在他們的身後，揮舞著她的雙手，做出某種暗號。我不知道她想表達什麼。

「總之呢，」凱蒂忽然大聲地說，「妳有想聽什麼其他的音樂嗎？什麼音樂我都找得到喔。」她在電腦鍵盤的上方伸長了她的手指，同時發出一種假笑聲。有事情不對勁。

「艾西歐．品薩。」我說。

她一臉茫然地看著我，因此我跟她提了跟〈香檳之歌〉有關的事。我告訴她那些躺在地板上的日子，還有那些灰塵跟陽光。不出數秒，這首歌很快就被找到了，而品薩的聲音便擴散到整間廚房中。凱蒂按了一個什麼鈕，使得歌曲每次只要一播放完畢，就會從頭再播一次，讓笑聲變得就像是歌曲的開頭一樣，而她也在我腳邊的地板上躺下。

「哈──哈──哈。沒錯，我明瞭妳所說的感覺了，」她說。「這樣很有趣。但我不確定今天若是妳躺在地板上會是什麼情況。我們說不定永遠都沒辦法把妳扶起來。」

她的幾縷髮絲跟麵包屑摻雜在一起，但她看起來似乎不怎麼介意。而她把手放在胃上面的動作看起來的確有點怪。我開始為體內那名曾經是我的孩子感到害羞。她闔起了雙眼，於是我從她的頭部上方伸手前探，想拿片麵包解饞。凱蒂似乎沒有注意到我的行動。甚至當我從冰箱把奶油拿出來時，她也沒有注意到。標示上頭說不准吃烤吐司，那我就只吃麵包抹奶油吧。我忽然想不起來盤子放在哪兒，但我哪來的時間去找，因此我把麵包放在一張《回聲日報》上面。

「哈──哈──哈，」凱蒂把她的雙手放在胃部上頭這麼說，此時我正在拿出抹刀。「哈──哈──哈，」此時我正在刮下一層厚厚的奶油邊緣。「哈──哈──哈，」此時我舌頭的側邊正滑過那片柔軟、滿布奶油的鹹味麵包。

「哈──哈──哈，」我說，此時的我已滿足了五臟廟。我開始將報紙揉成一顆球，但它卻不肯乖乖就範。有一本小冊子之類的東西卡在裡頭。這種有厚紙於其間揉不皺的感覺，讓我想起清掃爐灶一事，想起了加熱的肉汁中那甜卻膩的梅子氣味，想起了回家之前在酒吧與法蘭克的相會。

打開廚房門時，我聽見客廳的鐘敲了五下，因此當我走進去時，我以爲會挨罵，但那兒卻空無一人。爐上的火燃著，媽在桌上留了張字條，說她跟爸約六點左右才會回到家，要我添幾顆馬鈴薯到鍋爐裡。眼前的雜煮包含了兩種燉菜，其中之一還加了梅子，讓我著實興趣缺缺。爐中物加熱後的氣味又甜又糊，我很慶幸媽人在外頭，這樣我就可以幫自己先找點東西墊墊肚子。我切下一片手指厚的麵包，然後，因爲媽不喜歡我浪費珍貴的奶油，我便改用剩下的乳瑪琳取代，將最後那一小坨放到盤子上，然後把它滑進其中一架火暖櫃中加熱一下，使它能軟化、融解。當我把盤子抽出來時，幾張舊報紙也跟著掉了出來。

我把乳瑪琳都抹到麵包上，然後咬下一口。同時我在想，若把那些零散的紙張都拼起來，至少能湊出完整一份《回聲日報》吧，因爲我跟媽每次要讓東西回暖或軟化都會在裡頭鋪上一張報紙。我開始把這些多出來的報紙都拿來包桌上的馬鈴薯皮，但卻發現裡頭有一張潮濕的四方形物體不願屈從。就是那封入過蘋果糊的信件，信封仍舊沾黏、邊緣泛褐。信上那署名給住在我們家的「D．韋斯頓先生」的文字雖略顯模糊但仍可辨識。在大腦放空的情況下，我用手指撫摸著蘇淇的字跡。直到我又一次摸到了W的筆鋒轉折處，這才心頭猛然一驚。那些字句都有辦法讀了。

在我把信件半浸泡入蘋果糊之後的數天中，我再檢查過它好幾次。當媽背轉向我時，我就會把目光射進報紙的夾頁中，但信上的地址糊成一團，字跡都成了水漬。曾留在裡面的訊息已徹底散失，這樣的驚慌讓我將此事掃出腦外。後來，我開始到大街小巷蒐集「線索」，然後生病，又去跟蹤道格拉斯，導致我徹頭徹尾忘記了這件事。而連月來的溫度，以及信件的曝晾、褐黏以及脆化，使得這些文字又一次浮出紙面，藍如火焰。我感覺到體內升起一線希望。說不定這信上寫有跟蘇淇有關的消息？說不定它能告訴我們她去往何方？在這當下，彷彿蘇淇可能只是暫時拋下這一切，在澳洲成爲了一名飛行員，或在巴黎成爲一名時尚模特兒，或是到了其他國家換了其他工作，無窮盡的可能出現在我的眼前。

我把剩餘的麵包跟乳瑪琳統統塞進了嘴裡，然後拿起奶油抹刀，邊咀嚼邊將信件切開。裡面的信紙因被浸泡於糊醬中，而留下強烈的蘋果氣味，但上頭的文字皆清晰可辨。

道格：

萬分抱歉。我怎麼能這麼傻，錯得這麼離譜。很高興接到你的來信。

請讓我們再一次成為朋友吧。但我真的一定要告訴法蘭克。

他會諒解的，我保證。

蘇淇

當媽跟爸走進門時，我仍在閱讀上面的文字。我趕緊將信塞進裙子的口袋，也在這同時意識到原來道格拉斯也在家。他的留聲機就在樓上，而那曲〈香檳之歌〉就在我腦中輕唱。我不知道那首音樂已經播放了多久，而我竟沒有注意到它的響起。當我以爲我獨自在家，而道格拉斯卻近在不遠處的想法讓我打了一個寒顫，因此當我的父母跟我說他們去見法蘭克時，我話只聽到了一半。他出獄了，他們說。這我當然知道，但我仍對跟他見面一事避而不談，因爲我知道爸如果曉得我去了酒吧，肯定會把我大罵一頓。

「想當然耳，我們到他家找他的時候，他人不在，」爸說。「但我們在回程的路上，在街上遇見了他。醉醺醺的。你想忘記都很難。」

爸所說的話，猶如點燃了我的祕密，讓我感覺到一絲的焦慮。所以，我在想，在我離開以後，法蘭克沒有繼續待在酒吧太久，但已足夠讓他喝得酩酊大醉。我很好奇他是否有回家吃過晚餐，或是將那塊他答應給那女人的尼龍布疋拿來。「他有說什麼嗎？」我問。

爸半怒半笑地回答了我的問題。「說他以爲蘇淇跟我們待在一塊兒。」他輕敲了一下水槽的邊緣。「而她自己的房子也不過就在順著大街走下去的半哩路之外而已。鬼才相信。」

媽把頭別向一邊。爸在去往那邊跟回來的路上一定都針對這同一件事情講了一次又一次。她可能覺得受夠了。鐘敲六點；樓上的音樂停了，道格拉斯開始走下樓，準備吃晚餐。我將手伸進口袋，藉此感受蘇淇的文字。「很高興接到你的來信，」她在信上這麼寫，感覺像是她沒有辦法隨時自在地跟道格拉斯當面訴說。好像他們之間有一個不能說出口的祕密。我聽著他輕而不穩的腳步緩緩往下移動。他會是她的愛人嗎？這種事情眞有可能嗎？就連只是想到「愛人」這個字都讓我覺得荒謬。但同時我又認爲，如此一來，所有的事情不都有了解答嗎？蘇淇在最後那次晚餐時所表現出來的古怪行爲、法蘭克的善妒，而鄰居更告訴我，說道格拉斯隨時都在她家附近出沒。說不定就連庭院裡摔得破碎的唱盤都有跡可循。在大吵一架之後，她或者是道格拉斯就在盛怒之下將它們砸個粉碎。「讓我們再一次成爲朋友吧。」

媽望向鍋爐，檢查那鍋燉菜，然後發現它仍原封不動地在那兒煮著，因而拍了一下我的手臂。爸在桌旁坐了下來，卻沒有將他的厚大衣脫下。他面對著鍋爐而非面對著我們說話。

「三個月了，他從來沒想過要來確認一下自己的太太是否安好？他說的話我一個字都不信。再說，如果他是載了滿車的貨物去到倫敦，爲什麼他回來的時候卻換搭火車？這我不明白。他開往倫敦的那輛貨車又跑到哪兒去了？」

道格拉斯的腳步在玄關處停了下來，我看見他注視著鏡中的自己。同時間，我則是一路走到了櫥櫃旁去拿叉子跟湯匙，順便把那支我用來塗抹乳瑪琳的小刀清洗乾淨。他是一個長得很好看的男孩子，道格拉斯，但他也就只是個男孩。就連我都看得出來。蘇淇可能跟他墜入愛河的想法太過於理想化了。過於理想化。然而，當我在鋪巾備盤時，我仍不免會覺得口袋中那封信上的皺褶，似乎道出了一個答案。

媽把熱鍋子從爐灶上拿下來之後就坐了下來，鍋子愣愣地放在她的面前，她卻好像不知道接下來該做些什麼。我走過去，牽著她的手去拿桌上的抹布跟湯匙，準備幫大家盛添餐點。

「滿臉鬍碴，那個法蘭克，領子也沒漿，」她告訴我，她的手軟綿無力。「我不明白，他怎麼會在這麼短的時間之內，就變得如此不修邊幅。但我猜，那或者就是監獄會加諸在你身上的吧。環境一定很糟，食物也很差，大家都這麼說。當然大環境的情況也沒多好，連麵粉也變回了配給品。然後現在，他們說麵包也要被管制了！家裡，除了我現在在用的一小坨以外，罐子裡已經沒有烹飪用的油了。月中才剛過。但我們已經彈盡援絕了。」

她凝視著燉菜發呆，我負責幫大家盛盤，我的動作很謹慎，感覺倚靠在大腿旁的信件就像我手中的餐盤一樣熱燙。道格拉斯仍站在鏡子前，我忽然有種想法，覺得我們每一個人都站在一堵類似鏡牆的東西後面，再也無法碰觸到彼此。當我跟爸要他的餐盤時，他沒有任何動作。

「問題是，」他說，「他後來是帶著她去了倫敦，還是說當他們人都還在這裡時，就已經發生了些問題？」

13

「真希望妳能夠明確告訴我，妳想要的東西究竟是什麼。」

海倫人站在她那台車子的後面，一手戴著園藝用手套，在一段距離之外跟我說話，彷彿我是一頭危險的野獸。很明顯地，當她早些時間靠近我的時候，我情緒非常憤怒。她的手臂上留下了一塊瘀青的痕跡，我試圖忽略它的存在。

「我要那個東西。」我說。我的喉嚨裡有斷草留下的強烈氣息，我的指甲縫裡殘有樹葉的莖芽與綠意。「那個東西的另外一半會引導我找到……」一片空白。我折著一根樹莖直到它應聲斷裂。「跟我說。跟我說那是什麼。誰不見了，海倫？我在尋找誰？」

她說出了伊莉莎白的名字，聽到它，我就有如掉入一張柔軟的床墊。當我把手往一朵繡球花的下半部探去時，它的葉片一點、一點地落下。我把一部分的樹葉放進我的口袋，然後將我的手在花被叢中揮動。我屏息，以抵拒那味如酸牛奶的汁液。

「伊莉莎白，」我對著花瓣構建出的圓球說。「伊莉莎白。」

我把寂寥的枝莖丟到洞鑿的草皮上，然後用我的雙手沿著根莖一路往前，拉扯出一條又一條粗糙如羊毛的細莖。土壤帶給我極其美好的豐富感，這樣的動作也爲我帶來一種撫慰。但我忽然拉到一條細長、蒼白、不動如山的根莖。我使勁將它拖出，心有挫敗地激烈撼搖著它，然後我將手指插進泥土中，試圖鬆脫它對大地的牢附。

海倫大叫出聲，有如我在拉扯的其實是她的一部分。「拜託，媽。別破壞墨西哥橘[43]，那株是爸跟我一起種下的，妳以前常誇讚它的芳香。」

我離開了那個樹叢。在柵門旁，我找到一個箱子。箱子裡面裝滿了那種用來喝飲料或做果醬的玻璃製品。箱子是打開的，裡頭的東西可隨意拿取，雖然我不懂爲什麼自己會想要一個，但我還是把手伸進其一，讓玻璃發出清脆的響聲與刮擦聲。其中一個上面貼有布蘭斯頓醃黃瓜的標籤，這讓我忽然想到了伊莉莎白家飯廳的畫面。想到了沙拉醬跟白胡椒跟擺掛在牆上的琺瑯陶盤。想到了那些在陶製的蕨類及青草中攀爬的蜥蜴跟烏龜跟鍬形蟲。想到了當伊莉莎白拿出一個壺口如蛇的茶壺時我那一臉的噁心跟她止不住的笑意。雖然它的兄弟姊妹多無蓋，但這一個有，所以我得打開它，才能把一個頭髮用的東西扔進去，就是那種圓形的，你用來綁頭髮的東西。它是濕的，就好像它曾落在地上一樣，還有顆薄荷糖卡在它上面；此外，我還擁有一隻小小的塑膠青蛙。它們都被丟進了裡頭。

人行道的盡頭處有一隻蝸牛，牠緩慢地吸爬著前行。當我蹲在地上打量牠時，一個綁了黑色長馬尾的女人從我家裡走了出來。綁在她頭髮上的東西，就跟我的罐子裡的那個東西長一個樣。

43 **choisya**，常青灌木，花期為晚春至夏天。由於其花朵與橘樹花朵極為近似，因而得名。

「我把藥放在一塊盤子上，」她說。「但是現在，我眞的得走了，我得趕往下一個女士那兒。」

「我瞭解，」海倫說。「謝謝妳。謝謝妳特地打電話通知我。」

那個女人站在一台外型圓滾滾的小型車旁。「妳一個人沒問題嗎？」她不是在對我說話。

我把蝸牛丟進玻璃罐裡，看著牠攀在玻璃上吐沫。看來我也可以親手製作出專屬的琺瑯器皿了。

「沒問題，」海倫說，「我會在這裡陪她。」

「如果又發生什麼事的話，記得打通電話找人來幫忙。」

「我知道，謝啦。」

那個女人回頭望向草皮。「至少妳對植物很熟悉。這樣一來，妳就能再把它們栽種回去，如果還有救的話。」

海倫笑了，不是很開心的那種笑，那個女人上了車後就駛離了。我繼續往前走，走到另一家的前庭去蒐集東西。一大堆東西。一個瓶蓋、一個塑膠製的浮雕胸針、一隻翻了肚的甲蟲、一把砂土，還有一些菸屁股。我把它們都放進醃黃瓜罐後搖晃，看著布蘭斯頓這個名稱一再於眼前現身。當我一次又一次想起伊莉莎白，那樣的痛苦隨著每次心跳流竄全身。我可以見到兩棟屋宅外的海倫，她看著我將手陷進一處柵欄旁的土堆中。有人在用水泥把他們家的庭院封死。伊莉莎白的兒子也常威脅要這麼做。多麼駭人的一個畫面，多麼恐怖的一件事情。「不會再有小鳥來造訪了，」我告訴她。「會變得跟沙漠一樣。」如果眞發生了，我們要怎麼樣才有辦法再碰到那些深藏其下的土壤呢？它就會這樣永遠消失了。

我走過那棟醜陋的房子跟那些茶渣還有刺槐樹，這是一條我以前常走的路，我繼續向前進，直到我聽火車的聲響。我眼神空洞地望過對街。街道的另一面是車站旅館。它現在成爲了一棟老人安養院，我大聲地把它的名稱唸出來：「卡特蘭斯照護之家」。它是一幢高聳的維多利亞式建築。即便它的功能改變了，它的外觀卻跟從前並無二致。這間安養院招牌上的螺絲鬆了。它們好似被那些磚塊推擠出來，就像是這棟老建物拒絕接受它的新頭銜一樣。我還記得，當我年輕時，它正面的石牆沾滿了煤灰，而它仍昂然矗立。在那段日子中，我經常凝視著它。蘇淇的皮箱，就是在這裡被發現的。

在那只皮箱抵達我家廚房餐桌上後不久，我曾到那兒去過一趟。我站在車站的欄杆旁，注視著眼前數十扇窗，遙想蘇淇當時住在這間故鄉裡的旅館時在做些什麼，也幻想她今時今日是否仍住居此地。如果是，希望她會往外一望見到我，就向我跑過來。當然，她不在那兒，我回家，度過了另一個沉默的夜晚。

但重見這封信，讀過它，在腦中把「愛人」這個詞往道格拉斯的姓名旁邊推，讓我的思維變得更加清銳：一幢旅館——人們不總是都到這種地方進行婚外情的嗎？我不是也在電影裡頭看過數十遍了嗎？因此，有一次午餐時間我沒回家，卻是回到這座旅館。進門時，我彎下身來，撿起了一張廢棄的票根。

進到裡面後，這座旅館看起來就像是一個很高的樓梯間，一圈又一圈地環繞——宛如住在此地的旅客仍在想著遠行。站在底部往上看，它像是一口井，也像是《愛麗絲夢遊仙境》裡的兔子洞。我覺得蘇淇很輕易地就能從高處落下此地，再尋不著出路。我慢慢地往上走，從一旁的窗戶眺望車站，看見鐵路兩旁的乘客，與推著沉重行李車的服務員。洋蔥湯的味道從車站廚房中飄升，當中還混合了欄杆上亮光漆的刺鼻氣味。這樣的組合意外地讓我感到飢餓，因此我伸手入口袋，想找片胡蘿蔔餅乾解饞，但沒了，只再一次摸到了票根及蘇淇那封慢慢焙乾的信。每隔一段時間，就會有一輛不靠站的火車飛馳通過車站，並將一陣蒸氣颼旋上天。而我則倚靠在頂端的樓梯平台處，看著報童掙扎著抓緊他的隨身用品及衣帽。

沿著長廊而建的房間門上頭都有標註房號。門都是關著的，而我不敢去試那些把手，因此只好就著微暗的燈光瞇眼看著那老舊的地毯與剝落的壁紙。蘇淇和道格拉斯曾在這裡碰頭嗎？他們會對彼此耳語傾情嗎？會互相親吻嗎？感覺不大可能。然而，我的心底卻不由自主地湧起一種令人痛心的嫉妒：如果他們真的這麼做了，那麼我就被拋下了，她竟不相信我能保守這個祕密。我揀選了一片壁紙，它在一個電燈開關旁往內捲曲著。我小心地將它從灰泥牆上撕下，然後放進了自己的口袋。當我要走回樓梯的時候，一名男人與我錯身而過；他打開了一扇門，我往裡面瞄了一眼，看到了一個身影。她的髮色深而柔軟，她身上穿的藍色套裝十分貼合她的線條。體內的某種感覺快速地糾纏住了我，於是我凝望著她，聽不太見那男人所說的話。

「離門口遠一點，好嗎？」他雙眼外凸地說。

我沒有移動，連吞嚥都沒辦法，但我現在才看清楚他，瘦弱、身上看似滿布塵埃，他乾癟的體態幾乎無法阻擋我望進房間的視線。不久後，那女人轉過身來。她的長相跟我想像中完全不同：她的鼻子太肥大，她的雙唇太肉感，她的雙頰卻又過於平坦。剛剛那種感覺變成了一個腫塊，塞擠在我的胃部。我退後，靠回牆上。

「是發生了啥鬼子事啊？」那個女人邊說邊從房間裡面出來，她握住了我的手腕，她的手指厚厚地壓住了該處的脈搏。「她好像看到鬼一樣。」

那女人的聲音一出，那男人就彷彿甩掉了他身上的塵埃，連眼睛的大小都變得更適中了。「願上帝賜福我們，女孩兒，」他說，「妳那張猙獰的臉嚇到我們啦。怎麼啦？是覺得我長太醜嗎？」

我從女人的手中抽回自己的手腕，同時靜悄悄地走開，改坐在樓梯的最上階，耳裡聽著車站守衛要大家注意強風的宣告。我沒有力氣站起身，因此我躺了下來，讓火車行駛的震動穿透我的身軀。我專注研究地毯中那些被踐踏過的沙塵，並想像我可以從空氣中嚐出大海的鹹味，直到剛剛那間房中的女人發現了我。

「怎麼又是妳？」她說，並以一次跨越兩階的方式走上樓梯平台，用以表達她的驚訝。「妳幹嘛躺在這裡？妳受傷了嗎？」

「不算是。」我告訴她，同時起身。

「妳是這裡的房客嗎？」

「不是。我只是想進來看看而已。抱歉。」

「只是想進來躺在樓梯上？」她開始往下走，經過了我的身旁，而我也跟在她的後頭走。

「不是，那只是——我把妳誤認成另外一個人。」

「妳原本以爲我是誰？」

我沒有回答她。於是她又問我，我是否覺得自己剛剛有受到驚嚇。

「我確定我有，」她說。我告訴她，我猜我可能有嚇到，她便建議我喝一小杯白蘭地。「反正我剛好也有一瓶。」

她把我留在玄關處，自己進了酒吧。這裡不是五路，他們不會允許小女孩入店。「可憐的小東西，進來這兒就被嚇了一跳。」我聽見她這麼說，也從隨著人們出入而開關的自由門之間瞥見她那件藍色的套裝。即便看清了她的臉龐，我仍不由自主地想像她就是蘇淇。她走向門廳，幾個男人轉過身來看我。其中一個人正是法蘭克。

他自然看見我了，不久後就推著酒吧門出來。直到實際看見他之前，我幾乎忘記了他的存在，腦裡只不停想著蘇淇跟道格拉斯之間可能發生過些什麼事。我爲法蘭克感到一陣痛心，如果他知道了他倆之間藏有祕密，他不知道會有多傷心。然後我又開始想，他是否知道這件事。會不會蘇淇眞的跟他講了，就像她在信裡那樣跟他開誠布公。我還記得他形容道格拉斯的方式，叫他是一個「鼠臉的蠢蛋」，這讓我覺得他應該知道眞相。這又代表了什麼意思呢？如果他眞的發現了，他會做出什麼樣的事情來？我沒有辦法面對他，因此轉身往樓梯井的方向逃。

「茉德？」他從背後叫我。

「喔，法蘭克，」我聽見那個女人說。「她是跟你一道來的嗎？」

我腳步踉蹌地衝上樓梯，繞了又繞繞了又繞，直到我感覺大腿一陣燃燒，而我終於回到最頂端的樓梯平台，眼看著階梯縫隙間掀起的陣陣沙塵。法蘭克走上第一層的階梯，但旋即又放棄。

我看見他的臉出現在兩層平台之間，就在我的正下方。他背靠著樓梯扶手。

「下來這裡吧，好不好？」他的聲音螺旋般地攀上來。「我爬不上這些該死的樓梯。」

「你在這裡做什麼？」我說出的話一層層往下送達。

「喝杯酒。不犯法，是吧？」

「但爲什麼選這裡？選這個她的皮箱被發現的地方？」

「妳在講的是蘇淇，對吧？」

「當然是蘇淇。我還有可能在講誰？」

「好吧。那妳說的另外一句話是什麼？」

我意識到他現在的狀況就是爸形容的「醉醺醺」，因此我緩慢地重複了我剛剛說的話。「蘇淇的。皮箱。就是在這裡。被發現的。」

他張大了他的嘴，但眼神卻往旁邊看，因爲那個女人走到了樓梯的底部，手上拿著一個玻璃杯。「妳想要下來喝這杯酒嗎？」她說，她的聲音不停迴盪。

我不想要：杯中的液體是蜂蜜色的，我想像它的口感既甜蜜又溫暖，而我說不定能夠在喝下它的同時也瞭解到一些事情，但我以前從來沒嚐過烈酒。「我不確定自己該不該喝，」我說。

「隨妳便。」她在二度消失於酒吧前乾掉了那杯酒。我頓感可惜，也是在好幾年過後，我今生才第一次嚐到白蘭地的味道，它那嗆辣的不舒服口感讓我慶幸當時沒有特意下樓去品嘗。

「爲什麼那個女人知道你的名字？」我問法蘭克。

「誰？南西？她在這裡上班。她的丈夫以前當過戰俘。可憐的雜種，腦袋壞了啊他。受不了待在家裡，所以他們就住在這裡。不久前我給了他們幾樣小家具，讓這個地方看起來比較像個家。」

我笑了。是那種爸所謂的「我就知道」的那種笑聲。「照這樣看來，這個小鎮裡沒有一個人不欠你幾分人情。」

「講這樣就有點超過了，」法蘭克說。「妳還知道哪些人是我曾經幫過他們忙的？」

「跟你住同一條街的人。」

「誰不會在鄰里需要幫忙的時候伸出援手呢？」

「我好奇的是你為什麼要幫他們忙。」

「妳腦子裡到底是在想什麼啊？」他問。他的頭突然從我的視線中消失，他的手開始慢慢往扶手上方滑動。我希望他停下腳步，停在原地，別再往我的方向走。我需要思考，需要整理腦中的思緒，需要想起那些我最想要知道答案的問題。我在考慮是否要跑進戰俘的房間。

「她是負責櫃檯的嗎？」我說。「南西。她就是那個在登記簿上寫下蘇淇的姓名的人嗎？」

「妳在說什麼呀，茉仔？」法蘭克問。我只看得到他的手。那隻手放在打過蠟的木扶手上，緩慢地順著樓梯間的彎曲而往前移動。他的聲音朝著我迂迴地靠近。由於缺乏了一個看得見的說話者，這單獨存在的聲音聽起來雖然陰險，但又覺茲事體大。而我覺得扶手如同一根避雷針，將電流從他的手掌傳導至我所在的地方。「妳來這裡做什麼？妳是來找我的嗎？」

「不是。」

「但是妳在對我發脾氣。」那隻手消失了，剩下幾層的階梯他都用跑的。畢竟對他來說，這些樓梯其實算不上什麼挑戰。「妳爲什麼生氣？發生了什麼事？妳有什麼新發現嗎？」

我退後了幾步，對看他視線由低轉爲高這個情況不太適應。我把手伸進口袋裡捏皺了那封信，作爲對他問題的回覆。

「妳口袋裡的是什麼東西？」他用一種似笑非笑的表情問我，如同我是一個在跟他玩遊戲的孩子。

「一封信。」

「誰是寄件人？」

「蘇淇。她失蹤以前寄出的。」

我預期會跟他有一場談話，我以爲他會問信上寫了些什麼，這樣我就有機會質問他，但我根本連他表情改變與否都還沒注意到，他就已經朝我飛撲而來。就這麼一個動作，我發現自己被壓在樓梯的欄杆上，他把一隻手放在我的鎖骨上，藉此控制住我的行動。他突然使出的蠻勁讓我嚇了一跳。我扭動著自己那放在口袋中的手腕，盡力將信件往更深的地方推去，衣服的布料擦過我的皮膚。他穩穩抓住我的手腕，使勁要把它往上拉，結果連我的裙子都因而被拉高。

「信上說，她要告訴你一件事情，」我邊說，邊把手臂往身體的側邊夾緊，決定無論如何都要提出我的疑問。「後來她有告訴你任何事情嗎？」

「把那封信交給我，茉德。」

他的手移到我的手肘上方，強制將它扭轉，我的手被迫抬高。「告訴我，」我說。我試著維繫住自己的思維，勉力記住自己應當要提出的問題。這情況看起來有些古怪：我明明就像個被他玩弄於股掌之間的布偶，卻仍堅持要與他平等地對談。

「我都還沒有看過那封信，要我怎麼回答妳？」他咬緊牙關，正在試圖將我的手臂扭轉回來，他灼熱的體溫穿透了我那件學校短衫的布料。說時遲那時快，我將那封信揉成一團，就這麼讓它從欄杆外頭的空中落下，就像是將一枚錢幣投進井中的動作一樣。

當紙球落下的時候，法蘭克罵了髒話，更試圖從半空中接住它。這個動作使得我在欄杆上的身體更往下躺，我的雙腳因而離開了地面。我試著抓住扶手，但卻落了空。當我望見遙遠彼方的地面就是我剛剛在樓下所看到的同一個地面時，我突然有種作嘔的感覺，然後法蘭克的手又一次出現在我身上。他粗暴地將我拉回樓梯平台處。而我花了一些時間才意識到自己已經安全，不再墜落。

當我回過神來看著他時，發現他的臉色蒼白。「我以爲自己會失去妳，」他說。而看著他全身上下的皮膚都徹底失去血色讓我有些擔心。「我以爲自己會失去妳。」他輕輕地抓了抓我的胳臂，像是一個三流醫師在檢查病患的骨折傷處；他看起來像是跟自己證明了，我的確還活著。

「別擔心，我是人不是鬼，」我雖然這麼說，但我的心臟仍劇烈地跳動著，使得我難以呼吸，而我同時也在想，當他碰我的時候，我臉上不知道是做出了怎麼樣的表情。他趴在欄杆上休息，他的襯衫緊緊黏在身上，展露出他肩膀跟背部的肌肉。我朝他的方向走了一步。

他沉重地吐息，同時開始走下樓梯。「別動，留在妳現在的位置，」他說。「我不知道自己會做出什麼樣的事情來。」

我站著不動，聽著他的腳步逐漸往下移動。原先在我的腦袋中奔竄的血液逐漸變得緩慢，我開始覺得頭疼。而我也允許自己去想像，就那麼一次，如果我墜樓，但法蘭克又沒有抓住我的話，事情又會發展成什麼樣。我想像自己的腦袋上破了一個大洞，我的脖子則是歪扭一旁。我想像血流在地板的磁磚上，人們放聲尖叫。我想起我的父母，他們已經失去蘇淇這個女兒了，又得承受失去我的打擊。而我也好奇法蘭克會發生什麼事。他應該會被控訴推我下樓，對吧？他已經走了一半的階梯，他停下腳步，他的臉再一次出現在樓層之間。

「跟我說一件跟蘇淇有關的事，茉德？」他說。「跟這個地方無關的——跟我說說其他的事。」

「怎麼樣的事？可以舉個例嗎？」

「我不知道。一件妳們姊妹一起做的事。妳還記得的。」

我用腳來回磨蹭那塊沾滿砂土的地毯。「我們去了海灘，」我說，同時開始下樓。「那天是他們移掉鐵絲網的日子。那是在你們結婚以前。遠在戰爭還沒結束之前。」

「我知道。繼續說。」

「就，我把她埋進沙子裡。」跟他一樣，我也持續走下樓，我的聲音怪異地迴盪在四壁之間，但我仍聽得見她那天的笑聲，看得見沙子不停滑落，流動製造出許許多多的裂縫。「然後我把貝殼埋進沙裡，幫她做一件洋裝。在那之後，她把自己挖了出來，並甩了甩她的頭髮。媽很生氣。因為她把沙子都甩到了三明治上，因此當我們稍晚用餐時，三明治裡全是沙粒。但那件洋裝眞的很漂亮，」我說出口的時候，人已經走到了樓梯的底部。「蘇淇要我去收集白色的貝殼來做裙子，這樣看起來就像裡面還有一件襯裙。如果我們當時有相機能拍照留念就好了。」

「眞的，如果有留下照片就好了，」他邊說邊把我的衣領拉近我的脖子。「現在就回家去，茉仔，」他說。「我要再去喝一杯。」

他彎下腰撿起那張褐黃而揉皺的信，將它放進口袋後就離開了。

「過來站在這裡，媽。」

我的雙腳顫抖；天空開始飄雨，不知誰抽菸吐出來的煙仍殘留半空中。海倫在一個巴士候車處發抖。當我走近時，她人站在座椅正後方，看似沒有呼吸。我把一隻手抬高去摸她的臉，她卻緊閉雙眼數秒，同時舉起一隻手臂。她的手腕上有一個青紫色的痕跡，看來再過段時間就會變成瘀青。

「妳這個傷是怎麼弄的？」我說，同時盡可能溫柔地扶著她的手腕。我感受到她的脈搏，又強又快。

「這不重要。」她說。

「這對我來說很重要。妳是我的女兒。只要妳受傷了，我就會在乎。我非常非常愛妳。」

她凝望著我好一下子，我擔心自己是不是說錯了話，然後我忽然有種元氣耗盡的感覺。我的手臂撐不起自己。我現在就像是那種按下按鈕之後，會忽然翻轉倒下的玩具；我關節裡的神經都鬆開了。但是海倫的雙手插在我的手臂底下，而我的後面就有一張椅子。我試著要將醃黃瓜玻璃罐放在膝蓋上，但我沒辦法讓它保持不動。椅子往某種角度傾斜，因此不管是我或是玻璃罐都不停往下滑。罐裡的內容物都混在一起。有一個東西悠哉地在青蛙的眼睛上爬動，看了眞令人生氣。我轉過身，跟坐在我隔壁的女人搭話，但只看見眼淚落下她的雙頰。

「沒事了，沒事了，親愛的，」我說。她抽泣不已，並用手背去抹擦自己的嘴。我不知道該怎麼幫助她。我不知道她是誰。「告訴我，發生什麼事啦，」我說。「我相信事情不會沒有轉圜餘地的。」我輕拍她的肩膀，心想著自己是怎麼來到這裡的。我不記得自己有搭過公車。說不定我是剛跟誰見完面，正準備回家，但我想不起來跟誰見了面。

「是男人的問題嗎？」我說。她再次望向我，微笑，但仍在哭泣。「他感情不專一嗎？」我問。「他會回到妳身邊的。妳是個很漂亮的女孩。」但實際上，她的年紀已經不算是女孩了。

「不是男人的問題，」她說。

我一臉驚訝地看著她。「所以是女人的問題嗎？」

她對我皺了眉頭，然後起身，去看巴士的時間表。可能她以為我在打探她的隱私吧。兩隻鴿子在一根樹枝上彼此點頭致意；牠們看起來就像是我跟這名女子，正在彼此聊天，彷彿牠們就是我們的鳥類化身。我試著跟牠們招手，但在那之後又很快地接住我的玻璃罐，免得它滾下我的膝頭。當那名女人轉過身時，我仔細端詳她的臉龐。眼淚都已經被擦乾了。是海倫。我的座椅似乎正在傾斜。是我的女兒，海倫。我剛剛一直都跟她坐在候車處裡，卻不知道她是誰。

「海倫，」我邊說邊碰觸她的手腕，注意到上面有個深色印記。「海倫。」我剛剛竟認不得自己的女兒。

「妳累垮了，」她說。「妳沒有辦法走路回家。我先離開，去開車過來。好嗎，媽？」

我的胃好像已經在體內融解。我竟認不得自己的女兒。當她叫我媽媽的時候，在我耳中聽起來像是一句責備的話語。我翻找著玻璃罐裡的東西，試著找點事情做。有一小塊薄荷糖黏在一個髮圈上，我嚙咬它的外緣，但它的味道吃起來不大對，而且上面還沾了類似沙粒的東西。一名老女人朝巴士站牌走來。

「哈囉，親愛的，」她邊說邊坐下來，同時翻著她的包包。

「哈囉，」我說。我注意到她腳上穿著一雙破舊的地毯用拖鞋。她肯定比我還秀斗。

海倫也說了哈囉。「我得先離開去開我的車，」她說。「妳介意幫我照看一下我媽嗎？只要幾分鐘就可以了。」她轉頭過去看時間表，皺起眉頭。「別讓她搭上公車，好嗎？」

那個女人答應了，然後把她包包裡一塊塑膠做的東西攤開。海倫在人行道的邊緣停了一下，咬了她的上唇，然後開始在車陣中跳來閃去，最後對我揮手。

「她趁白天帶妳出門散步，是這樣嗎？」這個女人說。她轉開了一個瓶子的瓶蓋，然後緩緩地喝了一口。「真希望有人能帶我出來。」她忽然用手指了指身後。那裡有一棟石造建築，外牆上掛了一個招牌。

「卡特蘭斯照護之家，」我讀了出來。

「沒錯。」這個女人的白色鬈髮服貼而整齊，跟她破舊的拖鞋不搭。「我兒子要我住進這裡。說這樣對彼此都好。我離他就不會那麼遠。他比較不用擔心。他會常來看我，開車載我在國內遨遊。但他有這麼做嗎？」她搖了搖一頭鬈髮。「因此，我就跟那些菲律賓侏儒一起被困在這兒。欸，她們可不是壞人。非常和善。臉上總掛著微笑。但好矮啊！我覺得自己彷彿掉進了小人國，妳懂嗎？而我的身高也才不過五呎二而已啊。」

她又從瓶中痛飲了一大口，她吞嚥的聲音令我心安。她入口時的專注讓我想起法蘭克以及那燥熱濕黏的酒吧，我以爲低頭會看見我裸露的雙膝，但我只看見自己的長褲，以及膝上那罐裝滿雜物的玻璃瓶。

「而在那兒待上一段時間之後，妳就會忘記原本的自己。我再也記不起自己的好惡。他們會說『麥玻太太不喜歡吃豌豆，』或是『麥玻太太喜歡吃星爆糖，』然後他們會問妳，『是這樣子沒錯吧？親愛的。』於是我點頭，但我完全記不起這輩子是否嚐過豌豆，它的味道吃起來又像個什麼樣，而且我根本不知道星爆糖是什麼。電視也是。他們轉開某個節目，然後他們說：『妳喜歡看這個，對吧？』於是我又點頭。但我根本就不知道眼前的節目是在演個什麼鬼。」

我回頭望向安養院。那堆字讓我想起了一件事情，一件很重要的事情，但我沒辦法牢牢抓住那個想法。一名矮小的婦人從柵門裡頭走了出來。

「而比那更糟糕的是我的名字。瑪格麗特，剛剛忘了說。瑪格麗特。」

「很高興認識妳，瑪格麗特。」

她再次甩動她的鬈髮。「當然，當然，我也很高興認識妳。但妳瞧，在那裡頭，他們堅持要叫我佩姬。佩姬！我恨透了這個名字。」

「我也是，」我說，想起了樂施院的舖子。

「佩姬，妳現在不行上巴士，」那個矮小的褐膚婦人喊著，臉上帶笑。

「我知道啦，」佩姬說。「我只是坐在這裡聊個天。這個，快，」她對我說，同時將那只瓶子丟到我的膝蓋上，它輕碰到了醃黃瓜罐，發出喀噹一聲。「不能被他們發現我有這個，會囉囉嗦嗦把我唸一頓。可惜了，因爲琴酒可是這世上我唯一知道自己喜歡的東西。」

「請進去，佩姬，」矮小的婦人說。

「知道我的意思了沒？佩姬東、佩姬西。媽的噩夢一場。他們甚至還把這名字寫在我的病歷表上。所以我現在的名字叫佩姬・麥玻，而不是瑪格麗特・麥玻。」

「他們居然把這名字寫在妳的病歷上？」我說，同時感覺到一陣晃動。

「沒錯。如果妳打電話來，說妳要找瑪格麗特，他們八成會說我不住在那兒。一半以上的人都不知道我的本名。」她停下，嘆了口氣。「事情是這樣開始的，在我初到那兒的時候，有另外一個人也叫做瑪格麗特，他們怕把我們倆搞混，所以才給我起了這小名。雖然她老早就嗚呼哀哉了，但我直到現在還是叫做佩姬。」

我看著她在那名矮小看護的陪同下一起進門，巴士到了。我正準備上車，卻忽然聽見馬路對面有人在大喊。司機在對窗戶外面的某個人說話。我有一件很重要的事情得做，而門就這麼關上了。海倫人也在這裡，不停說話、說話，但我沒有辦法集中精神去聽她在說什麼。我正在回想所有伊莉莎白會被他人取的小名。伊莉莎，莉琪，莉茲，莉莎，貝蒂，貝茲，貝特，貝絲，貝西……

14

「那這個東西呢，媽？妳要保留下來嗎？趕快繼續打包，但別花太多時間去看去想。」

海倫把某樣拿在手中的東西舉高，窗外射進來的白光因而變得較爲柔和。我看不出來那是什麼。那是一團黑影，一個模糊的輪廓。我轉過頭，試圖從其他角度去看，但它依舊模糊不清。

「我不知道那個是什麼東西，」我說，同時放下手中那件有袖子的東西，一件有鈕釦、有袖子，而我正在摺的東西。我把手伸到背後，利用指節去按壓我的脊椎。我扭擠成一團坐在我的床上，因此覺得很不舒服，但我沒看到房內還有任何地方可以坐人。我的腳邊有一只行李箱，我們被周遭衣服的霉味包圍：它們被關在衣櫥裡太久啦。「這裡簡直就像樂施會的店面一樣，」我說。「我們是要出遠門嗎？」

海倫放下雙手，窗外射入的白光讓我不禁眨了眼。

「不是，媽。」

「因爲我不喜歡遠行。我覺得那對我來說太操勞了。我想我寧願成天都待在家裡。」

「妳要搬家了，記得嗎？妳要搬過來跟我一起住。」

「喔，對耶，」我說。「當然。當然囉，所以才會有這麼多的紙箱。我把床上那坨有袖有釦——管那些元件合起來會構成什麼名稱——的東西一層層疊進一只行李箱，然後把一件內褲放在它們上面。「我們是要——」我及時想起，趕緊閉嘴，但海倫還是嘆氣了。她用腳尖把地板上某樣東西踢遠。

「妳還要保留這個東西嗎？」她問。

那是一個醃黃瓜用的玻璃罐。好幾樣東西在裡頭擠在一塊兒：一只不停在玻璃瓶面上釋放出濕氣的手套、兩個瓶蓋、一張奇巧巧克力的包裝紙，幾根還黏著些菸草絲的菸屁股。「這個東西很重要，」我說。

「這種東西有什麼重要性？噁心死了。」她用手指指尖將玻璃罐撿起，眼睛往裡細瞧，然後就將它隨手一扔，扔到一堆衣服的上面。受到撞擊，玻璃罐發出了一聲又沉又驚險的喀噹聲。

玻璃罐滾落衣物山，內部的沙子隨之旋轉，如同人們在聖誕節能夠買到的那種可以搖出雪花的東西一樣。我把它拾起，用一張報紙想將之包裹，但它的金屬蓋刺穿了第一層，我只好再拿第二張報紙去補強。海倫不耐煩地轉動她的雙眼。

「喔，海倫啊，」我說，同時將報紙捏皺，蓋掉了瓶上的字「醃黃瓜」。「如果我搬家了，伊莉莎白怎麼會知道我搬到哪裡去？」

「我會跟彼得說我們的新地址，」海倫說。「我會請他代爲轉達。我明天就會跟他說。」

我用手指探索著玻璃罐的外層，同時看著她把從碗櫥拿出來的東西堆疊起來。「妳眞的會跟彼得說？」

她點點頭，但眼神沒有看我。

「但這又有什麼用呢，海倫？」我說。「他不會跟伊莉莎白講，他什麼都不跟她講。他一定是對她做了什麼不好的事，但我不知道他做了些什麼。也許是把她藏在什麼偏遠的地方，或甚至更可怕的事情。她不見了，而且我不知道她在哪裡。」

「好啦，媽。好，」她說。「那這個東西咧？」

那是一支外型像顆乳牛頭的陶瓷湯匙。湯匙的握把故意捏得像那隻乳牛的舌頭。奇醜無比。

「要。我要，我要留下來，」我說，伸手去拿。「這是要送給伊莉莎白的。」我找出一張報紙，然後用報紙把乳牛頭包起來。揉皺以後，報上那些以油墨印出來的字僅剩對半。我試著去閱讀它們，但完全讀不出個頭緒。我認爲這些字缺乏邏輯。

「又是伊莉莎白！妳一眨眼就可以把爸留下來的東西扔掉大半，但妳卻拚命把這些廢物全保留下來，明明這些東西有半數對妳來說根本毫無意義。」

我感覺胸腔忽然被一種東西塞滿。我將乳牛湯匙緊緊地握在手中。報紙應聲裂開。「我有權利保留所有我想要保留的東西，難道不是嗎？我不知道自己這麼做跟妳有什麼關係。」

「妳要搬過來的地方是我家。」

「所以妳就是老大囉，是這個意思嗎？以後我做什麼都要聽妳的？如果眞的是這樣的話，我不認爲自己想要跟妳住在一塊兒。」

「是啊，但妳沒有選擇的餘地了。這棟房子已經賣掉了。」

有那麼一段時間，我沒辦法弄懂這句話的含意。聽起來簡直不可思議。「妳居然賣掉了我的房子？」我心裡不大開心地說。我人正坐著的地板感覺忽然不那麼穩固了，就好像它已經消失掉一般。「妳怎麼可以賣我的房子？這是我的房子。我住在這裡。我一直都住在這裡。」

「喔媽，妳好幾個月前就同意我這麼做啦。依妳現在的狀況，放妳自己一個人住太危險了。可以麻煩妳先繼續打包整理嗎？我馬上幫妳端杯茶過來。」

「是誰同意的？妳沒有權利這麼做。」

「妳跟我跟湯姆，我們三個都同意了。」

「湯姆？」我說出這個名字，我知道那是某一個特定的人，但我想不起來是誰。

「對，湯姆，知道他也同意之後，有讓妳覺得心裡比較好過嗎？」

「湯姆？」我說，眼睛看著那一堆堆的衣物。「我們就是要把這些東西一股腦兒都送給他嗎？」

「他每年都會從德國搭機回來一次，然後又再次離開，但妳覺得他肯這樣做就已經很孝順。但他可不用每天在這兒日復一日幫妳約診，還要跟妳的看護溝通；他也不用確認妳的櫥櫃裡生活用品還夠不夠；他甚至也不會載妳出門去採買，不會在妳每次把內衣褲弄丟之後就買新的給妳；他更做不到在清晨兩點的時候出門去警察局把妳接回來。」

她說個不停。就連我要她住嘴她都不肯聽。她看著她手中拿著的東西然後誦唸個沒完；聽起來像是一份清單之類的東西。我不知道自己是不是該把這些話抄下來，因此我去拿了幾張紙。我寫下**湯姆**，但我的字跡很抖。筆尖滑過紙張的凸起，不管墊在底下的是什麼東西。反正我也不知道那個字是什麼意思。我從桌上拿了一面手鏡，然後把它放在另一片報紙的上頭。當我靠近看時，我看到一隻眼睛從裡頭回望著我。

「喔，」我說。「這跟那個瘋女人有關嗎？」

海倫轉過頭來看我。「什麼？」

我指著鏡子，小小聲地說，「她躲在裡面嗎？」

海倫的眼定定地看著我，但沒有回答。反正我也已經忘記自己問了她什麼問題。從我口中說出的問題都失去了它們的明確性，都被我腦中的蜘蛛網給黏纏住了。我打了個呵欠，然後把一個報紙包好的包裹放在地板上，緊鄰著另一個類似的包裹；它們都被捆裹成奇怪的形狀，因此我將它們都推到一邊。它們那無以辨認的外貌暗藏一種恐懼感。我的思緒一定也長成這樣，被蒙上一層灰，無人識得它的原貌。我搜尋著其他待捆包的東西。「海倫，我們整理這些東西是要送給誰啊？」

她闔上一只行李箱，啪地一聲上了釦鎖。這個聲音，這個尖銳、宛如戳破某種祕密的聲音，讓我想起另外一只皮箱，想起我的母親站在廚房的餐桌旁，也想起了我父親那面向爐火的臉龐。

「我們找回了她的皮箱，」我對海倫說，雖然現在她人已經下了階梯。「但裡頭空無一物。整只箱子裡都塞滿了報紙。」有一個聲音告訴我，說我記錯了，說我把其他記憶混進來了，但我的確看到那些報紙，它們飛出蘇淇的皮箱，在空中飄浮著，沙沙作響著，然後覆蓋了廚房的地板。「我記得清清楚楚，」我說。「從警方的手中拿回來，蓋子一打開，就是那樣，滿滿的報紙。我很確定當時的情況就是這樣。」

我跟著海倫走到前門，然後站著，把一隻手伸進墨西哥橘的樹叢中。此時她走到車旁，手裡提著行李箱。那硬殼的行李箱看起來很重，是那種人們會帶上飛機的類型。我只用過幾次，是我之前還有辦法去德國拜訪湯姆的時候隨身帶去的。「我們是要出遠門嗎？」我說。

海倫大力地關上後車廂，然後往回走進屋子。當我走上樓時，她正費工夫地把我的火柴盒箱從衣櫃裡拿出來。那是我還是個孩子的時候親手做的。一百個小紙盒，用黏膠把它們全部拼起來，事到如今，那些黏合處之間都已泛黃碎裂。我以前都會把自己的貝殼收藏放進那些抽屜裡，除此之外，裡面還有陶瓷碎片，還有昆蟲跟羽毛。也放了有用的東西，像是縫線或大頭針。當蘇淇想要找鈕釦或是縫衣針時，她總是開錯抽屜，於是就會看見大黃蜂或虎蛾的毛茸茸軀體躺在牠們的報紙床上，然後她就會放聲尖叫。雖然她嘴上抱怨連連，但我有一種感覺，她享受著火柴盒箱帶給她的恐懼。

「我還以為自己已經把這些東西都丟掉了耶，」我說。「我們要一個個把它們都打開來看嗎？」

「我比較想要直接扔掉，」雖然她嘴巴這麼講，但她的手卻在那一個個盒子的外邊徘徊流連，就好像她還沒下定決心要先打開哪一個。

「可是海倫，如果裡面的東西是我想要保留下來的怎麼辦？妳也知道，我還是個孩子的時候收集了很多火柴盒。」

「我知道，媽。而我們在年紀還小的時候，也常在裡面發現死掉的昆蟲。我們都管它叫妳的祕密百寶盒。火柴盒裡滿是正在分崩離析的蜜蜂跟黃蜂跟甲蟲。」

「沒錯，我也會收集這些東西。欸，那時候是妳嗎？」我說。「那時候尖叫的人是妳嗎？」

「八成是湯姆。」

她開始把那些小抽屜一一打開，但上身卻離得老遠，就好像有什麼東西會從裡面忽然蹦出來，跳到她身上一樣。「妳還要留這些舊羽毛嗎？還有這個鈕釦？」

她用力拉開靠近底部的一個抽屜，此時，我忽然感到胃部一陣緊縮。

「一小張舊報紙，」她說，然後搖了搖那個小抽屜。「還有一小塊指甲。噁。妳留這東西要做什麼呀？」

她把那個抽屜遞給我，但看起來卻只剩下半截。在我眼前，一個茶箱的底部漸漸變得清晰，灰塵叢聚而成的毛球沉積在角落，而用來墊底的報紙早已黃皺不堪。而那枚指甲靜靜地躺在灰塵與各種不同顏色的零碎縫線之中。它雪白如珍珠，碎裂如一枚破碎的貝殼。而當我抬頭時，法蘭克就在那裡。

在旅館的事情之後，我真的沒料到自己會再見到他。我試著跟媽談起他，但爸說，他不想聽到那個名字在他的房子被一再提及。而在這個家中，他說了就算數。直到將近一星期過後，我發現他出現在我們家外面那條路的盡頭。這次，他又把一叢樹籬笆給坐凹了。「我差不多等了一個小時，」他說，說得好像我遲到一樣。「妳都幾點放學啊？」他看起來精神多了；他的頭髮油光滑亮地齊躺在他的帽子底下，就像從前那樣，而且他也刮了鬍子。

「我被老師留下來，」我說。「上課不專心。」

他走到人行道的邊緣處。「哪一門課？」

「哪知道，」我說，他大笑出聲。我用手指拉著籬笆的樹枝，小心翼翼地不碰落任何葉子，然後朝我家的方向走了一步。「我很想邀請妳進門，」我說。

「瞭，我懂。但那棟房子不歡迎我。」但他還是跟著我回家，他凝望著客廳的窗戶，然後把他手上的香菸丟進前庭。「事實上，我是過來叫妳到我家來找我。我想要給妳幾樣東西。」

「現在嗎？」我問，不確定自己在上一次的事件之後，還想跟著他去任何地方。

他聳肩，點點頭，我注視著他好一會兒。他的眼神非常沉穩，而且，當他瞇細眼，調整了一下他的帽子，然後對我微笑的時候，我發現自己想都沒想就報以微笑。

「我得找個理由跟他們講，」我說。

我一路跑到後門，然後在廚房等了好幾分鐘，同時確認媽沒有在爐子上留下任何供我當晚餐的東西。她跟爸一起去了倫敦，調查蘇淇究竟有沒有到過那裡。爸認為法蘭克很有可能有帶她一起去，但卻對我們撒謊；媽認為蘇淇可能是自己過去找法蘭克，但因為什麼原因剛好沒跟他碰上面。道格拉斯有說過他要去看電影，但他最近提過很多次，卻在事後都完全想不起他所看的內容，所以沒人知道他究竟人是跑到哪兒去了。不管怎麼說，我都不希望讓法蘭克知道，沒有人會在家裡等我回家。

當我從門口出來時，他人站在街尾，眼睛看著公園。直到那個時候，我才意識到那天的夜色是多麼的昏暗。磚塊上的紅色逐漸褪去，我們頭頂上的松樹一片漆黑。晚飯時分，我們走過無人的大街前往蘇淇的家。走經洗衣店時，它那溫熱、乾爽的氣息如同一個熱烈的擁抱。法蘭克嘴裡叼了一根菸，他從口袋中拿出一盒火柴搖了搖。

「最後一根，」他邊說邊滑開火柴盒。點完菸之後，他把火柴棒彈到大街上。「妳要這個盒子嗎？」他問。「我記得妳有在收集，對吧？」

「以前有，」我說。「在我年紀還小的時候。」盒子到手，我將它滑進裙子口袋，心裡覺得又羞又惱。我不喜歡被人點醒自己才剛脫乳臭未乾的年齡不久。我總覺得他在嘲笑我。

「妳蒐集它們是要用來做啥？」他問。

「我不知道耶。拿來放東西吧我想。就像我剛剛跟你說的，這不過是我兒時的興趣而已。」

「拿來放東西啊，是唄？充滿祕密的小東西，是這樣嗎？」

「不是。就一些雜物跟零散小物，備用的鈕釦之類的。不是什麼重要的東西。」

他低頭看我，臉上掛著微笑，好像在說他知道不單只是如此，我因而臉紅，覺得自己好像做了錯事，我問自己是否真的藏了些什麼東西而不自知。

「我很好奇，想妳這樣的一個女孩子，心裡頭會藏些什麼樣的祕密呢？」

「我沒有任何祕密，」我說。

「不想跟我說啊，茉仔，是唄？但說不定哪天妳就會自己講了。」

他繼續咧著嘴笑，沒有注意到我已斂起自己的笑容。我不知道該說什麼。我對不受信任一事有點惱怒，但同時又怪異地覺得開心。我猜想，我喜歡那種擁有祕密的感覺。

當我們抵達房屋時，他停下腳步，我只好趕在他前頭先步上門廊，接著他從我背後伸長手打開屋門。當我凝望鎖孔中的鑰匙時，他的呼吸拂動了我的髮梢。眼前的玄關，過去總是放滿家具及其他容易讓人絆倒的東西，現在看來一片漆黑。空氣中瀰漫著木屑與陳腐的菸味。我兩手外伸，緩慢地往前走，與此同時聽見了前門的門閂被大力推壓後上鎖的聲音。我獨自向前走了十步遠，很訝異自己沒撞上任何東西。此時我感覺到法蘭克的手臂放在我的腰上，我差點尖叫。

「妳走太遠了，」他說。「這裡是前廳。」他把我推進去，然後自己一個人走往大廳。

街燈的光線從窗戶照射而入，使得景物看來較為清楚。黃色的燈光一大束、一大束地躺在空蕩蕩的地板上，我踩了上去，讓我的雙腳沐浴在光線中。空蕩蕩的地板。我的視線環顧了房間四周。沒有地毯，多數的家具也都不見蹤影。沒有窗簾，沒有沙發，也沒有裝滿鳥的圓頂玻璃展示罩。四下沒有一件熟悉的物品能讓我知悉自己身在何處，而我也看不到蘇淇留下的任何蛛絲馬跡。這種奇特而不知所措的場面，讓我想到那些被炸彈轟炸過後隔日的小鎮早晨。整個空間只留下幾個茶箱跟兩張蓋了防塵布的扶手椅。這兩張椅子隔著一段距離面對面，其中一張上面擺了一條舊地毯及幾條軍用毛毯。

「你就睡在這張椅子上面嗎？」當法蘭克走回來的時候我問他。

「別一臉驚訝。這是我的房子。而且除了幾件閣樓裡沒人要的小東西，其他的家具我都已經賣掉了。如果我的老媽子親眼看到我賣這些才拿到那麼一丁點錢的話，她鐵定會立刻中風躺下，但沒辦法，我外頭還有些得馬上償還的債務。更何況我不會在這裡待太久。」

他點起一根蠟燭，放在我倆之間的地板上。蠟燭的燈火將他的臉龐映照得如同惡鬼，我因而往後退了幾分。

「嗚——！」他挑起眉毛作勢出聲，然後大笑。「就像那些卡洛夫[44]演的電影一樣，對吧？喔，別擔心，我不會劃開妳的喉嚨。」他把一只皮箱拖到他面前。「這就是我想要讓妳看的東西。」

我忽然覺得很驚懼，擔心裡面裝的會是什麼見不得人的東西。我不確定那會是什麼，但我猜想，我大概沒辦法跟我的爸媽提起它的內容物。我移動了自己的腳，想起前門被鎖上時的那聲沉重聲響。

「我沒辦法在這裡繼續存放這些東西了，」他說。「妳可以拿走任何妳想要的。」

我拒絕的話還沒講，他已經把箱子的蓋子打開。隨後，只見他拉出一條毛皮披肩，把它捧放在蠟燭的前面。它那被放大的影子急匆匆地跑過壁爐上方的那片空白角落。

「她只帶了那只行李箱到旅館，」他說。「她剩下的衣服都還在這裡。我想說妳可能知道該怎麼處理它們。她喜歡拿東西送給妳穿或用。妳的身形也適合它們。」

他的目光從我腹部的區域開始，掃過我的全身，我情不自禁地用雙手遮起這些地方，生怕自己被他的眼神給灼傷。

「法蘭克，」然後我開口了。「蘇淇死了嗎？」

44 全稱為包里斯．卡洛夫（**Boris Karloff**），為英國演員威廉．亨利．普拉特（**William Henry Pratt**）的藝名。所詮釋過最為著名的角色為科學怪人。

我看到他的身體畏縮了一下，他拿著毛皮的手抓得更緊了。他凝視著蠟燭的火焰。「我不應該在那個該死的瘋子入侵這棟房屋之後離開去倫敦的。」

「什麼？」

「那個瘋女人。有天晚上我出門，她不知怎的居然混進來了，好幾個月前。把蘇淇的三魂七魄都給嚇飛了。」

「她有逃出家裡嗎？有尖叫嗎？我是指蘇淇。她有衝出家裡，跑上大街嗎？」

「有啊。鄰居有抱怨。馬路對面那個唯恐天下不亂的女人。這事是她跟妳說的嗎？總之，那天晚上我得跑一趟倫敦，蘇淇發現那個瘋女人又跑進來了。她嚇死了。當她去妳們家吃晚餐的時候，她人看起來還好，但當她回來之後，她就說她沒辦法再繼續待在這間屋子裡。她的想法是留在妳爸媽那邊過夜，不過呢，我們因爲道格拉斯也會在妳家的這件事情起了口角，我不喜歡那個人。到最後，我讓她在車站旅館先暫租了間房。他們欠我一些人情。我們說好她會在那兒待到週末，待到我把自己的買賣打點好，然後她就會搭上往倫敦的火車，在週六下午跟我碰頭。後來她沒有出現，我很擔心，但是我在旅館沒找著她的蹤影時，我就假定她應該是瞞著我跑回家跟妳的家人待在一塊兒。」

但她並沒有跑回家。她離開了旅館，離開了她那只裝滿衣物的皮箱，然後人間蒸發。我把上半身靠在膝蓋上，眼睛望進那只箱子。裡頭是些她決定不打包帶走的東西。一件綠黃相間、飾有荷葉袖的休閒洋裝，及一件裙襬有褶襉的紅色水手服套裝。還有一件派對毛衣，毛衣背部的珍珠釦是她照著好萊塢的圖樣自己縫上的。所有她美麗的服飾。每一件都是她精心挑選並悉心改造的。

法蘭克離開去找東西喝，我把衣物都先疊在他那張椅子的扶手上，然後繼續往下挖掘。很快地，我就把整個箱子都清空了，底部只留下一些塵埃。塵埃，還有一樣東西，一樣像是貝殼的東西。我把它拾起，拿近蠟燭細看。

當我意識到那是什麼東西時，我差點就把它弄掉了——是一塊碎裂的指甲，上面搽了一層粉色的指甲油。我可以瞧見它內裡的白色痕跡，它一定是先受到擠壓，然後才突然斷裂的。我彎起手指，握成拳頭，以抵抗那種弄斷指甲的不祥感受。我不知道那片指甲的主人是否就是蘇淇，但這片指甲確有古怪，有點兒邪門。當我把它丟進口袋中的火柴盒時，法蘭克剛好從門裡面走出來。

「妳找到什麼啦？」他皺著眉頭問。他的動作奇快，如同一隻豹子嗅到了獵物的氣息。

「沒有啊，」我說，同時將火柴盒推進口袋的更深處，然後從椅子上拿起一件藍色的公主線[45]洋裝。「你認得這件衣服嗎？」

他說他不認得。當我告訴他，這件就是蘇淇去舞會時最喜歡穿的服裝，也是他倆相遇當晚她穿的衣服時，他的表情一臉困惑。

「我不記得這件事，」他說，同時伸過手來擰壓衣服的布料。「再告訴我一些其他的事情。告訴我她會在什麼時候穿那些其他的衣物。」

45 princess-line，為服裝術語，這種縫合方式的主要功能，是凸出胸部與腰部的線條美感，讓衣服能夠合身但不緊身。

我從交錯的衣堆中挑出一件有灰色條紋的襯衫，我先將它正面朝上地放在膝蓋上拍打，然後再撫平它的皺痕。我不記得蘇淇有穿過這件衣服。它的質地柔軟、剪裁得宜，但卻過於寬大。我的眼睛往皮箱處回看。一只你會帶上飛機的硬殼行李箱。衣物上有一條鬆緊束帶，裡面還塞有一件長褲。黃褐色的長褲。但這些也不是蘇淇的衣服。我很確定自己正在作夢。這個房間的形狀不對，我的家具也都擺在錯誤的位置：衣櫥、衣櫃、化妝台都是。它們陰森森地杵在錯誤的角落裡。很多東西都包裹在報紙中，因此我不知道裡面到底藏了些什麼。我穿上襯衫，想著自己何時才會醒過來，此時一個女人進了門。我的母親，肯定是她，雖然她長得完全不像她自己。

「早安，」我說。但這些話語卻很難發聲。我的嘴巴鬆軟無力，無法好好發出聲音。

「呃，其實，現在是晚上。妳在房間砰砰砰地忙些什麼？妳是喝掉了另一瓶琴酒或什麼其他酒嗎？我還以爲妳已經去睡了。」

「我眞的好累，」我說。

「今天是漫長的一天。」她順了順我前額的頭髮，然後扶我鑽進床罩底下。裡頭很溫暖，彷彿剛剛才有人在這兒躺過。

她肯定不是我的母親。說不定她是報上刊載的那些失蹤女子。說不定我倆都是。「妳該不會還在跟同一個魚販買魚吧，有嗎？」這些字句不大精確：這讓我覺得困擾，但那聲音卻跟我麵糰似的腦筋有一定程度的吻合。

「沒有，」她說。

我覺得她聽不懂我說的話。我把一隻手從床罩裡面抽出伸向她，我的手肘不小心敲到了一個玻璃杯。那個女人在它翻倒之前扶住了它，但裡頭的液體仍濺了些出來，流淌在杯子的邊緣。杯中放了一個類似浸漬著的屍體。就像我們學校裡的一樣。兔子被泡在福馬林裡，對著全班的學生展露牠的五臟六腑。我可以聞到那潛藏著腐敗的單調藥劑味。「這東西好噁心。它為什麼在那裡面？」我說。

「妳的假牙？」她問。

一個我不認識的女孩子把她的頭從門口探了進來。「妳們在做什麼？是在舉辦午夜饗宴嗎？需要我泡些巧克力嗎？」

「妳也失蹤了嗎？」我問。

她的眼珠子望向那個女人的眼睛；她因為發現我在注意她的動作而覺得害羞。

「好啊，幫我們泡些熱巧克力來吧，凱蒂，」那個女人說，然後她低聲跟我說話。她說她是我的女兒，這是她的房子，而我在這兒跟她一塊住。她告訴我現在很晚了，是該上床睡覺的時間了，而我十分安全，也沒有任何人失蹤。

「才不是這樣，」我說。「才不是這樣。」我拍拍側身，但身在鴨絨墊子下的我找不到自己的口袋。我擰壓著被子，手往枕頭底下探，然後把手伸向幾件丟在一旁的衣服。我的雙腳溫度很高，開始冒汗。「不是這樣，」我說，將雙手伸進衣堆裡。那個女人把被子往下拉，這樣我就有辦法去拿睡衣口袋裡的記事了。我不太知道自己在找什麼，但我一張又一張地翻找，就在這裡，這裡有寫伊莉莎白的名字。她就是那個失蹤的人。知道眞相的感覺令我心安。

那個女孩拿著幾個馬克杯回來，我輕啜了一口自己的飲料。它又甜又膩，像是融化後的口紅。「伊莉莎白怎麼了？」她笑容燦爛地問。

「饒了我吧，凱蒂。別讓她又發作了，」那個女人說。「我今天已經經歷過無數次了。妳有時候眞是個討厭鬼。」

那個女孩繼續微笑。她長了一張像是狐狸的小臉蛋，這讓我覺得有點焦慮。

「在妳回去睡覺以前，最好先去上個廁所，」那個女人說。她拿走我的馬克杯，然後幫我把被子往旁邊摺。腳邊的空氣有點冷，因爲我的腳有點濕。

「廁所在哪裡？」

她指了指，我遵照她所指引的方向走，經過了一面放在玄關處的鏡子。我身上穿著派屈克的襯衫。我得把它換下來，但我沒辦法去思考自己的房間在哪裡；每一樣東西看起來都很怪。我的心臟顫動不停，我走向一扇門。上面有一則告示，廁所請由此，彷彿有人知道我正在找尋它！眞不知是該感激還是該害怕。穿過那扇門，另一則告示黏在牆上。這一則的上頭畫了一個往右的箭頭。最後這扇門上面簡簡單單兩個大字：廁所。抵達終點。我拉下睡褲，幾些小紙片飄飄然飄出我的口袋，落在地上。我伸手去取，但因睡褲已捲曲至小腿處，所以放不回去。只好先將它們暫置於一旁的散熱器上。這些紙片的上頭都寫了伊莉莎白的名字。

「伊莉莎白，」我邊按下沖水邊說。「伊莉莎白不見了。」能夠將這句話說出口，讓我覺得欣慰，但與此同時，我卻也開始感到憂心。我必須想出一個能找到她的辦法。我必須構思出一份計畫：我得將它寫下來，每做完一件事，就在那前面打個勾。

我唯一能夠找到的紙，就是放在大廳桌上的一份報紙，一份《回聲日報》，但我不確定它能不能起作用。當我試著要讀那些頭條新聞時，首頁忽然自己鬆脫了開，但我還是把它帶到了客廳，坐上一張舒適的椅子，把一頁頁的報紙都散放在我的膝上。我身旁的靠枕上放了一個細長又硬的東西。它表面光滑，上面還有許多寫上數字的小小按鍵。我把它裹進報紙裡，然後開始尋找蘋果，但一顆也沒找著，於是我只好開始裹一枝原子筆，然後我還裹了一串鑰匙。

「哎唷，媽，」海倫站在我旁邊說。「難怪我打死都找不到那個遙控器。」她將報紙從某個東西上面撕下來，碎紙片因此而散落地板。

我拾起紙片，開始裹自己的手。「蘋果都到哪兒去了呢，海倫？」我說。「我們差不多該開始動工了，我們得把它們都收藏好，不然它們沒辦法保鮮到春天。」

我以前很喜歡裹蘋果。這是那種大人會要小孩子幫忙的活兒之一，我到現在都還記得報紙刺激的油墨味與水果的果香混雜在一起所產生出的氣味。有一年，媽跟道格拉斯跟我三人一起幫蘋果穿衣。我們在廚房裡站著，報紙放在餐桌的中央，兩旁一端放著裝盆的蘋果，另一端則備好了紙箱。一陣微風沙沙作響地從室外的黑色籬笆處吹進我們溫暖而舒適的廚房，而烹煮晚餐的廚火正漸漸地熄滅。餐桌上方的廚房燈光閃閃爍爍、忽明忽滅，彷彿有隻飛蛾闖進了燈泡之中。媽是家裡頭包裹的速度最快的；道格拉斯則是最慢。他有個壞習慣，邊裹還邊讀那些紙上舊聞。縱使他極有可能早已讀過每一篇報導，他似乎仍舊無法自制。報上記載了一宗恐怖的謀殺案。一個月前，一名住在格洛斯凡納旅館的女子慘遭殺害，相關報導甚多，令人難以忽視，不過道格拉斯並未針對此事發表任何看法。現年十一歲的伊拉克國王已飛抵英國，而克萊門特．艾德禮[46]將到我們小鎮發表演說。當我問他這兩件事同時發生是否爲巧合時，道格拉斯哈哈大笑。

「對面那邊的新房子都已經蓋好了，妳看，」他舉起一張報紙說。燈光掃過了那張報紙。

「好幾個月前就蓋好啦，」媽說。「那份報紙是二月份的。我看啊，現在已經有人搬進去住囉。」

「對啊，的確有。法蘭克有幫一戶來自基督城的家庭搬過去，」我說。「而那已經是三月份的事情了。」

「原來他也有伸出援手啊，親愛的？」媽說。她的聲音雖然飄渺、冷靜，但她的雙眼睜得老大。她伸手指向天花板，然後在嘴唇上豎放一根手指頭，提醒我千萬別在爸面前提起法蘭克這個人。

我轉了轉我的眼珠。「法蘭克說，在他們還沒有蓋完以前，就找他幫忙把東西先搬進去。他得打點一切，庭園或什麼的。他說，屋裡的每一個環節都蓋得很用心。」

道格拉斯眼神望向我，然後又別開。「在多久以前？」他問，總算開始動手將手上的報紙裏上一顆蘋果。「是在大家都搬進去之前，還是在整條街道蓋好以前？」

46 **Clement Atlee**，於第二次世界大戰結束之後上任的英國首相，任內設立了國民保健署，使英國逐漸邁向福利國家之路。他同時也是英國歷史上在位時間最久的工黨黨魁。二〇〇四年時，他在一場由專家學者所組成的投票中，被選為英國二十世紀最偉大的首相。

「我不知道。只知道他還幫忙他們修整庭園。不收錢純幫忙。」

「幫他們修整？怎麼弄？」

「就，他運來一些泥土，把地面挖開，然後幫他們種植一些植物。蔬菜類的。」

「沒想到法蘭克還是個園藝專家。他幫他們種哪些蔬菜？」

木板吱嘎響，爸開始下樓梯了。他的腳步聲所發出的吱嘎聲非常獨特，不像媽或道格拉斯的，也不像我的。木板好似在他腳底下呻吟不已。他走進廚房，拿起一箱蘋果，然後準備走上閣樓。

「你們在聊些什麼？」他問。

「那些新蓋的房子，」媽說。「感覺蓋得挺漂亮。」

爸咕噥幾聲，開始爬上樓梯。

「那些房子的庭園都很大，對不對？」媽說。「對養活一家子來講，眞是再好不過了。說不定哪天妳會搬過去住呢，茉德。等到哪天妳結婚的時候。」

有那麼一秒鐘的時間，這個建言聽起來相當猥瑣。我的臉龐、雙手發燙，空氣中的蘋果氣味好似變得過度濃烈，讓人難以忍受。指上的油墨弄髒了我手中蘋果的表皮。我用身上的毛衣去擦，卻覺得自己不小心玷污了這顆水果，當明年到來時，它將不堪食用。

道格拉斯正在研究報上的廣告頁。我關注著他，直到自己已經裝滿一個紙箱，此時便伸手去拉那張報紙。「你爲什麼在看這些廣告？」我問。

他用力從我手中把報紙搶了回去。「其他的我都已經看過了。」

媽要我別鬧他，繼續回去做事。「我裝滿的紙箱是妳的兩倍多，」她說。

道格拉斯微笑，把他手邊剩下的報紙都留在桌上，說他要拿一箱上去給爸。我從那疊報紙中抽出一張來，用它裹起另一顆蘋果，並將那些皺紋順著蘋果的表皮撫平，然後讀著上頭還能夠見到的字：「郵政局長指出，因六年來戰事連綿不斷，導致郵政當局正面臨它的餘波所帶來的困境。申裝電話的表格已達三十萬份。」我想到了溫拿絲太太，她將不再是這條街上唯一一位家中有電話的人。失去這樣的社會地位，想必會讓她覺得困擾吧。就在我正準備跟媽說話的時候，我注意到蘋果梗旁有一則隆起的標題：女性朋友們：請聯絡妳們的丈夫。

那是另外一則跟格洛斯凡納旅館謀殺案有關的報導。記者描述，自從第二具屍體在沿海岸邊較偏遠的地方被發現之後，小鎮掀起了一陣恐慌。當地居民擔憂可能有更多的婦女同胞慘遭兇嫌痛下毒手。這篇文章的筆者認爲，該追查這起案件的警察全都被數十名憂心忡忡的丈夫們纏住了。而進一步調查後卻發現，他們的太太其實皆無大恙，只是不想待在她們的丈夫身邊而已。倉卒決定的戰爭婚姻導致了更倉卒的分手狂潮。這篇文章呼籲，這些女性應該要讓她們焦心的丈夫知道自己仍舊好端端地活在這個世上。考量到近日發生的兇案行爲，將這些逃妻們從失蹤人口名單中剔除確有迫切性的需要。

我又讀了一次這篇報導。有沒有可能蘇淇也正在跟我讀同一篇文章？我回憶起先前，當我認爲她只是在躲法蘭克時，所感受到的那一絲希望。心裡揣著一種新的想法，我一張張地翻找著桌上的那一疊報紙。報上還有好幾則報導是關於男人或女人沒留下隻字片語就離家的案例，還有一封一名男子寫給編輯的信，信中指出，他發現自己離家的太太居然以化名住在城鎮的另一頭。爲什麼會注意到呢？因爲她依舊跟同一個魚販買魚。

我在想，說不定眞是這麼一回事。她可能眞的在躲我們，也躲法蘭克。但第一位記者所稱的恐慌也開始影響我。如果事情不如我們想像，蘇淇眞的死了，屍體躺在某處的金雀花樹叢中怎麼辦？如果那名兇嫌事實上是攻擊了三名女性而非兩名，怎麼辦？

15

如果我左轉之後再左轉，人就會在廚房。我把它寫了下來。這裡有股肥皂味，讓我回想起前往蘇淇她家的路上時，有一名女子正在捆一大堆的床單跟毛巾。捆完以後再將它們扔進洗衣籃。

「那封信是寄給妳的，」她說，伸直了身子後朝檯子上的信封點了點頭。「湯姆寄來的，而且不知怎的，還寄了張他們家的貓的照片過來。他一定是希望我們都能夠大吃一驚。妳早餐想吃什麼？」

「我不能夠吃東西，」我說，同時拿起那張照片。「那個女人不許我吃。」

「什麼女人？」

「那個女人啊，」我說。老天，我對自己成天都得把自己的話再解釋一遍這事感到煩死了。「那個在這裡幹活的女人。」應該是這樣吧？「她在這兒上班。」

「妳在說什麼？」

「妳認識那個……當然，妳認識她。她在這裡幹活，總是在忙，總是在發脾氣，總是匆匆忙忙。」

「我猜妳在說的人應該是我，媽。」

「不是啦，」我說。「不是。」但我說不定眞的就是在講她。「妳叫什麼名字？」

她站在一堆待洗衣服旁擺了臉色。「我叫海倫，」她說。

「喔，海倫，」我說。「我一直都在找機會要跟妳說話。妳雇用的那個女孩，她什麼活兒也不肯做。我一直都在注意她。」

「妳在說的是誰？什麼女孩？」

「那個女孩啊，」我說。「水槽裡的餐盤也不行，她的房間地板上更是丟滿了衣服。」

海倫咧嘴而笑，同時咬了一下她的嘴唇。「妳形容得眞好。媽，那是凱蒂。」

「我根本不在乎她叫做什麼名字，」我說。「我只是想讓妳知道她像個什麼樣。我認爲妳應該把她開除。如果妳眞的需要幫手的話，再聘僱另外一個就好。在我還是妳那年紀的時候，家事我都是自己動手做，但後來的年輕世代只希望一切從簡。」

「媽，那是凱蒂，」海倫又說了一次。「是妳的外孫女。」

「不對。不可能，」我說，「不可能。」

「是眞的，媽。她是我的女兒，妳的外孫女。」

她把洗衣籃放到桌上，然後動手甩出了一大坨衣服。幾只襪子掉進了籃子。我感覺自己的心頭一震，但是又沒什麼辦法去思考那種感覺從何而來。我眼睛凝視著相片中眼神半閉的貓。牠的毛色黑白相間，懶洋洋地坐在一大片翠綠的金蓮花上，擠壓著身體下的嫩葉。我希望我也能夠躺在一片花海中，但海倫一定會叫我離開。她很寶貝她種植的那些東西。

我在廚房裡四處走動，把那些抽屜開了又關關了又開。裡頭塞了很多橘色的球，形狀如同某種異國鳥類所下的蛋，只不過它們的表面並不光滑，發皺如被扭攪的報紙。我開始動手將一顆蛋攤平，這才發現它是由一層薄薄的塑膠做成的，而且一端還有提把。不過我實在想不出這會孵出哪種小鳥。我問海倫，而她則扮了一個鬼臉。

「喔，天啊。我眞的應該要想辦法解決這個問題。我眞不知道自己怎麼會每一次出門都忘記帶我的環保購物袋。」她稍微看了我一會兒，然後微笑。「大概是被傳染了吧。」

前門打開，海倫把攤平了的蛋塞回抽屜裡。她說了句什麼，但我沒聽清楚。跟地板上的衣服有關。我望向籃子裡的襪子。

「嗨，外婆，」凱蒂說，她走過來站在我的面前，雙臂大張。「是我。」

「哈囉，妳，」我說。

「那妳知道我是誰嗎？」

「我當然知道妳是誰，凱蒂，妳在說什麼傻話。」

凱蒂笑出聲來，轉頭面向她的母親。「她痊癒了！」

「她在說什麼啊？」我說，眼神望向海倫。「妳的女兒瘋了。」

「喔，外婆，」凱蒂說，伸出一隻手臂繞著我的肩膀。「在我們之中的確有一個人瘋了。」

她抽回手臂後離開，我跟著她來到走廊，但在下一個瞬間，我發現自己迷失了：所有的景物都很陌生。我覺得自己就好像是穿越了故事中的那面鏡子一樣[47]——那個故事的名稱是什麼呢？我查閱自己的記事，找到了一張**前往廚房**的指南。我照著上頭的指示走。說不定那裡頭會有一個小瓶子或一塊上面的標籤寫著**吃我**的蛋糕。但我反而找到了海倫。

「海倫，這裡是什麼地方？」我問。「這裡不是我家。對嗎？」其實，我沒有辦法很篤定。這裡是別人的家。我來過這裡。說不定這裡是我家——在這當下，我想不出另外一棟房子，我也想不出其他的房間來跟這裡的做比較。

「這棟是我的房子，」海倫說。她放下一個托盤，拿一張椅子出來讓我坐。「我們來喝杯茶吧，好嗎？我有幫妳烤了一些吐司。」

我拿起我的杯子，她看著我喝茶。

「我出門的時候，說不定會買些蛋糕回來，」她說。她的表情很狡猾。她想利用微笑來掩蓋，但是我看得出來。「妳想要吃哪種口味的蛋糕？」

我要了咖啡蛋糕。我不喜歡吃咖啡蛋糕，所以她沒辦法騙我吃下去。她把托盤拿走。她要把托盤拿到某個地方，或是拿給某一個人。要拿去給三軍合作社的老美，對吧？要招待他們吃有香腸跟豆子的早餐。不知道她會不會也拿一些來請我吃。

47 作者這裡所指的是《愛麗絲夢遊仙境》的續集《鏡中奇緣》（**Through the Looking-Glass, and What Alice Found There**）。

她的防護罩，她那個會長翅膀出來的防護罩，好端端地躺在桌上。照這樣看來，健忘的可不只我一個人。我將手穿過握把上面的小圈後抬高，邊喝茶邊看著那個抗落雨的防護罩高高懸掛著。這裡也有一張報紙，我動手將它摺成一個小小的長方形，並盡可能地讓摺角處平整。

一個女孩穿過了門，從大廳的架上拿走了不少東西。她偷走的這些東西都是要送給那個瘋女人的。從我坐的地方，我可以看見她套上一件外套，然後把口袋塞得鼓鼓的。我起身，拿了我的提包。大門砰的一聲關起，但我過了一段時間才將門打開，然後跟著她走上小徑。她在馬路的轉彎處停下腳步。我也停了下來，假裝自己在看幾朵枯萎的向日葵的花朵。它們的身軀探出了庭院的圍牆，花的種子就這麼落在人行道上。我撿起了一些，並將它們放進我的口袋。當那個女孩再次前進時，我也跟著動身。然後，當我走到大馬路的時候，我看到她忽然急奔。一台巴士停在站牌旁等候，她跳上去後車就開走了。我跟丟了。她消失了。而她不會回來了，永遠永遠永遠都不會再回來了。我轉身往家的方向走。街道中央散落著各種小型垃圾。一條香蕉皮摩擦後留下的軌跡及幾張報紙。這些報紙對我來說是有某種功用的：使用它們、閱讀它們，或是這一類的事情。我彎下腰從柏油路上撕起一小片，然後試著閱讀上面的文字。但報上不但沾滿了黏糊糊的東西，氣味更是難聞，於是我就把它扔在我的腳邊。

一個小瓶子躺在路緣邊。那個跟小瓶子有關的故事叫什麼名字呢？「喝我，」它上面寫著。我記不起其他的情節了。總之，這個瓶子上面寫著麥卡倫威士忌，而我不認為故事裡的飲料是威士忌。這是以前法蘭克常喝的東西。有一次我遇到他時，他身上就帶了一瓶。而且不是這種小瓶的。

他把車停在我們家外頭那條路的路尾。他邊喝著酒，邊聽我跟他說那些我還記得的、跟蘇淇有關的一切事物。他說，他想要能夠像我一樣想念她，想要把她的一顰一笑都牢牢記在腦海中，這樣他就永遠也不會失去她。我們坐在半暗的夜色中，一盞街燈的光射穿陰影，照亮盤繞的煙。空氣滯悶，但我並不在意：我喜歡車子。身在一輛車裡頭，你只需要坐著，你不需要爲了做任何家事起身，你既不用幫忙洗菜、切菜，也不用幫著在庭園裡挖溝清渠或把被單捲進絞軋機擰乾。坐在法蘭克的車子裡頭，我唯一需要做的事情就是張口說話，幫助他回憶起那些他已遺忘的細節：蘇淇使用的香水名稱、她喜歡的花朵種類、她在雜誌上通常都讀哪些專欄，以及，再一次告訴他在他們相遇的那晚，蘇淇說了些什麼。她最喜歡哪一段回憶。蘇淇回到家的時候如何開心地手舞足蹈，她如何在脫下藍色連身裙後邊抹冷霜邊自顧自地唱歌。以及她如何在深夜時分，躺在隔壁的床上，跟我說她遇到了一個男子，一個對她眨眼、微笑的英俊男子。還有她如何知道——她很快就知道了——她遇見了生命中的另一半。

邊訴說這個故事，我邊觀察橫隔於我倆之間的空間的形貌、我倆腿與腿之間的空隙，而他的眼則凝望著車外的街。然後他哭了，並非眞的流下眼淚，但卻弓起了身，雙眼緊閉。我觸碰了他沒有抹上髮油的、後腦勺處的頭髮，他蜷曲的手指包住了我的手腕，將它拉至他的嘴唇。我發現自己不敢呼吸。

「今天晚上，茉德，」他說，「當我看見妳朝著這輛車走來時，有那麼一分鐘的時間，我以爲我看見了她。妳不會明白那對我來說是多大的震撼。」

他握住我的手腕，握了一段很長的時間。當他放手後，他伸手去拿他放在腳踝旁地板上的威士忌，然後喝了一口。我身上穿的夾克——蘇淇的藍色西服外套——的袖口上出現了一道皺褶，我用一隻手去順那道痕，試圖撫平它。然後他忽然間靠了過來，把他的臉埋進我的脖子處。我一動也不動。事實上，我並不討厭他這麼做，但我很懼怕接下來會發生什麼事。

「法蘭克，」我低聲說。

於是他坐起身，我則盲目而笨拙地快速爬出車身，我意識到他也跟著爬了出來。但他只身倚燈柱，望著我獨自一人走上回家的路。這讓我想起那次，當他跟蘇淇還在交往的時候，我看見他們在車上相偎相依。街燈昏黃，他那件花呢大衣裹住了他倆的身軀，而他們激情擁吻。那是我為法蘭克保存下來的另一段回憶。

「妳的擇友品味眞奇特，」當我從後門進去時，道格拉斯這麼說，頭頂上方的燈照射出極強的白光，使得他的臉看起來蒼白如病。

「你說這句話是什麼意思？」我邊掙扎著脫下身上的夾克邊問。

「我有看到妳。在車子裡面，」他說。「跟法蘭克待在一塊兒。」

一份摺疊得很小張的報紙，緊緊地握在他的手裡。我的眼神仔細地盯著報紙的內容，腦中同時思索著該如何回答這個問題。格洛斯凡納旅館謀殺案的兇手已經落網了，毫無疑問地他將會被處以吊刑，然而事實上，這件案子卻還要好幾個月以後才會開始審理。「當然囉。永遠都躲在暗處等候，不是嗎，道格拉斯？」我說。「我覺得，你才是那個奇怪的人。」

他低頭望著手中的報紙，我隱約留意到自己的控訴所造成的傷害：他使勁眨眼，瀕臨臉紅邊緣。我感受到一陣突如其來的惱怒，便伸手將他的報紙拍擊到了地板上。他沒有立刻反應，卻先把視線聚焦到原本放置報紙的餐桌上，然後才彎身拾起，緊捏手中。

「這不是妳第一次跟他碰面，」他說。「也不是妳第一次穿上她的衣服。妳腦子在想什麼啊，茉德？」

我聳聳肩，手裡還拿著夾克。我甚至不敢去看身上穿的那件天鵝絨短上衣。這件衣服可以算是蘇淇送我的，因爲法蘭克把她留下來的其他東西全都給了我。能夠精心打點自己的行頭，並在晚飯結束後穿上新衣出門去，總讓我覺得心情愉悅。縱使這也意味著我必須對父母說謊，謊報自己的行蹤。我不知道自己在做什麼，但我並不會有罪惡感。我更不會讓他把罪惡感強加到我身上。「她是我的姊姊，」我說，但他不聽。他不看我的眼睛。他瞇細的視線掃過我的全身。

「那些都是她的衣服，」他起身說。他往我的方向逼近一步。「把它們都脫掉。都給我交出來。」

他猛扯著蘇淇的夾克，兇狠的目光瞪得我連連後退，決定在衣領扯毀之前鬆手。「道格，」我說。「這件事與你無關。」

我逃到水槽邊，他將他的雙手支放在水槽邊緣，將我困住。

「玩『我是蘇淇』的家家酒遊戲。這就是妳現在在做的事。穿上她的衣服。跟她的丈夫約會。他又扮演一個怎麼樣的角色？帶妳回去他們家嗎？上他們的床嗎？」

「你少含血噴人，」我說，雙頰滾燙。「我們只是聊天，聊蘇淇的事，就這樣。」我別過頭，試圖跟他保持一定的距離，他卻用力抓住了我的下顎，用他擰報紙的方式擰著我，然後全身靠了過來。

「妳甚至連她的口紅都搽了，」他臉貼得很近地說。「擦掉它。」

他粗魯地用手的側邊抹過我的嘴，拉扯著我的皮膚，把我的嘴唇往我的牙齒上強壓。我可以感覺到唇彩已弄花了我的臉頰。我想再次將臉別開，但他卻緊緊地定住我的下顎。

「不准再這麼做，」他說，他灼熱的氣息熱燙了我的臉。「別再試圖取代她。妳永遠也不可能取代得了她。」

「好啦，沒必要這樣罵我，」我說。

「我不是在責罵妳，」司機說。「只是在請妳出示妳的公車票卡。」

我人在一輛巴士上，但車並未移動，車門在我身後敞開。一把雨傘掛在我的手腕上。它的重量，它那不停搖晃的動作，都教我失神。我找不到自己的票卡——我確信它一定在我的提包裡面，我從來沒把它拿起來過，但任憑我怎麼翻也沒看到。我的包包裡有一個那種用來綁頭髮的東西、一條薄荷糖、一張黑白貓的相片，還有一個細長的塑膠皮夾。我將它們都推到一旁，然後伸手進入我的口袋。裡頭有很多雜物。很多小玩意兒。我想不出它們是什麼，但它們讓我想起鮮花、庭院，還有別的東西。或許是跟聖經有關的東西。是聖經裡面的一句話嗎？

「它沉眠於大地之中嗎，」我說。就是這句話。我在學校的課堂上記下的。真希望我能想起這句話的出處[48]。

48 出自〈進來庭院裡吧，茉德〉，詳見註16。

「什麼？」司機問，他隔著玻璃凝視著我。「別這樣，親愛的，我們都在等妳呢。」

我臉望向其他乘客。他們都坐在座位上看我，我聽見他們口中跟海倫一樣的嘆息。我的臉忽然發燙。雖然我不明白原因，但他們都急著想要這台車發動，可是我不知道自己能幫上什麼忙。

「幹嘛不直接讓她上車就好？」有個人喊了出來。「你覺得她的年紀還不夠大嗎？」

司機呼出一口氣，然後要我往裡面走，找個位子坐下。在巴士發動以前有一小段空檔，我看到窗外人行道上有名男子，他站直身子，正在拆一盒塑膠封套，那種不叫做笛子的小棍子。你可以點火的東西。他撕破了封套，然後開始用咬的。先咬紙盒，然後再咬裡面的東西，幾些菸絲因此黏在他的牙齒上。他臉上的表情像是在笑，他邊咀嚼邊望著我，而他快速、犀利的動作讓我覺得害怕。我想起那個追著他的帽子跑下山丘的男子，我父親告誡我別盯著他看，我忽然希望有人能夠陪在我的身邊。任何人都好。當巴士終於發動的時候，我滿懷感激。

巴士駛過公園及伊莉莎白家。駛過刺槐樹。它長著乳白花瓣。就是這句。這就是我在學校上課的時候學到的那一小段。我不確定是不是出自聖經。不過其他的我都想不起來了。當巴士停靠時，車身會隨之晃動，我覺得自己的骨頭彷彿給晃成了果凍。在我隔壁的座位上有一份報紙，我觸碰它的邊緣，用手指快速翻動那一頁頁。任何人都可以在這份報紙上登廣告，你只需要去到他們的辦公室，提出你的要求即可。我笑了起來，大聲地唸出那些店鋪招牌及道路標示。窗外開始飄雨。出現在窗戶上的毛毛雨滴，就如同鏡子上的牙膏微沫。一對年邁的夫妻從超市走出，我發現自己忽然很想念派屈克。當我們一起搭乘公車時，他總會過來牽我的手。只有上車跟下車的那幾分鐘。在那之後，我們會自然地放手，然後坐或走在對方身旁。當周圍人潮擁擠的時候，他也會這麼做。他會把手往後伸出，找尋著我的掌心。我很想念那種感受。

當我看見自己想要去的那一棟建築物時，為時已晚。等到我起身，按下停車鈴時，巴士已過了兩站，我只好靠雙腳往回走。《回聲日報》的辦公大樓，跟我還是個小女孩時所見到的，幾乎沒有任何差別。它讓我回想起以前看過的電影。雋永迷人，這棟建物。非常摩登，但是一種好的摩登，跟近代新蓋起的那些摩登建築截然不同。

建物裡頭，有一名女子坐在櫃檯後面；她的雙頰豐滿如赤子。當她微笑時，雙頰便會隨之隆起。

「請問有什麼需要我服務的地方嗎？」她說，我覺得她這句話的結尾聽起來似乎少了個字，就好像她本來想加上「寶貝」或是「親愛的」，但她卻沒有說出口。

我們四目交接，我試著想說點什麼，但「赤子」這個單字卻在我的腦海中繞啊繞個不停。我翻找手提包，找到一張一隻貓兒躺在一畦金蓮花上的照片。我想不到這張照片是打哪兒來的。

「這是要參加比賽的嗎？」女人稍微低身，兩隻手臂隨之消失在我的視線之外；我可以聽見她在櫃檯底下匆匆翻閱著紙張的聲音。「我認為這個月的得獎者都已經發函通知過了耶。很抱歉。可是妳還沒有輸喔。好好保管妳的相片，別弄丟，下個月再嘗試看看吧。」

「弄丟，」我說，同時把照片丟在櫃檯上。「我把伊莉莎白弄丟了。」

她頓了一下，然後直起身子望向那張照片。「喔，所以妳是想要刊登啓事嗎？」

空氣大量湧進我的肺部。「對。對，就是這樣。我想要刊登一則啓事。」

「我會幫妳拿一份表格。好慘喔，貓嘛，好像很容易做出這種事喔？」

我點點頭，覺得自己好像錯失了一部分的對話。我點點頭，但是我很喜歡貓，我很好奇這個女人對牠們有什麼負面想法。

「我還記得我嬸嬸弄丟奧斯卡那一次。她心急如焚。不見了好幾個禮拜，那隻貓。最後在一間海灘小屋找到牠。妳有試過請鄰居幫忙，檢查看看他們的工具間嗎？」

我凝視著那個女人。我無法想像會在工具間裡發現伊莉莎白，但或許這是一個不錯的建議。說不定是我不懂世情。我借了一枝筆，在一小張紙上寫下海灘小屋。那個女人拿給我一張表格，上面有很多格子跟空白的地方需要塡寫。我看著那張表格，而且我一定是看了有些時間，因爲她把上身靠了過來，她的頭離我很近。

「塡寫妳知道的部分就好。如果妳有不清楚的地方，我來幫妳寫。」

「好，」我說。我拿起筆，指向表格，宛如那是一支魔杖，會主動幫我想該寫些什麼句子。

「住在這個國家的人眞的都很愛他們的寵物耶，不覺得嗎？事實上，這讓我覺得很驕傲。跟土耳其人不同。我哥在那裡買了間房子，你絕對不會相信在他們那邊有多少餓到皮包骨的野貓在外流浪，乏人照料。」

我看著她，然後回去寫我的表格。不知怎的，我寫下「土耳其」。我把它畫掉。

「來，」她說。「我來幫妳寫。」她把那張紙轉往她的方向，身子也倚在櫃檯上。

她問我最後一次看到伊莉莎白是在什麼時候、哪個地方。但我不確定。我翻查自己的記事，找到了自己的姓名、地址、電話。由於不確定這些資料重要與否，因此我把它們都交給了她。她問我，我會怎麼去形容伊莉莎白的膚色，我稍稍訝異了一下，但我在想，她的確有可能是黑人，甚或印地安人。她問我伊莉莎白有沒有戴項圈，這個問題聽起來很怪。我查看了一下記事，但找不到任何答案。但我找到了自己的姓名、地址、電話，所以我把那些資料都提供給她。

「那這些就是妳的資料，」她說，拿走了記事。「謝謝妳。我會把它們寫在這裡。看到了嗎，我已經把這些都寫上去了。好，那伊莉莎白身上有晶片嗎？」

我不認得這個字。我聳聳肩。

「既然這樣，那這個就不用塡寫。沒關係。嗯嗯嗯。目前爲止資料還不夠清楚，而且因爲她沒有戴項圈，寫上她的名字意義也不大。我的意思是說，她應該不太可能有辦法說出自己的名字，對吧？」

「應該沒辦法，」我邊回答邊笑，但我不是很聽得懂這個笑話。

「好，幫我看一下目前爲止寫的資料有沒有什麼問題。」

我看著那張表格。上面的那些文字、線條都怪異地擠成一堆，我根本不確定自己應該閱讀哪些部分。但表上有個抬頭：「尋貓啓事」。

「我不想要這個，」我說。「我不想要這個字。」我用自己的手指覆蓋掉它，試圖將它從頁面上挑掉。

等到我把手指移開之後，她才去讀了那個字。「『貓？』但是我眞的會建議……妳看喔，這張表格上的其他地方都沒有提到這件事情。」

「沒有嗎？都一樣啦，我不認爲『貓』這個字是正確的敘述。」

她動筆把那個字畫掉。「妳說了算，」她說。

「我還希望寫上她的姓氏。馬克漢。伊莉莎白·馬克漢。」

女人變了臉色，一邊厚頰隆起，但她還是把那個名字塡了下去。「家庭裡的一份子，是吧？等一下。」她忽然停下動作，用兩手把那張紙給掩了起來。「我們是要找一隻貓，對吧？」

「貓。」我想不起來這個字的含意。「我不認爲這是個正確的字眼。貓。不對，我認爲不對。」

「喔，對不起，親愛的。伊莉莎白·馬克漢。是一個人，對吧？妳一定會覺得我瘋了。好。我們重來一遍。」

她抽出一張新的表格，在上面寫了些東西。我給她看我的電話號碼。

「我盡量讓它簡潔有力，」她說。「我猜應該是一位老朋友吧？是嗎？如果直接這樣刊登的話，費用會是七鎊又二十二便士，但如果我們將同樣的資料放進一個欄位，電話號碼放大寫在上面的話，這樣就只要四鎊又十四便士，別問我爲什麼，跟收費類別有關，我只是照電腦上的指示去做而已。這樣可以嗎？」

我有點愣住了。這些數字在我腦中盤旋。我已經掏出自己的錢包，但我想不通她要多少錢，也不知道我有多少。

「妳介意我看一下嗎？」她拿走錢包，在桌面上數了幾枚硬幣。「這樣。四鎊十四，沒問題嗎？這個週末就會刊出來了。」

不知道爲什麼，我人站在大街的人行道上。雨正在下，斜斜地落在路面上，也如針刺般擊在我的臉上。一台貨車駛過，它所發出的噪音讓我顫抖。我順著它前進的方向往街上看，不確定自己身在何處。附近所有的建物看起來都是玻璃造的，它們朝我映射出路上的交通狀況。天上下著毛毛細雨，路上車子開得搖搖晃晃的交通狀況。有個東西掛在我的手腕上，沉重而擺盪。它持續不停地擺盪使我無法思考。我試著將它甩掉，但它卻怎麼也不肯離開。

當我開始過馬路的時候，一台轎車突然在我身旁轉向，喇叭大鳴，隨之一陣尖銳刺耳的摩擦聲，我跌在路緣處，緊抓著身上的開襟毛衣。它濕透了，我的長褲也是。隨著身體因呼吸而產生的起伏，我感覺水不停從衣服的纖孔中擠出。我成了落湯雞；我的髮絲不停落下水珠，每當我一移動，我的腳趾就會發出嘎吱嘎吱的聲音。這場雨似乎將汽油的味道推送至了空氣中。我站著發抖，望著濕淋淋的大路上油光所形成的彩虹。當年那個瘋女人追趕我的時候，我就是像現在這樣站在路緣。她攻擊我，朝我吼叫。這個記憶中的夢魘使我弓起了身。我開始把淋濕的衣物脫下，把我的袖子拉長包住手掌，一把雨傘忽然從我的手腕滑落。它滾到了大馬路上，一台車疾馳而過，把它撞到了路中央。我不敢過去撿，但看著那把雨傘躺在大路上，就讓我回想起了那聲在我肩膀上的「砰！」所帶來的驚駭，以及那個瘋女人嘶吼的神情。

我當時以爲自己聽不清楚她所說的話，但現在回想起來，我發現自己居然記得清清楚楚。「我有看到妳喔，」她說。「跟法蘭克一塊兒待在車子裡。玩『蘇淇』家家酒。還搽上她的口紅。」我立刻抹了抹自己的嘴：袖子是濕的，我的臉也是。「妳取代不了她。妳永遠也取代不了她。」然後我跑進廚房，媽出去趕她走，去告訴她我年紀還太小，還不可以被公車撞倒。蘇淇則說，「謝謝妳，小茉，」然後親了我的頭。

不對，都混攪在一起了，但我不知道自己是記錯了哪一個部分。我腳邊有一條緞帶。一條綠色的格子緞帶。說不定是蘇淇的。它的尾端有磨損，絲絨本體則黏了污漬，相當骯髒，但我仍邊走邊仔細地將它纏上我的手指頭。我的口袋裡裝滿了某種東西。某種植物的種子。我一定是把它們當作隨身小點心帶出門。我彈了一顆進嘴裡，但味道吃起來不對勁，於是我把它吐掉了。

在馬路的盡頭，我發現一大群人擠在覆蓋住部分街道的玻璃遮雨棚底下。他們手中提著袋子，眼睛抬眼望天。雨滴在他們的頭頂上滴滴答答，恰巧跟他們說話的吱吱喳喳融爲一體。我好像聽到有人叫「外婆」。我走靠近遮雨棚，又聽見了同樣的聲音。

「外婆！外婆！」

凱蒂正在用力拉著我的毛衣，她的雙眼圓睜。「妳的眼睛好大呀，」我說。但這樣的對白是顚倒的：應該是她要對我這樣說才對。

「妳渾身都濕透了耶，」她說。「妳怎麼會跑到這裡來？」

「喔，凱蒂，」我邊說邊抓住她的手，身體不再緊綳。「我不知道這裡是哪裡。在這裡遇到妳我好開心，因爲我迷路了，而且凱蒂，我不知道我住在哪裡。我記不起來了。這樣眞的好可怕。」

另外幾個青少年坐在長椅的另一側，他們的腳都放在椅子上。其中一個人的頭髮上面有一撮顏色不同，比較明亮。

「我得帶她回家，」凱蒂對他們說。「走吧，外婆。」

她脫下自己的夾克，用來圍住我的肩膀，那衣料摩擦著我的雙臂。我開始覺得腳步不穩。我很累，想要找個地方坐下來。

「要不要找個地方喝東西？」她說，手指向一間咖啡館。

這是那一種光線昏暗的咖啡店：頭髮光滑亮麗的女人坐在靠窗的桌旁，一名穿著軟皮皮鞋的男子慵懶地倚在皮革長沙發上。凱蒂幫我把門打開，然後乖乖等我。她的頭傾向身體的一側。

「妳怎麼不進來？」當我停下腳步的時候她問我。

我再一次從窗戶往裡面看，然後往我的提包裡翻找東西，任何東西都好。我的口袋裡有一些種子，我小心翼翼地將它們整齊排放在外面的一張桌子上。那裡都沒有人坐，因爲桌椅都太濕了。店裡非常吵雜，空氣中有濕衣與熱牛奶的味道。在櫃檯後面的那幾個人都像在跳某一種舞蹈，而顧客們則高聲指揮。對我來說，進來這種地方會讓我覺得害羞。但對衣服顏色鮮豔、臉上又穿了環的凱蒂來講似乎是再自在不過了。她的腳上可也是穿著軟皮皮鞋呢。

「妳想要喝什麼？」已經排在隊伍裡面的凱蒂問我。

「茶。」

「喔唷，外婆，這裡的茶不會多好喝啦，」她說。「還是妳想喝拿鐵或其他的？」

我說：「好啊，那我就點那個，」然後走過去坐進一張巨大的扶手椅中，看著她點餐，付帳，朝我走過來。如果我看往其他的方向，我也會忘記她是誰嗎？

「飲料都在這裡囉，」她把杯子放下。

我的飲料上面有一層細緻的泡沫。我以前也看她喝過類似的東西。「叫做奶茶還是什麼的，是嗎？」我說。

「不是，是拿鐵。牛奶咖啡。」

原來她是這個意思。這樣我就放心了。我從來沒喜歡過奶昔。當我還年輕的時候，港口處有個地方有賣這玩意兒。那是一間近似美式餐廳一類的店，但他們也提供茶跟炸魚排跟薯條。我們以前看完電影的時候會去。

凱蒂把一大疊的紙巾放到我頭上輕拍。有一瞬間我覺得自己被突襲了，相當生氣。

「幫妳吸掉一點水分，」她說。

所以我身上是濕的嗎？我望向窗外。外頭在下雨。現在我想起來了，ABC戲院以前就在這條街上。「浴缸街，」我說，然後認同地點點頭。

凱蒂停下輕拍的動作。「不對，外婆。是貝斯路[49]。」

我給自己一個微笑。浴缸街，那是道格拉斯幫它取的名字。在他搬進來當我們的房客後不久，他去看了一部跟黑幫有關的電影，從那之後，他就開始幫當地的街道取小名。因此黑荊棘路成了樹街、蒼鷺小徑成了鳥街，而波特蘭大道則是成了石頭街。有一天，爸問他爲什麼不讓那些街道維持原先那該死的名稱就好。爸鮮少對道格拉斯發火，但我猜想，因爲爸是名郵差，街道的名稱對他來講大概有點神聖不可侵犯吧。

浴缸街變了很多，他們一定是爲了蓋這些醜陋的大樓而把戲院拆掉，難怪我一時認不出來。我原先知道的地方已經深埋地底了。一層疊上一層。

「實在是太可惜了，凱蒂，」我說。

49 **Bath Road**，此處的貝斯路意譯的話則為洗澡路，與浴缸街即可作為對比，但因中文來看較為不妥，故採音譯。

「我懂，外婆，我懂。」

她在開我玩笑。桌面上一坨濕軟的面紙逐漸坍塌。看起來就像是孩子們以前在玩的那種油性黏土。

「我聯絡不上媽，」凱蒂說，手裡拿著某樣東西貼近她的側臉。「她八成正在通報警察一類的單位。」

「妳拿靠近耳朵的東西是什麼？一個貝殼嗎？妳在聽誰的聲音？」我說。我記得道格拉斯也擁有一個貝殼。我看見他在蘇淇的皮箱裡找到的：他一吋吋都摸遍了，最後在內襯裡頭發現的。然後他把貝殼拿近耳邊，她的聲音隨之傳出。蘇淇告訴他，她遇見了那位她生命中的另一半。

「手機，」凱蒂說。「但很可惜的，這只是一支普通的電話。而在這當下，我正在聽一個女人告訴我說，這個電話號碼正在忙線中。唉，當作妳沒聽到吧。我們馬上就要回家了。先等妳喝完妳的咖啡。」

「咖啡對記憶力有幫助，」我說。

她微笑，坐了回去。我在想，是不是應該告訴她，我已經忘了我們爲什麼人在這裡。但她的表情看起來很開心，而我很擔心一旦我說了，她會有怎麼樣的反應。她用雙手包覆住杯子後小啜。她的指甲油塗得不夠均勻，有縫隙。她的指甲很短，我在想她是否有咬指甲的習慣，或是她不小心把它們都弄斷了。弄斷它們，然後把它們留在一只箱子裡。每一小片指甲都裝進各別的小箱子裡。

「妳的咖啡快要冷掉囉，」凱蒂說。

我十指彎曲，緊緊地將它們都塞進掌心，爲了保護我的指甲，我強將它們壓進皮肉中。要解開它們相當費力，但我將一根手指伸進那小小的握把，事實卻證明用處不大。杯子又大又重，我把好些咖啡都濺到了亮閃閃的木桌上。

「哇喔！」凱蒂說，她往前一彈，穩住了杯子。要是海倫的話，現在就會發出一個不滿的聲音，但凱蒂卻笑了。

「對妳的手來說有點太大了，對吧？」她說，這讓我覺得自己是纖細而非笨拙。「我來幫妳吧。」

她把那坨油性黏土推往翻倒在桌的咖啡後就起身離開。褐色滲進白色，如同一顆拿在茶水上的方糖。凱蒂拿著一個小杯子回來了。

「這其實是用來喝濃縮咖啡的，」她說。「但我們可以分批，每次都只倒一些些進去。」她把一部分的咖啡倒進小杯後端給我，臉上掛著笑容。我啜飲著溫熱的液體，覺得自己就像是童話故事中的大巨人。我不由自主地對她微笑。當我喝完以後，她又再幫我添補。眞希望我能記得我們爲什麼會在這裡。

「我們馬上就要出發囉，」她說。「妳最好先去上個廁所比較好，對吧？」

我站起身，照她說的去做。女廁的門上有一個木刻的女孩剪影。廁所裡面有一名駝背、穿著開襟毛衣的老婦人。我往旁邊站，讓她先過，但她竟然也跟著往旁邊站。我往後退，她也照著做。我靠近點看。是鏡中的另一個我。我抬起手，去擦抹鏡中我的嘴唇，因而留下一個印記，看來彷彿我搽上了一種污漬般的唇彩。此情此景讓我臉頰發燙，覺得既不好意思又有些不安，於是我用手背去擦抹自己的嘴唇。關起小隔間的門的感覺有點怪：我好像穿了太多層衣物，把自己塞得太腫了。然而，一旦我人在裡面之後，我心中就產生一股留下來的想望。這裡舒適又安全，就像是我母親的食品櫃一樣。我還記得有一次，當孩子們的年紀都還小的時候，當我覺得自己受夠了，我記得我就走進去、站在食品櫃裡面，然後關上大門。

湯姆跟海倫嘰嘰呱呱地說話、呼喚我的名字，然後彼此抱怨對方，但我動都沒動，一點聲音也沒出。我不知道自己在裡頭站了多長時間，可能也沒有很久吧，但派屈克忽然回到家，然後找到了我。「妳居然在躲避我們自己生下的孩子？」他說。他嚇了一跳，但我不記得他有發怒。多年以後，當他從出差好幾個月的工作返家之後，他想起了我的祕密基地，於是趁孩子們在忙著拆他帶回來的禮物的時候，把我拉進食品櫃裡親吻。但我們兩人窩在一起的聲音太大了，又笑鬧又把成排的罐子敲得叮噹響，孩子們因此知道我們在裡頭。他們做出那種覺得噁心的聲音，說我們兩個年紀都這麼大了，還在學年輕人玩親親。

「外婆？」一個熟悉的聲音透過門板與地面間的空隙傳進來。「妳還好嗎？」

我把衣服一件件拉好，掙扎著走出了門。是一個女孩兒。她長得很像海倫，但比較年輕，有一頭捲曲的金髮，嘴唇上還穿了一個環。她對著我微笑，我卻覺得她好像在問我一個問題。

「要走了嗎？」她說。「妳想離開了嗎？公車站牌就在馬路對面而已。」

她拿起一件夾克要給我。不是我的，但我還是讓她用那件衣服蓋住我的肩膀，我什麼都不想說。希望物主不會介意借我穿。門外是一間咖啡店。我不認得這個地方，但這個年輕的海倫領著我往前走。她走在前頭，同時往背後伸出一隻手，隨時確保我有跟上來。我跟她走到巴士候車處。

「妳知道，」當我喘過氣來以後問，「哪裡最適合種胡瓜嗎？」

微笑，聳肩。「我不知道耶，妳得問媽。但我在想妳別問比較好。這個問題會讓她瀕臨發狂邊緣。效力都快比問伊莉莎白在哪裡還強了。」她因爲這樣的想法而獲得一種洩密般的愉悅，並幫我找到位子讓我得以休息一下。車子很快就來了，而海倫，或是有其他名字的這個女孩兒，很輕易地就幫我找出了提包裡的票卡。

「妳要帶我去哪裡？」我說。我問了很多次，但我弄不清楚答案。我希望我們要去一個有茶壺的地方。這趟旅行眞的快把我的精力都耗光了，我迫不及待想來杯茶。我們下了巴士，走過幾條街道。路中間滿是垃圾，多數是報紙，我猜清潔隊員今晨應該來過了。海倫帶著我走到一棟房子的側邊，這是一幢新房子，才剛蓋好不久。我不喜歡，我向來都不喜歡新房子，你不會知道屋子底下埋了什麼東西。伊莉莎白也擁有一棟新房子；我也從來沒喜歡過那地方。

「海倫，不是這裡，」我說。「這裡不是我家。」

「我是凱蒂，外婆，」她說。「妳現在跟我們一起住。想起來了嗎？妳搬過來跟我們一塊兒住。」

我沿著街道往回看。廢棄的報紙鼓脹著被風吹到了燈柱上。忽然間，我想起來自己要去做什麼。

「喔，海倫，我得去鎭上一趟，」我說，同時轉身。「我得去一趟辦公室。」

「什麼辦公室，外婆？不行啦。我們到家了耶。」

「我得去《回聲日報》的辦公室，」我說。

「爲什麼？妳想去應徵送報嗎？」

我笑不出來，這件事情太重要了，我不可以忘記。「不是，」我說。「我得去報上登一個那種東西。一種東西。爲了伊莉莎白。」我想不起來那個。「讓她知道我在找她。」

「什麼？」海倫說，走到我的身旁。「像是一則啓事嗎？」

我不確定自己要說的是不是這個字，但我還是點頭了。

「我不覺得那是一個好主意啦，」她說。「我覺得媽會生氣。」

「我不就是妳媽嗎？」我說。

「不是啦，妳是我外婆。我是凱蒂。凱蒂，妳的外孫女。」

我停住腳步，望向她的臉。沒錯，我認得她。我當然認得她。但除了她嘴唇上穿的那個環以外，她長得眞的很像幾十年前的海倫，連那金黃色的鬈髮都如出一轍。不過她看起來似乎比較開心。我的女兒一定是個好母親，我覺得。至少比以前的我還稱職。我們往那棟新蓋的新房子走。有好些種子散落在步道上；一株向日葵的花朵被摘掉，放在牆上。凱蒂拿出一把鑰匙。

「這樣不對，」我指著屋子告訴她。「這裡不是我家。」

凱蒂緊緊握住我的手。「總之，先進來一下吧，外婆，」她說。「媽說她會帶一些咖啡蛋糕回來。」

「我又不喜歡那個。」

「呃，還是妳想要吃香蕉三明治？妳昨天喜歡。」

「喔，好啊，」我說。在我還是個女孩兒的時候，香蕉三明治可算是甜點裡的大餐呢，我以前甚至希望能用這一味來代替晚餐。我還記得，我想要以香蕉三明治代替晚餐的那一天，我又一次遇見了在車站旅館上班的南西。

我排在蔬果店的購物列中。隊伍很長，外圍則停駐了一成排的嬰兒車，小頭顱時不時地從車裡冒出來哇哇找媽。櫥窗裡成堆的香蕉正是大家來排隊的理由；香蕉山高大聳立，看起來輪到我的時候應該還會有剩餘，但我盡力壓抑自己對它們的渴望，免得它們被我那渴切的想望給嚇得逃之夭夭。我倚靠在店外的磚牆上，不停對嬰兒車裡的小寶寶做出各種鬼臉，受太陽孕育的水果所散發出的氣味如同熱水般洗滌著我。媽把配給簿交給我，要我出門採買，她跟爸則一整天都忙著跟警方對話，循線追訪任何跟蘇淇有關的蛛絲馬跡。尼德漢警官建議他們沿著她從家裡到旅館、從旅館到我們家，以及從我們家到她家的這三條線路展開深入調查，睜大眼仔細探察任何有可能導致她「失蹤」，抑或是她可能藏身的地方。我相當懷疑，該警官只不過是提供了幾個讓他們免於枯等、有事可做的建議而已，但我一句話都沒跟媽說。比起過去的幾個月，現在的她看起來心中懷抱了更多的希望，而我實在不忍心告訴她，那些路徑我早已不厭其煩地一再往復走踏過，心裡只盼望能藉此找出答案。

相反地，我賦予自己找尋食材的任務，以能做出一頓非常美味的晚餐爲目標，可是目前爲止的採購行動卻沒有多少斬獲。有人告訴我說，魚販那兒進了黑線鱈，我三步併兩步衝去，希冀能搶到幾尾，但當我好不容易到了隊伍的最前面時，攤上只剩下一般的鱈魚了。因此，我現在手頭獲得的食材僅有一罐亨式番茄濃湯。不過，若我能幫家裡的每個人搶到一根香蕉，那應該也稱得上是小小的勝利了吧。

在我距離第一順位還有六到七個人的時候，南西忽然輕拍了我的肩頭。

「哈囉。果然是妳，」她說。「我就覺得我認識這個人。身體有好一些了嗎？」

我說有。

「那，妳姊那邊有任何消息嗎？」

「沒有。」

她點點頭。「很遺憾聽妳這麼說。」她把提著的購物袋換到另外一手，然後把平坦的臉頰鼓了起來。「妳打算來買什麼？如果貨源還夠的話，我是想買香蕉啦。因爲我丈夫很愛吃香蕉。」

「當時，蘇淇在登記簿上的名字是妳幫她代簽的嗎？」我問。

「喔。妳是指在旅館嗎？對啊，是我簽的。」

「爲什麼？」

「法蘭克請我簽的。」

「但爲什麼蘇淇不自己簽？」

「她人在外面的貨車裡。他想要先結帳、付款，先把一切安排妥當，然後直接帶她上房間。她的情緒有點不穩，他是這麼跟我說的。可憐的小東西，他也是。我猜應該很擔心她吧。那個邪惡的瘋女人又闖進了他們的房子。但我其實也沒什麼資格批評別人——我先生也有他自己的狀況得處理。」

「那妳當時有親眼看到她嗎？我是說蘇淇。我記得妳跟警方說妳沒看見？」

「呃……」

「妳有看到法蘭克帶著她上樓去她的房間嗎？」我盯著那個女人噘起的嘴，希望能從她口中探聽到——哪怕是微不足道的——有關蘇淇的描述。她還活著，住在我們的小鎮，仍活在這個世界上，穿著她自己的衣服，煥然一新地到我們家吃晚餐的想法，讓我飄飄然了好一會兒。

「沒有。妳說得沒錯，」那個女人的言詞，粉碎了我體內的某種知覺。「我得幫另一個接線生代班，所以我錯過了看著他們上樓的機會。一拿到鑰匙後，他立刻就偷偷摸摸地把妳的姊姊送進房裡，以確保那個瘋女人不會注意到她消失到哪兒去了。對我來說，這樣的應對方式是有點過火啦，但我在想，一旦妳遭遇過類似這樣的恐怖情況，妳也會盡力不讓事情發生第二次吧。」

「所以妳完全沒有看到他們上樓囉？」

「呃，至少我有看到法蘭克下樓——那時候我已經回到櫃檯了。可憐的法蘭克，心神不寧的，好擔心他的妻子。我說：『你怎麼不留下來陪她？』但他不行，當晚在倫敦還有事得處理。我沒有問太多，因為，妳知道的，他人不錯，而且連隻蒼蠅都不會傷害，但是啊，除非妳有認識一些不那麼正派的人，不然怎麼可能刮鬍刀賣得那麼便宜。我丈夫的臉一定要刮得乾乾淨淨的，妳懂嗎，他連鬍鬚剛冒個頭出來都沒法子忍受。我猜啊，一定是因為這樣會讓他想起營區的日子。他曾經是名戰俘，被關在新加坡那邊。妳應該知道這件事，對吧？總之，我說自己可以進去陪陪她，但法蘭克說她已經上床在休息了。而那張床隔天看起來的確是有人在上頭睡過，被子亂糟糟的，其他東西也是。」

16

抽屜的內部聞起來像是老舊的軟橡皮擦，更有一些污漬跟標記，但裡面放的東西卻又新又乾淨：未拆封的保羅牌薄荷糖、很多盒面紙，以及好幾排普拿疼。幾張被夾放在一起的、在德國各地拍的全家福照片，每個人的臉上都掛著微笑；這一定是從雜誌上裁下來的，但我不知道自己爲什麼會裁下這些圖片。然後還有一小包的燈柱，小小根的燈柱，中心有根鉛芯的那種。用來描述它們的正確字眼已經從我的腦海中消失，我拿起一根，試圖回想它的名稱。我在抽屜的木板上壓擠著它的尾端，直到它尖頭斷開。這讓我覺得很滿足，因此我又拿起了一根，滿腦子只想著將它弄斷。

門鈴響起。我拋下鉛筆，急著走出門結果撞到了一個書櫃。一個置物架上擺了兩只髒杯子。我把它們都拿在手上，等人走進了大廳，這才意識到其中一杯的裡面還殘留有一些茶水。雖然茶是涼的，不過我還是把它喝掉了，然後把兩個茶杯放在樓梯的底部。我又搖搖晃晃地走了回去。樓梯下來的角度錯了。它不再指向門口。我試著走了幾步。它們都很堅實。門鈴響了。兩次。三次。鈴聲很急促，毫無旋律可言。我打開門，一個男人衝了進來。

「妳眞的做得太過火了，」他說。

他在揮舞著一樣東西，把它甩到我的身上，但它動得太快，我看不清楚那是什麼。我退開，發現自己靠在扶手上。我想不通它們怎麼會在這裡。它們不應該在這個地方。

「我是說一則該死的尋人啓事。我眞他媽受夠了。」

「受夠了，」我眼睛看著樓梯說。它們移動了，但我不瞭解爲什麼。

「對，沒錯。嘿，妳有沒有在聽我說話？」

「你知道爲什麼樓梯會移到這個位置嗎？」我說。

這個男人正在深呼吸。他停了。「什麼？」

他長得很面熟，但我不認識他，而且反正當下我也沒時間去想跟他有關的事情。「這些階梯啊，」我說。「它們移動了。它們面朝的方向是錯的。怎麼可能會發生這種事，你覺得呢？是因爲最近有發生地震還是什麼的嗎？」

「妳在說什麼？」他的個子很高，這個男孩子。但是駝背，跟道格拉斯一樣。

「這些階梯，」我說。「道格拉斯。一定是道格拉斯移動它們的。」我想不到自己原先要說什麼。我的腦筋不知怎的都纏在了一起。

「誰是道格拉斯？」

「我們家的房客。」

那個男人貌似極輕微地半蹲著。「他在樓上嗎？」他把一隻手放在欄杆的支柱上，往上凝望樓梯平台，扶手因承受了他的重量而輕輕搖晃。

「樓上？」我說，眼睛隨他的視線望去。「誰在樓上？」我看著那個男人，心中忽然湧現一陣恐懼。我不知道樓上的人是誰。而且不單如此，扶手的位置也都錯了。它們的位置不對了，我嚇得要死。我專注地看著男人短領口上方的喉嚨；因爲刮鬍的關係而變得紅腫。這個人是彼得。是伊莉莎白的兒子。我感覺自己的胃部充斥怒火。

「是你幹的嗎？」我說。「是你移動這些階梯的嗎？」除此之外沒有其他可能了。「這種壞勾當就只有你這個人幹得出來。」

「呃？」他摸摸喉嚨的後側，皺起了眉頭。

空氣沉默了半晌。我聽見一隻禿鼻鴉在遠方呱呱地叫。我的雙手慢慢握成拳頭。「你一定是爲了錢才這麼做的。」

彼得再次抬眼望向樓梯平台。「我才沒有去動妳那該死的樓梯咧，」他咬牙切齒地說。

「那你要怎麼解釋這個情況？」

「我哪知道，它本來就蓋成這樣吧。」

「喔，胡說八道。虧你說得出口。這種蹩腳的謊話拿去騙你媽還可以，我可不吃你這一套。」

「別提我媽！」彼得大吼，同時抬起了雙手。

他後面的屋門打開。是海倫。海倫的身上混合著濃厚如蜜的紫藤花香、舟車勞頓的疲累。她手上的橘色塑膠袋子發出沙沙聲響。這些環保袋總讓她面有難色、心懷罪過，因此她才會將它們揉成一團，深藏在抽屜中。

「現在是什麼情況？」她說。

「海倫，這個男的移動了我的樓梯，」我說。「我想我知道他爲什麼要這麼做，但是我不知道他是怎麼辦到的。快逼供他，讓他招出他的手法。」

彼得的臉轉向海倫。「妳媽在報紙上登了一則尋人啓事，希望見報的人如果有看到我媽的話，就趕快跟她聯絡。」

他將一份摺疊的報紙用力推向海倫，但海倫提起她的袋子，表示她沒有多餘的手可以去拿。凱蒂輕快地從她後頭跑進門，在階梯處撿起幾個杯子。她走進廚房，我在想她會不會幫我準備幾片烤吐司，但一會兒之後她卻只是回來拿那些袋子。她從她母親的手指上把它們都卸了下來。

「最好把這些藏起來，是吧，媽？不想讓別人知道妳居然使用了塑膠袋。」她輕聲說出最後的那三個字，我好奇海倫是否有聽到。但她沒有反應，只是看著彼得。

「一則啓事？」她說。

「大半夜打電話把我吵醒，或在我媽的房子留下字條，那都算了。但妳看這個。」

海倫總算拿起那份報紙；她看了一眼摺起的頁面後就將它揮往我的方向。我伸手想抓，但她根本就沒在看，因而揮過了頭。

「我很抱歉，」她說。「我不知道她怎麼會有時間——辦法——去登出這一則啓事。」

彼得搖搖頭。我也開始做同樣的動作。他邊搖頭邊走出大門，海倫追了出去，我聽見她的腳步聲踩過砂石小徑。她提高了音量，但我聽不出她說了些什麼。一台車發動了引擎，然後駛離。

「唉，還眞是歡迎我回家的最佳方式，」海倫邊說邊走回來。她打開她攜著的報紙。「在這裡。『尋找伊莉莎白．馬克漢。如果有任何跟她有關的消息，請撥——』喔天啊。妳留的是老家的號碼。我都不知道妳居然有去登報。」

「沒有。不是我，」我說。

「妳是怎麼想到要去做這件事的？」她說。「我是指在報上登一則啓事。」

我凝望著樓梯平台。「『女性朋友們。請聯絡妳們的丈夫，』」我說。

海倫將那份報紙交給我，然後走去打開爐火燒開水。

「聯絡妳們的丈夫。」我保留了那篇文章。而且我還收集了手邊能找到的所有跟離家出走的人有關的故事。還有啓事，男人要他們的太太回家或捎封信，父母希望能夠得到失蹤兒子的消息。數量其實很有限——記者很明顯地高估了這篇文章的影響力——但我所找到的每一則信息對我來說都像是一條降落傘的線，我的希望隨之升空高飛。當然我也知道，即便有一百名男人跟女人一聲不響離開了家，這並不代表蘇淇就會這麼做。但這比其他的可能性要來得好：殺害了另外兩名女性的兇嫌也對蘇淇下了手。這意味著一種機會，有一天我們說不定就能夠發現她。我試著問媽蘇淇以前都去哪一間店舖買魚，但媽聞言只哭不答，爸則是勃然大怒。

我想知道道格拉斯是怎麼想的——畢竟他總是把整份報紙讀得滾瓜爛熟——但我開始懼怕他的存在。我沒辦法將他那天把口紅塗抹到我雙頰和下顎時，那滿臉驚駭而憤怒的印象從他的面孔上移除。雖然我花了許多天的時間搽上冷霜，想再次將那些痕跡清理乾淨，但我依舊覺得臉上仍有殘孍。我開始注意著他在家中的一舉一動，腦中想著爲什麼他看起來從來不爲自己的亡母哀悼、他以前是用怎麼樣的眼光凝視著蘇淇，以及在那名鄰居的眼中，他是如何鎮日地在蘇淇家附近流連徘徊。而且，我還記得那名警察說他認得道格，加上前陣子家裡的食物開始莫名消失，還有那把放在他房間的雨傘，跟瘋女人手上的那一把竟如此相像。另外，他常說自己出門去看電影，然而看起來卻一部影片都沒瞧過。如果他發現我在看他，他就會一臉怒容，於是我就會去想他長得像哪些銀幕惡棍。但有時候，他會把頭像往昔一樣害羞地縮起來，此時我就會想：他還是他嘛，然後就會覺得愧疚，自己實在一丁點都不該去懷疑他。

心事無人可談，我只好依照自己在剪報上看到的薄弱建議去行事。我在法蘭克送給我的蘇淇的衣物中，以及警方還給我們的那只皮箱裡，尋找著任何蘇淇可能去了哪裡的線索。一篇文章裡的一名男子在抽屜裡留下了一份托基鎮的資訊小冊，他們便循此線找到了他。我記得道格拉斯曾用雙手撫探過行李箱的內襯，便也照著做，但我什麼也沒找著。

最後，我在法蘭克帶我回去五路酒吧時，把我蒐集的剪報都秀給他看。當時我正在喝一杯薑汁汽水，並因爲他又一次帶我回酒吧而不大開心。不過由於啤酒的短缺，店內變得比較安靜了，空氣中只嗅得到潮濕味，菸味不再，而法蘭克所認識的人似乎也變少了。當我將那些剪報拿給他看的時候，我稍稍覺得他可能會因而落淚，但他沒有。

「所以，」他說。「妳覺得她離開我了，是這樣嗎？」

「嗯，這樣總比另一種可能性好多了，不是嗎？還記得格洛斯凡納旅館裡的女人的遭遇嗎？」

「也許吧。」

他一言不發，只凝視著眼前液體僅餘一吋的啤酒杯。我看著他那在酒吧燈光的照射下深紋條條的額頭，看著他用雙手轉動著玻璃杯，我等著他把杯中物乾掉。

「你寧願她死嗎？」我問，但我沒辦法相信這會是他的心之所向，而我也不喜歡說出「死」這個字眼。

轉杯的動作沒有停過，他任濕滑的酒杯將他的手指染成慘白，而當他終於抬眼望我時，我看到了一雙疲憊的雙眼。

他嘆口氣。「不，」他說。「不是，我當然不希望發生這種事。那個男的，他是個喪心病狂的瘋子：妳有完整看過那些故事嗎？有些人會去殺人，但那是一回事；而他所犯下的罪孽，那是另外一回事。」法蘭克舉起雙手。杯中最後的啤酒濺了一些出來。「我的意思是說，意外事故難免，它們就這樣發生了，你根本沒辦法插手，也沒有辦法挽回。但他的所作所爲是蓄意，而非意外。」

我同意那個男的眞喪心病狂，而他犯下的罪行絕對稱不上意外，我再一次問法蘭克，他是否認爲蘇淇只是短暫離開，躲到了什麼地方，但他拒絕繼續跟我討論這個問題。他只要我憶起蘇淇的故事，再次訴說他倆初遇的點點滴滴。

「然後她就說：『這名男子就是我未來的另一半，』」我幾近下意識地複述，然後看著酒杯旋轉，我感覺報紙在自己的手中被扭得越來越皺。「『我就是知道。他是上天爲了我特別量身打造的。』」

當晚法蘭克陪我走回家的時候，他遞給我一個裡面裝著火腿的小包裹，是要給媽的，然後再一次站在街角看著我往家的方向走。我看見溫拿絲太太駐足在她的窗口，她原本在講電話，但當我走過她家的籬笆時，她忽然開門朝我跑了過來。

「那個瘋女人又開始出來四處覓食了，」她說，眼神沿著街道望去。「雖然我已經通報警方了，但還是快點回家比較安全，茉德。」

她注意到了法蘭克的身影，但從她站的地方看不清他的臉。他站在街燈前面，帽子往前拉。

「妳也開始約會啦？」她說。「他怎麼不正正當當地陪妳走回家咧？是因爲妳爸不喜歡他嗎？」

她咯咯笑，然後把我往我家的方向推。「快走。快進去妳家。天知道那女的會幹出什麼事情來。」

當我往回看時，法蘭克依舊站在街角。我看得到他那根點燃的香菸。道格拉斯也看到了。

「又跟他出門了，」他說，嚇了我一跳。他人站在我家黝暗的前庭，眼睛朝外頭的馬路看。

「你在這裡幹嘛啊？」我惱怒地說。

「妳媽要我照看妳。那個——呃——那個女人在這附近出沒。」

「溫拿絲太太有跟我說了。我猜你在等她，等著把我們家的食物都交給她。」

他點頭，看起來似乎沒聽見我說的話，然後人繼續站在前庭，眼睛盯著往公園的街道。「妳看過那些新房子了沒？」他頭也不轉地問，而我在想他是想問我，還是他只是自言自語。「地上的土被翻來翻去，翻了好幾個月，土一層疊上一層疊上一層。但妳現在去看，地面平整流暢得跟什麼一樣。妳永遠不會知道下面埋了些什麼東西。」

我往道格拉斯的方向走近，以爲會聞到土壤散發出來的甘草味道，忽然間，我極度害怕要獨自一人走過那又濕又暗的庭院，我睜大眼凝望眼前的黑暗，試圖看見他稍早前所看到的景象。但我知道，他所謂的「出沒」，指的其實是公園一帶的房子，而從這兒要看到那兒是不可能的，就算現在是大白天也沒辦法。我試著回想那些新房子的外觀，但我唯一能想起的，只有道格拉斯的老家所餘下的空殼：那些照片，那些擺飾，都整整齊齊地排放在外曝的房間裡，彷彿隨時都會有誰走回那裡去。

「人們可能在某個地方住上一百年，而完全不知道自己的腳下埋著什麼東西，」他說。籬笆處一陣騷動，雖然可能只是刺蝟或什麼的，但我倆還是嚇了一跳。「妳最好進去了，」他說。

我繞道走進廚房，媽跟爸在整理東西。

「妳的晚餐在爐子上，」媽說，眼睛沒有看我。我告訴過她自己今晚是要跟法蘭克見面，她保守祕密，沒有跟爸說。她還要我問看看法蘭克有沒有辦法拿到肥皂或火柴，因爲店裡都賣光了。趁爸背對我們時，我拿出了那包火腿，她的臉上出現了一絲神采，但疲累的皺紋卻很快地又回歸原位。

我喝著羊肉湯，以爲道格拉斯隨時都會進門，但直到我都已經吃飽走上樓梯，他人想必還留在庭院中。我守在窗旁，注意他何時才會走進廚房門，耳裡則聽著熟透的蘋果從樹上落地所發出的咚咚響聲。直到近午夜我才看到了他那暗夜中的黑色輪廓。此時，我已經寫完那封要寄給那名兇嫌肯尼斯．洛伊德．荷姆斯的信件。

「妳身上的味道聞起來很有趣，」當海倫彎腰放下那杯要給我喝的茶時，我這麼跟她說。

「怎麼樣個有趣法？」她語調忿忿不平，可是我又沒冒犯到她什麼。

「是一種甜甜的味道，」我說。「我只要一聞到就會馬上認出來。」這味道雖香甜卻令我不適。它會讓我頭疼，而且讓我想起那個瘋女人；它讓我不自覺撫按肩膀，好似我被一把雨傘擊中一般。

「是茶的味道嗎？」海倫邊說邊將她那杯飲料放到我的鼻子前。「我加了茴香。」

「噁，對，就是這個味道。好可怕。妳應該沒有把它加到我的茶裡面吧？」

「沒有啦，媽。」她從自己的馬克杯中輕啜一口，然後咧嘴微笑。「我都忘了妳有多恨這個味道了。以前我們還小的時候，妳從來都不肯讓湯姆跟我去買甘草綜合糖。」她頓了一下，彷彿這是一個美好的回憶，但我還記得她小時候爲了這件事情抱怨個沒完。「妳在寫什麼？」她問我。

我低頭望著手底下的那張紙。只是信手塗寫而已。白色紙面上充斥著黑色的鬼畫符。我根本讀不來。海倫說了些跟彼得有關的事情。

「還說別人大驚小怪咧。他以爲妳還能做出什麼事來？」她拉出一張椅子，椅腳刮擦著地板的聲音使得她說出的最後一個句子變得含糊不清。

我眼睛瞪視著一張滿是鬼畫符的白紙，上面的每筆每畫都毫無意義。但我有一種感覺，說不定鬼畫符裡頭藏了幾許文字，只是我看不懂而已。我想要問海倫，但我既羞又怕。當我抬起頭時，看到她正在咬著雙頰的內側，眼睛凝望著我。我在想，她是不是有從那張紙上看出什麼端倪來。

「別擔心，」我說。「我會去問伊莉莎白。」這感覺起來好像是我該說的話。我對著海倫微笑了一會兒，但有些事情不大對勁。我試著回想是哪裡出了差錯。一個想法不停地從我的大腦中滑開。「我可以問她，對吧？」我翻著自己的記事，但我壓根用不著去讀。我已經知道答案了。伊莉莎白不見了。

我丟下手中的筆，將那張上頭都是鬼畫符的紙摺好放進口袋。海倫握住我的手。她正在釋出善意，「努力保持友好」。我也應該要這麼做。我在想自己該怎麼表達。「妳看起來氣色很好，親愛的。」

她擺起了臉色。

「我很開心有妳這樣一個好女兒。」

她輕拍我的手掌，然後開始起身。

「我們可以去探視一下派屈克的墓嗎？」我問。「我想在上頭放些花祭悼他。」

計畫生效。她微笑，大大地微笑，然後又坐了下來。她臉上有酒窩，我的寶貝女兒。酒窩還在，深埋在她那五十多歲的雙頰之中。我都忘了這回事。如同它們躲藏了起來，直到這一刻才又破土而出。

「我們現在就可以過去。」她說。

於是我們穿上外套，坐進她的車。一連串的事情很快就都完成了。我們在某個地方停了下來，海倫打開門走了出去。我聽見周遭的車門上鎖，看見她的嘴透過緊閉的門窗無聲地跟我說了什麼，隨即跑開。街道並不繁忙，但奇怪的人來來往往地走過。但我不認得他們。我不認爲自己認得他們。一名留著黑色長髮的女子在角落轉了彎，直直地朝我的方向走來。她走過時，眼睛望向車內，然後停下腳步，輕敲車窗，手指向我，然後又指了汽車的門。她微笑、點頭，說了些透過車窗我聽不大清楚的話。我去拉把手，但打不開門，於是我搖了搖頭。那名女子聳聳肩，揮手，給我一個飛吻後就離開了。我在想她到底是誰。她想要做什麼。

海倫忽然進來，一陣溫暖的汽油味隨她入車。

「那個人是卡菈嗎？」她說。「就剛剛那個。」

「不是，」我說。「我不……妳剛剛說那個人是誰？」

「卡菈。」

我不認得這個名字。海倫拿給我一束花，然後發動了車子。「這些是要給……那個女人的嗎？」我問。「妳剛剛說她叫什麼名字？」

「不是，是要給爸的。」

車子駛上大路，我坐了回去，鮮花上的水灑到了我身上。我喜歡待在車子裡頭。裡頭很舒適，而且你什麼事都不用做。你只要坐著就好。「他住院了嗎？」

「誰？」

「妳爸。」

我們在紅燈前停了車，海倫看著我。「媽，我們要去探視爸的墳墓。」

「喔，對，」我說，同時笑了出來。海倫皺起了眉頭。「喔，對，」我又說了一次。

墓園很大，但她沒花太多時間就找到了那座墳墓。她一定比我知道的還要常過來。我們站在墓碑前面，閱讀上面的文字。無聲地讀，因爲海倫不希望我唸出聲音來。我們站了很久，我開始覺得疲累，而且待在這兒等待很無聊。海倫低下她的頭，雙手交叉如禱告。她根本就不相信上帝的存在。離我們站的地方不遠，我看到一座堆起的土壤：有人要被放進土裡去了——怎麼描述這種情況呢？種植，有人要被種到土裡去了。我注視著那堆土良久。「海倫，」我說，「要怎麼種胡瓜啊？」

她沒有移動，但她喃喃自語地回答我的問題。「妳老是在問我這個問題，」她說。

我想不出她說的話是眞是假，但我找不到她說謊的理由，我走開，去他處思考，眼睛望著一棵紫杉樹一路晃蕩過去。它那巨大的體積，以及它那擋住了所有光源，在地上形塑出一團陰影的陰暗枝枒裡，藏著某種會令我害怕的東西。立在這裡的一座墳墓墓石平坦，姓名受風吹日曬而損蝕得相當嚴重。只有死亡日期及願妳安息這幾個字還能辨識。「這是那個瘋女人的墓，」當海倫走到我身旁的時候，我對她說。「她的名字是紫羅蘭，但大家都叫她瘋女人。」

「好可憐，」海倫說，她的頭再度低垂。

我覺得她這個崇敬的姿勢做得太氾濫了。我把腳尖壓進草皮裡。「她有一次追在我的後頭，」我說。「她追我，偷走了我姊姊的梳子。她從我的頭上把它扯走。」在說話的同時，我可以感覺到自己的髮絲斷裂，以及髮絲從頭皮被扯斷的痛苦，但這個感覺很不眞實，不知怎麼我又把記憶弄混了。「她看著我，」我說。「她知道跟我有關的一切。」

「誰？」

「她。」我的雙手插在口袋裡，因此我用手肘指向墓碑。我想踢這塊石頭。我想要重重踩踏那下面的泥土。「她人總是在附近，總是他媽的監視個不停。」

海倫抬起了她的頭。「她已經死了，媽，」她說。「她怎麼可能還有辦法監視妳？」

我不知道。我沒辦法思考。我把手從口袋裡面抽出來，看著一張紙。那是一張摺起的紙，上頭有些黑色字跡，我把它揉成了一顆球。我想要挖開泥土把它埋進去，埋進那個瘋女人的嘴巴裡。但海倫將我的手扶高，在我倆的手掌之間把它壓得更扁。而在我們的大拇指間的縫隙，我看到了那個名字：肯尼斯．洛伊德．荷姆斯。

他正是那個因格洛斯凡納旅館謀殺案而被逮捕的男人，我寫信給他，是想問他有沒有殺害我的姊姊。我依然希望蘇淇只是離家出走，但關於這些謀殺犯行的新聞四處充斥——就連無線廣播上都在講。我在信上說，他給我的答覆我不會讓任何人知道，但我必須知道他究竟有沒有殺死她。我描述蘇淇的外貌，她的髮色，她的穿著，也告訴他我們是住在哪一座城鎮裡。我當時想，如果他沒有回信的話，就有可能表示她仍好端端地活在這個世界上。而倘若他坦承不諱，那麼，至少我們知道發生了些什麼事。我想不到自己在「您最真摯的」幾個字的後面該如何署名；我不敢寫上自己的名字。最後我決定簽下菈克伍德小姐，然後請店址位在道路最前端的雜貨商行幫我收這封回信。當時的經營者是雷格的母親。我還記得她那挑眉大笑的表情。

「等一名戀童癖的回信啊，嗯？」她說。「菈克伍德小姐。虛榮中的虛榮啊。」她面帶微笑地咂著嘴，我害臊臉紅，外套底下都是汗。我又羞又怕，擔心她至少可能會跟溫拿絲太太講。但她同意幫我收那封信，收到以後也會先幫我保管，對我來說這樣就足夠了。把剪報都收進一個抽屜以後，我就開始了等待的日子。我從來沒有收到過任何回信，但有一天下午，當我在遊憩莊園遇到法蘭克的時候，我把自己寫了信的這件事告訴他。

「妳是發瘋了嗎？」一口菸才剛吸進去，他就等不及地跟我說。「妳居然寫信給那種腦子有洞的人！妳爲什麼會覺得他跟蘇淇有任何牽連？」

他在我坐著的長椅前面大步地走著，猛抽著菸，使得菸紙燃得很快，所冒出的火光也隨之變得更爲明亮。他帶了些小包來給媽跟我，媽的是肥皀，我的則是巧克力——吉百利牛奶巧克力，這在外面的商店根本就買不到。雖然我答應自己要先回到家才能品嘗，但我還是忍不住咬了一小口。它奶味醇濃，口感香甜，使得我忽然忘記正在跟法蘭克吵架，還抬頭對著他笑開懷。

「而且，就算他說他沒碰過她，那又能證明什麼？」他說，幸好他忽視了我的笑容。

我把剩下的巧克力包起來，放進口袋。「如果他沒有對她下手的話，那就證明她可能還活著。」

「不對，茉德，這什麼也沒辦法證明。」

他把手上的菸彈進河中，又從包裝裡搖出了另一根，過程中他的眼睛持續注視著我。而我，則忙著阻止自己的手不由自主地一直伸往裝有牛奶巧克力的那個口袋。

「妳那封信上到底寫了什麼？」點燃新的菸以後他問我。

我試著一字一句完整告訴他，但他不停插嘴、複述我的句子，還有咳出煙來。

「『她的外型跟你殺害的其他女孩極爲近似』？見鬼了。」

我邊吸自己的嘴唇邊回答他。「這是事實，她的確如此。」

「爲什麼？」他大吼，惹得一對坐在另一張長椅上的老夫妻往這邊看。「妳爲什麼要這麼做？妳這個天殺的小蠢蛋。他留在這裡的時間根本就沒有長到有機會遇到她。妳這麼做，九成機會只會讓妳自己變成他的下一個受害者。」

我聳聳肩，把臉別開。那個男的已經被逮捕了，遲早要被吊死，因此他說的不大可能會發生。法蘭克低聲咒罵，同時往小徑的遠方走去。有那麼一下子，我以爲他要把我丟在這裡，但他很快就轉過身來，走向那對老夫妻，然後舉起一隻手粗暴地將菸從他的唇上拿下來。那天天氣古怪，四下無風，就像是待在家裡一樣，飄在我倆之間的煙幾乎靜止不動，但我仍聽得見風在我們頭頂上方遠處的松樹間穿梭。

「你以前都帶蘇淇去哪裡跳舞？」我問。我多希望自己沒告訴他那封信的事，我希望能夠跟他和好，希望能回復到之前的相處模式。

「亭閣那。幹嘛問這個？妳連這個也要告訴那個神經病嗎？」

他的語調讓我退縮。他呼出了一口很長的氣，把他手上的第二根菸也彈掉，走過來站在我的面前。我已經放棄抵抗了，伸手再次將巧克力的包裝拆開，此時他彎身過來，把我的手放在他的掌中，它開始在我倆的手之間融化。

「我們總是約去亭閣那兒，」他說。「她甚至會要我在中場休息之間就開始跳舞。我以前從來沒那麼做過。總算有件事情是我記得的而妳不知道的吧？」他輕輕搖著我的手，一邊的嘴勾起了一個微笑。

如同以往，我報以微笑。「現在我想起來了，」我說。「既然這樣，說不定我該去那裡看看。」

他放開我的手，巧克力片就這麼落在我的膝上，融化的一小部分染到了我的裙子上。

「妳爲什麼要這麼執著？」

我以爲他是指巧克力，因此回答他：「因爲是你特別爲我帶來的啊，」後來才意會到他要說的，其實是我對蘇淇的苦苦追尋。

但我就是沒辦法撒手不管，因此我穿著蘇淇那件荷葉袖套裝出席了亭閣舞蹈廳的週六跳舞之夜。是有機會的，我認爲，倘若蘇淇人沒有離開這座小鎮的話——就算她沒有跟我們聯絡，也不想再跟我們有任何牽連——她還是有可能會無法抗拒那出門跳舞的誘惑。既然都試過那麼多辦法了，也不差這一個。因爲我只打算去那兒觀察、看看場子裡有些什麼人，因此我把頭髮捲成了新的造型，還把一本媽的《大不列顛與伊芙》[50]雜誌擋在臉的前面，確保她不會注意到我。

亭閣舞蹈廳裡有一個巨大的門廳，門廳裡頭除了擺有幾組紅色絨布長椅之外，還置放了許多種在大型中國風花盆裡的棕櫚樹。柱子四周點綴著一張張的籐椅，但它們比長椅顯眼多了。總之，當我抵達的時候，剩下的空椅子都沒有正對門口，因此我就沒有辦法查看來客。我坐上了一張在角落的長椅，並將雜誌舉高。主要舞廳的跳舞時間即將到來，偶爾會有人走進門廳後坐下、等待、彼此聊天、大笑，或讓雙腳隨著節拍輕搖。空氣中開始充斥著混合了各種味道：香水、鞋

50 **Britannia and Eve**，一九二〇至三〇年代的女性雜誌。該雜誌的焦點主要放在當時的「摩登女性」們身上。

油，還有那些在衣櫥裡放了一整個星期的衣服所散發出的樟腦丸的氣息。我很早就到了，因此可以探查是否有蘇淇的蹤跡。還有十五分鐘的時間管弦樂隊才會開始伴奏。我一邊看著威廉博士的粉紅藥丸[51]的廣告一邊注意大門。我的心臟跳得很沉，每一次的跳動都宛如會將血液直接灌注至我的兩臂，讓我很難將雜誌穩穩地拿在手上。

有一次，一名男子走了進來，腳步停在入口處，掃視著整個空間。他個子很高，唇上留著金色的鬍鬚，他身上的衣服看起來很像是從一個比較胖的人手中借來的。我稍稍起身，看著一名打扮整潔、穿著紫色套裝的女性從舞廳中走了出來，呼喚他的名字。她的聲音聽起來似曾相識，她的頭髮柔軟、髮色偏深。我幾乎不敢直視她，同時不停大口地將空氣吸進肺部。那名男子等到她靠近了以後，才用一手環住她的肩膀，女子則扶著他穿越門廳走到一張籐椅旁。他走路時跛得很厲害，我在想他一定是在戰爭時傷到了自己的腳。等到他們走近，我才看到那個女人頗爲豐滿，比蘇淇散發出更多的母性光輝，而她的腳步雖然輕盈，卻毫不優雅。我因失望而呆滯了將近一分鐘，然後它轉化爲一種刺痛，像是來自側腹的劇痛。

我騙自己只不過是肚子餓了，於是開始尋找法蘭克給我的那片巧克力剩下的部分，但我一定是不小心把它放在床邊忘了，或是放在我那件校服外套的口袋，因爲我怎麼也找不著。時近六

51 **Dr Williams' Pink Pills**，全名為「專治膚色黯沉的威廉博士的粉紅藥丸」，其主要成分為氧化鐵與硫酸鎂，為十九世紀末至二十世紀初的成藥，宣稱能醫治各種諸如舞蹈症、朗讀錯誤、風濕神經痛、神經性頭痛、心悸、膚色黯沉等症狀，曾經紅極一時。

點，外頭的光線變得昏黃。昏黃的色彩，透過固定在牆上的巨大鏡子，反射到每一個人的衣服與頭髮上。鏡子的角落還黏殘有些許的褐色紙張，那是人們用來覆蓋在鏡面上，藉以保護鏡子度過空襲的戰時措施。我坐在一面鏡子底部的左側，心裡覺得十分孤寂，我轉身，舉起一隻手去拿那褐色的紙片。從光滑的鏡面上將它撕下的動作給了我一種滿足感，在我撕除約一吋左右的時候，一個人忽然出現在我的背後。

「蘇淇？」一個聲音說，於是我轉過身。

是道格拉斯。當他發現其實是我的時候，他閉上了雙眼。他張大了他的嘴，凸出了他的下顎。

「茉德，」他說。「我早該猜到是妳。」

他坐上我隔壁的一張長椅，伸長他的雙腳，使得那坐在籐椅裡的跛腳男子從遠處瞄了他一眼。我等著道格拉斯開口說些什麼，但他只是凝視著自己的雙腳。

「你爲什麼跑到這裡來？」我終於開口問他。「是那個瘋女人要你過來的嗎？」

「我每晚的跳舞時間都會過來，」他說。「希望能因此——」

「沒錯，」我說，不想讓他把話說完。「你來到這邊，而非去戲院。因爲你還懷有希望。」

「這也是妳來到這裡的原因。」

我點點頭。

「身上還穿著她的衣服。妳確定自己不是來這裡跟法蘭克碰面的嗎？」

「喔，看在老天的份上，道格，」我說。「這不是爲了法蘭克。但就算是爲了他，這件事跟你有什麼關係？」

他給了我一個短暫而仇恨的眼神，我則因爲覺得被冒犯而咂著嘴，喃喃自語地重複著自己剛才的句子，試著要對他動怒。「你以後還會來這裡嗎？打算這麼做到什麼時候？」我問。

「只要還在我的承受範圍之內。」

我們各自別過頭去，把臉望向忽然亂烘烘的門廳。舞會開始了，人們不停往裡面走。

「我不知道還能去哪裡找，」他說。「我不知道除此之外自己還能夠去找尋什麼。」

我點頭，端詳著他的側臉。我當時眞的很愛這樣的他。我愛他的執著，在法蘭克早已放棄的時候，他仍然因爲在乎，而決定堅持下去。

「道格，」我說，因爲我還需要知道一件事情。「你跟蘇淇。」

「她對我很好，就這樣而已，」他說，眼神專注地凝看著那些分開的舞客們。「她給了我一個容身之處，給了我一個能聊天的朋友。」

我想問他他們之間聊些什麼，但我不知道該怎麼開口，才會讓這句話聽起來不像是一句挑釁。我似乎總是太過在意道格拉斯，於是變得嬉笑怒罵、吹毛求疵，但這從來都不是我的本意，而我現在不想賭自己會不會說錯話。我也情不自禁地覺得自己被孤立，因而感到怨恨，但心裡明明知道這樣的情緒來得太遲太遲了。道格拉斯眼神空茫地望著那些夾克與宴會套裝的背影，而我則看著他雙頰顏色的深淺變化，以及他柔軟的髮絲被穿門而入的風吹拂擺動。我對他綻開微笑，雖然他並沒有看到。

我本來打算下星期六跟他一起過來，但當我跟他提議時，他看起來興趣缺缺。他離開的時候我剛好沒有注意到，或也可能我在放空，或是在忙著什麼。一星期之後我再度來到，不過在那之前，我打算先去我的朋友奧黛莉家喝茶——媽跟爸又跑去倫敦，試圖跟一個人聊聊蘇淇的案件——但奧黛莉從她父親那兒偷拿了一瓶琴酒，而且堅持要跟我一起喝，但我們都恨死了那味道。於是，當我人趕到舞廳的時候，舞會已經結束了，而道格拉斯也早就不知消失到哪兒去了。

當我踏上回家路途的時候，天色已變得灰暗。稍早下過雨，那些新房子旁的步道潔淨閃亮，而蝸牛群則從每一戶人家的工整前庭中衝出來赴死，新建好的圍牆所散發出的木餾油的味道瀰漫在空氣之中。很快地，我就沒有辦法看清眼前的路，而我的身體因爲害怕踩碎蝸牛的居殼而變得僵硬。我已經可以感受到蝸牛殼在我腳底下碎爛的情況，聽見那喀嘰的聲音。

當我年紀輕些時，我會極其緩慢地往前走，撿起每一隻蝸牛，把牠們帶到一座庭院裡的安全處，或至少將牠們送往對面的樹叢，但也許已到了不再會做這種事的年紀了，我只有在走路的時候注意那些閃爍如蜜糖的小小軀體，並跟著牠們身後所留下的銀色絲流般的軌跡，試著別讓雙腳踏進地面上任何不該踏進的區域。好不容易路已經走了一半，我卻在這時第一次聽到了人行道上那空心的碾碎聲。但我沒有什麼時間能夠咒罵，就連讓那討厭的感覺——混合了歉意與噁心——包圍我的片刻都極度缺乏，因爲在同一個瞬間，我看到了那個瘋女人。

她人站在潮濕的路面上，身子緊鄰著一部車——停在這條街上唯一的一部——的另外一側，透過兩層車窗凝視著我。她蜷曲的手指無用武之地地靠在窗上，她的抓擊無法在車窗上留下任何條紋。是一盞從一幢房屋中忽然亮起的燈暴露了她的存在，將她的影子快速地朝我的方向送。一個走出家門的男人踏進他的前庭後就大叫，人們開始往他的身旁聚集。他站在庭院的圍牆旁，把手往上摸著牆頂。在那牆頂上，他，或是其他人，用水泥刷上了許多各種顏色的卵石。鄰居們都來聽他說話，而他從頭嘶吼到尾，但我無法集中精神聽他在講些什麼，因爲那個瘋女人正在輕敲著車窗。

在燈光的照射下，她的身體看似顫抖著，而她的白髮輕飄如蛾翅。我們透過玻璃凝視彼此，我很好奇她在那裡待了多久，而她是一路跟著我走過來的呢，還是她一直都在這兒等，藏起了身子。我很好奇她計畫對我做什麼，或是她的心中是否有這麼一份計畫的存在。我覺得自己周身麻痺，我的腳仍被蝸牛的屍骸吸附在人行道上，而我一度以爲那個男人是在對她吼叫，但是我錯了。

有人試圖從土裡挖走他的胡瓜，他說，而他們差點就神不知鬼不覺地成功了。他是一名得過獎的胡瓜職人，而他的作物正好剛長到完美的尺寸。他很確定這是蓄意破壞。他甚至看到了那群挖掘者逃跑時的背影，他敢發誓那人肯定是墨菲老先生，他的頭號對手。

「他那頭白髮出賣了他。他的頭髮在月光底下閃閃發亮，」他說，講得會發亮這件事聽起來就是種犯罪行爲。「我到哪兒都認得出他的頭髮，太好認了。狗娘養的。」

幾名淑女竊竊私語，他爲自己的粗言粗語道了歉。一個男人建議他們一起去敲墨菲先生的門，讓他展露出他的頭髮。群眾裡頭有人咯咯笑，而對此事已失去興趣的人則低語講個不停。沒多久街上又變得漆黑而安靜，然而我仍無法移動分毫。那個瘋女人的眼睛定定地看著我，她的手指敲擊出某種精神錯亂的摩斯密碼，但眞正令我渾身發顫的，其實是她那頭閃亮亮的頭髮所構築出的意象。剛剛在那個男人的庭院裡頭挖掘的人是她，男人誤把她那頭白髮認成了墨菲先生的髮，我想像她蟄伏在黑夜中，指甲滿是泥土，將胡瓜的果肉塞進她的牙齒之間。

有人大叫著「晚安！晚安！」因爲多數的女人都要回家去照顧她們的孩子、聽無線廣播，還有捲她們的頭髮，她們的男伴們也都跟著走了。在仍留下來的人當中，有一個說話斷斷續續的人認爲，此案的犯案者可能是那種很喜歡吃胡瓜的人，然後一聲與先前的斷續對話毫不相襯的大笑暴了出來，促使瘋女人把頭轉了過去，就那麼一瞬間。我開始狂奔。沿著大街，穿過胡瓜職人，更多的蝸牛葬送在我急跑的腳下，我卻絲毫不爲牠們的傷殘哀悼。我知道，明天早上我就會在自己的鞋底發現數不清的蝸牛殼，以及牠們黏糊的肉身。

17

當我抵達的時候，我家黑漆漆的。媽跟爸出去找蘇淇了。我站在前門門廊試著找出我的鑰匙，檢查了提包跟身上每個口袋各兩次。但鑰匙卻不在任何地方。我感覺自己的胃部往上飄浮到了胸腔，我的心臟就在它的旁邊跳動。我小心翼翼地呼吸，把自己的口袋都往外翻，然後將翻出來的所有東西都甩到地上。內容物砸在水泥地上的聲音裡頭，夾雜著那種我很熟悉的、前門開啓的聲音。門閂的喀喀聲，鉸鍊的咔噠聲。有個人，不是媽也不是爸，正在打開這扇門。是一個很年輕的男人，身材矮小、皮膚白皙，他人站在裡頭注視著我。他看似吃了一驚，就好像他沒有預期我會回家一樣。他看起來不像是一名小偷。我眼神充滿不信任地瞪了回去。我不認爲自己認得他，但我不相信自己。「道格拉斯？」我說。

「不，我是肖恩，」他說，同時退回屋裡去。我的屋子。「妳站在那裡別動，」他大聲地說。

但我可沒打算待在外頭等，鬼才知道他正在裡面幹啥，因此我跟著他走進了黝暗的走廊。有些事情不大對勁：所有的擺設都變了。散熱器上面的置物架不見了，有一輛腳踏車停靠在牆邊。

我想不出自己人在哪裡。我聞到醋的味道，那個男人正在講電話。他對著我笑，在炫耀吧，跟溫拿絲太太一個樣。

「妳要坐下來嗎？」他把話筒遮住，對著我說。

「你這麼做，對方會聽不到你說的話，」我說。

他點頭，把手移開，對著電話那頭的人說了些什麼，然後把電話放下。「妳會想要進來廚房嗎？我們才剛吃過炸魚排跟薯條。裡頭還有很多薯條喔。」

一個年紀很小的孩子悄悄溜上樓梯，背緊貼著牆，躲在她父親的後頭觀察我。

「帕琵，」那個男人說，「這位是以前住在這裡的女士。」

「所以，你現在不住在這裡了嗎？」我問。

女孩扭動著身子笑了出來。

「那麼，我們要繼續嗎？」他走下樓梯，那個女孩轉過身子，跑在他的前頭。

我不確定自己該做什麼。我可以看見廚房裡的燈光，但我想不出該怎麼走到那裡。眼前的景象看起來好熟悉，就像它們應該能喚起我的記憶，但我卻摸不著它們。有其他的一群人住在我記憶的最上層。我看著前門，仍是敞開的。它跟我家的那扇門一模一樣——在窗框中鑲嵌著一樣的玻璃——它讓我覺得自己應該要回家，但我卻擱淺在這一小塊地毯上，而且找不到出路。我伸進口袋裡找記事，但裡面什麼也沒有，只有幾絲線頭跟虛空。我身上一張記事也沒有。記事的缺乏讓我覺得不適；我的風箏線被割斷了，我在暴風中不停地旋轉。我擰著外套的衣料，恐慌地將它上下揉搓。忽然間，在扯破的纖維裡面，我找到了一張藍色的小方紙，上頭是我的字跡：*伊莉莎*

白現在在哪兒？

「伊莉莎白不見了！」我大叫。如果我大叫的話，我腦子裡那滿是忘性的區塊就會停止繼續遺忘。「伊莉莎白不見了！」我一次又一次地大叫。當我往肩膀上方望去，我看到一個小女孩抓著欄杆，身子有一半躲在一大堆那種用來纏在脖子的東西裡頭。羊毛跟絲質的，細長而致命，它們軟綿綿地掛在欄杆的支柱上，像是一條條精明的蛇，偽裝自己正在歇息。那個女孩睜大眼看我，然後衝上樓梯。我朝她的方向大叫。

然後，我感覺到一隻手放在我的肩膀上。它的重量使得我弓身縮回前門處。

「媽？」有人這麼說。

是海倫。她衝過來抱住我，我的臉擠往她的鎖骨上。她聞起來像是濕泥。當她往後站的時候，她一手輕搖了我的肩膀，她另外那一手拿著電話。

「妳剛剛在衝著誰吼？」她說。她的雙眼掃過我的臉龐，她那只放在我肩膀上的手按了一下。「媽，妳已經不住在這裡了。妳知道這件事的，不是嗎？」

「伊莉莎白不見了，」我低聲說，抬眼望著房子。它看起來很熟悉，但我不知道這是誰的房子。我把一隻手放在我的喉嚨上。

「沒有，媽，她沒有不見。妳知道她在哪裡。而妳必須接受這一切。或者妳必須放手，還有，妳不可以再這樣告訴別人了。」她說話的聲音非常低沉，而且她開始把我帶出門，帶往馬路上。

「告訴別人什麼?」我問。

「伊莉莎白不見了。」

「妳也這麼認爲嗎?」

她的臉色凍結成一個閉上眼的微笑。「不,媽。算了。我們回家吧,好嗎?」她打開一扇車門,扶我入內,然後走回屋子處,撿拾一些散落在小徑上的東西。一個男人彎下身來幫她。

「萬分感謝,」我聽見她說。「我只不過離開家門十分鐘而已。我以爲應該不會有什麼問題。」

他說了些什麼,但我聽不清楚。

「我知道。我知道這已經不是第一次了。她還在調適。」

我試著去理解他們在說什麼,但對我而言,這卻是個不可能的任務。我腦子裡一團混亂。我的房子跟不認識的人跟站在樓梯上的凱蒂跟晚餐吃炸魚排跟薯條跟蘇淇不見了跟伊莉莎白不見了跟海倫。不見了?可是,喔不,海倫在這兒,走進車裡,載我離開去某個地方。我回頭看向我們的來時路。「海倫,」我說。「我搬家了,對不對?我搬去跟妳住了?」

「對,媽,」她說。「一點沒錯。」她朝我伸出一隻手,但又抽了回去,因爲得換檔。

「那麼,」我說,「至少我今天講對了一件事。」我滿足地看著眼前的道路轉了彎,而海倫也沒有阻止我大聲唸出那些路標。我把全副心神集中在這件事上頭:它們穩固而清晰,我也不需要去理解它們的意義,因爲開車的人不是我。

一名細瘦、看起來相當脆弱的男子在我們的面前搖搖晃晃地移動。一開始,我以爲他是用細弱的單腳在慢行，但很快我就注意到那是一台那種可以讓人四處移動的器械：兩個輪子，兩個握把。不是手推車。我們追上了他，跟他擦身而過，有那麼一下子的時間，我還以為他會被我們從路面上推開，我們會害他翻倒，就像是觸碰一顆旋轉中的陀螺一樣。我的五臟六腑隨之一緊。

「海倫！」我說。「妳差點把他撞倒。」

「沒有，我才沒有咧，媽。」

「妳明明就有，妳差點撞到他，妳開車要小心點，撞到是會死人的。」

「我知道，我有在注意，但我剛剛真的沒靠他那麼近。」

「有個可憐的女子在我們家的外面被車撞倒，那是多久以前的事情？」

「我不知道，我不知道妳在講誰。」

「有啦，妳知道的。她本來站在我的床邊，後來她逃走了，妳開車把她撞倒，這樣她就沒有辦法再回來惹事。」

「我從來都沒有撞倒過任何人。」

「呃，這我可不知道，」我說。「我當時人又不在車上。」當時，我人在道格拉斯的房間聽〈香檳之歌〉。

突如其來的刺耳煞車聲覆蓋掉了艾西歐．品薩的低沉笑聲，然後我聽見了母親的聲音，她在大喊些什麼。當我甩開道格拉斯的門時，我沒有聽清楚她在說些什麼，但我跟著那喊聲來到了外頭的大街上，而我很快就在路中央看見了那具縮成一團的身軀。是那個瘋女人。她躺在路上，頭上流著血，手腳都彎曲成奇怪的角度。媽跪在她的身旁，一隻手摸著她的臉頰。溫拿絲太太一定也聽到了聲響，因爲她跟我在同一時間抵達現場。見狀，她趕忙跑回家打電話叫救護車，媽則要我去拿毯子幫她蓋住那殘敗的四肢。在做完這件事情之後，我不知道自己還能幫上什麼忙，因此我跪在媽的旁邊，握住了瘋女人的手。她的雙眼不停轉動，嘴巴低語些我聽不懂的話，而又皺又小的躺在柏油路上的她，現在看起來不那麼可怕了。她就連傘都沒有帶在身上。她身旁的地上有些植物的花草，那些她在倒地前拿在手上的東西：光禿禿的山楂細枝、鮮紅的金蓮花、水苦蕒、蒲公英的葉子、忍冬、西洋菜以及香蜂草。這些花草散落在她的身旁，讓她看起來像是老邁的奧菲莉亞[52]，錯把馬路當成了河流。

「那都是些可以吃的東西，妳看，」溫拿絲太太說。「蒲公英葉，金蓮花。她在幫自己準備一份生菜沙拉。看來，她沒我們想像的那麼瘋。」

當我開始將那些花花草草集中一處時，瘋女人忽然從喉嚨的深處發出了一陣刺耳的叫聲。媽彎身下去聽她說話，而眼睛看著我的臉的她摸到了我的手，把一樣東西塞進了我的手心。我全無抵抗地收下這個東西，感覺它雖小卻細緻、硬脆，但我沒有低頭確認自己拿到了什麼。

「鳥？」媽說，她正試著細聽那些低聲的字句。「什麼鳥？誰的頭？」

但她看來完全無法弄懂那女人所說的話，因此我們僅出聲繼續安撫她，而此時溫拿絲太太則

52 **Ophelia**，奧菲莉亞是莎士比亞的劇作《哈姆雷特》中的女性角色。在經歷父親被情人殺死的打擊之後，她開始變得瘋癲，最後在手上拿著花環的情況下失足墜落溪流中溺斃。

是大聲地來回踱步，奇怪那救護車怎麼還沒來，然後問我們覺不覺得她應該要回去再打一次電話。

「妳猜她大概幾歲？」媽問我，同時調整了一下毯子的位置，讓它能夠輕盈地蓋在瘋女人殘破的身軀，不造成她一絲絲的負擔。

我告訴她我不知道。「這件事情很重要嗎？」

「其實也不是什麼大事。只是，她比我想像的還要年輕。說不定跟我差不多歲數。」

當救護車趕到的時候，瘋女人已經不再低語，她大張其嘴，雙頰凹陷。她一度看似恢復知覺；她的雙眼逐一掃過我們的臉龐，她闔起下顎，就好像她要告訴我們最後一件事情。但不久後，一滴深色的鮮血從她的嘴角滑落，她就此不省人事。

幾個男人將她嬌小的身軀抬走時，她身上仍裹著我們爲她蓋上的一件毯子。

「她死在我的臂彎中，」媽說。

在接下來的數分鐘之內，我們幾個人都低頭凝望著道路，然而眼前早已空無一物。溫拿絲太太第一個顫起身子，揉搓著她的雙手，抬眼望天，思索著雨是否將要落下。到最後，她邀請我們進她家喝杯茶。

「遲早都要發生的，」她說，此時我們都坐在她家的前廳。「人總是待在馬路上，她啊。還跳到公車的前面咧。」

「不是巴士撞倒她的，」媽說。「是一台莫里斯雙門小客車。」

溫拿絲太太說，她不知道兩者之間有什麼太大的差異。她打開她那台小型的電子壁爐，並往我母親的肩膀上披了一條披巾，然後幫我們倒茶，此時我才意識到媽的身體在發抖。我問她怎麼了，但溫拿絲太太使了眼色，同時搖搖她的頭，於是我知道自己應該乖乖閉上嘴巴。

「妳那個是什麼？」她問，同時對我緊握的拳頭點點頭。

我放下杯子，終於將那隻拿著瘋女人所贈的禮物的手張開。那是一朵胡瓜藤所開出的花朵，枯萎、凋謝、支離破碎，像是一個老舊的留聲機喇叭。

「那個女人給妳的，對嗎？看那外型應該是胡瓜的花。我不認為是什麼寶物啦。爲什麼她要給妳那個？」

「胡瓜花可以吃，對吧？跟金蓮花一樣。但我猜，這有可能是因爲她曾去一個男人的園子裡挖了些胡瓜出來，」我說。「他差點就將她逮個正著。當時我剛好路過，而她知道我有看見她。」我想起那個男人在暗夜中對著他的鄰居們大吼大叫，他還把手伸上去摸牆頂上的卵石。

「所以那是她的告解嗎？哎唷喂呀，她還眞是個阿呆。喔，我不是要說死人的壞話，而且我在想，至少她很誠實，用她自己的方式認罪。我個人還挺愛吃胡瓜的。」

「之前是法蘭克幫忙他們栽種的，」我告訴媽，認爲若此事事關重大，她應該會有所反應，但她只是點點頭，捧杯的手享受著那杯中物的溫暖，卻遲遲沒有入口。

「她說，所有的那些小鳥們都繞著她的頭部飛行，」媽說。「就像是戲院在播的那種卡通片一樣。然後她提到了自己的女兒。跟我說，我們都失去了自己的掌上明珠。我猜她指的應該是蘇淇。我一直以爲她對我一無所知；某種程度來講，你不會預期她會注意到這些事情。但她卻不停提到我們的女兒。」

「在我聽來，不過就是些瘋言瘋語嘛，」溫拿絲太太說。

「不對，」媽說。「她認得我。」

「只有這週末而已啦，媽。對不起，但我星期一一大早就會來帶妳回家。好嗎？」我一聲沒吭。我們在一間有著純白窗簾的小房間裡，花瓶裡頭插著一束假花，不知從哪飄來一陣廉價肉湯的氣味，我也聞到了消毒水的味道。海倫半蹲著站在我坐著的一張床邊；她說她會再回來，但我知道她在騙我。我知道她要把我永遠都扔在這裡。我已經在這裡待了好幾個禮拜了。

「只有兩個晚上而已啦。而且他們會讓妳種植一些花草喔。」

「我不喜歡種東西，」我說，然後我又氣自己爲什麼要出聲回答她。

「有啦，妳明明就喜歡。妳老是在問我怎麼種蔬果，而且我們在家的時候，妳看起來就很喜歡把東西從土裡面挖出來。」

這次我就有記得不要回答她。這件事情也是她在扯謊，我從來都不喜歡幹園藝活。我跟她不同，她一年四季人都在外頭，告訴別人他們應該在哪裡掘土蓋池塘，或解釋哪一種土最適合種蔬果。而她從來也沒有想過要告訴我。她從來沒有想過說不定我會需要知道土得挖多深才能夠種下胡瓜的種子，或它們的根會往土裡長到多深。現在我不想知道了。反正，這房裡也剩下我一個人了。海倫不知道在什麼時候已經走了，就留我一人坐在這兒發呆。牆上有一張告示。歡迎來到基堡之家。這是一間老人院，我想不出自己爲什麼在這裡。我翻看自己的記事，結果在一張粉紅色的小紙片上發現了這間院所的名稱以及它的地址。基堡路。我以前有個朋友住在這兒。現在她已經死了，我記不得她的名字。但不是伊莉莎白，我知道；是另外一個朋友。

「再五分鐘就可以喝茶囉。」

一名高大、健壯的年輕女人領著我穿過一條沿途都是臥室的走廊。我稍稍想起了車站旅館，但這些門都是敞開的，經過的時候我還能聽到電視機發出的嗡嗡響聲，而裡頭的人們都低沉地大聲說話。我瞥到一雙在床上舒展的腿，那雙腿上穿著拖鞋跟彈性絲襪。從某處傳出持續的嗶嗶聲。我們來到休閒室，肉湯的味道消退許多。我彎身坐進一張椅子，眼前有許多張類似的，老人們緩慢地占據了這些椅子，他們的衣服跟臉蛋都宛如剛起床一樣皺巴巴的。角落的一台電視開著，它所發出的噪音使得每件事情都變得很混亂。

「我已經等了好幾個小時了，」我對那個健壯的女孩說。

「妳在等什麼呢？」她問。

「我已經等了好久好久了。超過兩個小時了。」

「等什麼？」

但我想不出自己在等什麼，於是那個女孩便嘆了口氣，用她的前臂把劉海往旁邊撥。她遞給我一杯茶，我則是看著房間另一側的一名老女人。那名老女人的頭上纏著一條顏色很明亮的圍巾，她的身子駝得厲害。當她喝茶時，她看似無可避免地會將鼻子泡進眼前的茶水中。當她抬起頭時，水滴隨之滴落，弄濕她的毛衣。當她喝完茶以後，她用手把頭撐著，讓她那彎曲的背不用再承擔頭部的重量。有人過來幫她收空杯盤，一個男的，優雅、臉上掛著微笑，皮膚是亮褐色的。西班牙人吧，我猜。我看著他把杯子一個接一個疊成了一條發亮的脊椎骨。陽光開始穿越窗戶斜斜地照射進來，他動作迅敏地將窗簾放下，就像是一名鬥牛士甩動他身上的斗篷般流暢。

時候不早了，我已經在這兒待了很長的一段時間；所有的舞客都回家了，但我還不能夠回家。我必須在這兒等到蘇淇現身為止。我的座椅上黏著一小片膠帶，我開始撕弄著它。「『那些舞客們什麼時候才會離開她的身旁呢？』」我說，那首詩句的文字比電視上的畫面還要清晰。

「『她已經跳累了，也玩累了。』」

「什麼？」一個留著白色長髮的女人邊咆哮邊走進來，她的身體靠在一架助行器上。「誰坐了我的椅子？我那張該死的椅子哪兒去了？」

我忽然很擔心是不是自己占了她的椅子，但那個西班牙男子指著我隔壁的那張椅子。

「在這裡，」他說。腳步輕快地走到了左邊，然後搖了搖那張椅子。

她低下頭，彷彿將衝撞那張椅子，但卻在最後一刻轉過身，優雅地坐了上去。「妳這樣做不太對喔，」她說，指著我那正在撕弄膠帶的手指。

我想不出詩的下一句是什麼，因此我不知道該怎麼回答她。我以微笑代替回答，並試著唱出歌曲的開頭，這樣至少她就會知道我還記得那個曲調。

「她自以為這樣很有趣，」那個女人對隔壁椅子上的男人說。「我不這麼認為。」她又把頭轉向我。「如果妳回到家，跟妳的父母說妳正在做這種事情，他們的臉色肯定不會太好看。」

「她不可以回家找她的母親，對不對？」那個男人邊說邊把一些餅乾屑從他的套頭衫上撥掉。

「對，還不行，」我說。「我得在這裡等到某個人出現為止。一個穿著大斗篷的鬥牛士。他抓走了我姊姊。他把她藏在斗篷底下，除非我跟他跳舞，否則他說什麼也不肯放她走。」沒有人看似在聽我說話，而那鬥牛士的印象又太薄弱，沒辦法殘留在我腦中太久。一名深色皮膚的女性坐在一個插滿假花的花瓶旁，她朝我揮手。

「妳知道，這些花都是假的，」她說。「但至少很漂亮。」

我看著那些花朵，然後點點頭。

「假的，」那個深色皮膚的女人又說了一次，同時用雙手去摩搓那些花瓣。她從花瓶裡面抽出一朵花給我。「不過很漂亮。」

我接下那朵花，然後將花握了起來。她從花瓶裡把整束假花都連莖拔出，然後將整把都遞給我。缺少了花瓶的支撐，它們哀傷地低垂著頭，而那些花瓣看起來都因長久下來的觸碰而有所磨損。有幾根莖少了頭部，它們讓我想起道格拉斯，他人在我們家的廚房，他駝背的身影恰巧呼應了他手中那束殘破的花束。

當道格拉斯回來的時候，廚房裡的電燈閃閃爍爍，鬼魅般的昆蟲們也開始將牠們的身軀扁扁地貼在窗戶的外側。鍋爐已塞，我們在喝最後剩下的茶。媽常常無法入眠，我偶爾會來陪她，一起玩《回聲日報》上的填字遊戲或聆聽爸從頂樓傳來的打鼾聲。「你的晚餐放在最上面的烤爐裡，」媽對進門的道格拉斯說。「可能有點涼了。如果我知道你要這麼晚回來，我會幫你想好其他辦法，但是你沒有先跟我說。」

「對，是我不好，」他說。他沒有坐下來，但他看起來好似即將癱倒。「對不起，我沒有想那麼多。我……」他手中拿著花朵。那束花殘破不堪，在廚房熱氣的吹拂下更顯凋萎，每當他的身體顫動，就會有花瓣隨之落下。「我不知道該怎麼做，」他說，然後把花束向著我們舉高。他兩腳晃個不停，媽朝我揮手，示意要我想辦法做點什麼。

「發生了什麼事？」我問，並站起身來，將椅子推向他的雙腳，逼他坐下。

「我母親，」他說。「她今天下午過世了。」

我縮了一下。媽看起來很擔心，甚至是有點害怕。我們倆都以爲他發瘋了，失憶了，或是怎麼了。

「你母親早就已經死了，親愛的，」媽說。「有一顆炸彈掉下來，你還記得嗎？」她又揮了手，這次是朝向茶壺，於是我把它拿去加水，放到爐具上，並添入燃料。

「不對，」道格拉斯說。「不對，她活下來了。一開始我還不知道，但她活下來了。後來，還記得妳有看到她嗎，茉德？她追在妳後面。」

「什麼，你是說那個瘋——」我讓自己住了嘴，並透過搖動茶壺來掩蓋那些我差點說出口的話。「但她怎麼可能會是……？」

他縮起脖子，把花放了下來。我猜他應該是爲了自己的母親去收集這些花朵的，我在想是不是該找個花瓶來，但那些從路邊摘來的雜草光看就覺得可悲，看起來實在沒什麼必要再用一個花瓶去突顯它們。

「我還以爲妳說不定已經知道我媽的眞實身分了，」道格拉斯說。「蘇淇知道。我跟她說的。她人眞的很好，想法子幫忙，準備了好些食物的小包。我開始以爲一切的事情都會好轉。我不知道自己竟會如此愚昧，但我當時眞的如此深信。」

「但是道格拉斯，你的母親，」媽說。「我不是很能理解這件事。」

「她一直都是個燙手山芋，」他說。明滅的燈光促人發狂，於是他雙眼緊閉。「自從我姊姊死後就是如此。朵拉在戰爭發生以前，就被一輛公車撞死了。」

我們點頭，催促他繼續往下說，因爲，當然啦，大家都已經聽過這個部分。

「後來我爸在一九四〇年去了法國，自此沒再回過家。從那時起她的狀況急轉直下。成天都待在外頭，不睡也不吃，至少沒有正常地進食。她跟鄰居有了衝突——那時候我們還住在小鎮的另一邊。警察來把她帶走，有好幾次我都得上警局去把人要回來。」

「尼德漢警官就是因爲這樣才認識你的。」

「是這樣嗎？是吧，我想應該是這樣沒錯。總之，到最後我們只好搬家。我們漏夜搬家，利用我的牛奶拉車把所有的東西都帶走。這不是什麼光采的事。但至少這就表示不會有人認得我們，我認爲這就已經是天大的恩賜了。我避開住家附近的新鄰居，同時也負責保管我們的配給簿，這樣一來商家就不會知道母親的名字，不會將她跟我連結在一起。我不認爲有任何人知道她跟我住在一塊，她的作息跟別人不同，她也慣於從後院溜出門，不走大路。不管怎麼說，我們才搬進去幾個星期而已，炸彈就從天而降。我以爲她就這樣死於那次的空襲。說來慚愧，但我幾乎覺得這是一種解脫，但直到後來才發現，她住在那片殘屋破瓦中。我試著要幫助她，但她根本講不聽。你沒辦法用理性的方式跟她對談。就算被炸得不成屋樣，她仍舊只想住在那棟房子裡面，因爲朵拉的娃娃、她的沃爾沃斯提包，還有她的寶貝熊魯柏年刊，都還深埋在屋中的某處。」

「可憐的女人，」媽說，她環視著廚房，不知怎的無法把視線定焦在任何東西上。

茶壺裡的水開始沸騰，我把熱水倒在幾匙牛肉茶粉上，然後把杯子滑給道格拉斯。它的香氣在廚房中瀰漫，使我口水直流。

「當時我們陪在她身邊，」媽說。「在大馬路上。有人跟你說嗎？」

道格拉斯以啜一口茶取代回答，我幫他把他的盤子從爐子裡拿出來放在他的面前。他硬邦邦地坐在椅子上，閃爍的燈光賦予他一種晃動的錯覺。

媽將一對刀叉翻轉過來，推過桌子給他。「她看起來沒有痛苦。走得很快。」

他點點頭，然後開始進食，動作平整而快速，說話的時候眼神並沒有看著我們。「當他們開始把瓦礫從我們的房子清掃出來後，她就跑去睡在海岸邊那間被木板釘死的棚屋裡。後來我再次找不到她的蹤影，隔了一段時間後，我才發現她成天都在法蘭克家附近閒晃，人就住在舊馬廄裡。我猜她是想要住得離蘇淇近一些。妳知道，她長得其實跟我姊有點像。」他又啜了一口茶。「妳也是，茉德。」

我猜想那該不會就是讓她動身追逐我的主因。「你保管了她的雨傘，」我說。「我在你的房間有看到。」

他的動作停格在準備吃一條洋蔥的畫面，也許他是在想我在那裡面做什麼，然後我忽然意識到自己忘了把〈香檳之歌〉的唱盤從留聲機上拿下來，我在想他稍晚不知道會不會注意到。

「我把雨傘從她手中拿走，」他說。「她……她在妳臥病在床的時候跑進妳的房間，而我很擔心她會做出什麼樣的事情來。」

「我就覺得自己有看到她，」我說。「但事後回想，我看到了許多人。」

「她跑進這裡，她也有拿走一些食物，」他說。「我早該跟妳說的，但我覺得很丟臉。而且她也沒有拿走其他的東西，任何值錢的東西都沒有。」

「但那些唱盤，」我說。「在庭院裡砸得粉碎。那一定是你母親做的。」

「不，那是我做的，因爲我很害怕。我願意爲了蘇淇把那些東西都扔掉，不過，總之，有一個晚上，她跑進法蘭克的家——我是指我母親。我不知道她是怎麼進去的，或她爲什麼要這麼做，但她就是做了，而法蘭克剛好人不在，蘇淇嚇了一跳，一路往這裡跑。那時差不多十點鐘，我剛從戲院出來，正準備回來，結果我就在街上遇到她。我們吵了一架。她很生氣，因爲她眞的很害怕，而我也很生氣，因爲她說了一些關於我母親的事。那些話本來算不上殘忍，但畢竟我隨時都在受同樣的傷害。後來蘇淇就離開回家，回到法蘭克的身邊，我則是走上去我的房間，把那些唱盤砸個粉碎，因爲不知道該怎麼辦，才會把它們放在庭院的盡頭，後來，在我還來不及把它們移到其他地方之前，就被妳發現了。」

「『請讓我們再一次成爲朋友吧』，」我連想都沒想就把蘇淇信上寫的句子給說了出口。

「什麼？」

我搖搖頭。「她有告訴法蘭克嗎？有關你母親的事？」

「她想跟他講，但我請求她別這麼做，」他說。「我不希望那個野蠻的傢伙知道這事。他會用這個當作把柄來對付我。」

道格拉斯仔細地吃下最後一口，我幫他把盤子放進水槽，眼睛凝望著一隻飛蛾蒼白的腹部，牠的身體被燈光染亮，暴露在玻璃上。

「蘇淇當時說了什麼，」媽問，「惹得你這麼生氣？」

「她告訴我，說我應該把我母親送到別的地方，送進精神病院。但我做不到。舊家被炸掉就已經很慘了，後來連我姊姊的東西都被埋在新房子底下的瓦礫堆中。我不能把母親也鎖起來。她長久以來夢想的只不過是回家，並親手碰觸那些我姊姊碰觸過的東西，如此而已。」

18

「我想要回家，」我說。但附近一個人都沒有，我的話語因而消解在空泛的空氣中，並被那些又高又厚的樹叢、根抓大地的草皮，以及精確修剪的樹木所阻隔。有把小鏟子在我的手上，如果我能夠找到任何堅硬的東西的話，我就可以大力敲擊它，製造出一些聲響來。我不知道自己人在哪裡。我不知道自己怎麼到這兒來的。我聞到被修剪過的青草所散發出的味道，但附近都沒有花。「拜託，」我又說了一次。「我想要回家。」

籬笆的後面有人正在走路，那人的身影時隱時現。我試著將小鏟子敲在一棵樹的樹幹上，但僅發出輕微的砰聲，也難怪不管外面的人是誰，都聽不見我的聲音。我在想自己是否應該挖地道逃生，畢竟我被賦予了如此適切的工具；但挖地道要如何開始著手呢？我從未放太多心思在那些老電影上頭，也從來沒有想到過自己有一天竟然要演出「科爾迪茨堡[53]越獄大逃亡」。我穿越過

53 **Colditz**，此城堡位於德國薩克森邦境內，最早於文藝復興時期興建，於二戰時被德軍用來囚禁戰俘，專門用來關那些三番兩次越獄逃脫的盟軍將領。但卻也因為這些將領的「逃脫天性」，使得這座號稱「插翅難飛」的城堡反成為歷史上最多人脫逃成功的戰俘營之一。相關事件曾於一九五五年被改編成電影《科爾迪茨故事》（**The Colditz Story**）。

草皮，往街道的方向前進，但終被籬笆擋了下來。我摘下一些葉子，將它們握在我的手中。我將這些葉子摺起來後撕成碎片，撒在草地上。但我不打算將它們吞下肚，不管其他人怎麼說都恕難從命。一個女人橫越馬路；她朝我揮手，我蹲下躲在籬笆後面，跪下的膝蓋卻是疼痛無比。

「哈囉，媽，」她說，她傾身低頭看我，使得那些上頭長了許多光滑樹葉的粗枝彎折下來密密地叢聚在一起。「妳躲在下面做什麼？」

她留著一頭金黃色短鬈髮，這個女人，她的皺紋裡還藏有雀斑。我慢慢從草地上起身，雙手扶著籬笆以爲支撐。我的長褲上面沾滿了細碎的樹葉，我的雙手則沾染了一層鮮綠色。

「我是來帶妳回家的，」她說。「妳說呢？好不好？」

我無視於她的話語，眼睛望向對街的房子。一棟我都認不得。對我所熟悉的街道來講，這些房子太新，太乾淨了。有很多穿著亮色外套的建築工人站在同一邊，還有一大坨那種東西，尖銳、有砂礫的那種東西。它讓我回想起海灘跟蘇淇跟流血的指甲。它讓我回想起在戰爭發生以前，當我差不多七歲或八歲的時候，蘇淇把我埋到只剩下一顆頭顱在外面。我試著把自己挖出來，但我辦不到，而那些沙反被推進了我的指甲縫中，我的手腕更是痠疼。我快嚇死了，結果我卻因此而陷得更深，使得砂石蓋過了我的嘴，讓我嗆到。

「我知道妳非常氣我，」那個女人說，「但我會好好補償妳的。」

「非常生氣，」我說。「我氣到回家把她的唱盤都砸得粉碎然後埋在庭院裡。」我現在可以感受到那股憤怒，也看到了那些唱盤，但這兩樣東西不知怎的沒辦法湊在一起。

「我認爲我們可以去探望伊莉莎白。」

「伊莉莎白，」我說。「她不見了。」這些字句正確無誤，也非常熟悉，但我卻想不出它們的含意。

「不過沒有，她沒有不見，對不對？」

在我聽到這些字句時，籬笆又一次壓低了下來，由此所造成的光線閃爍讓我害怕。我不相信這個女人，而我也看不到她胸部以下的部分，因爲眼前的植物長得太高大了。我端詳著她的臉，但我記不得當人們說謊的時候，他們的表情會是怎麼樣。「妳一直都在供給她食物，」我說，同時從植物上拔下一片樹葉。

「沒有，我沒有給她食物。她在住院，媽，住在中風病房，想起來了嗎？記得我們有談過這件事情嗎？我們談了一次又一次又一次。」她咬著牙說出最後幾個字。「後來我們有去探望她，對不對？在妳扭傷大拇指的時候。總而言之，她還在復健當中，因爲她沒有辦法正常吞嚥，但我們現在可以再去拜訪她一次，前提是如果妳願意的話。妳想要去探望她嗎？」

我不知道這個女人在說什麼，而我也看不到她的手臂或是雙腿。我開始懷疑她是否眞有手腳。「這個東西的名稱是什麼？」我說，手上拿著那把小鏟子。

「那是一把泥鏟。」

「啊哈！我就覺得妳會知道，」我說。「被我抓到了，對吧？」

「媽？妳瞭解我說的話嗎？彼得說，妳可以過去探望伊莉莎白。但記得我們最後去見她那次——妳說不定會嚇一跳。伊莉莎白看起來不再像妳記憶中那樣子了，對不對？不過她還是她，而且她也很想見妳一面。」

那個女人伸出一隻手撫平她的頭髮，這樣我至少就可以確定她有一隻手臂了。我反覆在腦中說著「泥鏟」這個字；我有個預感，這個字稍後就會變得很重要。

「如果妳想要的話，我們今天就可以過去。我會打電話給彼得。妳想去嗎？對於把妳留在這裡的事情，我眞的很抱歉，媽，」她說，同時開始沿著籬笆走。「我想要好好補償妳。」

當她站到庭院的鐵柵門背後時，我終於能夠看清她的全貌；門是用細鐵棒組合而成的，她想躲都躲不起來。我可以看見她那雙顏色是海軍藍的威靈頓長統靴還有她骯髒的牛仔褲。我想不出爲什麼她在這裡；我想不出她的名字。她就像是那種你會把她誤認成另外一個人的類型，你會把她誤認成你心中嚮往的那個人。現在，我希望那個人是我的女兒，但看來永遠不會是她。我曾希望那個人是蘇淇，於是不管我走到哪兒都會看見她：當一個顧店的女孩子往她的鼻子上搽粉的時候，或是在雜貨店排隊的人群中，那位不耐煩的家庭主婦的舞步也是。我繼續不停地在別人身上看見她，就連我已經結婚、穩定下來，甚或成爲一名母親了，都不例外。就連在我搭車時，偶然望見了一個神似臉孔的污穢痕跡，我都能在裡面看見她，看見蘇淇。現在我人位在一台行駛的車上，有一隻鳥從路面往上飛翔，有一個人坐在一間商店旁的長椅上，有一隻狗被綁在燈柱上。

「海倫……」我想不出自己還能說些什麼。我把安全帶從身上解開，任它縮回原點。有一件事情很重要。「泥鏟。」不是這個東西。完全八竿子打不著。我腦中的影像都糊在一起，話語也是。公園中的演奏台，醜陋的綠黃相間的房子。

「哎唷，媽。開心一點嘛。我要帶妳去找伊莉莎白耶。」她很快看了我一眼，然後又看回擋風玻璃外的景象。「我還以爲妳會很開心。」

光線在車陣中來回跳躍、閃爍，讓我覺得頭暈。然後我們忽然間就身處在一條漫長、白色的走廊之中，一名男子嘎吱嘎吱地從我們旁邊經過。他的鞋子聽起來像是在演奏某個古老的曲調。一首跟紫丁香有關的歌曲。然後，就好像來自同一個製作團隊所準備的東西一樣，兩個人帶著好幾束花走過我們的身旁。「那些花是要送我的嗎？」我說，他們隨即大笑，就好像我剛剛講了一個笑話一樣。我們沿著一座又一座模樣相同的走廊不停地往前走，我猜想，我們一定是在繞圈圈而不自知。「我們迷路了嗎？」我說。但看起來我們走的路並沒有錯。我們到了。這個房間裡充滿了臥病在床的人們。「真該找個人來把這些人都從床上挖起來，」我說。「老這樣躺在床上對身體不好。」

「別說傻話了，」海倫說。「而且拜託妳說話小聲點。他們的身體狀況不是太好。」

這個房間非常明亮，有著潔白的床單跟巨大的燈具，而且到處都有扶手，活脫脫像座室內公園。我的思緒無法集中。

「媽？」海倫說。

我只能想起這個字，但不對，我知道不是這個字。「演奏台，」我說。「演奏台。」

海倫向一張床的方向走。而就在那兒，那個臉上有皺紋的小小東西，那就是伊莉莎白。她的雙眼緊閉，她看起來又皺又憔悴。她的長相一直都像這個樣子嗎？我站在布簾旁邊盯著她看了好幾分鐘。然後我走更靠近些，並將布簾往旁邊一拉，讓布簾包圍我們，將我們關在裡面，把我們藏在裡面。一個男人站在床的旁邊，他有個看起來非常紅腫的脖子。

「她昨晚的狀況不是很好，」他說。「但她再一下下就會醒來了。所以請安靜點。」

我靜靜地坐下。非常安靜。我不想打擾到她。伊莉莎白人在這裡。我對著她微笑，但她沒有任何反應。她被緊緊地塞進一張大床裡。「沒錯，好好休息吧，」我低語。很快我們就可以一起喝杯茶了。我的提袋裡說不定還有些巧克力呢。或者也許我可以烤幾片吐司，然後把起司夾進去。妳得吃點東西，伊莉莎白。妳那個兒子限制了妳的飲食，就像戰爭時的配給制度一樣，要讓妳餓肚子呢。

「餓肚子？」那個男人說。「配給？」

然後，妳就可以告訴我各種鳥的種類，妳只要看牠們的影子就辨別得出來了，而我可以從庭院裡面挖出破碎的唱盤，我們就可以一起聽〈香檳之歌〉。

「就是因爲在庭院裡面亂挖東西才會讓她變成現在這個樣子，」那個男人說。「妳聽見了沒有？」

他靠了過來，他紅腫的脖子拉得緊繃。伊莉莎白是在半坐著的情況下睡覺；她的身體傾向一邊，她的嘴巴也是，而這讓我覺得我們好像在搖晃，就像人待在一艘船上一樣。我藉由扶著床的側邊來使自己站穩。

「妳在挖東西，在庭院裡面。妳還有印象嗎？」

我想想自己的眼睛是頭部側邊的一個小點，我的頭部盡可能地轉得離他越遠越好。「我不知道，」我說。「當時我人在哪裡？」

「在我母親的庭院裡。」

「不，我不知道那個地方在哪裡。」

「在伊莉莎白的庭院，」海倫說。「彼得，我們可以去外面說句話嗎？」

「不可能，」我說。「我不會在那邊挖東西。你永遠不會知道那些新房子的底下埋了些什麼東西。道格拉斯說任何東西都有可能會出現。」

「妳又想指控我做了什麼壞事嗎？」

「沒有，」海倫說。「她沒有這個意思。」

她再次問彼得他們是否能在外頭說句話，於是他便甩開布簾然後又將它甩關起來，製造出像鋸子一樣的聲音。我也伸手去拉動它，試圖製造出一樣的效果，直到我發現自己不過是抓著那塊布猛拉罷了。現在房裡只剩下我一個人，房間似乎變小了，而牆壁看起來不大對勁；它們隨風而動，我感覺自己像是待在一艘船上。一張從盒子裡探出頭來的面紙如同風帆，我將它拉了出來，然後慢慢地把它撕成碎片，同時耳朵聽著外面的說話聲。有時候會出現一個女人的聲音，多數時候都是一個男人在說話。

「是跌倒時的驚慌引發了她的中風，」他說。「而我不停地質問自己，她究竟以爲自己他媽的在找什麼東西。我很確定一件事：她找到了某樣東西，但她卻不告訴我母親那是什麼。如果是任何值錢的東西，那我們就要把它要回來。法律賦予我們它的所有權。」

一盒果汁放在面紙盒的旁邊，那旁邊則是一把白色的小塑膠梳。我把面紙的碎片丟到地板上，開始用那把梳子幫伊莉莎白梳頭髮。輕柔地，輕柔地。她的頭髮現在是一片雪白，再沒有任何灰色的細絲，相較之下梳子看起來反而骯髒許多。這讓我憤怒：這種東西怎麼配得上伊莉莎白，她應該要擁有更好的。我再次翻找自己的手提包，然後發現自己有一把龜殼造型的梳子，但它是彎曲的、強調雕工的，是用來固定頭髮，而非用來梳理它的。

布簾外傳來一聲齷齪而尖銳的笑聲。又是那個男的：「但照這樣說起來，園藝是你們家的家族事業，對吧？」他說。「我猜，把別人家的草皮毀滅殆盡，對你們家的人來講不過是開個大玩笑而已。而且別以爲我不知道妳之前曾經偷溜進來我家看我母親。」

我很好奇他們在聊些什麼，但我只好奇了那麼一下子，因爲，伊莉莎白終於睜開了她的雙眼。她發出了低沉而沙啞的聲音，我知道她在說話，但我聽不懂她在說些什麼。那些字句太軟、太濕、太飄。她的雙手有點塞進另一邊的袖子中，但我仍然可以看得到她手腕處的樣貌。它們柔軟得很不自然，看起來像是沒了骨頭，很蓬鬆，皮膚又太光滑，彷彿像是她的身體被灌進了大量的空氣。她的嘴唇龜裂，但她仍將它們拉成一個微笑，她把半邊的嘴唇拉成一個微笑，然後再次嘗試要說些什麼。不過我感覺到，自己沒辦法抓住某個重要的東西。那些字句從她的口中跌落，撞到地板，然後消失得無影無蹤。

瘋女人死掉的那夜，我們沒有一個人睡得著；相反地，我們就像在執行某種守夜一樣，媽跟道格拉斯跟我，還有那些把牠們的身軀黏貼在窗戶上的昆蟲都是。我們在注意什麼，在等待什麼呢，我不知道。我猜，也許是某種道理吧。

當黎明的光芒穿進屋外的空氣中時，我走出去站在庭院裡，將那樣的空氣吸入肺中。但當我離開屋子時，我的四肢沉重、眼皮刺痛。當我往小徑的方向走時，我盲目地闖進了厚厚的刺藤籬笆中，樹葉所發出的嘶嘶聲以及它的震晃嚇得我驚跳起身，我接著才憶起瘋女人再也不會出現在任何一座籬笆的樹葉間了，再也不會對一台巴士大吼或指著它或撩起她的裙襬，再也不會用她的雨傘追著我打了。當我的心裡因爲這樣的想法而覺得寬慰時，我又開始後悔自己竟會如此作想。

爸出門上班的時候我人在庭院，他停下腳步，從一大叢掛在牆上的黑莓中輕摘了幾顆。他偷偷摸摸地進行，不想讓任何人知道他還看得見這些水果，抑或是喜歡它的氣味。但當他離開以後，我仿效了他的作爲，將幾顆黑莓拋進口中。這看起來是件應當要做的事情，不知怎的很適合當下的情況，而且畢竟，它能蓋掉早晨時我舌頭上的陳腐味。我又多吃了幾顆，那些酸澀的果實讓我更努力地去尋找已經完熟而甜美的黑莓，然後認眞地採集它們，把它們扔進一個被遺留在草叢中的舊水桶裡。

我輕易地就能將這些黑莓從它們的芽上摘下，這給了我一種滿足感，因此我將手臂伸至樹叢中更遠的地方，要摘取那些最爲熟透的。當道格拉斯出來找我時，他一句話也沒說，但他也開始品嘗兼採集，他小心翼翼地將樹枝拉開，讓他自己能夠更深入地探進黑莓的巢穴。我花了些時間注視他，當你知道他與瘋女人之間的關係之後，你就會注意到他倆之間的確有些顯而易見的類同，但我猜想或許有一部分的原因是因爲當下的情況：他的雙手都埋進了樹葉之間。很快地，我的母親也提著籃子拿著碗走出了家門，加入成爲採集大隊的一份子。

我們貪婪而迅速地掃過枝條，莓果在我們的指間崩落。採摘時，我們同時沉默但不間斷地、堅定地塞滿了自己的嘴。我繼續採集，直到我幾乎已提不起自己的手臂，而我的十指更是斑斑點點，上面還有許多被黑莓的刺留下的小小割痕。在這之後不久，法蘭克出現了。我們聽見了他踏在小徑上的足音，同時轉過頭來。

「老天啊！」他說。「你們都成了食人族啦？」

我望著媽跟道格拉斯的臉，看見他們的臉上手上都沾滿了莓果的汁液，彷彿他們活生生地吞下了好幾隻動物一樣。我可以感覺到那汁液黏在我自己的嘴唇上。我們幾個人都沒有笑，只凝望著彼此，宛如我們才剛剛從一場夢境中甦醒，我們的衣服上沾滿莓漬，我們的皮膚蒼白，我們的雙眼淚濕。

法蘭克拿了些砂糖過來，媽用身上的圍裙擦拭了雙手跟臉龐，接著才開始讚嘆這個小東西，她用雙手感覺著那些小包的一切，彷彿它們跟聖誕禮物一樣珍貴。「我們可以拿來做果醬，」她說。「我們正好有能用來搭配的水果。」

「看來的確如此，」法蘭克說完就笑了，但他仍心神不寧地用他的眼睛斜斜地望著我們，他用不安的雙手點了一根菸，他一邊的袖口拍打著他的手腕，如同一隻貪婪的海鷗。

媽帶著我們的收成進屋，而道格拉斯繼續吃他的莓子，但我已對它們失去了胃口。風乾的汁液讓我的皮膚奇癢難耐，這讓我有些惱怒。我多麼希望法蘭克不要出現；我多麼希望我們可以花一整天的時間採摘這些莓果，一句話也不說，只專心採集，好好做一件我根本不需要去思考其背後意義的事情。

已經有好幾天的時間，我都推託著不去見法蘭克了。當我看到他人站在我們家的街尾處等候時，我就繞遠路回家，當我太靠近五路或是其他我認爲他可能經常出入的酒吧時，我就會選擇走其他的路。我不知道該跟他說些什麼。我沒辦法跟他說道格拉斯每天晚上都會在亭閣舞廳那兒等，心裡懷抱著蘇淇可能會出現的一絲希望。

「這樣看起來好像妳有搽口紅一樣，只不過有點糊掉了，」法蘭克說。「就好像妳剛剛才親過誰。」他的雙手已經停止顫動，他將一隻大拇指放上我的嘴，讓它停留在我唇上的一小處。

「我才不搽口紅呢，」不打算遠離他那手指輕觸的我，口中所說出的話語因而變得僵硬。道格拉斯在我身後踢著牆，發出一種摩擦地面的聲音。法蘭克看都沒看他，倒是用他的大拇指輕輕地沾走我上唇處殘留的最後一滴濕潤黑莓汁液，並隨後將之塗抹在他自己的嘴唇上。

「看起來怎麼樣？」他說。「乾脆我也開始搽口紅好了。」

他荒唐的舉止跟言詞使我也變得輕浮。「你現在看起來才像剛剛親過誰，」我說，然後媽喚我們進去。

「我本來要跟法蘭克提到，」當我們進門以後她說。「那場意外事故。」

我見法蘭克留意到那個字眼。「什麼事故？」

「道格拉斯的母親。她被一輛車撞死了。」

媽正在洗莓果，並將它們放進平底鍋裡煮軟。一陣沉默之後，法蘭克才開口說話。當時他說話的嗓音哭腔哭調。

「怎麼會發生這麼可怕的事情，」他說。而且，最讓人不可置信的，是他看似即將流淚。「什麼時候發生的？當時妳們人在哪裡？天啊，太可怕了吧。」我們都被他放聲嗚咽的舉動給嚇了一跳，就像他砸壞了一只盤子一樣。

「如果你聽到她是誰，說不定你就會覺得發生這起事故其實也沒那麼壞，」道格拉斯說。他的聲音中隱含怒火，但他那張沾滿莓果汁液的臉龐卻出奇地平靜。

「她是誰一點也不重要，」媽邊說邊將他臉頰上的黑莓汁液擦拭掉，同時也開始安撫他。

「第一次遇見她時的點點滴滴，我都還記得，」法蘭克說完停頓了一下，在等待的過程中，我猜想我們三個人一定都在好奇他接下來會說些什麼。

但是這句話就這麼斷了；他搖搖頭，起身，站到媽的旁邊，去幫她將那些加熱過已變軟的莓果濾過棉布袋，暗稠的果泥黏在他的手指上，他的手腕也沾得到處都是。我用黑市砂糖煮那莓果，媽將它放冷後倒進罐子裡蠟封。完工的果醬澄澈、潤紅、美味。而在這整個過程中，法蘭克一次又一次為了道格拉斯那死於意外事故中的母親瀕臨淚崩。

「天啊，那個混蛋，」海倫邊說邊拍打方向盤。「把所有的過錯都推到妳身上。也推到了我的身上！就好像我謀生的工作跟他母親的事情扯得上關係一樣。所以呢，我很同情伊莉莎白，居然生了一個那樣的兒子。」

「伊莉莎白不見了。」

「媽，我們才剛去探望過她。」

「她不見了，都是我的錯。」

「才不是，別信那個白癡說的話。伊莉莎白的雙腳本來就無力，是他不應該把她一個人留在庭院裡。這件事不是妳的錯。」

「是我的錯。因為我一直去錯誤的地方找，我到處至其他地方蒐集無用的垃圾，而真正重要的東西一直都在那裡，在等著我。」

「妳在說什麼？」
「她被埋在那座庭院裡面。」
「誰？」
我想不出她的名字。「妳剛剛在講的那個人。」
「伊莉莎白住在醫院裡，媽。我們才剛去探望過她。」
「不對，在庭院裡。埋了好幾十年了。」
海倫在座位上動了一下，同時把車減速。「誰的庭院？我們家的？」
「在那些新蓋的房子那裡。她失蹤了，後來他們蓋起了那些房子。而法蘭克拿了數以噸計的土去覆蓋在那些庭院裡，並且在那邊種下各種植物。而那些胡瓜差點就被那個潛進去庭院裡的人給毀了。她不停往下挖。」
「新蓋的房子。妳是指伊莉莎白的家嗎？」
「伊莉莎白不見了。」
「沒有啦，媽，我們剛剛才去探望過她呀。」
「她被埋在……」
「妳剛剛已經講過了。但土裡面的人不是伊莉莎白，對吧？」
「伊莉莎白不見了。」不是這個名字，我知道不是這個名字，但我想不起來她眞正的名字。
海倫把車停了下來。「妳認爲誰被埋在伊莉莎白的庭院裡？蘇淇嗎？」
蘇淇。就是這個名字。蘇淇。蘇淇。我胸口的肌肉稍微放鬆了些。

「媽？」猛拉下手煞車時，海倫結結巴巴地說出這個字。

「都是我不好。當時我人在那裡，我認得那個地方，我認得那道有卵石的牆，如果我去挖掘的話，我就會找到它，這樣媽就不會在一無所知的狀況下死去。我以爲那些事情微不足道，那個瘋女人會那麼做只是想要嚇我而已。但是蘇淇的東西都在那座庭院裡，它們標示出一個地點，等待著我。她的粉餅盒在那裡，我太晚發現它了，眞的太晚了。現在我永遠也找不到她了，對不對？她將永遠地失蹤，我將永遠地尋找她。我沒辦法承受這個事實。」

「我也沒辦法，」海倫輕聲地說。「好，就這麼決定了。下車吧。等等！我去幫妳。」

她走過來幫我開門，我發現我們人在公園的另一側，遠離了那間綠黃相間的房子跟旅館跟刺槐樹，而當我用手指撫過那些牆頂上的黑色與白色卵石的排列時，海倫從車子的後車箱裡拿出了些東西。側邊的柵門是關著的，但她將一把鏟子的前端卡進縫隙，木框隨之應聲碎裂。

「進來庭院裡吧，媽，」她說。她站在青苔與柳穿魚構成的一幅掛氈旁幫我扶著門。「進來吧。如果有必要的話，我會把這整片他媽的土都挖翻過來。」

原本綠色的草皮現在滿目瘡痍，青草跟鮮花都化爲一坨坨的土堆。手持園藝工具的海倫不停上上下下地挖掘。她彎下腰去，用手在草皮上細摸，就好像是在找一件滾到地毯底下的東西那樣，然後她會用腳在好幾個地點踩踏，接著把她的左耳靠近地面。最後她丟開了鏟子，將一把農叉高舉在空中，然後讓它整支插進泥土之中。叉齒靜靜地陷入土中，當她將叉子拉高時，一堆泥土跟青草便隨之形成一股滾滾的土浪。

「我他媽受夠了這些失蹤的啦、生病的啦，還有死掉的人。我也受夠了這些失蹤者生的鬼兒子，」她邊戳土邊說。「所以就算叫我一路挖到澳洲，我他媽都心甘情願。」

我不明白她在做什麼。「是要種紅花菜豆嗎？」我指著滿目瘡痍的草皮說。在這裡種菜豆滿奇怪的。她沒有回我話，只顧碎碎唸個不停，同時不停咒罵。我望向一間溫室，裡面空蕩蕩，看起來很淒涼。這地方看起來似曾相識，我走進裡頭待了一下子，試著分辨出黴菌、腐爛的塑膠植栽盆及木料著色漆的味道。一隻知更鳥飛降在海倫挖出的溝渠旁的土堆上。

「閃開啦！」她揮舞著鏟子對牠大叫。

那隻鳥轉而去棲息在一棵蘋果樹的樹枝上。「海倫？」我說。「哪裡最適合種胡瓜？」

「我的老天啊。」她不停甩著自己的頭，彷彿她這麼做就能夠將說出口的話變成暗器朝我射來。「那跟這有什麼關……？」但她接下來說出的一字一句都被金屬與石頭碰撞所製造出的刮擦聲所掩沒，因爲她開始挖掘另外一個地點了。「這裡的陽光眞辣，」她說。「這些牆除了擋風以外根本……」

她把這個地方搞得亂糟糟的，而我弄不清她的企圖。說不定這是庭院造景的第一個步驟，但看起來又不像。目前爲止除了又大又醜的一個個坑洞以外我什麼也沒看到。除非挖這些洞是爲了蓋池塘，但我還是抓不到重點。一張白色的塑膠椅置放在砂質的土壤上，我一坐下，其中一隻椅腳就陷進了土裡。我發現自己彎身向前，研究著這一小片天地上數不盡的小生命。我透過野菠菜的葉隙窺看景物，我對著從天而降的小小羽毛吹氣。

我用手指刷過蒲公英的花苞，那細細的花瓣推擠在一塊兒，像是絨布上的一個小小凸起。我不可抑制地動手去拔，在斷開以前，它們每根都會先有一番微不足道的抵抗，而就是這樣的抵抗讓我覺得滿足。一隻蝸牛從矮樹叢中走過。「我要把你做成果醬，」我告訴牠。「我要把你壓碎，用一條棉布把你過濾，然後再加點糖把你下去熬煮。」牠稍稍縮回了牠的觸角，但仍繼續往前爬行。

然後忽然有聲大叫。「有一小塊鐵差點射進我的眼睛。媽的，」海倫邊爬出她挖的洞邊說。她今天的用字眞的很不禮貌。「一小塊鞋釦，」她說。「等一下。」她跪下，傾身進那個洞中。「這裡好像有什麼東西。媽！」

我發出嘎吱嘎吱的聲音站起來，朝她的方向走過去，她遞給我一小塊木頭，顏色是蒼白的，只不過沾了些土而有點髒。它的邊緣因爲潮濕而逐漸崩損。海倫從土裡拉出更多的碎片，而將木頭移除掉以後出現一個凹洞。塵土開始稀稀落落地掉入洞中。下頭有個黃黃的東西，那是個表面光滑的，嚇人的，圓圓的東西，它那兩排牙齒咬進砂土裡，好似它們可以藉此耙出一條通往地面的路。但是這個沒有肌肉沒有頭髮，臉上有眼窟窿卻沒有眼球的東西叫做什麼呢？海倫沒有回答我的問題，隨著更多的砂土被清開，我注意到它缺了一小塊，那是一個裂縫，一個暴力留下的印記，在一片灰白中形塑出一角空洞的黑暗。

「媽，」海倫說。「可以請妳先往屋子的方向移動嗎？」我退後以後，她再次下探，後來當她起身時，我看到她找到了更多的木頭。更多木頭，還有一個圓圓的東西，一個很淺的罐子。即便離那裡有一些距離，我也知道它的顏色是海軍藍與銀色相間。而且我還知道，那裡面以前裝著桃色的粉底，而非黑色的土壤。海倫邊走邊把裡面的東西撥落地上。

「我們上車吧，」她低聲說，兩手放在我的手臂。「我們只要坐在車子裡就好。」

乘客門打開了，我被推著側坐在椅上。海倫跪在我腳邊的人行道上，跟她的手說著話。有一個東西躺在她的掌心，她邊說話邊把那個東西往她的臉頰上推，她每隔幾秒就會回眼望側邊的柵門，好似她覺得什麼東西會逃出來一樣。側門，我在想。側門是開的。這句話好像很重要，但我不知道原因。慢慢地，海倫把那些碎木頭跟那個只剩下半邊的粉餅盒放在人行道的石頭上。我把手探進提包裡拿出另外一半，然後彎下去讓這兩片銀與藍相間的圓形重新合在一起。我閉上雙眼，看到蘇淇在我們家的廚房桌邊鋪著粉的畫面。當我彎腰時，我的腰部被長褲的腰帶給勒住了，血液似乎正在往我的腦門衝去。

這些破碎的木頭就像拼圖片，就像黑膠唱盤的碎片。我試著將它們拼在一起，但它們太濕又腐壞得太嚴重，有如燉了太久的肉。不過沒關係：我已經知道這些東西是一只皮箱的一部分，就是法蘭克常會在家裡四處擺放的那種，就是當蘇淇失蹤以後，他把它用來儲存蘇淇留下的衣服的那種。

「法蘭克，」我說，我感覺到胃部在劇烈地翻動。我感覺到自己好像回到了奧黛莉的身邊，跟她一起偷喝她父親的琴酒。

等到海倫停止說話的動作後，她輕輕地將一個扁扁的橢圓形物體從臉上的皮膚移開，同時把更多東西攤放到人行道上。一把邊緣跟卵石一樣平滑的碎玻璃、一個生鏽的鞋釦，還有兩隻鳥的小小骷髏，牠們的骨頭被鐵絲纏在一起。牠們的頭顱上黏著玻璃眼珠，牠們的喙部殘留著一種類似彩釉的痕跡。而我知道，我最後一次親眼看到這些鳥喙是在法蘭克的屋子裡。牠們在她的頭上飛舞，那個瘋女人這麼說。玻璃破碎，這些鳥兒們在她的頭上翩翩飛舞。

一台明亮、有格子花紋的車在房子旁邊停了下來，一男一女隨之下了車。他們穿著白色的襯衫，上面搭了一件巨大的黑色背心。他們身上還貼了標籤，跟我的電茶壺的插頭還有茶罐一樣。他們的標籤上寫著警察。海倫猛地起身，就好像她要跳出去跟他們打招呼一樣，但她的雙腳搖晃了一下，把粉餅盒又踢成了兩半。我把它們組裝在一起，讓它們的軸承處得以吻合；我同時也撥掉了更多砂土，讓那些銀色的條紋得以閃亮。我往前彎了太久，導致我的雙手變成紫紅色，我能感受到脈搏不停地在跳動。我覺得頭重腳輕，血液在耳邊悸動，它們彷彿輕喚著「蘇淇　蘇淇　蘇淇」。

那名女警從側門走進去，不久後又走了出來。「沒錯，」她說。「我可以證實妳找到的東西是人類的遺骸。」

「對，」海倫說。

「而妳還把這些東西從掩埋的現場拿出來？」那名女警問。

「對，」海倫說。

女警爲此事責備她，告訴她我們不可以再碰其他東西了。她列下了一張我們嚴禁碰觸之物的列表，我腳邊排成一列的東西都列在這張清單當中：一些碎玻璃、一個化妝品盒、一些木頭，還有鳥的骷髏。我把自己推站起身，遠離那些聚在一起的小東西，但我必須去碰觸它們。我必須這麼做。

「所以這是妳的庭院嗎？」那名男警問。

「不是，」海倫說，「這是我母親的一個朋友家的。」

那名男警看著我。他挑高了雙眉，他往後退了幾步。「居然是妳！」他說。「眞不敢相信。是妳，對不對？」

「對，是我，」我說。

「妳認不得我了嗎？」他彎下身來，好讓我能更看清楚他的臉。這張臉上掛著的那男孩似的微笑讓我想起了某個人。「妳常來警局報案，說妳的朋友伊莉莎白不見了，我就是那個每次都接待妳的人。」

我的反應不夠快，一絲失望的抽搐閃過他的嘴邊。「喔，對耶，」我說。「哈囉。」

「每次都是我，」他轉身對那名女警說。「我早該追蹤她提供的這條線索：她一直都坐在這椿百年謀殺案的現場。」

「才沒有一百年咧，而且我們還不確定是不是謀殺，」那名女警說。她理了理身上的黑色背心，轉身面向海倫。「爲什麼妳早先會把這座庭院地上的土挖開？」

「我在找這具屍體，」海倫說。

「妳本來就知道它在這裡嗎？」

「沒有，其實並不確定。」

那名男警被叫去車上拿某樣東西，隨後他跟那名女警就忙著把一條藍白相間的帶子纏在一棵樹上；輕風吹拂，它就像支彩旗一樣地拍動，但上頭沒有旗子，只有幾個大字：禁止跨越。趁著他在忙，我移動了一隻腳，讓我的鞋尖剛好能靠在一隻鳥的小小骷髏身軀上。透過這樣的碰觸，說不定牠就能夠再次呼吸。血液已經從我沉重的腦袋中流走，但它仍像在訴說。這就是人們所形容的血液在你的血管中歌唱嗎？那有辦法可以讓它停下來嗎？

「妳隨身帶著這些工具？」那名女警說。她沒有注意到我的腳。

「我是一名園藝師，」海倫告訴她。「我專門幫人處理庭院的問題。我通常會將鏟子、農叉、小泥鏟這些東西放在我的後車箱裡。」

那名女警告訴她，說她得將這些工具收走，用以做進一步的調查，海倫說她瞭解。她的手從人行道上抬起，我看到她的掌心有些紅色的凸起。我伸出手，想幫她撫平那些印記，但是她沒有看到。她反而再次嘗試起身，於是那名女警走近來幫她。在我腦中的血液已不再歌唱，那個聲音不見了，但我希望它回來。我從車上再次彎下身來，想再一次感覺它的悸動，想聽它對我低語。我把手指伸向那些破敗的木頭。

「請妳不要亂碰那些證物，」那名女警邊說邊將剩下的帶子捆好。她望向海倫。「如果妳懷疑這裡有具屍體的話，爲什麼不叫警察過來調查？」

在那名男警員的握扶下，海倫的手臂完全沒使力。「我其實也沒想到眞的會有。」

「恐怕我得請妳跟我們回警局一趟，」那名男警說。

他帶著海倫離開，而我讓自己的手快速往下探。忽然間，我的手中就有了一枚玻璃的小碎片。我緊緊地握住它，它的邊緣已被土壤磨得平滑，而我可以看見那個玻璃展示罩在火光的照耀下閃閃發亮，鳥兒們的雙眼也熠熠生輝。我看見蘇淇坐在長沙發上縫紉，她的鬈髮在沙發布上歇息著。這個畫面既近又遠，我忽然希望這片玻璃能夠更爲銳利，這樣我就能好好地感受它的觸感。

「妳確定不想要找個人來陪妳坐著嗎？」這名男子有著一頭紅髮跟雀斑，他身上的雀斑多到讓我無法看清他的五官，尤其是當他笑起來的時候。「妳還好嗎？如果妳不想要喝茶的話，還是妳想喝水？妳坐得還舒服嗎？」一點也不，我在這張椅子上坐得很不舒服，我的腰部感覺像是被我的褲頭不停搥打。我想要解開那些鈕釦，但上面一個也沒有，只有鬆緊帶而已。「我希望能把這些東西都脫掉，」我說。「然後擁有一件那種東西，像是一只用來煮人的鍋子。你知道的。用來把人煮沸的。」

他說他不明白我的意思，而我也因爲他的雀斑而無法判讀他的表情。他臉部的特徵過於顯著，使得他變成一面空白。就如同這個房間裡的牆面一樣。它們實在太過空白，因此我完全不需要去看它們，而倘若我望向坐在我對面的那名男子的後方，我就能看到一個空間，我可以在那裡頭懷想蘇淇家的客廳裡的每一個細節。

「我的姊姊到哪兒去了？」我說。

「妳是指『女兒』嗎？另一名警官正在另一間房間審問她。就像我剛剛解釋過的，妳的女兒也是名目擊證人，所以我們必須分開對妳們的審問。我們已經決議不對妳們發出警告函，但我們仍需要一份妳們的目擊證詞。妳明白我的意思嗎？」

除卻他皮膚上的大量雀斑之外，這個男人非常整潔乾淨。他小心翼翼地坐著，臉面對著我，微笑著，至少我是這麼認爲的。我將一枚如卵石的玻璃碎片按壓進我的掌心。「我不是目擊證人，」我說。眞希望我能把身上的東西都脫掉，然後滑進一池清水中。

「浴缸。」

「抱歉，我沒聽清楚。」

「我就是在找這個字。」

「喔對。好。關於這具在伊莉莎白．馬克漢的住宅處所發現的遺體，妳有任何話想要跟我們說的嗎？」

「伊莉莎白不見了，」我說，但卻覺得這些話如同塵土。

「對，有一名同事跟我說，妳來這裡回報過很多次關於她失蹤的案件。所以先前妳是在尋找馬克漢太太嗎？」

我盯著空白的牆面，我望穿它們就可以看到蘇淇家的客廳。「那間房子裡堆滿了東西，」我說。長沙發旁有一台刷鞋器，窗戶底下有一只缺了一角的中國花瓶。裡面充滿了有雕花的拐杖、鑲有花邊的傘，以及一把老舊的小型劍，每當一有風吹過它就會翻倒。一個小型的寫字檯被平衡地放在一把琴凳上，而兩隻大理石獅子則是端坐在盥洗台的底邊。房裡沒有什麼空間能讓人移動，因此我走路都得步步爲營。

「荷珊太太？妳瞭解庭院裡面發現的是什麼東西嗎？」

我試著描繪出它的輪廓，但我做不到，我沒有足夠的精力同時去回想兩個地方。我觀察著牆面灰漆上的每一個泡沫，試著回到剛剛那個房間，跟蘇淇待在一起。如果我能回到那裡，如果我能再次回到那裡。咖啡的氣味干擾了我，她從不喝咖啡，我憤怒地看著桌上那只白色的塑膠杯。

「對於那具遺體可能被埋在那邊多久了，不知道妳有任何的想法嗎？我們的資料顯示——事實上，是妳女兒提出的——它有可能從一九四六年就被埋在那裡。妳有任何需要補充的嗎？」

「一九四六年是我姊姊失蹤的那一年。」
「蘇珊．傑拉德，原名爲蘇珊．帕瑪。資料都對嗎？」
「蘇淇，」我說，然後我回想起唱歌的血液，但血液跟這件事情有什麼關係？
「蘇淇？你們都這麼叫她的嗎？她在一九四六年的秋天失蹤，對嗎？」
「對。那是多久以前？」
「差不多將近七十年。」
我花了一點時間回想那被寒冷的土壤圍繞住的蒼白骨頭，同樣的寒冷往我的體內侵襲，如果我早知道蘇淇在那兒的話，我會心甘情願地蜷縮進那只木箱中陪伴她這整個七十年。我絕對不會讓她一個人孤單這麼久的時光。我會用盡一切方法靠近她，就像這一小片玻璃所做的一樣。我將它夾在兩指之間，感受它在我的觸碰下變得溫暖，彷彿些許的生命就這樣被強制地灌入其中。
「妳見過那具遺體，」那個男人說。「或者我該說是骷髏。它的頭蓋骨上有很明顯的創傷。關於這個傷口，妳有什麼能跟我說的嗎？」
「玻璃被砸碎了，小鳥們在她的頭上飛舞。」
「小鳥？不過看起來遺體的旁邊的確是有玻璃跟鳥的骨骸。妳所指涉的就是這些東西嗎？」
「這是那個瘋女人說的。」
「那個瘋女人？妳是指誰？」
「她恨透了那些鳥，我是說蘇淇，恨透它們那染了色的翅膀跟玻璃眼球。遲早有一天它們會飛出來啄擊她。她是這麼想的。我則更害怕其他東西：那間房子裡充滿了各種會把人絆倒的東西。我擔心她會跌倒然後摔斷頸子。我認爲那間房子是個死亡陷阱。」

「妳現在在說的是哪間房子？」

「法蘭克的房子。」

「法蘭克？是法蘭克．傑拉德嗎？我們已經把他列爲可能嫌疑人。妳可以告訴我們任何跟他有關的事情嗎？」

「他是一個善妒的男人，法蘭克。」

「他是嗎？」

「我不知道。有人說過他是。」

「誰說的？」

「我記不得了。」

「好，那我們之後再來聊這件事。」他啜了一口咖啡，然後喝了一口水。「妳有關於法蘭克．傑拉德現在人在哪裡的任何線索嗎？」

「沒有。」

「妳知道他有案底嗎？擾人安寧、收受盜竊物品、重傷害。」

「我不知道。」那個小玻璃碎片放大了我的掌紋，我想起蘇淇在縫紉，我不想干擾她那些整齊排列的縫線，也不想干擾那溫暖我身心的焰火。如果我能夠回到那個房間的話，所有的事情就會回到正軌。我不會望向那在壁爐上的小鳥，我會用她的披巾把它們蓋起來，我會在廚房幫她做窗簾，而當法蘭克回到家的時候……

「當法蘭克回家？什麼？會發生什麼事？」

「沒事，」我說。

「好，我之後會再回來問妳這件事情。我們還要做的一件事情，就是要推論遺體怎麼會跑到馬克漢太太的住處裡。這件事跟妳的姊姊有關係嗎？」

「沒有。」

「但妳的確認為我們找到的那具遺體是妳姊姊的，不是嗎？是什麼原因讓妳覺得她在那裡？法蘭克・傑拉德可能跟這件事有關嗎？」

「他幫助別人種胡瓜。」

「所以他有辦法進入那個庭院囉？」

「我不知道。」

露出來的牙齒在雀斑的陪襯下更顯白淨。「妳喜歡過法蘭克，對嗎？」

「他愛蘇淇。」

那個男的又啜了一口咖啡。我再次凝望牆面，想起蘇淇開那個面孔看起來很溫和的搬家工人的玩笑，想起瘋女人在巷道旁吃山楂，然後我想起了法蘭克。過一會兒他就會進來房間了。

「然後呢？」那個男人問。「然後會發生什麼事？」

然後蘇淇會因為被那個瘋女人嚇了一跳而尖叫著逃出家門，法蘭克就會要她去住在車站旅館，只不過她永遠也到不了那裡，因為法蘭克做了某件事。把她推向壁爐嗎？攻擊她以至於她摔倒？用那個裝滿了鳥的玻璃展示罩砸她的頭顱？一件會打破她的頭蓋骨並讓標本鳥落在她頭上的事情。我很小心地只思考不開口，而那個雀斑男繼續問我其他問題，但我沒有辦法回答，因為如果我開口我就會透露太多資訊。我會說出瘋女人親眼見到了事件的始末，我會說法蘭克把蘇淇放進一只皮箱中，然後把她埋在一間他知道還沒有人搬進去的房子的庭院裡。我會說他免費幫人家種胡瓜，是為了能夠控制哪邊的土會被挖開而且會挖多深。如果我開口，我會把這些事情都講出來，但它們都不是真的，它們不可能是真的。

「再來會怎麼樣？你知道嗎？」海倫說。她拿出鑰匙打開車門。

「他們會檢驗妳們的說詞，」那名男警官說。「查清楚那具遺體的年紀，試著追查其他的目擊證人以及嫌疑犯。」

「他們會試著去找法蘭克嗎？」

「如果他也是在合理的審訊名單中的話。」這些字詞聽起來很正確，但他用一個微笑毀了它的效果。

我把一隻手放在車上，把靠在車窗上的手指都捲起來，並試圖想像一個以Z字形的方式奔跑、企圖避開一大群蝸牛的年輕女孩。但要在記憶中想起自己的樣貌是很困難的，而我唯一能想到的是法蘭克告訴我那些新房子有多舒適、他如何幫大家搬進去，以及他幫助他們整頓庭院。我凝望著玻璃，期盼會有影子掠過它的表面，就像是戲院的銀幕一樣，但天空的倒影模糊了這些可能會閃現的故事，每一件事物都沒有動靜，直到那名男警官開了門並扶我上車。他把一隻手放在我的頭上怕我撞到，並彎下腰來幫我把安全帶繫上。當他的身體又移回去時，他對我眨了眨眼。

「我猜妳找到了妳原本在尋找的東西，」他說，「但我希望妳仍會時不時地來這裡晃一下，好嗎？別就此消失蹤影。」

他關上門，留下我自己一個人去想他在說些什麼。車子內很悶，明明已經向晚，陽光也不強。我打不開窗子，因此當海倫開門讓一絲微風吹進來時，我很感謝她。

「還有。那具——呃——遺體，我是說，如果它眞的是蘇淇的話？」她問那名男警官。「我們什麼時候可以把她領回來？」

「他們必須判定那具遺體是妳們所說的那個人，會有很多檢查得做，才能查出準確的死亡日期、任何外傷，以及死因，前提是如果查得出來的話啦。可能要六個月，也可能要更久。他們會再通知妳檢查的結果跟領回的時間。」

她跟他道完謝便坐到我的旁邊，然後把冷氣開到最強。我們往前開了一小段路，那名男警官如同一名老朋友一樣跟我們揮手道別，直到我們到了路口他才停止。海倫不停地呼吸，有如她剛剛一路推著車跑，而非駕駛著它。

「妳該不會開始學抽菸了吧，有嗎？」當他們年紀還小的時候，我經常擔心這個問題。

「媽，我已經五十六歲了，我當然不會開始學抽菸。妳應該很清楚發生了些什麼事，對吧？」

我再次輕拍她的手。我小心翼翼地拍著，但我感覺到體內有個東西正在墜落，就好像某個重要的器官忽然鬆掉了，好像它鬆掉了，而我必須準備好，在它墜跌地板之前接住它。「車站旅館那一天，法蘭克伸手讓我免於從扶手處摔落，」我說。「我有跟妳提過這件事嗎？」我還記得自己有想過，如果我因此死去，他就要負起責任，縱使他從未想過要傷我一根汗毛。

「有啊，媽，妳的確跟我提過。但我一直有種印象，一開始就是因為他，妳才會差點掉下去。」

她再次發動汽車，開得非常慢，傍著路的邊緣行駛，而她看起來似乎沒有注意到我唸出注意斜坡跟前方無人行道路的標示。當她換檔時，她的手在發抖。而當我問她我們要去哪裡時，她也沒有生氣。

「道格拉斯後來怎麼樣了？」她問。

「他去美國了，」我告訴她，眼睛同時看著窗外陰暗的金雀花及更暗的浪濤。「那是他長久以來夢寐以求的地方，那也是為什麼他常把那些美式詞語跟美國腔調掛在嘴邊。我以為他會寫信回來，但他一封也沒寄過，想要有個全新的開始吧，我猜。他賣掉了所有家當換來一張機票。只有那張〈香檳之歌〉例外。」

「哈——哈——哈，」海倫說。她把車停在沙灘旁。

她扶著我走過沙子來到海邊。我倆的指甲裡都有砂土，我們利用海浪將它們沖刷掉。一小片如同卵石的玻璃平放在我的掌紋中，我將它丟進浪花中，讓它得以跟沙灘上那些真正的卵石們待在一塊兒。太陽落在港口的後方，我們花了些時間看著它慢慢下沉。我很疑惑現在不知道是幾點，而我們今天一整天又做了些什麼。我很疑惑為什麼我們的雙手上有砂土，而海倫為什麼在發抖。她親了親我的頭，我的胃部發出陣陣咆哮。我檢查身上那件開襟毛衣的口袋跟我的提包想找看看有沒有巧克力，但什麼也沒找著。我的胃又對我咆哮了一聲。

「那法蘭克呢？」海倫眼睛望向大海。

今天的天氣看起來不太好，海浪碎成一片片的色塊，我可不想在裡頭游泳。

「他後來怎麼樣了？」她轉動了她的雙腳，因此它們稍微往下沉進一個潮濕的沙丘中。

「他要我嫁給他。」

「什麼？」她快速轉過身來，一隻腳更深入了沙灘中。

「哎唷，那是很久以後的事啦。當時我已經二十二歲了。他消失了好一陣子。住進大牢裡。爸說的，但媽跟我從來都沒有辦法去驗證這件事。總之，有一天他忽然出現，要我嫁給他。就這樣。我當然拒絕他啦。我當時已經跟派屈克訂婚了。」

「那他怎麼說？」

我稍微想了一下，但要回憶起那段過往還是會讓我感到心痛。「我猜想他應該鬆了一口氣吧。」但當我拒絕他時，他的眼神隱約地透露出一種病態跟慘灰，而這件事我也很疑惑，倘若當時我沒有訂婚的話，我是否會答應他的求婚，或者我會不會因此怨恨起派屈克阻撓了我跟他之間的感情。而且我也疑惑自己是否有辦法進入一段每天都要想起自己的姊姊的婚姻生活。

「而且當然囉，很有可能眞的是他動手殺死了她，」海倫這麼說，她的話語中帶有一些控訴。「這樣會讓很多事情變得更複雜。」她的眼睛凝視著天與海之間的模糊交界。「但妳覺得他是蓄意的嗎？」

我往回望向沙灘。「我把蘇淇埋在那裡，」我說。

「不是啦，媽，那是——」

「然後換她埋我。可是我生氣了。」事後我常因自己胡亂生氣而懷有罪惡感，也對自己的幼稚行徑覺得羞愧。她只是要試著讓我開心而已。但那些沙粒，它們包住了我的身體，使我的手臂變得沉重，讓我懼怕，要想像那些沙丘會覆蓋掉我的頭顱更是容易至極。在那件事情之後，她總是會注意讓自己成為那個被埋進沙裡的人，而我會將一把把的沙粒堆在她身上，壓得緊緊地，直到她無法移動分毫，然後把它們雕塑出各種造型，賦予她一隻章魚的觸手或是一隻美人魚的尾巴。有一次我還幫她做了一件套裝。指甲套裝，我從海灘上收集來的。我很確定是這樣沒錯。這個影像立刻出現在我的腦海中，我把那些都撒在她的身旁。數以百計的粉紅色指甲統統都被壓進了沙中。

尾聲

「我想他本來期望某一件東西或許能讓他發筆橫財，但終究沒那個運。」這個聲音壓得很低，然後是一聲被壓抑住的笑，眼前一大群穿著黑衣的身軀讓我沒辦法看清楚說話者的確切位置。「我不由自主地想，她收集這些廢物就是要逼他艱苦地一步一腳印。她說不定早就知道他會抗拒不了誘惑，把那些瓷器一一送去估價。」

「琺瑯餐具，是吧？伊莉莎白孀孀開的最後一個玩笑。可憐的彼得。」

厚厚的灰塵在熱氣中打轉，最後降落在大家的肩膀、臀部跟大腿上；空氣中充滿了那種廉價新衣的味道。我被困住了，覺得窒息。四下看起來無路可退，也沒有地方能讓我歇息。我把一邊的肩膀靠在一片看起來很堅固、被布料裹住的門板上，但一名肥胖的女人細叫一聲後走了開，轉過頭來皺著眉看我。我上身往前低垂，我的臉擦過一件外套的翻領上，忽然間我看到人群中出現一個縫隙。那裡有一面奶油色的牆和一盞燈光，還有一塊木板，有腳的木板，上面疊了很多可以吃的東西。我推擠著往那個地方去，而那些穿得一身沉悶黑的人們則苦著一張臉、大口吞下他們的飲料。鬼才知道他們幹嘛一大群人擠在一塊兒，像罐頭裡的水蜜桃一樣。

當我抵達奶油色的牆面時，我發現那裡也有灰塵在打轉，但它飄浮在燈光中，而且這裡的空氣比較涼爽。我拉來一張可以坐，也設計用來讓人坐的東西。我很快就要回去了。我有一件非做不可的事。我只是剛好現在想不起來，但我知道這件事至關重要；如果我願意開口問的話，就會有人跟我說。那些有料的麵包，那些充滿餡料與奶油的麵包，被切成正方形，我的胃在嚎叫，但我不知道自己該怎麼對它們下手。我看到有個男的拿了一塊起來咬，他的手指把他的嘴唇壓得濕黏黏的。我覺得有點噁心，但我有樣學樣，把那個東西塞進我的嘴裡。它在我的舌頭邊打轉，又冷又嗆又臭。有人朝我走過來，臉上掛著微笑，而我很快地離開，走進廚房，裡頭的爐子是啓動的，嗡嗡地說出它低沉又有趣的批評，它身上也穿著一件灼熱的黑色服裝。

「可以請妳把刀子遞給我嗎，親愛的？」一個漲紅著臉、看起來很像家庭主婦的人說道。

我環顧房間四周，但想不出她想要的是什麼，因此我漫步穿過一扇玻璃門上到一座露台。多數的空間都被那種東西占據了，不是船，它們裝滿花朵，巨大的粉紅色花朵在微風中不停上下擺動。但一邊的盡頭處有一張長椅，我可以在那上面坐。一名高大的女人拿一片水果蛋糕來給我。當她遞給我時，她說那是水果蛋糕，而我可以看到黃褐色的葡萄乾蜷縮在脆爽的表層底下。

「妳覺得還好嗎？」她問我，然後坐了下來。

我生病了嗎？

「至少妳還可以說再見，」她說。

「喔。他們都已經走了嗎？我沒留在那兒接捧花。」

「媽，這是一場喪禮。沒有人會在葬禮丟捧花。」

她微笑，然後用手遮住她的嘴，眼神回望向屋內。我凝望著她身後擺動的花朵。這個庭院非常漂亮，但這裡不是我家。

「我人在哪裡？」我問。

「彼得的家。」

我點頭，假裝我認得這個名字。我從蛋糕裡挑出葡萄乾，把它們都放在一起。當一名有著金色鬈髮的女孩踏上露台時，我把那些果乾都丟到她的腳邊。她停下腳步然後眨眼，沒有飛掠而過，沒有低下頭去啄食那些果實。也許是因爲她沒有鳥喙吧。我想我認得她。「那個人是我的女兒嗎？」我手指著那個女孩，問坐在我隔壁的女人。

「外孫女，」那個女人說。

那個女孩笑了。「要想當我母親，妳的年紀太大了，外婆。」

「我很老嗎？」

「妳八十二歲了。」

我不知道她爲什麼要說謊。她覺得這樣很有趣嗎？「這個女孩瘋了，」我說。「她接下來就會跟我說我一百歲了。」

一名男子走出來，很快地彎下腰，撿起那些葡萄乾，把它們撒在草皮上。兩隻黑色的鳥拍翅而降，用牠們的喙去刺穿那些果實，而這樣的畫面也刺穿了我。「伊莉莎白不見了，」我說，感覺到身體裡有個地方被扭轉，想起一個微笑。「我跟妳說過嗎？」我在那個女人遠離我之前抓住了她的袖子。「我打電話去過她家好多次，但都沒有人來接。」

「我很抱歉，」那個女人說。她伸出一隻手放在那個男人的肩膀上。「我已經跟她講過了。」

「可憐的伊莉莎白，」我說。自從她到我們家廚房從我母親的蛋糕上拿走那些果乾之後，我就沒有再看過她了。在那之後可能發生了些什麼事。她需要那些果乾來餵食那個瘋女人。那個瘋女人，她其實是一隻鳥，在我姊姊的頭上飛啊飛。我的姊姊很害怕，她跟道格拉斯挖了地道去到美國。我試著跟上，但我挖不了那麼遠。或許他們把伊莉莎白也帶走了？

那個女人不認同我的答案，那個男人開始跟我解釋什麼事情。但我沒有辦法專注。我看得出來他們沒有在聽我說話，不把我當作一回事。因此我一定要做點什麼事。我一定要，因爲伊莉莎白不見了。

致謝

我要謝謝我的父母，凱瑟琳・希莉與傑克・麥克大衛，還有我的伴侶，安德魯・麥凱克尼，謝謝他們的鼓勵與支持。

我還要謝謝卡蘿琳娜・瑟頓，克特斯布朗作家仲介公司、凡妮莎巴特菲爾德書店的可愛人們，維京出版公司的每一個人，還有安德魯・寇溫和我在東英格蘭大學的老師、同學以及同事。

謝謝那些閱讀我的手稿並給我建議的人，包含安・艾勒、烏娜・巴倫威爾、寶拉・布魯克・尼克・凱斯特・克勞蒂亞・戴芙琳、漢娜・哈柏、湯姆・希爾、娜瑞爾・希爾、黛博拉・艾薩克、坎帕絲比・洛伊德—傑卡布、傑拉德・麥克當諾、芙拉・凡・瑪索、特瑞・摩根、安迪・莫伍德、泰瑞莎・穆立根、赫凱特・帕帕達基、莎拉・莎絲、艾莉絲・史萊特、夏洛特・史翠區、碧翠絲・薩斯伯里、卡翠娜・瓦德以及安娜・伍德。

同時也謝謝安娜貝爾・艾爾頓、比利・葛雷、薇琪・葛拉特、克里斯多福・希利、伊歐恩・拉費提、安娜・麥凱克尼以及梅貝兒・莫里斯。

而我也在此感謝許許多多其他人的幫助及熱情。

虛構 025

伊莉莎白不見了

Elizabeth is Missing

作者：艾瑪．希莉

Emma Healey｜譯者：朱浩一｜

出版者：愛米粒出版有限公司｜地址：台北市 10445 中山北路二段 26 巷 2 號 2 樓｜編輯部專線：（02）25622159｜傳眞：（02）25818761｜【如果您對本書或本出版公司有任何意見，歡迎來電】｜總編輯：莊靜君｜企畫編輯：黃旖琪｜特約編輯：金文蕙｜校對：黃旖琪．陳佩伶｜內文排版：黃寶慧｜印刷：上好印刷股份有限公司｜電話：（04）23150280｜初版：二〇一五年（民 104）二月十日｜定價：360 元｜總經銷：知己圖書股份有限公司｜郵政劃撥：15060393｜（台北公司）台北市 106 辛亥路一段 30 號 9 樓｜電話：（02）23672044／23672047｜傳眞：（02）23635741｜（台中公司）台中市 407 工業 30 路 1 號｜電話：（04）23595819｜傳眞：（04）23595493｜國際書碼：978-986-90946-8-9｜CIP：873.57／103027075｜

Emily

因為閱讀，我們放膽作夢，恣意飛翔─成立於 2012 年 8 月 15 日。不設限地引進世界各國的作品，分為「虛構」、「非虛構」、「輕虛構」和「小米粒」系列。在看書成了非必要奢侈品，文學小說式微的年代，愛米粒堅持出版好看的故事，讓世界多一點想像力，多一點希望。來自美國、英國、加拿大、澳洲、法國、義大利、墨西哥和日本等國家虛構與非虛構故事，陸續登場。